Unter den Lebenden

EYAL MEGGED
Unter den Lebenden

ROMAN Aus dem Hebräischen von
Ruth Achlama

BERLIN VERLAG

FSC
www.fsc.org
MIX
Papier aus verantwortungsvollen Quellen
FSC® C083411

Die Originalausgabe erschien 2012 unter dem Titel
Sof Haguf bei Miskal-Yediot Ahronot books, Tel Aviv

Umschlaggestaltung: ZERO Werbeagentur, München
Typografie: Birgit Thiel
Gesetzt aus der Utopia von Fagott, Ffm
Druck und Bindung: CPI books GmbH, Leck
Printed in Germany
ISBN 978-3-8270-1242-5

www.berlinverlag.de

»Und jeder Patient muss unbedingt neu untersucht werden, und man sage nicht, diese Krankheit sei wie jene Krankheit.«

Maimonides, *Das Buch über Asthma*

1 Boas Masors Tod lässt mir keine Ruhe. Nicht nur sein Verschwinden in die ewigen Welten, das an sich schon ein unglaublicher Skandal ist, auch der Maßstab, den sein Tod an mich und mein Leben legt. Es ist kein religiöser oder mystischer, sondern ein existenzieller und alltäglicher Maßstab, praktisch ein ständiger Vergleich zwischen ihm und mir, ein Vergleich auf Schritt und Tritt, vor dem es kein Entrinnen gibt, eine Art Dibbuk, der Besitz von mir ergriffen hat. Als hätte sein Tod mich in ihn hineinversetzt, oder ihn in mich, und der einzige Unterschied zwischen uns wäre, dass er tot ist und ich lebe, als wäre das wirklich ein Unterschied. Als lebte er manchmal ganz in mir und ich sei ganz in ihm tot und wir wetteiferten immer noch, wer von uns als Erster dieses Leben ernst nimmt, wer als Erster das Spiel aufgibt, aufhört, mit dem Leben zu spielen. In dem Moment, in dem Boas der Maßstab ist, ist er zwar nicht wirklich lebendig, aber gewiss auch nicht wirklich tot. Mir ist dabei völlig klar, dass es »wirklich tot« gar nicht gibt, ebenso wenig wie »wirklich lebendig«. Das heißt, es gibt keine einzige Wahrheit, weder im Leben noch im Tod. Doch was gibt es dann? Halbwahrheiten. Wahrheitssplitter. Wie Lebenssplitter. Fügt man diese Splitter zusammen, erhält man ein fragmentarisches Bild unseres Lebens, und nur angesichts dieses Bildes überwinde ich für einen Moment den Schock über seinen Tod.

Aber fühle ich mich lebendiger, wenn ich von dem Toten erzähle? Im Gegenteil, ich fühle mich einsamer, überflüssiger, weniger lebendig. Jeden Morgen begegne ich dem neuen Tag ablehnend, das heißt ermutigt nur durch die Sorgen und Mühen, die ich am Vortag hinter mir gelassen habe; aber es gibt nichts, dem ich freudig und erwartungsvoll entgegensehen würde, wie früher dem Zusammensein mit Boas, unseren Strandspaziergängen oder einem Mittagessen, bei dem es mit Sicherheit keinen Moment banal zugehen würde. Ich möchte nicht nur meine Atemzüge hören wie in der Ödnis des Toten Meeres, sondern auch die Vögel, wenigstens einen einzigen Vogel in der Wüste außer mir. Eigentlich weiß ich nicht, soll ich mehr von mir oder mehr von ihm erzählen. Ich zögere, überlege. Ich meine, zunächst sollte er die Hauptperson sein, nicht ich. Ich werde nur der Erzähler sein und er der Erzählte, und falls sich die Gedanken ändern sollten, werde ich die Rollen tauschen. Gut, sehen wir mal, wie lange ich es durchhalte, wann sich das Er ins Ich verwandelt und das Ich ins Er.

Ich streife unablässig durch die arabischen und die ultraorthodoxen Viertel der Stadt, fern meiner gewohnten Umgebung, und denke daran, die Geschichte vielleicht völlig fallenzulassen, sie überhaupt nicht zu erzählen. Zweifellos braucht Boas diese Geschichte nicht; nur ich habe ja Interesse daran, das Rätsel seines Todes zu lösen, er nicht. Er ist tot und fertig. Er hat seine arglose und ehrliche, bescheidene und glückliche Hülle schon abgelegt. Und nicht nur diese arglose und ehrliche, bescheidene und glückliche Hülle ist er los, sondern auch die Anspannung und den Zorn, die Giftigkeit, seine Neigung, zuweilen auch nachtragend und rachsüchtig zu sein, wie wir alle. Er hat sie schon abgeworfen, die Last, wie es auch mich drängt, sie abzuwerfen. Der Wunsch, diese Last abzuwerfen, ist der einzige Grund für diesen Bericht. Ich frage, wohin mich diese Geschichte wohl führen wird, weiß jedoch, nicht das ist die Frage. Die Frage lautet, warum in der Vergangenheit stöbern, statt die Probleme der Gegenwart zu lösen. Die obsessive Beschäftigung mit der Vergangenheit ist nicht besser als jede andere Sucht. Auch bei anderen Süchten zeigen sich die Schäden für die Gesundheit erst nach längerer Zeit, in der man sich kerngesund wähnte; plötzlich kommt die Krankheit aus dem Nichts. Ich sage mir, ich muss damit aufhören. Muss die Geschichte auf sich beruhen lassen. Aber wie so viele Vorsätze hält auch dieser nicht stand. Er wird keinen Bestand haben, solange ich meine beruflichen Probleme nicht löse. Solange man mich, den hochgerühmten Chirurgen, nur einmal pro Woche operieren lässt, weil der krankhafte Neid talentloser Kollegen es nicht anders will, so lange werde ich weiter erzählen. Werde weiterhin den Stift aufs Papier statt das Skalpell ins Fleisch drücken. So oder so tut sich das Leben vor mir auf.

Das war das Gute an dem Streit mit dem Chefarzt, der mir beschämenderweise vorgesetzt ist und dem der Titel »Barbier« (wie man die Wundpfleger einst nannte) angemessener wäre als das Wort »Chirurg«; kurz gesagt, er hat keine Ahnung vom Operieren, und meine Anwesenheit ruft ihm das seit Jahren schon in Erinnerung. Dank des unlösbaren Streits und der vielen freien Zeit, die mir zur Verfügung steht, weil ich nicht mehr Tag und Nacht im Operationssaal stehe, habe ich entdeckt, wie ähnlich das Schreiben meinem gewohnten Handwerk ist: Glieder verbinden, entfernen oder einsetzen, Neues erschaffen, das göttliche Gefühl erleben, dem Fleisch, Boas' Fleisch, Leben einzuhauchen, von Boas' Wundertaten in seinem letzten Jahr, dem Jahr seines Todes, dem Jahr seines wahren Heldentums zu erzählen. Denn was bleibt mir anderes, als diese Geschichte zu schreiben? Was bietet man mir anstelle des genialen Handstreichs, der das Leben in etwas verwandelt, was es nicht ist? Soll ich etwa den Stift, dieses veraltete, mir immer noch liebe Schreibgerät niederlegen, das ich anstelle des geraubten Skalpells ergriffen habe, und die Wirklichkeit beim Schopfe packen? Was ist das für ein Leben? Seltsam, dachte ich, als ich eines Tages bei Frühlingswetter das Jehoschafat-Tal durchstreifte, seltsam, dass Juden aller Zeiten gerade hier begraben werden wollten, möglichst nahe dem Ort, an dem die Auferweckung der Toten beginnen soll. Ich verstehe einfach nicht den Grund für dieses Gerangel um die ersten Plätze bei der Rückkehr ins Leben. Welche Erfahrung kann solche Sehnsucht nach diesem Leben auslösen? Wäre es nicht viel vernünftiger zu denken, wenn ich schon mal tot bin, diesen Rubikon überschritten, die unvergleichliche Ruhe erlangt habe, sollte ich nicht lieber für immer und ewig darin verharren?

2 Wie ein mittelalterlicher japanischer Dichter sich sorgfältig auf seinen Tod vorbereitete, Anweisungen für die Beerdigung hinterließ, den Besitz verteilte, ein Abschiedsgedicht schrieb, so hat es auch Boas getan. Je mehr der nahende Tod ihn zeichnete, desto stärker beschäftigten ihn die Vorbereitungen darauf. Nach seinem Tod fand man ein detailliertes Testament (in dem er mir einige der Bücher vermachte, die er auf unseren gemeinsamen Reisen gekauft hatte). Aber war er vor dem Tod auch so stürmisch erregt wie jener Dichter, wie vor einer Reise ins glückliche Ungewisse? Da bin ich mir nicht sicher. Nach meinen Erkundigungen bei seinen Angehörigen hatte er weitergelebt, als lauere der Tod nicht um die Ecke. Insofern zumindest erinnerte er nicht an einen japanischen Dichter aus alten Zeiten. Nichts weist darauf hin, dass er vor dem Tod seine Lebenslust verloren hatte. Die Wunder des Lebens nicht mehr schätzte – und obwohl er sich innerlich in sein Los gefügt hatte, war er keinesfalls gleichmütig. Er wollte sein schwindendes Leben möglichst verlängern: noch mehr sehen, noch mehr hören, noch einen Herbst erleben. Es sieht nicht danach aus, dass er sich mit religiös gefärbten Illusionen über den Tod als Blumenwiese oder als lichten Ort trösten konnte, ganz im Gegenteil, der Tod galt ihm als ein Nichtsein, das man nicht vorzeitig erreichen sollte.

Als er mit den Befunden zu mir kam, sagte ich ihm, wie er selbst ja wisse, sei es kein gutartiger Befall, die Heilungschancen seien gering, aber es gäbe eine Therapie, und es gäbe Hoffnung. Er erschrak nicht. Zumindest zeigte er keine

Panik. Er fragte nicht mal, wie viel Zeit ihm noch bliebe. Er wollte nicht zu viel wissen. Boas war sein Leben lang groß im Ignorieren. Häufig habe ich ihm das vorgeworfen, vor allem, als wir uns von alten Bekannten in enge Freunde verwandelten und die anhaltende Untreue seiner strahlenden Frau Rakefet – die einzige Frau, die sich in jener mageren Zeit mit den glänzenden Stars, die wir aus der Filmwelt kannten, vergleichen ließ – von allen Wänden hallte. Sie war bildschön, honigblond, beredt und verführerisch, und obwohl sie und ich immer Zuneigung füreinander empfanden, überwand die männliche Solidarität mit Boas jedes andere Gefühl. Aber bald entdeckte ich, dass Vorhaltungen bei ihm nichts fruchteten: Erwähnte ich auch nur andeutungsweise, was mir an Rakefets Lebenswandel missfiel, wechselte er sofort das Thema; so extrem war seine Verleugnung (oder vielleicht sollte man lieber sagen, so extrem war sein Schmerz), dass er jahrelang nicht ins Kino ging. Wo liegt da der Zusammenhang? Das habe ich mich anfangs auch gefragt, bis ich begriff, dass es in den Filmen viel um »freie Liebe« ging, wie man damals sagte, und um bezaubernde Frauen, die ihn an Rakefet erinnerten, Boas jedoch keinesfalls an das erinnert werden wollte, was sich hinter seinem Rücken abspielte. Anders ist nicht zu erklären, dass er sich immer wieder weigerte, mit mir ins Kino zu gehen, und zwar zu einer Zeit, als ständig neue Meisterwerke auf die Leinwand kamen, in der vergangenen Blütezeit des Kinos. Damals konnte ich nicht ahnen, dass seine Gabe zu ignorieren eines Tages die allerschwerste Prüfung bestehen würde, er dank ihrer in seinem Todesjahr »ein Yogi des Krebses« werden würde, wie einer meiner Kollegen ihn nannte, einer der wenigen, die ich im elenden Umfeld meines Berufes schätze.

Boas bat mich damals, als ich ihm bestätigte, dass eine Operation sinnlos war: »Empfiehl mir eine Behandlung, die einen Tag in der Woche kostet, nicht mehr. Ich will diesem verfluchten Krebs nicht zu viel Zeit widmen.« Und so geschah es. Er kam mit seiner neuen Liebsten am festgesetzten Termin für ein paar Stunden ins Krankenhaus, erhielt seine Chemotherapie und vergaß an den übrigen Tagen praktisch seine Krankheit. Ich, für den diese Krankheit Broterwerb ist, konnte den Gleichmut, diese Yogi-Haltung, absolut nicht erreichen und warf mir vor, sie damals kritisiert zu haben. Weiß Gott, woher sie rührte. Vielleicht von dem festen Wunsch, jenen harten, bedauerlichen Satz zu verdrängen, den sein Vater, der berühmte Arzt, ihm im Brustton des Experten im Alter von zehn oder zwölf Jahren sagte, als er bei einer Blutabnahme umgekippt war: »Ein Arzt wird nie aus dir werden.« Einfach so hatte er ihm den Traum zerstört, den festen Vorsatz, in seine Fußstapfen zu treten. Es war ein ätzender, verheerender Satz, den Boas selbst mit den besten Mitteln, die ihm zu Verfügung standen, nicht überwand. Da nützten ihm weder sein rares Gespür für die feinsten Fasern der Lebewesen im Allgemeinen und des menschlichen Körpers im Besonderen noch sein hervorragendes Gedächtnis für die kleinsten Einzelheiten der Zelle etwas; all das kam gegen den Fluch nicht an. Niemand weiß genau, was einen stärkt oder schwächt. All mein gesammeltes Wissen über den Leib und seine Krankheiten liefert keine Antwort, und Boas tat sich schwer mit dem, was man »seelische Krise« nennt. Er erfasste, wie ein Körper verfällt, aber nicht, wie eine Seele zerbricht. Ich erinnere mich an seine Verwunderung, wenn ich bei der Ankunft in einer fremden Stadt ohne ersichtlichen Grund in Panik verfiel. Er begriff nicht den lähmenden Angstzustand, den er miterlebte;

verstand nicht, wie ich urplötzlich meinen konnte, gleich zu sterben. Sein Staunen war für mich der schlagende Beweis dafür, dass er seelisch stabil war: Eine Krankheit versteht man nur, wenn man sie kennt.

Darf ich das prägende Ereignis in Boas' Leben preisgeben, von dem vielleicht nur ich allein weiß? Befreit der Tod von der Pflicht zu schweigen? Diese Frage passt nicht zu mir. Seit wann zaudere ich denn, wenn es um etwas geht, was ich für wahr halte? Seit wann gehe ich auf Zehenspitzen und rolle siebenmal die Zunge, ehe ich eine entschiedene Bemerkung mache? Ich gehe doch immer mit dem Kopf durch die Wand, sobald ich glaube, die Wahrheit entdeckt zu haben. Als gäbe es nur eine einzige Wahrheit. Als hätte ich sie gepachtet. Aber so bin ich nun mal, ändern werde ich mich nicht mehr. Ich muss mit den Verwicklungen leben, die diese Eigenschaft auslöst. Ich habe die Wahrheit über meine Stationskollegen gesagt, habe ihnen immer wieder ihre Schwäche vorgehalten, ihre Unfähigkeit, selbst die einfachsten Operationen durchzuführen, und was hatte ich davon? Ich habe mir meine Karriere vermasselt. Trotz meines hohen Ansehens bekomme ich nur Brosamen von ihrem Tisch. Deshalb habe ich alle Zeit der Welt, um beispielsweise diese Geschichte zu schreiben. Und obwohl Boas mir keine Erlaubnis erteilt hat, von ihm zu erzählen, könnte er durchaus zufrieden sein mit meinem Beitrag zu seinem geistigen Nachleben in unserer Welt, die er so liebte. Ich hoffe, wenn er auf der letzten Seite der Geschichte angelangt ist, wird er sich sagen: Ich bin richtig gut weggekommen, mehr als gut. Überlebensgroß, wie es sich in jeder Geschichte gehört. Ich hoffe, er wird am Ende finden, die Enthüllung habe sich gelohnt, obwohl ihm Enthüllungen stets gegen den Strich gingen. Ich hoffe es, kann aber natürlich nicht sicher sein. Häufig habe ich gedacht, es würde so und so kommen, und eingetreten ist das Gegenteil. Ich hatte gedacht, ich würde unsere chirurgische Station zu einem Ort der kompliziertesten Transplantationen machen, aber in Wirklichkeit gibt es ein pausenloses Gerangel mit Ärzten, denen ich nicht mal die Entfernung eines Blinddarms anvertrauen würde. Fast alle Fachleute meinen, es käme auf die Technik an, auf jedem Gebiet. Auf meinem Gebiet beispielsweise begreifen sie nicht, dass es im kritischen Moment, an dem Punkt, auf den sich alle Anstrengungen konzentrieren, nicht mit Technik allein getan ist; fast unmerkliche Nuancen in der Bewegung der Hand – ihre Stimmlage, könnte man sagen – sind das Entscheidende. Darin unterscheiden sich die wenigen Auserwählten von den übrigen Handwerkern, einschließlich der Virtuosen. Es geht hier nicht um den Austausch von Teilen der Herzkranzgefäße, was tatsächlich nur Wissen und Technik verlangt, sondern um jene Konzentration, die die ganze Außenwelt ausblendet und haarfein den einzig richtigen Schnitt möglich macht. Bei der Entfernung einer bösartigen Geschwulst im Bereich der Bauchspeicheldrüse beispielsweise entscheidet diese Fähigkeit schlicht und einfach über Leben und Tod. Doch bei Boas war es schon zu spät, um dieses Wunder zu bewirken, denn sein spezifischer Krebs zeigt sich erst spät, und seine problematische Position machte jede Operation unmöglich. Bei Boas' Erkrankung hätte sogar Beten mehr geholfen als jede Therapie.

Ich streife in meiner Freizeit stundenlang zwischen den Juden in den orthodoxen Vierteln und den Arabern in der östlichen Stadt umher. Das ist mehr oder weniger meine feste Strecke. Ich versuche dort, aus der Distanz der Fremdheit, zwischen den Spinnern und den Wehklagenden, den richtigen Weg zu finden, um über Boas' letztes Lebensjahr zu berichten. Man gerät so leicht in die Falle der Falschheit, wenn man von jemandem erzählt, der an einer unheilbaren Krankheit leidet. Jedes Festhalten am normalen Weg, dem vorhersehbaren Handlungsverlauf, führt einen nicht nur vom tatsächlich Geschehenen ab, sondern glattweg zur Lüge. Es gibt keine verlogenere Maske als die, die wir aufsetzen, wenn wir den unheilbar Kranken begleiten. Je schlimmer die Krankheit wird, desto verlogener die Maske. Man kann es mit dem Wort »Leugnung« kaschieren, aber das wäre nicht die ganze Geschichte. Nicht die ganze Wahrheit. Seit Boas' Erkrankung begleitete mich die Lüge unablässig wie ein Schatten. An jenem Nachmittag, an dem er mir seine Untersuchungsbefunde brachte, sagte ich ihm beim Abschied, als er schon an der Tür stand: »Ich meine, du hast den richtigen Weg gefunden, mit der Krankheit umzugehen, ich habe das Gefühl, du wirst sie überstehen.« Das war keine Tarnung oder Flucht, sondern eine dreiste Lüge. Eine vorsätzliche Lüge, da ich den Kranken schon für so gut wie tot hielt, da die Krankheit fortan praktisch nur noch eins beweisen sollte: dass sie emsig voranschreitet, dass sie stärker ist als der Patient und ihn töten wird. Und wir, die außenstehenden Beobachter, kennen – wie die blutdürstigen Zuschauer bei einem Stierkampf – das Ende, finden uns damit ab oder erwarten es sogar. Ungewiss bleibt nur, wann es eintreten wird. Den genauen Termin, wie viel Zeit noch bleibt, kann auch der größte Arzt nicht vorhersagen. Uns, den Ärzten wie den Angehörigen, ist nur klar, dass die Krankheit siegen wird; ein anderer Verlauf kommt kaum in Frage. Die Krankheit fängt gerade erst an, tut ihren ersten Schritt, und schon stellen wir uns das Unvermeidliche vor, einschließlich des Trauerzugs.

Ich kann sie nicht ausstehen, die Angehörigen, die auf den Gängen und an den Betten beten, die Türkapseln küssen und Psalmen murmeln, dieses »mit Gottes Hilfe«, das sie alle Augenblicke einfügen. Welche Hilfe und welcher Gott denn, herrsche ich sie im Stillen an, euer Kranker wird sterben, ohne dass irgendwer ihm helfen kann, selbst wenn die Operation gelingt. Und wenn ich die Visite bei meinen Operierten beendet habe, flüchte ich in die Altstadt, entferne mich von den Juden und mische mich unter die Araber, schlendere und schaue, als sei das mein Leben, schlendern und schauen, als hätte ich das all die Jahre angestrebt, auch als ich keine Minute zum Atmen hatte, in den verrückten Jahren in Kalifornien, wo ich, nach nervenaufreibendem Warten, gerufen wurde, um eine Leber aus dem Körper eines Spenders in einem drei oder vier Flugstunden entfernten Bundesstaat zu entnehmen, und dann mit meiner Beute in der Kühlbox zurückflog und sie sofort einem erwartungsvollen Patienten auf unserer Station einpflanzte. Der Himmel war damals die Grenze, der Weg vorgezeichnet, und wer hätte sich seinerzeit vorstellen können, dass ich – auf dem Höhepunkt meines Könnens und in den besten Jahren, wie man so sagt – ebendas tun würde: ohne klares Ziel durch die Altstadt und durch die ultraorthodoxen Viertel streifen; nicht das hatte ich vorgehabt, als ich mich entschied, nach Israel zurückzukehren und die besten Neuerungen auf dem Gebiet der Organverpflanzung hier einzuführen.

Aber in der Altstadt habe ich Geduld, die Verbitterung schwindet, der Wutpegel sinkt. Wenn ich die Grenze am Jaffator überschreite, fühle ich mich wie in einer verkleinerten Welt, einem perfekten Modell, in dem sich die Essenz befindet, zu dem alle Bitten und Gebete strömen; an dem einzigen Ort, an dem ich Bitten und Gebete erträglich finde, denn sie richten sich an eine echte Adresse, an den Ort, an dem Gott angeblich wohnt. Man kann sie nicht leugnen, die einzigartige Anmut des Gottes an seinem Wohnort, dem einzigen Ort, an dem, für ein Weilchen, all seine Begrenztheiten aufgehoben sind, zumindest für den Gläubigen. Nur in der Altstadt kann ich mich ausruhen, besonders von mir selbst; dort und in den ultraorthodoxen Vierteln, in denen ich ebenfalls nichts und nichtig bin, aber nun in umgekehrter Richtung, durch meinen brennenden Hass auf all diese Jüdischkeit, die uns bis hierher gebracht hat; in dem Wunsch, zu verschwinden, nicht zu sein, eine geläuterte Seele und sonst nichts zu werden. So pendele ich denn von hier nach dort, dringe immer tiefer in die Altstadt vor, weit hinaus über den Basar, in Gegenden, in die kein Jude einen Fuß setzt, winzige Enklaven, die sich ihre dörfliche Lebensweise, mit Gänsen und Hühnern und Gemüsebeeten, bewahrt haben, dort versinke ich in völlige Selbstvergessenheit, hasse niemanden, nicht mal mich selbst, welch segensreiche Flucht! Ich sehe klar, was verschwommen war, was ich vorher nicht sah; kaum zu glauben, was ich nicht hatte sehen können: Wie ich lebte, ohne zu sehen. Ich fälle dort extreme, schicksalhafte Entscheidungen, plane Schritte, die mein Leben von Grund auf verändern würden, wie die, im Krankenhaus zu kündigen und mit meiner Frau in einen Moschaw auf dem Karmel zu übersiedeln, dort Honig zu schleudern oder erstklassiges Brot zu backen. Alle möglichen Träume erfüllen sich mir in den Altstadtmauern, aber es ist ein kurzlebiges Vergnügen, die Illusion eines Vergnügens; nur zu bald klopft die Wirklichkeit an die Tür und bringt einen um den Verstand.

Wir alle ringsum, alle, die Boas auf seinem Weg ans Ende begleiteten, wir alle waren Komplizen der Lüge, dieses schauerlichen Maskenballs. Jeder fragte sich im Stillen, wann das Ende kommen würde. Keiner war bereit, eine andere Möglichkeit, ein anderes Ende zuzulassen. Keiner war bereit für eine Gesundung. Genau das macht diese Krankheit mit den außenstehenden Beobachtern, sie zwingt sie, sich zu verstellen. Und vergeht dann die Zeit und das Ende tritt nicht ein, verlieren sie zunehmend die Geduld. Die Vorstellung dauert zu lange für ihren Geschmack. Was hat er denn, der Regisseur, merkt er nicht, dass das Drama zu lange währt? Ich sehe diese Horrorstücke die ganze Zeit im Krankenhaus. Dort zeigt sich die Spezies Mensch in ihrer ganzen Nichtigkeit und die Kultur auf dem Gipfel ihrer Verstellungskunst. Den wahren Schock erlebt man nicht, wenn der Patient tatsächlich stirbt; der Tod ist ja der Beweis dafür, dass wir bei diesem Drama doch auf sicherem Grund wandeln. Der wahre Schock kommt, wenn das Ausmaß des Verlustes sichtbar wird. Wenn der Tote nicht zurückkehrt, nicht von den Toten aufersteht, sich nicht nach dem Fall des Vorhangs verbeugt. Erst dann, nach und nach, begreifen wir, was wir angestellt haben, wie vorschnell und grausam wir mit unserem Urteilsspruch waren. Nun erst kündigt der Tod unser eigenes Ableben an.

Entsetzlich, daran zu denken, dass diese furchtbare Krankheit, deren Ausbruch wir alle fürchten, letzten Endes eine Art Wettlauf oder Glücksspiel ist; wen sie befällt und wen nicht; wie lange ihr Besuch bei demjenigen dauert, der sie zu seinem Pech beherbergen muss; vielleicht wird er doch, entgegen aller Wahrscheinlichkeit, gerettet werden – all die Spekulationen, die wir nicht auszusprechen wagen, die geheimen Gedanken, die zu wälzen allein schon Sünde ist. Man brauchte bloß den Alkoholkonsum auf Boas' Hochzeit mit Avital, seiner reinweißen und stillen Geliebten, die er mitten in seiner Krankheit ehelichte, zu betrachten, um die Macht dieser Verstellung zu erkennen. Von der Krankheit schon übel zugerichtet, beschloss er, Avital offiziell zu heiraten, am Jordan, bei Deganja, dem Kibbuz, in dem sie geboren war. Alle Freunde und Verwandten waren gekommen, und alle taten so, als wäre es ein Freudenfest. Je tiefer die Verdrängung, desto höher die Moral. Aber wenn ich jetzt an diese Hochzeit denke – rückblickend betrachtet nichts als eine Veranstaltung zu seinem Tod –, überläuft mich ein Schauder. Nicht die Lebenslust triumphierte damals über die Krankheit, sondern das zweifelhafte Aufbegehren gegen den Tod. Jeder Kontakt mit Boas litt seinerzeit an diesem Fehlverhalten. Einige Freunde konnten die widersprüchlichen Gefühle, die seine Anwesenheit bei ihnen weckte, nicht ertragen und vermieden daher ein Zusammentreffen mit ihm. Nicht die Angst vor dem Tod schreckte sie, sondern ihre eigene Neugier darauf. Ich gehörte zu den Standfesten, gab vor, als Arzt derlei Situationen gewöhnt zu sein, aber tatsächlich unterschied ich mich kein bisschen von den anderen. Boas' nahender Tod zermürbte mich genauso wie sie.

Eines Abends rief er mich an mit der Bitte, ihn am nächsten Tag bei einem Spaziergang in Jerusalem zu begleiten. Ich war überglücklich, ihm den Wunsch erfüllen zu können, zumal schon feststand, dass ich ihm sonst nichts mehr nutzen konnte. Wir begannen unsere Runde, deren Zweck und Ziel ich noch nicht kannte, in einem kleinen Kaffeehaus im Ostteil der Stadt, »Bet Kahawa«, wie Agnon, der Schriftsteller, dessen Stil Boas so liebte, es genannt hätte, einer Art Kaffeestube, wie es sie sonst kaum noch gibt; eigentlich war es ein Zimmer einer Wohnung, das in ein Café verwandelt worden war, und darin zwei niedrige Tische, ein Waschbecken, eine Theke für Wasserkessel, an der Wand aufgehängte

Kannen, ein paar Hocker, die man auf die Straße tragen konnte, und ein uraltes Radio. Ich erinnere mich, dass wir uns gegen die bittere Kälte von draußen in unsere Jacken mummelten, Kaffee tranken und darüber redeten, wie unwirklich es sich anfühlte, im Herzen des arabischen Jerusalem zu sitzen, das zumindest wir beide bis zu diesem Tag, Jahrzehnte nach dem Krieg, in dem es erobert worden war, immer noch als einen Lichtjahre entfernten Stern empfanden. Selbst zu dieser späten Stunde betrachteten wir die Welt mit ähnlichen Augen, und mich befiel tiefe Trauer über die Jahre, in denen wir einander gemieden hatten. Trauer und, unleugbar, auch Zorn. Die Frage, die ich ihm gern, zu Recht oder zu Unrecht, an den Kopf geworfen hätte, lautete: »Warum hast du mich verlassen?« Und sie richtete sich vermutlich sowohl auf die Vergangenheit als auch auf die Zukunft. Auf die letzten Jahre, in denen er sich von mir gelöst hatte, und auf den bevorstehenden, endgültigen Abschied.

Unvermittelt fragte er: »Was sagst du denn, ist das wirklich meine Geschichte? Ist es mir so bestimmt, mitten im Leben zu sterben?« Ich fühlte, dass meine Augen sich mit Tränen füllten, und er fuhr fort: »Die Menschen gieren ständig nach Geschichten. Du spürst, sie fragen dauernd, was die Geschichte ist. Als sei die Geschichte nicht die, dass wir hier in diesem Kaffeestübchen zusammensitzen. Als wäre es nicht immer ein und dieselbe Geschichte: das Harren auf das Ende in diesem oder jenem Wartezimmer. Nicht nur die Welt ist eine sehr schmale Brücke, wie Rabbi Nachman von Bratslav sagt, sondern so sind auch die unzähligen Wartezimmer, in denen man des Endes harrt. Was kann schon reizen an einer Geschichte, deren Ende du von vornherein kennst? Also gut, sie hat diese oder jene Handlung, na und?

Ich staune, dass ich überhaupt noch Worte rausbekomme, und ringsum fragen die Leute weiterhin, was die Geschichte ist. Das ist meine Geschichte, mein Freund, reden wir mal nicht um den heißen Brei herum: Es geht um einen Aufschub des Endes auf diese oder jene Weise. Sogar der jetzige Moment, da wir in dieser Stube im arabischen Jerusalem sitzen und unser alter Wirt fragt: Tee oder Kaffee, und wir überlegen, was uns den Aufenthalt in diesem Wartezimmer angenehmer machen würde, Tee oder Kaffee, sogar dieser Moment ist ein Teil davon. Die wahre Geschichte ist demnach die, wie man die Handlung herausnimmt und das Gebet einfügt. Im ersten Moment hört sich das nach nichts Besonderem an, aber nach meiner bescheidenen Meinung, als einer, der bald stirbt, wird jeder, der dies einsieht, auf die eine oder andere Weise davon profitieren.«

Ich war, ehrlich gesagt, verblüfft über seine Ansprache, besonders als sie ihren religiösen Einschlag bekam, und noch mehr, als er die Katze aus dem Sack ließ und sagte: »Deshalb bin ich heute nach Jerusalem gekommen, um in der Grabeskirche zu beten, und in einer hübschen Synagoge in einem orthodoxen Viertel. Was weiß ich, vielleicht hilft es ja, aus allen Richtungen nach Gott zu rufen. Man muss es doch mal probieren, oder? Besteht ein Unterschied zwischen einem Gläubigen und einem, der glauben möchte? Ich bin nicht sicher, dass der Unterschied abgrundtief ist.« Ich widersprach ihm natürlich nicht. In seiner Lage durfte er sich an jeden Strohhalm klammern. Ich sagte nur: »Wie du möchtest«, und wir machten uns auf zum ersten Ziel. Es war nicht das energische, kraftvolle Ausschreiten, das wir in Tel Aviv und den Metropolen der Welt gewohnt waren, sondern ein langsames Gehen, diktiert von seiner großen Schwäche. Zuerst betraten wir die Altstadt, stiegen in der

Grabeskirche in die relativ leeren Tiefen ab, und Boas sagte: »Was meinst du, vielleicht wäre der Tod bereit, auf mich zu verzichten?« Kein überraschender Ausspruch an dem einzigen Ort auf Erden, an dem man glauben darf, der Tod könnte, in seltenen Fällen, von seinem Zugriff ablassen.

Ich setzte mich auf eine Bank an der Wand der tieferliegenden Kapelle, die den armenischen Gläubigen gehört, Boas war ganz vertieft in sein Gebet an der Gegenwand, und ich muss gestehen, dass ich kurz an das Wunder der Auferstehung glaubte und die mir völlig geistesfremden Worte murmelte: »Vielleicht wird Boas ein Wunder geschehen. Vielleicht wird die Krankheit verschwinden.« Danach streiften wir langsam durch die Hinterhöfe der ultraorthodoxen Viertel, und in einem bestimmten Moment sagte er: »Dies ist die nervendste und anziehendste, die ärgerlichste und zerstrittenste, aber zweifellos auch die anregendste Stadt der Welt. Vielleicht kann ich Avital überreden, hierherzuziehen, falls sich jemand da droben meiner erbarmt.« Und dann betraten wir ein kleines chassidisches Lehrhaus in Mea Schearim, das uns auf den ersten Blick gefiel, dank seines düsteren Aussehens, aber besonders dank der Kognakflasche auf dem Tisch der paar Talmudschüler, die begeistert eine komplizierte Stelle diskutierten, erfüllten sogar noch eine Mizwa, da wir den Minjan, das Quorum von zehn Männern, zum Nachmittagsgebet ergänzten. Und tatsächlich kam am selben Abend ein Anruf wegen einiger Untersuchungsergebnisse, die auf eine Besserung in Boas' Zustand hinwiesen und mir als Zeichen dafür galten, dass die Gebete die richtige Adresse erreicht hatten. Vor lauter Freude ließ ich mein ärztliches Wissen beiseite, die langjährige, traurige Bekanntschaft mit kurzfristigen Regressionen, die den unheilbar Kranken nur täuschen, und bestellte, als wir schließlich in dem griechischen Restaurant am Muristan-Platz saßen, den teuersten Wein auf der Karte. Boas befeuchtete sich jedoch nur die welken Lippen und schob mir das Glas dann hin mit den Worten: »Trink du, schade um den Wein, ich kann nicht trinken.« Und da wusste ich, die Geschichte war aus.

Seit jenem Tag zieht es mich immer öfter in die Altstadt, und es kommt mir vor, als gingen Boas und ich dort gemeinsam, wie jenes letzte Mal, und wie wir es früher in Tel Aviv, Rom und London taten. Wir gehen nicht wie ein Lebender mit einem Toten, sondern wie zwei Gespenster. Denn seit seinem Tod fühle ich mich nicht ganz lebendig. Seit seinem Tod suche ich ihn überall, meist im Ostteil der Stadt oder in den orthodoxen Vierteln. Ich möchte ihn an einem Gedankengang beteiligen und sage mir dann, der Tod ist nur das Ende des Körpers, der Geist existiert weiter, und stelle erneut verblüfft fest, dass Boas nicht mehr ist. In den orthodoxen Vierteln sinkt mein Glaube, ihn zu finden, und im arabischen Umfeld fühle ich mich gestärkt. Der krankhafte Glaube in den frommen Vierteln entzieht mir den Rest meines Glaubens an mich selbst, während der Glaube, der im Osten der Stadt herrscht, mich mehr an mich selbst glauben lässt. In den frommen Vierteln werde ich zum Weichling, das arabische Umfeld verleiht mir neue Kräfte. Das ist erwiesen, lässt sich kaum bestreiten. Die Menschen, denen ich im Osten der Stadt begegne, brauchen nichts Interessantes zu sagen, keine besonderen Geschichten zu erzählen; es reicht ihre Anwesenheit, sie strahlt den Wert der Bewohner aus. Es genügt ein beiläufiges Gespräch, um zu merken, dass ihre Worte Gewicht haben, egal, was sie sagen. Du erkennst mit einem speziellen Sinn ihr Eigengewicht. Ich möchte glauben, dass dieses Gefühl auf Gegenseitigkeit beruht: Dass sie das auch von mir auffangen. Dass die Bestätigung gegenseitig ist. Ja, das ist es, die Bestätigung, die ich gerade im fremden Umfeld bekomme, nach all den Enttäuschungen, die ich in meiner natürlichen Umgebung erlebe.

Schon beim ersten Schritt in der arabischen Stadt sage ich mir: Das ist meine Stadt. Das weiche Licht lugt von den Bergen ringsum in die Gassen, wechselt alle paar Minuten, mal windpeitschend, mal streichelnd, und dann, egal wie enttäuscht und verbittert ich bin, schwindet oder ermattet der Missmut so weit, dass man ihn ignorieren kann. Das mache ich in der arabischen Umgebung – ich ignoriere die Tatsachen, lasse mir von ihnen nicht die Laune verderben. Ich denke, vielleicht ist das mein letztes Lebensjahr, vielleicht zeigen das meine häufigen Träume von Boas. Wenn ja, sollte ich möglichst viel durch die arabische Umgebung streifen, denn die Szenen dort sind immer Abschiedsszenen, passende Szenen für das Scheiden aus der materiellen Welt und deren Tausch gegen die geistige Welt. Auch wenn ringsum Gewimmel herrscht, bin ich innerlich ruhig, wie bei jenen Flügen am amerikanischen Himmel, bei der Lese, dem Wettlauf um das lebende, zuckende Organ, als ich mich nur im Flieger zwischen zwei Operationen ausruhen konnte, in jenen Jahren, die aus der Distanz wie eine Auszeit aus dem Leben erscheinen, als meine Kinder heranwuchsen, ohne dass ich viel davon mitbekam. Manchmal sammelten wir in einer Nacht drei Lebern in drei Bundesstaaten ein und flogen zurück, um sie unseren Patienten einzupflanzen. Es verging kein Tag, an dem ich mir nicht das Netzwerk vorstellte, das ich aufgrund meiner Erfahrung in Israel – zu Hause, wie man so sagt – aufbauen wollte; ein Basisnetzwerk, das, unerlässlich für derart komplizierte Operationen, wie eine entschlossene und gut funktionierende Militäreinheit arbeiten würde. Aber dann fand ich, dass hierzulande alle – auch die Ärzte, die vielleicht sogar besonders – an krankhafter Arroganz leiden, die sich in zwei eklatanten Symptomen äußert: Erstens in einer Geschwätzigkeit, die keinen einzigen konzentrierten Gedanken zulässt, und zweitens in Schlamperei. Du merkst, hinter der satten und arroganten Fassade, hinter dem falschen Mut und Heldentum verbirgt sich eine leere, kleinliche säkulare Armseligkeit, gar nicht viel anders als die Armseligkeit der abgerissenen Ultraorthodoxen, denen ich bei meinen Streifzügen begegne, nur kommt sie in einem anderen Gewand daher, dem der unablässigen Beschäftigung mit anderen Verrücktheiten.

Ich halte mich an Boas' Geschichte, weil man, wenn man sich überflüssig vorkommt, einen Halt braucht. Ich meine fähig zu sein, die Lage meines toten Freundes auf eine Weise, die mir noch unklar ist, zu ändern, ihn größer als den Tod, größer als seinen Tod zu machen – das, was Kunst eigentlich vollbringen soll. Bei meiner letzten Romreise stieß ich auf eine lange Schlange zu einer Caravaggio-Ausstellung, mit Werken, die man aus den besten Museen der Welt zusammengetragen hatte; eine einmalige Ausstellung, die man gesehen haben musste. Die Warterei dauerte ewig, und ich fragte mich wiederholt, ob es sich überhaupt lohnte, teure Zeit für Kunst zu verschwenden. Seit Jahren hatte ich nicht mehr vor einem Museum angestanden, mich immer mokiert über den Andrang zu jeder Form von Kunst, ob Ausstellung, Aufführung oder Film, wie wichtig und berühmt auch immer, und plötzlich war ich Teil dieses lächerlichen Phänomens. Was sollen mir Caravaggios Gemälde schon sagen, dachte ich. Mich von mir selbst erlösen werden sie ja nicht. Unglaublich, wie geduldig die Menschen hier Schlange stehen, als würden sie am Ende tatsächlich erlöst. Eine Überraschung winkt dort ja nicht, dachte ich, Caravaggios Bilder sind hinlänglich bekannt, finden sich überall, und ich erinnere mich dabei vorwiegend an läppische Blumen und sexuell missbrauchte Knaben. Was erwarten wir dann also, was kann dort drinnen schon passieren? Welches Erlebnis kann eintreten, wenn sich um jedes Bild tausend Leiber drängen? Was für eine Herde ist doch das Menschengeschlecht, dass man es auf diese Weise überall hinführen kann, sogar in den Tod, dachte ich wütend.

Nach etwa zwei Stunden erreichte ich müde und zerschlagen das Ende der Schlange, träumte von Mittagsruhe im Hotelzimmer, aber wenn ich nun schon angestanden hatte, sollte ich wohl auch reingehen, oder? Mir huschte ein rebellischer Gedanke durch den Kopf, gerade jetzt den Rückzug antreten. Das wäre der richtige Schluss aus den Daten, die ich in diesen Stunden über die abgrundtiefe Dummheit der Spezies Mensch verarbeitet hatte, dachte ich. Trotzdem ging ich schließlich hinein. Wie erwartet war es drinnen brechend voll und der Saal dunkel und steril. Aber das Ganze lohnte sich wegen zwei Gemälden. Das eine zeigte das Jesusknäblein auf dem Schoß seiner Mutter, das andere, gleich daneben, die Kreuzabnahme: der Anfang und das Ende des Körpers, eins neben dem anderen. Vor der Kreuzabnahme weinte ich plötzlich. Für diesen Anblick hätte es sich sogar gelohnt, auf dem Bauch zum Museum zu kriechen; und gleich nach der Kreuzigung Jesus als Kind, wie gesagt. Die ganze menschliche Tragödie auf einen Streich, konzentriert, unmittelbar, ohne Abstriche und Kompromisse, lässt einen sprachlos zurück. Beim Weggehen beschloss ich, immer mit der Herde zu laufen, denn nur wenn man der Herde folgt, kommt man an die richtigen Orte. Vor diesen Gemälden würde ich gern von der Welt Abschied nehmen. Gern ist nicht das richtige Wort, vielleicht sollte man lieber »passend« sagen; davor wäre es passend, aus der Welt zu scheiden.

Boas hat tatsächlich in Rom von der Welt Abschied genommen, war jedoch mit letzten Kräften dort angelangt, wenige Wochen vor seinem Tod. Du stellst dir den Abschied von allem, was dir lieb und wert ist, vor, von den Büchern, den Gewohnheiten, dem Bettvorleger (der bei Boas aus seinem Kinderzimmer stammte); nicht nur den Abschied von dem, was deine Welt ausmacht, stellst du dir vor, das ginge ja noch, sondern auch von dem, was Teil deines Wesens war, von den Kindern und der Frau, den Freunden, und zum Schluss von deinem engsten und treusten Freund, dir selbst, aber wenn der eigentliche Augenblick kommt, bist du schon marode und kaputt, lädiert und angeschlagen, erkennst ihn kaum noch.

Avital hatte erzählt, Boas' Beine wollten seinen Körper nicht mehr tragen. Alle paar Schritte musste er sich an eine Wand oder ein Geländer lehnen oder auf eine Stufe setzen. Er war welk und dürr und konnte nichts zu sich nehmen, keinen Leckerbissen der italienischen Küche. Schon ein Schluck Wein war ein unmögliches Unterfangen. Deshalb ist der Abschied von der Welt ein Erlebnis, das in Filme und Bücher gehört, nicht in die Wirklichkeit.

3 Nicht bis zuletzt waren wir so eng befreundet und vertraut miteinander wie in unserer gemeinsamen Tel Aviver Zeit. In den Jahren vor seiner Erkrankung entfernten wir uns voneinander. Nicht nur das Leben in zwei Städten trennte uns, sondern auch wechselweise Enttäuschungen. Ich fand als Erster eine neue Frau, wurde ihretwegen aus unserer Stadt verbannt, und er, dessen Familie längst zerbrochen war, blieb ledig. Auch als er schließlich seine Ergänzung gefunden hatte, erinnerte ihn unsere Verbindung wohl an eine Zeit, die er lieber vergessen wollte. Wir waren einander gründlich leid. Es gibt so manchen Zeitgenossen im Leben, den man einfach nur loswerden möchte. Man wünscht ihm nicht gerade den Tod, aber doch beinahe – dass er verschwände oder ausgelöscht würde. Ich zürnte Boas, als ich merkte, dass ich ihm zur Last geworden war. Ich zürnte ihm, weil er mich abgeschrieben hatte, mich ignorierte, als ich Schutz und Hilfe brauchte. Ich trug es ihm nach, dass er sich lieber mit sanften, kuscheligen Freunden umgab, als sich mit meinem provozierenden, streitbaren Wesen abzugeben. Aber ich wollte ihn nie so loswerden wie er mich vermutlich. Er war mir nie so ein Ärgernis, wie ich für ihn eines war. Es besteht ein großer Unterschied zwischen Zorn und dem Wunsch, jemanden loszuwerden; aber die Ironie des Schicksals wollte es, dass ich ihn loswurde statt er mich. Zugegeben, ich war mir dieser Ironie des Schicksals bewusst, als er erkrankte. Es bedrückt mich, während seiner Krankheit oft gedacht zu haben: Du wolltest, dass ich verschwinde, und nun verschwindest du. Ich hatte nicht erwartet, dass

mein Groll gegen ihn einer Probe auf Leben und Tod unterzogen werden würde. Bei jeder Verschlechterung seines Gesundheitszustands geriet ich in diesen Strudel der Gefühle. Möglicherweise gehe ich zu hart mit mir ins Gericht, und dies war nur eine Art Schutz gegen den Verlust: Aus Panik über sein unaufhaltsames Verschwinden flüchtete ich in weniger peinigende Ecken, und der böse Trieb diente nur dazu, den Spieß umzudrehen. Aber ich bin mir da nicht sicher, vielleicht stelle ich abwegige Vermutungen an, um den bösen Trieb zu verjagen. In den letzten Jahren unserer Bekanntschaft war Boas nicht mehr ruhig in meiner Anwesenheit, so viel steht fest. Er war ruhig im Kreis der nicht provozierenden Freunde, die sich an meiner Stelle um ihn scharten, aber bei mir war er nie ruhig. Das sagt nichts über das Maß der Nähe zwischen uns, auch nichts über das Maß der Liebe, aber es sagt doch viel, vielleicht alles, über das Maß der Entfernung; es erklärt, warum wir uns bis ein Jahr vor seinem Tod so fern geworden waren, praktisch bis die Krankheit ausbrach.

Aber kann ich denn behaupten, in seiner Anwesenheit ruhig gewesen zu sein? Ehrlich gesagt, nein. Boas war in meiner Gegenwart unruhig, weil ich bei ihm Tote aus den Gräbern weckte, und ich war in seiner Anwesenheit unruhig, weil ich wusste, dass ich ihm das antat. Du kannst nicht gelassen mit Menschen umgehen, die bei dir berechtigte oder unberechtigte Schuldgefühle wecken. Ich bin nur ruhig bei jemandem, der mit sich selbst im Reinen ist; mit einem, der sich seiner Berufung und seiner Fähigkeit, sie zu erfüllen, sicher ist. Anders ausgedrückt, mit jemandem, der nicht mit mir konkurriert. Bei Boas war ich unruhig, weil er den säuerlichen Drang hatte, sich mit mir zu vergleichen, und den kann keine Liebe oder Nähe kaschieren. Im Stillen habe ich ihn angefleht, ihm gut zugeredet: Weißt du, wie schwer es mir fällt, im Sumpf dieses verflixten Krankenhauses zu waten? Weißt du, wie oft ich am liebsten den Kittel auf Nimmerwiedersehen an den Nagel hängen würde? Hast du eine Ahnung, was es bedeutet, stundenlang einsam und allein im Operationssaal zu stehen und eigenhändig alle komplizierten Handgriffe vorzunehmen, ohne mich auf jemanden verlassen zu können, ohne einen Praktikanten oder Assistenten neben mir zu haben, dem ich einen Schnitt oder eine Naht auftragen könnte, ganz zu schweigen von der Entfernung eines Tumors? Aber was bekam ich von Boas zu hören, als ich auf der Station geschmäht und geächtet war, weil ich mich mit all den Speichelleckern und Scharlatanen angelegt hatte? Statt mich zu unterstützen, sagte er: »Das hast du nur deinen menschlichen Beziehungen zuzuschreiben.«

Menschliche Beziehungen, zwei Wörter, die Boas lieber nicht hätte verbinden sollen. Sie zeugten allein schon davon, dass er in meinem Beisein sofort im roten Bereich landete, denn immer schwebte über uns die zwar oft unausgesprochene, aber ständig präsente Frage: »Was ist mit der Medizin?« Das heißt, was ist mit dem Medizinstudium, dessen Beendigung man von Boas auch dann noch erwartete, als er am Ende des fünften Studienjahrs, beim Übergang von den Lektionen auf die Stationen, wie man damals sagte, zu den Lebenswissenschaften überwechselte, wie man die Biologie seinerzeit zu nennen begann. Im theoretischen Studium hatte er mich übertroffen, war brillanter gewesen als wir alle, aber als der praktische Teil begann, ging es abwärts mit ihm. Als wolle er das Wort seines Vaters, seine Prophezeiung nicht widerlegen.

Oft versuchte ich zu begreifen, was er durchmachte, aber er blieb lakonisch, spielte nicht mit. Er ging den umgekehrten Weg wie üblich: Statt von den Biowissenschaften zur Medizin zu wechseln, wechselte er von der Medizin zu den Biowissenschaften. Nur wenige verlassen in diesem Stadium die medizinische Fakultät, aber der hochbegabte Boas tat es. So weit reichte sein Respekt vor dem geliebten Vater, so sehr vertraute er dessen Denken; als sei der harte und entschiedene Ausspruch, den sein Vater möglicherweise unwillkürlich losgelassen hatte, tatsächlich ausgewogener Überlegung entsprungen. Er maß dem Urteil seines Vaters so großes Gewicht bei, dass ihm die Knie zitterten, als er Kranke behandeln sollte, und beim Zuschauen im Operationssaal kippte er dauernd um, wie einst bei der Blutabnahme. Seine Forschungen achtete er immer weniger als die Beschäftigung mit dem Eigentlichen, der Krankenheilung. Und meine Frage, »was ist mit der Medizin?«, die nur selten laut ausgesprochen wurde, war eigentlich eine späte Wiederholung des väterlichen Urteils, jenes schlimmen Satzes: »Ein Arzt wird nie aus dir werden.«

Wurde sie aus Sorge und als Ansporn oder aus Streitsucht gestellt? »Sowohl – als auch« lautet die richtige Antwort: als Ansporn, aber im Verlauf der Zeit auch, um zu sticheln, zweifellos. Denn was heißt hier: »Was ist mit der Medizin?« Wenn du mit vierzig Jahren kein Arzt bist, wirst du auch keiner mehr. Als ich meine Glanzzeit hatte, internationales Ansehen genoss, saß er mir gegenüber und dachte vermutlich: »Dieser Maestro legt einen kometenhaften Aufstieg hin – und was ist mit mir? Warum erfüllen mich meine Forschungsarbeiten nicht so wie ihn seine Operationen?« Er fauchte mich an: »Statt dich mit diesem üblen politischen Hickhack abzugeben, komm lieber mal ins Labor. Da warst du wirklich lange nicht mehr.« Worauf ich zurückfeuerte: »Ihr mit euren fruchtlosen Forschungen, keinen halben Zentimeter bringt ihr die Menschheit weiter, verschafft nur euch selber Nutzen, krallt euch noch einen Fonds und noch ein Stipendium.«

Ich bin sicher, mein Absturz freute ihn, sonst hätte er nicht so über meinen Anteil daran gesprochen. Letzten Endes war unsere lange und schmerzliche Trennung nicht einem Streit entsprungen. Ich klammerte mich einfach an einen haltlosen Vorwand, an den Zorn, den ich in meinem Innern anfachte. Den Vorwand vergaß ich sogar über die Jahre, erst kürzlich ist er mir wieder eingefallen. Er hing mit dem Tod eines guten gemeinsamen Freundes zusammen, einem Todesfall, von dem Boas mich unterrichtet hatte. Aber aus irgendeinem Grund kam er nicht zur Beerdigung, und in dem Gefühlschaos von Trauer und Entsetzen fand ich sein Fernbleiben unentschuldbar. Du hast mich informiert und dann mit dem Unglück alleingelassen, zürnte ich ihm im Innern und brach die Verbindung ab. Wir verurteilten einander zu sehr. Der eine war dem anderen gram. Aber ein Urteil ist immer eine Ausrede. Du meinst überhaupt etwas anderes. Bei uns rieben sich die Seelen aneinander auf. Wir beide hatten die Verbindung satt, aber ihn hatte sie mehr gefesselt als mich.

Solange er noch am Leben war, lebte er, trotz des körperlichen Abbaus. Er witzelte gern darüber, dass er auf einmal so schlank war, beglückwünschte sich dazu: »Endlich wird der Traum meines Lebens wahr – schlank zu sein. Der Krebs ist die wirksamste Diät, wie man sieht.« Dieses Phänomen kenne ich, dass Patienten, die wandelnde Tote sind, sich doch quicklebendig fühlen. Total lebendig, ohne sich vom Gedanken an den Tod unterkriegen zu lassen. Außer in der arabischen Kaffeestube haben Boas und ich nicht mehr über den Abschied von der Welt gesprochen. Ich habe keinen Weg gefunden, oder wollte keinen finden. Seit er tot ist, habe ich das Gefühl, als Nächster an der Reihe zu sein. Es besteht kein ersichtlicher Grund dafür, aber nachts, wenn er mir im Traum erscheint, ist es, als würde er mich zu sich rufen, wolle mich in seinen Tod einbeziehen, unser Licht und Dunkel erneut vereinen. Denn ja, das war die Verbindung zwischen uns, Licht und Dunkel; Boas' Leben war hell, meines dunkel. Das Maß an Licht wird, meine ich, durch die Kindheit bestimmt. Seine Kindheit war licht und meine dunkel, und das lässt sich offenbar kaum ändern. Wer eine dunkle Kindheit hatte, sieht sein Leben lang schwarz. Was in Boas' Kindheit könnte auf die tückische Krankheit hingedeutet oder sie angekündigt haben? Seine Kindheit war glänzend. Man kann Vermutungen anstellen, wie ich es so und anders schon getan habe, man kann stöbern und weitere Dinge entdecken. Aber eines steht fest: Boas wusste das Glück, wo es auftrat, in vollen Zügen zu genießen. Er konnte sich weit mehr am Leben freuen als ich.

Wenn wir in ferne Länder reisten, erkannte man den Unterschied sofort; es war unschwer zu sehen, dass ich Hindernisse errichtete und er nicht. Ich war ängstlicher und einsamer, das ließ sich nicht verbergen. Aber das Leben trügt auch, man kann nie wissen, vielleicht war das fade Essen meiner Mutter letzten Endes gesünder, als die saftigen Fleischbällchen seiner Mutter es waren. Wir sind in derselben Stadt, in derselben Gegend aufgewachsen. Er war am Jarkon zu Hause, und ich wohnte nahe am Meer. Wir besuchten dieselbe Schule der Arbeiterbewegung, eine Art sowjetische Insel inmitten der hebräischen Stadt. In der näheren Umgebung gab es weder Ultraorthodoxe noch Araber. Unsere gemeinsamen Streifzüge durch Tel Aviv, die Boas und ich bei Tag und Nacht unternahmen, führten durch überwiegend säkulare und eintönige Wohngebiete; die menschliche Topografie war so flach und langweilig wie die geografische, im krassen Gegensatz zu Jerusalem. Aber Boas begnügte sich nicht mit den Tatsachen. Er behauptete felsenfest, es gebe ein anderes, ein himmlisches Tel Aviv, blieb selbst dann noch dabei, als unsere Schule, samt ihren Werkstätten und Feldern, nicht mehr bestand, ebenso wie sein heiß geliebter Zoo am Ende der Allee und das Kino Esther, dessen gerundeter Bau dem runden Platz angepasst war, und die große grüne Baracke des Tir, jene sagenhafte Vergnügungsstätte am Meer, mit Schießständen und Glücksspielen für Kinder am rostigen Geländer, und das hoch auf dem Sandsteinfelsen thronende Viertel Machlul zwischen den gelben Nachtlaternen. Alle diese Wunderdinge existierten lange nach ihrem Verschwinden in seinem Geist weiter; ja solange er lebte, blieben auch sie durch seine Inspiration am Leben, vor allem beim Wechsel der Jahreszeiten, die er stärker wahrnahm als alle anderen. Er war ein Meister darin, die Jahreszeiten an den Wolken abzulesen: an ihrer Form, ihrer Kombination, ihrem Zug. Im Lauf des Jahres spürte er jedem flüchtigen Zeichen, jeder Spur von Wandel nach. Keine Veränderung entging seinem Vergrößerungsglas, seinen scharfen Sinnen: die Farbtöne des Lichts, die Düfte, die Winde und natürlich die davon abhängige menschliche Stimmung, die immer mitberechnet wurde. Boas war der Sherlock Holmes der Rätsel des städtischen Klimas.

Er liebte unsere Stadt, ich weniger. Für ihn war sie die ganze Welt, während ich vor allem ihre Unzulänglichkeiten sah. In der Grundschule war er in der Parallelklasse, das heißt auf einem anderen Planeten (bei uns sammelten sich die Wilden und Frechen und bei ihnen die Angepassten), und im Gymnasium war er im Bund derer, die zionistische Aufbauarbeit leisten wollten, und ich folgte der leichtsinnigen Jugend in die Salongesellschaft; er sang Heimat- und Revolutionslieder, ich bemühte mich vergebens, unreife Brüste beim schummrigen Slow an mich zu drücken; er trug das Blauhemd und weite Khakihosen Marke Ata aus heimischer Produktion, und ich bestellte Röhrenhosen aus Canvas beim Schneider; sein Haar war zerzaust nach Palmach-Manier und meines glänzte vor Brillantine im Elvis-Stil. All das natürlich vom Äußeren her, das leicht zu beschreiben ist. Das Innenleben ist schon eine andere Geschichte; die erzählt jeder sich selbst, wenn überhaupt, und mit dem Geschehen draußen hat sie eher wenig zu tun. Denn ehrlich gesagt, war die Jugendbewegung mit alldem Getue um die Gemeinschaft und die Vereinsbaracke und mit der Vorbereitung aufs Kibbuz-Leben zwar nichts für mich, aber ich passte auch nicht recht unter die lässigen Partylöwen. Ich wagte nur selten, ein Mädchen zum Tanzen aufzufordern, und wenn, kam eine von zehn mit. Eine dieser Ausnahmen blitzt aus dem Dunkel der Erinnerung auf: eine Hässliche, Flachbrüstige, die sich auf einer Reihe Partys an mich hängte, als hätte sie nur auf mich Einzelgänger gewartet, damit ich sie aus ihrer Einsamkeit rettete.

Boas und ich freundeten uns erst an, als ich von einem Austauschprogramm für Elitestudenten aus Padua zurückgekehrt war. Vorher hatten wir gemeinsam Medizin studiert, manchmal sogar Schulter an Schulter, waren uns aber nicht wirklich nähergekommen. Nach meiner Rückkehr blieb Boas völlig ortsfest, während ich gewissermaßen schon ein Weltbürger war. Ich hatte in Italien die Taufe der Fremde erhalten. War ihm darin voraus. Weltbürgertum galt damals etwas, als ein Aufstieg aus unserer begrenzten und abgelegenen

Existenz hierzulande. Boas hatte Angst, sich der Fremde für längere Zeit auszusetzen. Er verschanzte sich in der Sicherheit, die die begrenzten heimischen Kreise ihm verliehen, und gab seiner Abstinenz von der weiten Welt romantisches Gepräge. Wir waren beide große Angsthasen, aber er wusste seine Ängstlichkeit zu umgehen. Auch ich fürchtete, den Boden unter den Füßen zu verlieren, wurde von der Fremde jedoch angezogen wie der Selbstmörder von den oberen Stockwerken. War ruhelos in meinem Fernweh. Unsere Ängste ergänzten sich, aber es war eindeutig nur eine Frage der Zeit, wann ich ihn überreden würde, mit mir in die Ferne zu reisen. Und als es ein paar Jahre später so weit war, wanderte er auf festem Boden durch die Welt, während mir die Erde unter den Füßen schwankte. Er schien sicher zu reisen und ich gefährlich, und fuhren wir gemeinsam in die Ferne, war ich aufgewühlt und er ausgewogen. Jeder zerrte in eine andere Richtung: Ich suchte die Fremde in Gestalt einer Frau, ihm genügte es, die Welt an sich zu bestaunen. Eine Frau war nicht sein Ziel, es sei denn, es fand sich zufällig eine, und selbst dann hielt er sie in seiner unverfänglich romantischen Art auf Abstand. Ich wollte sofort eins werden, mich gewissermaßen verpflichten, praktisch Selbstmord begehen, und er nahm sich in Acht.

Ich frage mich, wieso gerade Boas, der seine glückliche Kernfamilie immer so hochhielt, keine richtige Familie hat gründen können. Warum scheiterte ausgerechnet er an der wichtigsten Aufgabe, der wir uns in der entscheidenden Zeit stellten, sobald wir das Joch der Kindheit abgeschüttelt hatten? Vielleicht ist die Antwort darin zu suchen, dass Boas seine Kindheit nicht als Joch empfand. Er hatte nicht das Gefühl, von Fesseln befreit zu sein; im Gegenteil, er bemühte sich mit aller Macht, seine wunderbare Kindheit zu bewahren und in ihrem Licht zu leben. Für Boas waren die großartigen zwanzig Jahre vom Ende der Jugendzeit bis zum Beginn des gesetzten Alters – Jahre, in denen man die Welt entdeckt und ganz auf eigenen Füßen steht – die schwierigsten. Zu Beginn dieser Phase verlor er seinen Vater, der vorzeitig einem Herzinfarkt erlag, und gleich darauf hatte er mit einer unglücklichen Liebe zu kämpfen. Boas' unglückliche Liebe war besonderer Art: Ihr unglücklicher Verlauf wurde verleugnet. Boas war, wie gesagt, sehr begabt im Leugnen und Verdrängen, und hier leugnete er auch. An der Oberfläche stimmte alles zwischen Rakefet und ihm. Dem Anschein nach hatte er das große Los gezogen, die Klassenschönste ergattert, was ihn ein wenig über den Tod des geliebten Vaters hinwegtröstete. Er schaffte es, sie über die Wehrdienstjahre bei der Stange zu halten, auch wenn andere Verehrer seine Abwesenheit nutzten und sie massenweise umschwärmten. Ich weiß nicht, ob er glaubte, sie würde ihm während der langen Grundausbildung bei den Fallschirmjägern und später bei den Einsätzen die Treue halten, vielleicht verdrängte er auch das in irgendeine Ecke, aber es ermutigte ihn sichtlich, dass sie seine Freundin blieb. Gleich nach seiner Wehrentlassung wurde sie schwanger, und sie heirateten wie zwei fröhliche Kinder. Das Baby kam zur Welt, und während meines Italienaufenthalts hörte ich nichts von ihnen.

Erst nach meiner Rückkehr wurde mir zugetragen, dass Rakefet – ewig lebenshungrig und dabei auf ihre Art auch irgendwie naiv und bezaubernd – auf mindestens zwei Hochzeiten tanzte; doch Boas umgab sich mit einer undurchdringlichen Mauer, die jede Frage oder Andeutung abwies. Manchmal schien es, als schaffe er sich insgeheim eine Zuflucht für harte Zeiten, hänge einer alten Liebe nach, aber sehr bald wurde die von seiner Anhänglichkeit an Rakefet in den Schatten gestellt. Rakefet besaß die Gabe, ihn immer wieder magnetisch anzuziehen, vor allem wenn sie ihn abrücken spürte. Er betete sie an, wie man damals Filmgöttinnen, Brigitte Bardot oder Jeanne Moreau, anbetete, und sie bemühte sich nach Kräften, die Leichtlebigkeit und Geschwätzigkeit berühmter französischer Filmschauspielerinnen nachzuahmen. Sie plauderte ununterbrochen, verbarg dahinter den Horror, es könnte eine Pause, ein kurzes Schweigen eintreten, das, behüte, eine unangenehme Frage zuließe. Wenn es gar nichts mehr zu sagen gab, fing sie an zu singen wie die Helden des Musicalfilms *Die Regenschirme von Cherbourg*, oder sie schmetterte eine berühmte Opernarie, sprang von Lied zu Lied, von Oktave zu Oktave, mit artistischer Sicherheit.

Im Lauf der Zeit begriff ich, dass er von ihrer Untreue wusste, zumindest von ihrer dauerhaften Affäre mit einem ihrer hartnäckigsten Verehrer aus Oberschulzeiten, einem Konkurrenten, der sich Boas zwar scheinbar hatte geschlagen geben müssen, aber sichtlich immer noch auf der Bildfläche war, und ich dachte, was ihn an dieser Affäre tröstet, ihn damit leben lässt, ohne wahnsinnig zu werden, ist die romantische Illusion, sein Leben ähnle dem berühmten Dreiecksverhältnis in dem Film *Jules und Jim*.

Doch neben Boas' Festung entstand auch um Rakefet eine Art sterile Zone, mit Sicherheitsvorkehrungen, die keine Ermittlung oder Forderung zuließen und Beweise für ihre Seitensprünge vertuschte. In unserem Bekanntenkreis dachte man, er würde wenigstens mich, den guten Freund, einweihen, und ich hätte eine Ahnung von dem Geheimnis um die Beziehung der beiden, aber in Wirklichkeit wusste ich gar nichts. Versuchte ich, seine Mauer zu durchdringen, wehrte er den Vorstoß sofort ab, als hätte er, und nicht sie, etwas zu verbergen. Rakefet wurstelte sich durch oder, in der Sprache der Propheten, »rannte kreuz und quer ihre Wege«, mit Hilfe ihres unschuldig flatterhaften Auftretens. Mich faszinierte immer ihr lila Blick aus riesigen Kulleraugen, die in unendlichem Staunen auf das schauten, was das Leben zu bieten hatte. Das war reizend, aber natürlich konnte ein Skeptiker wie Boas, bei aller Verehrung für sie, das Tempo nicht mithalten. Sie studierte Musik und Gesang, hätte bei dem Schauspieltalent, mit dem sie ihr Leben führte, auch auf der Bühne reüssieren können. Wenn wir, zu drei oder vier Paaren, freitags bei ihnen zum Abendessen eingeladen waren, kam es zuweilen vor, dass Rakefets Platz plötzlich leer war. Sogar als Gastgeberin brachte sie es in ihrer unbekümmert naiven Art fertig, sich davonzustehlen, vermutlich zu einem Rendezvous. So viel Freiheit nahm sie sich heraus, wobei ich bis heute nicht begreife, warum sie so sicher war, nie dafür büßen zu müssen. Im Leben spielte sie ihre Rolle natürlich und mühelos, doch auf der Opernbühne, die sie zu erobern hoffte, gelang ihr kein wirklicher Durchbruch, es sei denn, man wertet den Umstand, dass ihr noch ein Verehrer, diesmal ein leitender Bühnenbildner, ins Netz ging, als Teilerfolg. Sie hatte, soweit ich mich erinnere, eine kleine Nebenrolle in *Così fan tutte*, und danach nichts mehr. Obwohl sie für die Rolle der Beraterin in Sachen Verführungskunst aus Mozarts Werkstatt geboren zu sein schien, blieb ihr Opernerfolg weit hinter ihrer Leistung im realen Leben zurück.

Aber ihre stagnierende Karriere tat Boas' Verehrung keinen Abbruch. Neben dem ewigen »scheiden lassen oder nicht« betete er sie unermüdlich an, bis sie ihm, endgültig, den

Laufpass gab. Sie hatte sich einen wohlhabenden, erfolgreichen Rechtsanwalt geangelt, der, um ihr Herz zu erobern, aus eigener Tasche eine Truppe unterstützte, die Operetten und Musicals auf die Bühne brachte. Dank ihres Gelegenheitsimpresarios fanden sich auch Rollen für sie – stets eine Variation des leichtsinnigen Mädchens, das starken Männern verfällt und sich hinterher das Herz verzehrt – und Boas verzichtete, nach ein paar Streitrunden, schließlich auf seine Rolle als offizieller Ehemann. Er bestellte den Anwalt zu einer Aussprache, klärte dessen Absichten hinsichtlich seiner gemeinsamen Zukunft mit Rakefet, insbesondere ob sie die Sorge für das zur Mutter gehörende Kind einschloss, und gab, als er diesbezüglich beruhigt war, Rakefet seinen Segen mit auf den Weg, ritterlich und ohne Wettstreit. Und danach begann eine Phase des Single-Lebens, in der er zumeist die Wunden leckte, die seine Ehe hinterlassen hatte.

Diese Genesungsperiode war die goldene Zeit unserer Freundschaft. In vieler Hinsicht konnte man uns als ein Paar bezeichnen; wir wirkten reibungslos zusammen, wie ich es aus der Pionierzeit der Organtransplantationen kannte, als die Operationen ein echtes Duett waren, ein Werk für vier Hände, ehe ich ein einsamer Wolf wurde, der keinen verlässlichen Partner besaß. Boas war an die zehn Jahre als betrogener Ehemann und weitere zehn Jahre war er damit beschäftigt, sich aus dieser Rolle zu befreien. Mein größter Beitrag bestand wohl darin, dass ich ihn aus der Ecke herausholte, in die er sich mit Rakefet verrannt hatte. Ich selbst steckte in einer Sackgasse mit meiner ersten Frau, und da ich noch nicht aus ihr herausfand, kümmerte ich mich um seine Befreiung. Wir dachten wohl beide, die Befreiung des anderen würde schließlich die eigene nach sich ziehen. Darin waren wir uns einig. Ich kam nach einer komplizierten Operation direkt in die Bar, in der unsere Clique jeden Abend saß, ich im Aggregatzustand des notgedrungen Verheirateten und er in dem des notgedrungen Geschiedenen. Er wollte gern sein erzwungenes Single-Dasein beenden und ich meine Ehe.

Meine erste Frau hatte ich im Krankenhaus kennengelernt. Ich war Praktikant, sie Schwester auf der Intensivstation. Wir legten gemeinsam Infusionen, beugten uns Kopf an Kopf über Patienten. Nach kurzer Zeit fusionierten wir, ich flog auf ihre Großzügigkeit, ihr schlichtes Wesen, ihre Aufrichtigkeit. Die natürliche Wärme, die sie ausstrahlte, tat mir gut nach den Jahren, in denen es eiskalt in mir gewesen war. Aber die Wärme genügte offenbar nicht. Ich wurde nicht ausreichend versorgt, und als ich unterversorgt blieb, rückte ich ab. Auch unser Leben nahm getrennte Wege. Sie gab den Schwesternberuf auf und wurde Mutter, ich wurde ein erfolgreicher Chirurg und gab meine Rolle als Ehemann auf, und wir kamen kaum noch zusammen, beugten uns ja längst nicht mehr gemeinsam über Patienten, und ich war selten zu Hause. Die schlimmste menschliche Krankheit ist das Mehr-haben-Wollen. Du brauchst mehr. Hast mehr verdient: eine Gewitztere, Weiblichere, Attraktivere. Die Welt wimmelt von Frauen, man muss nur wählen, die passendste aussuchen. Die, die mich wirklich glücklich macht, als ob Wärme nicht das Wichtigste wäre. Ein rares Gut. Doch wenn ein Bedarf gedeckt ist, gerät er in Vergessenheit, darin liegt das Problem. Leider fühlte sich mein renitenter Trieb, dieser rebellische Mechanismus, nicht zur Wärme hingezogen, sondern gerade zu den kalten Gefilden.

Boas' Wunsch, sein Single-Dasein zu beenden, und mein Wunsch, meine Ehe zu beenden, ergaben eine gefährliche Kombination. Ein Wunder, dass es nicht früher zur Explosion kam. Anscheinend hielten wir stand, weil einer dem anderen die Frau ersetzte. Das war unstrittig ein vorübergehendes Arrangement. Wir wollten eindeutig nicht nur von dem ungeliebten Single-Dasein beziehungsweise der ungeliebten Ehe loskommen, sondern auch voneinander. Unser praktisch identisches Ziel lief der Freundschaft zuwider, da jeder eine neue Frau finden und mit ihr ein neues Leben anfangen wollte, zum Ausgleich für den Fehlgriff, den wir in der ersten Runde getan hatten. Voneinander loszukommen bedeutete für uns beide, nun den richtigen Weg einzuschlagen, die jeweilige Traumfrau zu finden. Boas wünschte sich eine, die ihn für seine leidvollen Jahre mit Rakefet entschädigte. Er war ein Charmeur, wusste eine Frau zu umwerben, und sobald eine attraktive auftauchte, umfächelte er sie mit lyrischen Zauberschleiern. Er mischte Leichtes mit Schwerem, Tiefes mit Schwebendem, Lebenslust mit Weltschmerz. Er konnte in Romantik schwimmen, ohne unterzugehen, war ein Meister der Zärtlichkeiten. Boas kam als rarer Ritter daher, bis zu dem Moment, in dem er enttäuschte. Frauen, die ihm ins Netz gingen und verletzt wurden, bezichtigten ihn des Lugs und Trugs, der kaltblütigen Verführung.

Die Sache lief immer gleich ab: Zuerst verbarg er seine Beute und streute nur Andeutungen aus; im nächsten Stadium erschien er mit seiner Prinzessin zur majestätischen Stippvisite, und dann, kurz darauf, verblasste der Glanz seiner neuen Auserwählten, bis er gänzlich erlosch und Boas enttäuscht und mit leeren Händen zu uns zurückkehrte. Vielleicht war etwas dran an den Vorwürfen der Frauen, die sich betrogen fühlten, aber seine Seelenpein zeigte, dass er nicht nur Betrüger, sondern auch Opfer war. Ich, der Verheiratete, betrachtete mit sehnlichen Augen jede neue Braut, die er mir vorstellte, beneidete ihn um seine grenzenlose Freiheit, nicht nur jeden Krümel Romanze am Wegrand mitzunehmen, sondern die neue Liebe auch bis zuletzt auszukosten. Doch wie es der Teufel so will, meine heimlichen Affären dauerten länger als seine offenen. Ehe er Avital verfiel, hatten so einige Studentinnen versucht, sich ins Haus des brillanten, geschiedenen Professors einzuschleichen, was einigen auch gelang. Es war noch die Zeit vor der Hexenjagd auf derlei Verbindungen, und so hatte es nicht einmal den Reiz verbotener Liebe. Aber ich weiß noch, dass Boas mir damals sagte, nie sei ihm eine Studentin im Hörsaal ins Auge gefallen. Es habe ein paar flüchtige Liebesaffären gegeben, mehr nicht. Das tolle Leben läuft bei den Geisteswissenschaften, seufzte er oft; bei uns in den Biowissenschaften ist diesbezüglich tote Hose.

Das Problem bei der Suche nach der passenden Frau bestand darin, dass er meist auf vergebene Frauen abfuhr. Diese Schwäche, die ihn häufig scheitern ließ, wurde nicht gleich sichtbar, ließ sich über die Jahre aber schwerlich leugnen. Er stand lange Zeit auf eine Unerreichbare, die ihm Leiden bereiten konnte. Unterdessen tauchten noch ein paar peinigende und quälende Frauen auf, bei denen er sein Glück versuchte. Ich sprach das Thema häufig an. Sagte ihm, schau, wie das Schicksal dir mitspielt, du suchst Entschädigung für Leiden an einer Tür, an der »Leid« geschrieben steht. Aber er klopfte weiterhin gerade an diese Türen, quälte sich und resignierte. Diese Frauen ließen sich zwar gern von ihm umwerben, denn das bewies ja ihre bleibende Attraktivität, aber sobald es ernst wurde, kehrten sie ihm den Rücken.

Bei Avital fand er erstmals die unschlagbare Mischung, die ihn von seiner destruktiven Neigung heilte, dieser edlen Abart des übermächtigen Verlangens, eine Frau aus den

Armen eines anderen Mannes zu retten. Sie war verwitwet, hing immer noch an ihrem Jugendschwarm – der in seiner Freizeit riskante Bergtouren unternommen hatte und in den Anden tödlich verunglückt war –, und Boas wetteiferte unverdrossen mit dem Andenken an den geliebten Mann, und mit großer Anstrengung, Schritt für Schritt, ließ sie sich von ihm erobern. Er umwarb sie geschlagene sieben Jahre, drängte und ließ auch im richtigen Moment locker, bis er sie schließlich gewann und sein Glück vollkommen schien. Aber die Gnadenfrist bis zum Ausbruch der Krankheit war kurz. Wieder erwies sich das, was mir wie ein Naturgesetz vorkommt: Glück bringt Unglück. Das folgt dem (selbsterfundenen) Axiom, dass zu viel Gutes nicht guttut. Das ist vielleicht die wichtigste Lektion, die ich vom Leben gelernt habe – Streben nach Glückseligkeit ist gut und schön, solange es beim Streben bleibt. Vor dem Glück muss man sich hüten wie vor einer Krankheit; das heißt, man muss alles tun, um es zu verleiden, sobald es am Horizont aufscheint. Doch kaum hatte Boas sich in Avital verliebt, tat er zu seinem Unglück alles, um das verheißene Glück mit ihr voll auszukosten. Man sehe und staune, welche Gegensätze man in einem einzigen Leben durchmachen kann: Boas war in der ersten Hälfte seines Lebens einer geschwätzigen, stürmischen und untreuen Frau verfallen, und als sich die Korrektur anbot, machte er eine Kehrtwende und suchte sich eine treue, ruhige und schweigsame aus. Avital war die Korrektur des Fehlgriffs mit Rakefet, die Gesundung von der langen Krankheit, ein Ebenbild seiner Mutter in ihrer bedingungslosen Liebe. Derselbe Boas, dessen Wesen und Temperament sich über die Jahre keinen Deut veränderten, war mal der einen, mal ihrem Gegenstück ergeben, und man kann keinesfalls sagen, er sei sich in dieser oder jener Verbindung selbst untreu gewesen. Beide Beziehungen passten zu Boas, wobei ihn die erste Frau allerdings schwächte und die zweite stärkte – aber vielleicht auch das nur dem Anschein nach.

Doch als er mit Avital in den Gefilden des Glücks angelangt war und ich hoffte, er würde auch in der Beziehung zu mir ruhiger werden – wir hätten irgendwie ein neues Gleichgewicht gefunden, nachdem erst ich, dann er die richtige Partnerin erkoren hatte –, da wurde Boas viel ehrgeiziger. Er meinte nun ebenso euphorisch wie unrealistisch, er könnte künftig nicht nur als Wissenschaftler reüssieren, sondern auch als Arzt. Könnte sein Medizinstudium im fortgeschrittenen Alter abschließen und ein berühmter Arzt werden. Jahrelang hatte er seinen Sturm auf dieses Ziel immer wieder aufgeschoben, sich mit dem milden Naturschutzgebiet seiner Forschungen begnügt, und nun bekam er plötzlich den Mut, sich in die Löwengrube zu begeben, meinte, dank seines Rufs und der gesammelten Beziehungen würde man ihm einige Brücken bauen, damit er die fehlenden Jahre schnell nachholen konnte. Doch zum Erfolg brauchte es nicht nur Begabung oder Glück, sondern auch die Fähigkeit, Hindernisse aus dem Weg zu räumen, und ich mit meinen zerrütteten und labilen Beziehungen im einzigen Krankenhaus des Landes, das einem einfallsreichen Wissenschaftler wie ihm angemessen war, stellte eher ein Hindernis dar. Mir scheint, bei seinen größenwahnsinnigen Plänen wollte er nicht mit mir in Verbindung gebracht werden. Unsere enge Freundschaft leistete ihm keinen Dienst auf dem Weg zu seinem neuen Ziel, das Medizinstudium schnellstmöglich zu beenden und ein Arzt mit der Aura des Wissenschaftlers zu werden. Ich war ein streitsüchtiger, unangepasster

Mensch, geächtet und kaltgestellt in meinem beruflichen Umfeld, und er brauchte Kontakte, die ihn voranbrachten. Meine problematischen Eigenschaften, mein heftiges und provozierendes Wesen standen diesem Streben entgegen. Ich behaupte nicht, er habe mich bewusst zurückgewiesen; vielleicht war sein Abrücken von mir unbewusst, oder halb bewusst. Aber man merkte, dass er kein Interesse an meiner Gesellschaft hatte. Oft versuchte ich herauszufinden, was ihn bewegte, aber er war lakonisch, spielte nicht mit. Endlich war er an seinem Traumziel angelangt, warum sollte die Gegenwart dann nicht perfekt sein? Warum ein schwarzes Schaf auf seine grüne Weide lassen?

Mag sein, dass ich, der Gejagte, in Verfolgungswahn verfalle und die Gefahr überbewerte. Wie dem auch sei, Boas war erfolgreich und zufrieden, und mit mir ging es stetig bergab. Sein Leben segelte auf ruhigen Wassern und meines schwankte auf stürmischer See. Inbegriff meines Absturzes war die Art der Operationen, die ich durchführte. Wurden die großen Transplantationen einst durch die Genesung des Patienten belohnt, geht es bei meinen heutigen Eingriffen meist nur darum, sein Leiden zu erleichtern. Ich beobachtete Boas von fern und staunte über seine Lebensweisheit, wie er nach Jahren des Suchens genau das Gewünschte fand. Ich meine, Boas gelang es im zweiten Lebensabschnitt, die Falten zu glätten, und ich lebe im zweiten Durchgang von einer Krise zur anderen, verbiege, zerstöre, verstricke mich und leide. Wer kann die Schäden brauchen, die durch die diversen Stürme angerichtet werden, denke ich; nötig ist eine Partnerin, die du wegen ihrer guten und nicht wegen deiner schlechten Eigenschaften magst. Eine Frau, die ich dafür liebe, was sie ist, nicht wegen dem, was ich bin.

4 Ich komme erschöpft und unkonzentriert zu meiner wöchentlichen Operation. Ich versuche zu überlegen, warum ich diese Geschichte erzähle, wozu dieses Wühlen in meinen Beziehungen zu Boas. Vielleicht hoffe ich, die Erforschung unserer Verbindung würde mir helfen, den Urgrund des Todes zu begreifen, den Geschehensverlauf vom Tod zu seiner Ursache zurückzuverfolgen. Die Möglichkeiten einzeln zu untersuchen und sie letztlich eine nach der anderen auszuschließen, bis sich zeigt, was dieser Krankheit wirklich zugrunde liegt, dieser teuflischen Krebsart, für die es keine wissenschaftlich belegte genetische Ursache gibt. Eine Art Krebs aus dem Nichts. Ich meine zunehmend, ich werde meine Schlussfolgerung am Geist, nicht an der Materie festmachen. Vielleicht an Boas' brennendem Neid auf die Ärzte, der ihm keine Ruhe ließ. Es lastete ein mythologischer Fluch auf ihm: Ihm war es bestimmt, seltene Begabungen zu besitzen, die jedoch nicht reichten. Als Wissenschaftler war er mit prüfenden Augen, feinen Sinnen, scharfem Verstand und wachem Gedächtnis gesegnet, und als Dozent standen ihm bei der Vorlesung der wache Geist, die gemeißelten Worte, die kunstvollen Sätze zu Gebote, aber was er daraus machen konnte – geschliffene und anregende Studien über das Wesen des Lebens, Vorlesungen über die Natur der Schöpfung, die Mysterien der Zelle und das Geheimnis der Gewebe –, befriedigte ihn nicht. Zum reinen, vollkommenen Schaffensprozess, der für ihn im Heilen und Operieren lag, vermochte er nicht zu gelangen; ehe er Avital gewann, dachte er eigentlich auch, dies zu erreichen sei ihm verwehrt.

Ich merkte, dass er seine Frustration auslebte, wenn er in ätzende Polemiken mit Biowissenschaftlern aus aller Welt in angesehenen Zeitschriften eintrat, mit seiner reichen und präzisen Sprache auf seine Kontrahenten einpeitschte und sie mit Hohn und Spott bedachte; oder sich gar über die wissenschaftliche Forschung als solche mokierte und sich dem widmete, was er »wissenschaftliche Feuilletons« nannte, beispielsweise dem Eigenleben der Fäden, wobei er eine Erklärung für ein unerklärliches, alltägliches Phänomen zu geben versuchte, etwa dafür, wieso zwei Fäden, oder Kabel, die man auf den Boden oder in eine geschlossene Schublade legt, sich innerhalb kurzer Zeit unlösbar verheddern, als führten sie ein Eigenleben. Wenn ich mich recht entsinne, gelangte Boas bei seiner halb scherzhaft gemeinten Untersuchung zu dem Schluss, dass die Wirklichkeit sich ständig verzerre, der Faden sensibel für diese Verzerrungen sei und sich mit den Vibrationen, die er daraus aufnehme, verbiege. Unwahrscheinliche Dinge könnten geschehen, wenn man nicht hinsehe, erklärte Boas, denn solange du etwas beobachtest, zwingst du es zu einem bestimmten Verhalten, und wenn du nicht hinschaust, nötigst du es, all seine anderen Möglichkeiten auszuschöpfen.

Man kann behaupten, der Mensch bestehe aus zwei Teilen: Der eine Teil sei das Leben, der andere Teil das Schicksal. Der Fluch, der Boas verfolgte, lässt sich seinem Schicksal zuordnen, und was ich über Boas zu erzählen habe, gehört überwiegend zum Leben, aber wenn man dem Fluch auf den Grund gehen will, muss man das Schicksal mit dem Leben verbinden und untersuchen, wie in jenem schicksalhaften Augenblick dieser Fluch über ihn gekommen ist. Hatte den Vater eine jähe, unsichtbare Frustration befallen, als er seinen geliebten Sohn, den er sonst bei jeder Gelegenheit stolz präsentierte, anherrschte, seinen Sohn, der ständig sein Wirken als Internist beobachtete, die Feinheiten der Untersuchung, Diagnose und Heilung registrierte und verinnerlichte? Wer weiß, ob die tödliche Krankheit nicht in Boas' Innerem zu keimen begann, als der Vater ihn anfuhr. Dieses gefrorene Leben verfolgt mich, dachte ich kürzlich, als ich den Kittel auszog und den Operationssaal verließ (denn was sind Erinnerungen anderes als gefrorenes Leben); ich bin gejagt und rekapituliere trotzdem, nehme mir das Recht heraus, das Leben meines Nächsten mit meinem Leben zu verquicken. Was will ich damit anderes beweisen, als dass wir alle, in den Beziehungen zu unserem Nächsten, Ausbeuter und Ausgebeutete sind; dass wir uns alle aus den Trümmern unseres Lebens retten möchten und dabei den mitnehmen, der uns über den Weg läuft. Wir machen uns vor, es sei Zuneigung oder Liebe, aber in Wirklichkeit ist es Ausbeutung.

Dieser Schluss ist es, der mich in die arabische Stadt und in die orthodoxen Viertel führt, denn nur dort kann ich frei atmen. Ich bekomme nur dann richtig Luft, wenn ich auf Abstand zu mir gehe und keiner mich kennt; wenn ich eindeutig weder ausnutze noch ausgenutzt werde und, in unserem Zusammenhang, über niemanden Gutes oder Schlechtes erzählen kann. Der Urlaub von mir und meinen unlauteren Motiven, mir und den unlauteren Motiven meiner Mitmenschen, ist die Hauptsache. Die Freiheit von dem Zwang, Liebe und Anstand zu wahren oder zumindest eine Maske von Liebe und Anstand anzulegen. Das Leben ist kein steriler Operationssaal, es verläuft nicht im Schutz von Gesichtsmaske und Handschuhen. Es berührt, verseucht und gefährdet. Macht krank, ohne zu heilen. Deshalb liebe ich die Streifzüge durch die arabische Stadt und die frommen

Viertel: Es sind die schmutzigsten und stinkigsten Gegenden Jerusalems, aber spirituell herrscht dort Sauberkeit, denn sie sind ein reines Abbild des Lebens. Sie sind zugleich die geistigsten und die körperlichsten Wohnviertel der Welt. Die Einwohner der orthodoxen Viertel beispielsweise verschwinden in ihren unzähligen Lehrhäusern, als wären sie Wirtshäuser; in Jerusalem vermengen sich Lehrhäuser und Wirtshäuser wie Wirklichkeit und Fantasie, bis sie nicht mehr zu trennen sind. Einmal erklärte einer meiner Patienten (ich weiß nicht mehr, in welchem Zusammenhang), in Jerusalem fände man sich beim Verhandeln um den Kaufpreis in eine talmudische Debatte verwickelt und umgekehrt. Auch in der arabischen Stadt sieht es kaum anders aus: Worte des lebendigen Gottes, die aus jeder Ecke über die Ätherwellen schallen, gehen völlig im Marktfeilschen auf.

Mich jedenfalls zieht es nicht mehr nach Rom oder London wie früher mit Boas, als wir jede Gelegenheit nutzten, dem Land zu entfliehen. Was haben London und Rom mit dem wahren Leben zu tun; das wahre Leben findet hier statt, sagte ich mir zum wer weiß wievielten Mal – aber stets wie zum ersten Mal –, wenn ich von Malché Israel über Mea Schearim zum früheren Mandelbaum-Tor und in die Saladin-Straße spazierte. Es gibt auf der ganzen Welt keine Stadttour, die das echte Leben so in sich birgt wie diese, dachte ich im Gehen, warf tonnenweise Frust und Anspannung ab und atmete die frische Luft. Gerade hatte ich einen angeblich unheilbaren Kranken von seinen Leiden befreit, vielleicht würde er sogar genesen, »mit Gottes Hilfe«, wie man hier sagt, und ich hatte keinen Grund, mich nicht wohlzufühlen. Ich tue immer noch mein Bestes, dachte ich im Stillen, ich tue etwas, das keiner außer mir fertigbringt, wiederholte ich mir unterwegs. Bei all der tiefen Verachtung, die ich für die Menschheit empfinde, tue ich etwas für sie: Ich rette Leben, lindere Leiden, zumindest für begrenzte Zeit, und ich tue es besser als jeder andere Chirurg, den ich hier kenne. Ich tue für meine unbekannten Patienten, was ich für meinen guten Freund Boas nicht habe tun können, der erst zu mir kam, als keine Rettung oder Erleichterung mehr möglich war; ich tue sogar mehr für die hungrigen Katzen in diesen ärmlichen Straßen (auch zwischen den Abfallhaufen verhalten sie sich wie Göttersöhne auf dem Olymp); und wenn ich am Rand dieser Strecke, inmitten dieser heiligen Gemeinde, wie man hier sagen würde, ein paar Wahrheiten über dieses Leben entdecke, dann kann man nicht behaupten, ich hätte sie mir nicht ehrlich verdient.

Boas begegnete der Welt toleranter als ich. Er war nicht weniger kritisch, gelangte aber zu einem weniger strengen Ergebnis. Das zeigt sich daran, dass er sein Leben lang in der Welt lebte, nicht abseits, konträr zu ihr stand, wie ich es tue. Boas kam gar nicht auf die Idee, der Welt zu entsagen, ihr noch zu Lebzeiten den Rücken zu kehren, während ich immer öfter mit dem illusorischen Gedanken spiele, den Rest des Lebens in einem Kloster, dem wohl lebensfernsten Ort, zu verbringen. Mit Sicherheit lässt sich sagen, dass Boas das Leben weit mehr geliebt hat als ich, der immer schon dachte, das Nichtgeborensein sei besser als das Geborensein. Wie bei der Liebe: Je mehr du liebst, desto weniger wirst du umworben, und Boas, der große Verehrer des Lebens, wurde vorzeitig von ihm verlassen. Ich bin überzeugt: Je mehr man dem Leben den Rücken kehrt, desto beständiger umwirbt es einen. Offenbar ist das nicht nur ein menschliches, sondern auch ein Naturgesetz. Je mehr du verachtest, was das Leben zu bieten hat, desto mehr bietet es sich dir selber an. Ohne Boas' Tod hätte ich nicht gewusst, dass die Dinge so liegen. Das Dunkel seines Todes hat mir diese Erleuchtung verschafft.

Die Unterschiede zwischen den zweiten Frauen, die wir uns aussuchten, verdeutlichten mehr als alles andere die Unterschiede zwischen uns beiden. Die ersten, unsere Jugendlieben, waren nicht aussagekräftig, denn mit ihnen verbanden wir uns unbewusst, geblendet, mit jugend- und schicksalsbedingter Blindheit, aber die, die sie ersetzten, waren eine ganz andere Geschichte. Schicksalhaft zwar, aber nicht blind. Beim Verlieben spielte auch ein Wahlmoment mit. Boas wählte eine noble, ruhige und treue Frau. Er war wild entschlossen, eine Kehrtwende zu machen, die stürmischen Jahre zu überbrücken und an die Vergangenheit, seine sichere und behütete Kindheit, anzuknüpfen. Ich tat einen ähnlichen Schritt, aber die Rückbesinnung auf die Kindheit erfolgte natürlich nach meinem, nicht seinem Maß. Meine Rückkehr in die Vergangenheit mittels der zweiten Frau entpuppte sich als eine neue Runde von Unsicherheit und Unglücklichsein. Boas nahm sich eine Frau, bei der er immer befriedigt sein würde, und ich nahm mir eine, bei der mir immer etwas fehlen, ich immer nach mehr verlangen würde. Ich könnte mich nie mit Boas' Art von Zufriedenheit, solcher Sattheit begnügen. Ich muss hungrig sein, um vital zu bleiben. Sattheit ist eine Art Tod. Mit Avital war Boas zu zufrieden, zu freudvoll, und daher waren die wunderschönen Studien, die er in den letzten Jahren über das Wesen des Lebens veröffentlichte, zu eindeutig für meinen Geschmack, ohne Fragezeichen. Aber ich beneidete ihn um seine Freude. Ich beneidete ihn, weil er nicht so durchgerüttelt wurde wie ich. Wirbelte ich in meinen Stürmen, in den Zwisten meiner zweiten Ehe, die ursprünglich hätte korrigieren, nicht kaputtmachen sollen, hätte ich jeden Preis bezahlt, um ans sichere Ufer zu gelangen. Aber ich brauchte diese Erschütterung, und Boas brauchte sie nicht. Leider befiel sie ihn wider Willen.

Jeder nimmt das Drama seiner Kindheit überallhin mit, und unterwegs verändert es ständig seine Form. Wir können seine Wandlungen unmöglich vorhersagen. Notgedrungen bleiben wir verirrte Kinder in diesem Drama, das uns hinführt, wo es will. Ich habe mich an einem Ort verirrt und Boas an einem anderen, und deshalb sind unsere Dramen verschieden und sogar gegensätzlich. Wir mussten viele Worte verschwenden, bis wir den dunklen Punkt in seiner Kindheit erreichten, an dem er in die Irre gegangen war. Bei mir ist die Wunde immer zugänglich, greifbar, und bei ihm mussten wir tief bohren, um sie zu entdecken. Nach dem Verhängnis zu urteilen ist die zugängliche Wunde der tiefsitzenden anscheinend vorzuziehen. Vertreter der holistischen Auffassung werden einwenden, Boas' Wunde sei dem Abgrund des Vergessens entstiegen, als sie schon die Form einer unheilbaren Krankheit angenommen hatte, für die jede Behandlung zu spät kam. Sogar Boas selbst drang, ob zugegeben oder nicht, mit seinen genetischen Forschungen in den Bereich der persönlichen Geschichte vor, um dem Patienten die für seine jeweiligen Erbanlagen passende Medikation zusammenzustellen. Als ich ihm einmal scherzhaft sagte, damit gerate er ja ins holistische Lager, das er immer lächerlich gemacht habe, verwarf er diese alternative Methode als kompletten Unsinn. »Hier spielt kein persönlicher Aspekt hinein«, sagte er, »die gesamte Menschheit ist im Blickfeld.« Aber ich beharrte darauf, dass eine Heilung aufgrund persönlicher Eigenschaften, egal welcher Art, ein holistischer Ansatz sei.

Als er mich damals mit den Untersuchungsbefunden aufsuchte, sagte ich ihm ehrlich, dass er schwer krank sei, fügte aber gleich an, ich glaubte, er würde zu den wenigen gehören, die diese verfluchte Krankheit besiegten. Doch das war ein reines Lippenbekenntnis. Mir kam sofort der Gedanke, jene alte Wunde habe die Krankheit ausgelöst, obwohl der verletzende Satz vielleicht geistesabwesend, ohne jede offene oder verborgene böse Absicht dahingesagt worden war. Womöglich hatte der Vater ihn in einem ungeduldigen Moment aus dem Ärmel geschüttelt, nichts weiter als ein vorschnelles, verantwortungsloses Urteil, das erst in der Seele des Jungen schicksalhafte Wirkung erlangt hatte, ein abgeschossener Giftpfeil (oder, wer weiß, das letzte, endgültige Alibi für Unfähigkeit): »Ein Arzt wird nie mehr aus dir werden.« Auch nach vielen Jahren, die ich im Umfeld dieser Krankheit verbringe, wenn das denn die präzise Bezeichnung für meine Beziehungen zu ihr ist, habe ich keinen Schimmer einer Ahnung, aus welchem finsteren Tal sie hervorkriecht. Alle Mutmaßungen sind Schüsse ins Dunkel. Wie sollen wir wissen, was das Unterbewusstsein mit einem harten Satz wie dem, den Boas' Vater ihm an den Kopf warf, anstellen kann. Die große Frage lautet, wie Boas es gerade in seiner Ruhe und Sicherheit, »unter seinem Rebstock und unter seinem Feigenbaum«, wie die Bibel sagt, geschafft hat, mit seiner Krankheit fertigzuwerden. Wie gerade er, der derart viel zu verlieren hatte, so stoisch, so sokratisch reagieren, den Rang eines »Yogi des Krebses« erreichen konnte. Auf den ersten Blick sollte man meinen, wenn es viel zu verlieren gibt, sei der Horror vor der Krankheit weit größer. Aber vielleicht kommt es auch in diesem Fall weniger darauf an, in welcher Lage du dich befindest, als auf die Persönlichkeit?

Ich konnte Boas in dieser schweren Zeit nicht beraten, ihm keine Lebenshilfe leisten. Ich war hilflos, wie wir alle in solchen Fällen: Wir sagen ermutigende Worte, obwohl wir wissen, dass sie keine reale Grundlage haben. Früher, nach meiner Rückkehr aus Italien, war mir klar, er musste mal angestoßen, aufgerüttelt werden, brauchte jemanden, der ihn aus seinen Jugendträumen weckte, und diese Aufgabe meisterte ich ebenso exzellent wie das Medizinstudium, das ich damals mühelos absolvierte. Ich spornte ihn an wegzufahren, aus sich herauszukommen, ärgerte mich an seiner Stelle über Rakefets Seitensprünge und dachte, aus der Ferne würde er der Wirklichkeit vielleicht mutiger ins Auge schauen. Langsam und schrittweise geschah das auch. Er blieb zwar mit Rakefet zusammen, beschränkte sich auf seine vertrauten Kreise, die ihm Sicherheit verliehen, aber etwas bewegte sich bei ihm. Ich spürte die Bewegung wie beim Abtasten der Bauchdecke, bei dieser manuellen Untersuchung, von der man meinen könnte, sie sei schon aus der Mode gekommen und nur ich beharrte noch darauf. Zögernd, in seinem eigenen konservativen, skeptischen Tempo, taute er auf, rückte von seinem starren Standpunkt ab. Er befreite sich sichtlich aus Fesseln, mit denen er sich freiwillig gebunden hatte. Er folgte meinem Drängen und »bedachte« einige Frauen, wie er sagte, die ich ihm vermittelt hatte. Er bestaunte die fremden und fremdartigen Welten, die er dank dieser Frauen betrat, und war bald nicht mehr der blinde und betrogene Mann.

Aber gerade bei seiner Krankheit hatte ich ihm nichts anzubieten, keine Behandlung, die ich für aussichtsreich hielt. Wenn so eine Krankheit zuschlägt, kann man nicht mehr mit Wünschen, Illusionen oder Träumen kommen. Das ist ein Totalangriff, der nicht nur den Kranken lähmt, sondern auch seine Umgebung. Boas gehörte nicht zu denen, die aufbegehren oder einen Krieg erklären. Er schwamm langsam mit dem Strom. Das heißt, er widmete der Therapie nur einen Tag pro Woche und lebte an den übrigen Tagen quasi normal weiter. Quasi, weil die Krankheit schlimmer wurde und ihn zunehmend behinderte; die Schwäche, die Schwierigkeiten bei der Nahrungsaufnahme machten sich bemerkbar. Und doch brachte er es fertig, die Hauptsache, das Allerschlimmste zu ignorieren: den Gedanken daran, wohin sie führte. Ich an Boas' Stelle wäre verrückt geworden bei dem Gedanken, aus der Welt, die er so liebte, scheiden zu müssen. Aber er ignorierte den unweigerlichen Abschied und fuhr fort, das Leben auf bewundernswerte Weise zu umwerben.

Eigentlich hatte er das immer getan. Als all die glücklichen Nachwuchsmediziner emsig und zielstrebig die Leiter des Erfolgs zu erklimmen suchten, scherte Boas sich nicht um seine Position. Zwar sammelte auch er Abschlüsse, bekam eine Dozentenstelle, dann die Festanstellung, erwarb schließlich den ehrenwerten Titel »Hypothekenschuldner«, als er seine erste Wohnung kaufte, aber verglichen mit seinen Freunden pflegte er den Nimbus des entspannten Gelehrten, der Herr seiner Zeit ist, des ledigen Gentlemans mit Muße für die Annehmlichkeiten des Lebens. Er war nicht an Schicht- und Bereitschaftsdienste gebunden, schwitzte nicht bei der Arbeit, pflegte den Tag im Café zu beginnen, Mittagsruhe zu halten, Schach zu spielen, sobald sich nur ein würdiger Gegner fand. Einmal, bei einem seltenen Heimaturlaub während meines amerikanischen Wettlaufs mit der Zeit, erinnerte ich ihn an den Sechzig-Meter-Lauf in der 9. Klasse, bei dem wir beide den Negativrekord aller Zeiten, 27 Sekunden, aufstellten, weil wir mitten im Rennen in eine philosophische Debatte – ausgerechnet über die Zeit – geraten waren. Boas behauptete beim Rennen, über die Jahre verwandle sich die Zeit mehr und mehr in einen Ort, und der Ort verwandle sich mehr und mehr in Zeit. Er meinte damit, mit der Zeit werde die Zeit immer endlicher, verenge sich praktisch zu einem Ort; und der Ort werde immer mehr zu etwas Zeitweisem, also zu einer Art von Zeit. Seine Idee war damals schwindelerregend. Sie entstammte einem anderen Ort und einer anderen Zeit. Vielleicht dem Ort und der Zeit, in denen er jetzt weilt, einem Ort und einer Zeit, wo der Gedanke sich, unabhängig vom Körper, selber denkt. »Du setzt unseren berühmten Wettlauf von damals fort und wirst wohl ewig leben«, sagte ich ihm bei jenem Heimaturlaub, »und ich renne automatisch und werde bald an einem Herzstillstand sterben.«

Boas hatte keinen Horror vor Langeweile, vor Zeit, die ausgefüllt werden will. Er liebte die Leerräume und die toten Stunden. Er sagte immer wieder, er lebe eindeutig nicht im richtigen Zeitalter; er hätte besser ins 19. Jahrhundert gepasst, oder noch besser ins Jahrhundert davor. Er war ein Meister im Zeitvergeuden und stolz auf seine diesbezüglichen Leistungen. Ich erinnere mich, wie ich ihn auf dem Heimweg vom Krankenhaus einmal besuchte, an einem Wintertag in der Dämmerstunde, wenn Tel Aviv richtig heimelig sein kann. Ich fand ihn in karierten Filzpantoffeln und flauschigem Hausmantel auf dem Wohnzimmersofa seiner Single-Wohnung sitzen und seinen Hunger auf die Geschichte der Antike mit einem neuen Buch über die Hetiter oder über die Punischen Kriege stillen. Vor ihm auf dem Tisch stand ein Glas Tee mit Zitrone, hinter ihm auf der Kochplatte ein brodelnder Topf Bohnensuppe, die Pfanne bereit zum Braten von Auberginen oder Fleischbällchen, und im

Hintergrund erklang der Türkische Marsch, gespielt von einer längst vergessenen brasilianischen Pianistin, eine Schallplatte, die er von seinem Vater oder Großvater geerbt haben mochte. Er sagte mir einmal, es gäbe kein traurigeres Musikstück als dieses kurze Beethoven-Werk, und erklärte auf mein Erstaunen hin: »Es kommt geradewegs aus der Wüste namens ›Vergangenheit‹. Du spürst den Staub, den der Marsch, oder die Vergangenheit selbst, hinterlässt, die Anstrengung, das müde Verstreichen.«

Boas konnte die feinsten Empfindungen in präzise Worte kleiden, und diese Begabung, die Teil meines Lebens geworden war, nahm er mit in den Tod. Er sah das Leben mit den Augen eines Kindgreises, das heißt mit dem richtigsten Blick, in dem Neugier und Skepsis sich mischen, und träumte von der Zukunft, so schien es, als träume er von der Vergangenheit, als gäbe es die Zukunft nicht wirklich. Irgendein Sinn sagte ihm wohl, dass er die wirkliche Zeit des Alters nicht mehr erleben würde. Und was hätte er dann schon von der wirklichen Zukunft – doch nur den vorzeitigen Tod. Und mir, der ich mich nicht so auf den glänzenden, kreativen Müßiggang verstand, blieb viel mehr Zeit. Viel mehr Zeit, um in meiner weniger glänzenden Vergangenheit zu schwelgen.

Boas' Filzpantoffeln, die brutzelnden Auberginen in der Pfanne, die winterliche Bohnensuppe, das Sofa und der Sessel, die er von der Großmutter geerbt hatte und alle paar Jahre aufpolstern ließ. Sie sind jetzt der Dämmerbereich zwischen Körper und Seele, ähnlich dem sich unendlich ausbreitenden Äther Descartes (eines besonders einfallsreichen Philosophen, der sich, wie ich kürzlich las, nicht nur mit der Analyse des Geistes begnügte, sondern laienhaft auch leibliche Operationen durchführte, um herauszufinden, in welchem Organ sich die Seele verbirgt), eine realitätsferne Realität, existent und nichtexistent, wie die Klänge des Türkischen Marschs, die in die Luft entschweben. Vielleicht ist das wirklich die Seele, Boas' Seele. Oder vielleicht ist das einfach sein Leben. Sein Leben, das, solange ich mich daran erinnere, fortleben wird.

Aber welche Kluft tat sich zwischen uns auf! Sie entstand in der Kindheit und wuchs beim Militär, als er nicht vor dem Fallschirmsprung zurückschreckte, während ich nachdrücklich ablehnte, als man uns im Lehrgang für Sanitätsoffiziere dieses Erlebnis anbot. Er sprang ins Ungewisse (war zwischen Himmel und Erde glücklich), und ich dachte nicht mal im Traum daran, dasselbe zu tun. Wie er den Sprung aus dem Flugzeug ins Ungewisse wagte, so hat er, meine ich, auch zu sterben gewagt. Er hatte den Mut zu springen und den Mut zu sterben, und nun hat er den Fallschirmsprung und den Tod längst hinter sich, und zumindest im Hinblick auf den Tod, auf die absolute, einzig wirklich zählende Prüfung, ist er mir Lichtjahre voraus. Boas hielt sich immer für einen Angsthasen, vielleicht seit seiner Ohnmacht bei jener schicksalhaften Blutabnahme, die ihn nicht nur Blut, sondern auch die berufliche Zukunft gekostet hatte, aber tatsächlich war er äußerst mutig, wusste zu ignorieren, was dem Menschen verborgen ist. Wie Fleiß zuweilen aus Trägheit entsteht, so entsteht Mut zuweilen aus Furchtsamkeit.

Anders als ich lebte Boas immer das Erlebnis selbst, während ich nur die Aussicht darauf erleben konnte. Bei mir war die Aussicht auf das Erlebnis die Hauptsache. Die Aussicht war vielversprechend, und das Erlebnis fand nie statt. Ehrlich gesagt war die Erfüllung der Erwartung nicht nur enttäuschend, sondern schlichtweg desillusionierend. Immer wartete ich sehnlich darauf, und wenn der Zeitpunkt nahte, empfand ich nichts als eine Frustration, deren Höhepunkt das eigentliche Erlebnis war. Jedes Jahr warte ich monatelang auf den Sommer, spüre jedoch schon bei Frühlingsanbruch die Resignation des Hochsommers. Das passiert mir vor jedem ersehnten Erlebnis: einer interessanten Begegnung, einem Essen, einem Ausflug, und das Frustrierendste ist eine Reise, die immer albtraumhafter wird, je näher sie rückt. Der Höhepunkt des Albtraums ist natürlich die Reise selbst. Darin liegt, meine ich, der tiefere Grund dafür, dass ich mich in Amerika für das irrsinnige Rennen um Organtransplantationen einspannen ließ; deshalb auch hoffte ich, das Gerenne würde in Israel erst recht weitergehen. Bei akutem Zeitmangel achtet man nicht auf solche Feinheiten, bemerkt weder die Aussicht noch die Enttäuschung bei ihrer Erfüllung. Auch Boas wartete sehnlich auf das Erlebnis, freute sich aber, anders als ich, bei seinem Eintreten. Auf unseren Reisen war er jedes Mal von neuem verblüfft und erschüttert über meine unvermittelte Niedergeschlagenheit, die für mich kein bisschen unvermittelt war, sondern der Gipfel einer Entwicklung, die sich mit dem Näherrücken der Reise verstärkte. Dieser Stimmungsabfall erschreckte ihn schon deswegen, weil er ihm unbegreiflich war. Bis zum letzten Moment verbarg ich meinen Zustand, in der Hoffnung, mich bald wieder zu fangen, aber im entscheidenden Moment fiel die Maske ab und die Seele lag offen. Ich welkte, Boas blühte auf, und darin bestand, kurz gefasst, der Unterschied zwischen uns.

Eine unerfüllte Erwartung ist in meinen Augen ein Vorteil und kein Nachteil. Sie besitzt eine Kraft, die einem wirklichen Erlebnis nicht innewohnt. Sie allein gewährt mir die volle vitale Kraft der Verheißung, während das Verwirklichte mich entleert zurücklässt. Schlimmer noch: Wenn das Erlebnis endlich seinem Ende zugeht, fühle ich mich nicht etwa erleichtert, es überstanden zu haben, nein, jetzt kann ich mich kaum davon losreißen und fange an zu klagen, dass es bald zu Ende geht. An meinem letzten Tag in diesem oder jenem Land befällt mich das beklemmende Gefühl, etwas verpasst zu haben, und schon bekomme ich unerträgliche Sehnsucht nach dem Ort, den ich noch gar nicht verlassen habe, jenem Ort, der mir den ganzen Aufenthalt über zuwider war. Die brennende Gewissheit, die Hauptsache verpasst zu haben, begleitet mich tagelang nach meiner Heimkehr, während Boas sich genauso freut, wieder daheim zu sein, wie vorher über die Reise und den Aufenthalt am ersehnten Ziel. Vielleicht ist das der Unterschied zwischen einem, der seine Geschichte erforschen, in seiner Vergangenheit wühlen muss wie ich, und einem, der mit seinem Los zufrieden ist und gern in seinen Erinnerungen schwelgt wie Boas. Aber dieser Unterschied ist rein gar nichts gegen den Hauptunterschied, der mit dem Dasein selbst zusammenhängt. Einer, den das Erlebnis mit Freude erfüllt, freut sich offenbar am Dasein schlechthin. Einer, der davor zurückschreckt, schreckt auch vor dem Dasein an sich zurück.

Wenn dir das Dasein selbst zuwider ist und du das Nichtgeborensein dem Geborensein vorziehst, giltst du vielleicht nichts und wirst in Ruhe gelassen. Wenn du nicht zum normalen menschlichen Appell antrittst, zählen sie dich vielleicht nicht mit. Vergessen dich womöglich in jener unbegreiflichen Sphäre, in der über das Schicksal entschieden wird. Diese Haltung könnte sich tatsächlich als knapp gefasste Überlebenslehre entpuppen. Was für ein Absurdum ist es doch, dass ein Mensch wie ich, der sich die meiste Zeit damit beschäftigt, das Leben derer zu retten, denen eigentlich der Tod beschieden ist und die in einer anderen, gar nicht so fernen Ära einfach aus der Welt geschieden wären, selbst gar nicht an diesem Leben hängt. Während meiner anstrengenden Operationen, wenn Hände und Gehirn in Einklang arbeiten, als lenkte eine höhere Macht diese Bewegungen, sind all diese ketzerischen Gedanken aufgehoben, beiseitegedrängt. Boas hatte recht, als er einmal sagte: »Ein Mensch kann eine Null für dich sein, solange er gesund ist, aber wenn du ihn operierst, ist er der Mittelpunkt der Welt.«

5 Unser Problem verschärfte sich, wie gesagt, als Boas sein wahres Wunschziel erreicht hatte. Nun konnte er die angeblich vergeudete Zeit gar nicht schnell genug aufholen. Er begann sich über diese Verschwendung zu ärgern, und meine Anwesenheit erinnerte ihn aus irgendeinem Grund mehr als alles andere daran. Ich sage »aus irgendeinem Grund«, obwohl ich den Grund eigentlich kenne. Meine Anwesenheit erinnerte Boas an den Vergleich, den er unermüdlich zwischen uns anstellte – was ich erreicht hatte und was er. Wie absurd, gerade als meine Karriere stagnierte, erinnerte ihn meine Anwesenheit an seine verlorene Zeit, an das Versäumte. Ich fungierte als lebende Erinnerung daran, dass er kein Arzt war. Ich entsinne mich, wie er einmal ankam und in tragischem Ton, als sei die Welt untergegangen, erklärte: »Kaum zu glauben, dass ich den Sonnenuntergang verpasst habe. Erst als ich zum Schluss ans Fenster trat, sah ich, wie schön er gewesen sein muss. Wie ein Gemälde von Monet«, und er habe ihn verpasst, weil er sich mit einem Gespräch am Tisch fern vom Fenster aufgehalten habe. »Das Gespräch ist schon vergessen und der herrliche Sonnenuntergang versäumt«, sagte er.

Viele seiner Sätze habe ich Wort für Wort in Erinnerung. Sie hatten immer etwas Poetisches. Ich entsinne mich, wie Boas den verpassten Sonnenuntergang beklagte, und denke daran, dass unsere Beziehungen eine lange Reihe von Versäumnissen einschlossen. In jenen Jahren waren wir Meister im Versäumen. Unsere gemeinsamen Reisen verpassten wir ebenso wie die Frauen, die uns über den Weg liefen, oder die Ziele, die wir uns gesteckt hatten. Das Herz verkrampft sich vor lauter verpassten Gelegenheiten. Wir waren so ein perfektes Paar, dass unsere Beziehung wohl absurderweise unfruchtbar bleiben musste. Ich denke, wir haben uns gegenseitig ausgeschaltet, statt uns zu befruchten. Kein Wunder daher, dass sich bei uns so viel Wut und Verbitterung gegeneinander ansammelte. Kein Wunder, dass uns die Versäumnisse erst auffielen, als wir aus dem Dämmern erwachten, in dem wir so lange gefangen waren. Denn eigentlich war unsere Freundschaft ein Alibi: Boas und ich waren, jeder auf seinen krummen Wegen und in seinen verschlungenen unterirdischen Gängen, kein glückliches Männerduo. Wir waren auf die gleiche Weise angeschlagen. Jeder von uns suchte verzweifelt eine Frau. Wir suchten die eine und einzige erlösende Frau, und als ich sie als Erster fand, war das ein Schlag für ihn. Der ganze Zorn, den er in zwanzig Jahren gegen mich gehortet hatte, entlud sich mit einem Mal. Es waren Jahre, in denen ich hier und da Frauen für eine Nacht hatte und daneben noch eine Frau im Heimathafen. Jahre, in denen ich ihm alle Augenblicke mitteilte, nun hätte ich die gesuchte Frau gefunden, und er, der fast immer, sogar in der Zeit seiner Ehe, in ein leeres Haus zurückkehrte, erlebte ständig sein Versäumnis. Meine Suche war ganz anders als seine. Es ist ein Riesenunterschied, ob man aus einem leeren oder aus einem vollen Haus aufbricht.

Ich erinnere mich jetzt an eine Londoner Nacht, in der wir, als der Pub um Mitternacht schloss, in einen Club weiterzogen, wo man bis zwei Uhr morgens bechern konnte. Als wir auch ihn verließen, kam die junge Irin, die wir dort getroffen hatten, mit mir auf unser gemeinsames Zimmer, das wir zu dritt bewohnten, Boas, ich und noch ein Freund von uns. Die Betten standen nah beieinander, und entsprechend nah waren auch ihre Ächzer, ihr lautes »*Jesus, oh Christ*« und das unterdrückte Lachen der Ohrenzeugen. Mir war klar, dass Boas mich beneidete, sich sagte, verdammt nochmal, er hat eine Frau zu Hause, eine Familie, und ich bin ledig, und nun hat er schon wieder gewonnen. »Wieder« wegen des großen Liebesdramas auf einer gemeinsamen Kreta-Reise ein oder zwei Jahre früher, als ich eine bildschöne, depressive Schwedin liebend gern aus ihrer Seelenpein befreien wollte.

Wie im Traum sehe ich das Flugzeug über die Dächer der Stadt schweben, fast die Wände der Häuser streifen, bis es die Küste erreicht und landet. Vom Fenster aus war ein freistehendes Gebäude zu sehen, das sich als einfaches und ansprechendes Strandlokal entpuppen sollte und kurzes Glück bereithielt. So bot sich unseren Augen erstmals der Zauber dieser griechischen Insel. Später wusste ich nichts mehr anzufangen mit den langen Tagen. Wir beide wollten lieben und geliebt werden, und das konnten wir einander nicht bieten. Ich verliebte mich in die schöne und trübselige Schwedin, die ich im Geist bei uns auf der passenden Station unterbringen und bis zu ihrer Genesung pflegen wollte, um sie dann zur Frau zu nehmen (als ob ich ledig gewesen wäre), und Boas beneidete mich und war verbittert, dass das Glück mir lachte und nicht ihm. Wie ich mich erinnere, erlaubte ich mir sogar, ihm zu zürnen, weil er sich weigerte, mir unser gemeinsames Zimmer zu überlassen, damit ich mit meiner neuen Liebe ungestört sein konnte. Er war ein treuer und großzügiger Freund, gewährte mir stets Unterschlupf in seiner Wohnung, wenn ich auf schlüpfrige Abwege geriet, die zum erträumten neuen Leben führen sollten. Aber alle Großzügigkeit hat ihre Grenzen; ich trieb es damals zu weit. Die unterschwellige Konkurrenz war zutage getreten und trübte nun die Atmosphäre. Ich war wohl zu weit gegangen mit meiner Erwartung, er würde auf seinen Platz verzichten und mich die Liebe, die ihm versagt blieb, ausleben lassen. Das ist ein unvermeidbares Phänomen unter Männern; schon früher waren auf gemeinsamen Reisen gelegentlich Spannungen aufgetreten, aber wir hatten sie überwunden und meist einfach weitergemacht, ohne uns bei dem aktuellen Problem aufzuhalten. Jetzt, da der Tod uns scheidet, erscheint der düstere Bodensatz aus Kreta nebensächlich, als eine kurze, störende Erinnerung. Hätte ich damals nur geahnt, wie begrenzt meine Zeit mit Boas sein sollte, hätte ich sie nicht auf die junge Schwedin verschwendet, sondern sie nur mit ihm verbracht.

Ich wurde als Erster verzaubert und ließ Boas allein in einer anderen Stadt zurück. Es gab kein Zurück. Der Zauber einer Frau hält normalerweise fürs ganze Leben. Boas verliebte sich ein paar Jahre danach, und endlich hatten wir gleichgezogen. Tatsächlich könnte ich die ganze weitere Geschichte der Frage widmen, warum ich mir meine jetzige Frau ausgesucht habe. Mir scheint, wenn ich erst anfange, das zu analysieren, brechen alle Dämme und ich befasse mich nur noch mit der Beziehung zu meiner Frau. Aber das Ziel ist ja, von Boas zu erzählen, nicht von ihr, denn dann wäre kein Ende abzusehen. Wie ich mich kenne, würde ich wie besessen erzählen, denn eigentlich ist sie es, die mich beschäftigt, nicht Boas; sie bringt mich um die Ruhe, nicht er. Ließe ich das Drama meiner zweiten Ehe erst mal in Boas' Drama eindringen, würde es eindeutig die Oberhand gewinnen, die gesamte Bühne einnehmen. Genau deswegen erzähle ich ja von Boas – um meinem Drama zu entfliehen.

Als ich meine zweite Frau in mein Leben einführte, hoffte ich, sie sei die erste Schwalbe, die den Frühling bringt, sei der Frühling in Person. Verliebtheit fühlt sich so an. Ich konnte mir nicht vorstellen, dass sie nicht nur der Frühling, sondern auch das ihn trübende Gewitter sein könnte. Nach der Rückkehr mit meiner Familie aus dem glorreichen Exil in Amerika war ich aufgewühlt und verwirrt, und in diesem labilen Zustand wurde ich verzaubert, verliebte mich in eine aufregende und stürmische Frau, die in jeder erdenklichen Hinsicht das Gegenteil meiner ersten Frau war, und mein Leben wurde umgekrempelt. Es geschah zufällig, bei einem Treffen in einem Jerusalemer Café; da ihre Mutter sich einer Operation unterziehen musste, hatten gemeinsame Bekannte sie für ein Zweitgutachten an mich verwiesen. Wie seltsam, dass du, kurz bevor du der Liebe deines Lebens begegnest, nichts davon ahnst. Ich war nur schnell ins Café gekommen, um mir die Untersuchungsbefunde abzuholen, weil dieser Treffpunkt günstig für sie lag, und dann blieb ich Stunden oder, richtiger, den Rest meines Lebens bei ihr. Ich war verblüfft, als sie mich schon am Ende unseres ersten Treffens mit dem Kosenamen anredete, der sonst den mir Nächststehenden vorbehalten ist. Bei ihr klang diese Annäherung nicht unangenehm, sondern liebevoll, und sie nahm mein Angebot, ihre Mutter eigenhändig zu operieren, ganz natürlich auf. Nach der Operation erwartete sie mich auf dem Flur mit einem Päckchen in der Hand und reichte es mir mit den Worten: »Das ist ein kleines Geschenk für deine Frau, einfach was Symbolisches aus meiner Werkstatt, das unsere tiefe Dankbarkeit ausdrücken soll.«

Noch am selben Abend packten wir das Geschenk zu Hause aus und fanden ein bildschönes Kupferarmband mit glänzenden Steinen und reliefartigen abstrakten Symbolen.

Das Armband glänzte eigentümlich und fremd, und ich erinnere mich, dass meine Frau sagte: »Es ist von wirklich bezaubernder Schönheit.« Sie legte es an und gleich wieder ab, erschrocken, als glühe das Kupfer, und tat es in ihre Schmuckschublade. Bald darauf wurde das Armband zum Abschiedsgeschenk; sie hat es nie wieder getragen.

Kürzlich habe ich meine jetzige Frau gefragt, ob sie anfangs irritiert gewesen sei, weil wir nicht rasch intim geworden waren, ob sie gefürchtet habe, ich fände sie nicht attraktiv genug, und sie sagte: »Du warst perfekt, als wir uns kennengelernt haben.« Und als ich sie bat, ausführlicher zu werden, fuhr sie fort: »In dem Café dachte ich, du wärst gar nicht echt, ein perfektes Geschenk, das ich nicht verdient hatte. Und später, als du meine Mutter operiert hast, habe ich dich mit Gott gleichgesetzt.« Es war ihre Art, mir zu verstehen zu geben, dass ich ihr seit unserem Kennenlernen eine Enttäuschung nach der anderen beschert hatte. Interessanterweise könnte ich exakt das Gleiche von ihr behaupten; und wenn nicht in haargenau denselben Worten, dann leicht abgewandelt. Die Nähe zu ihr war von Anfang an so natürlich wie die Nähe zu mir selbst. Vom ersten Moment unseres Zusammentreffens spürte ich keinen Hinderungsgrund, keinerlei Furcht, ihr möglichst nahezukommen, in jeder Weise mit ihr zu verschmelzen; aber in einem relativ frühen Stadium unserer Beziehung begann sie mich zu enttäuschen, und wir entfernten uns voneinander. Die Enttäuschungen, die wir uns gegenseitig bereiteten, haben uns so weit auseinandergebracht, dass wir nie mehr zum Ausgangspunkt zurückkehren konnten. Sosehr wir uns auch anstrengten, einander erneut näherzukommen – die Rückkehr zum Ausgangspunkt unserer Beziehungen, zu jenem Gefühl des perfekten Geschenks, war bereits versperrt.

Natürlich hatten wir seither viele Momente der Liebe, aber jenes Empfinden, einander furchtlos näherkommen zu können, jenes absolute Vertrauen, kehrte nicht wieder. Ich werfe es meiner Frau nicht vor, dass sie enttäuscht von mir ist. Sie liebt erfolgreiche Männer und traf mich als berühmten Chirurgen auf dem glanzvollen Höhepunkt seiner beruflichen Laufbahn, doch wenige Jahre später fand sie sich mit einem geächteten, teilarbeitslosen Chirurgen verheiratet. Der Tiefpunkt, auf dem ich mich derzeit befinde, schürt meinen Verdacht, sie hielte nach einem Erfolgreicheren als mir Ausschau. Darum vielleicht hänge ich ihr Eigenschaften an, die mit Verführungslust, Verstellung und Untreue zu tun haben. Schlimmer noch, ich verbinde diese Eigenschaften mit erregender und attraktiver Weiblichkeit. Warum meine ich, eine Frau, die diesen Bedingungen nicht entspricht, erfülle ihre weibliche Aufgabe nicht »richtig«? Warum ist eine Frau, die nicht mitspielt, bei der man nicht weiß, woran man mit ihr ist, für mich nicht weiblich genug und damit nicht wirklich attraktiv? Ich bin mir dieses Fehlers, dieser beschissenen Geisteshaltung, der pervertierten seelischen Einstellung, auf der das Ganze beruht, zwar durchaus bewusst, aber das befähigt mich keineswegs, aus dieser Falle herauszukommen, mich von dieser Reizreaktion zu befreien, sie mir abzugewöhnen, wie Boas es getan hat.

Bei meiner ersten Frau stellte sich heraus, dass sie meine Anforderungen an eine Frau nicht erfüllte, und deshalb war die Trennung von ihr möglich. Aber aus der Beziehung zu meiner jetzigen Frau finde ich keinen Ausweg. Ich komme nicht von ihr los, denn sie ist von so rarer Weiblichkeit, so rätselhaft, ewig unerreichbar. Eine Frau, für die es keine Erklärung gibt. »Sie ist kaltes Feuer, du verbrennst dich, ohne es zu merken. Solche Frauen gibt's heute gar nicht mehr«, sagte mir jüngst eine gute Freundin von ihr, als ich mich über sie beschwerte. Diese Worte beruhigten mich nicht wirklich; im Gegenteil, sie steigerten meine Sorge, denn sie bedeuteten, dass ich keinesfalls auf sie verzichten würde, und falls durch ein Wunder doch, würde ich nie und nimmer Ersatz für sie finden, weil jede andere Frau gegen sie abfiele. Auch im hohen Alter wird sie mir nie wie eine verwelkte Frau aussehen, sondern immer meine Leidenschaft erregen. Ich bin zwar, was man einen »Freigeist« nennt, aber unter der Oberfläche nagt der Wurm der Abhängigkeit. Sogar die Fantasien (sie vor allem) hängen an ihr. Jene Wunschbilder, die erfahrungsgemäß keine Aussicht auf Erfüllung haben, drehen sich nur um sie und um keine andere. Und warum haben sie keine Aussicht auf Erfüllung? Ist es, weil ich schwach im Verwirklichen von Wunschträumen bin, oder etwa, weil meine und ihre Wunschträume nie zur Deckung kommen, weder inhaltlich noch zeitlich?

Auf einer beruflichen Fahrt nach Warschau, zu der ich sie einmal mitnahm, erzählte ich ihr, als wir liebessatt waren, wie ich bei meinem vorigen Besuch, noch zu kommunistischer Zeit, einem Kollegen bei einer komplizierten Operation assistiert hatte und hinterher in einem Club mit einer jungen Polin tanzte, die sich als Studentin vorstellte und schließlich, nach durchtanztem Abend, sagte, wenn wir weitermachen wollten, würde es Geld kosten, denn davon lebe sie. Am nächsten Morgen erwachte ich in einem Zimmer, das sie zu diesem Zweck bei einer Familie in einem entlegenen Vorort gemietet hatte, und musste warten, bis die Kinder, die sich für Schule und Kindergarten fertigmachten, das Bad freigaben. An jenem seltsamen Morgen begriff ich mit einem Schlag, dass dieses schlimme Regime all seine Untertanen schlichtweg in die Prostitution getrieben hatte, in die auch ein Kurzzeitgast mit hineingezogen wurde.

Diese Geschichte quittierte meine Frau mit dem Satz: »Man kann schon sagen, dass deine Lage sich seit deinem letzten Besuch hier verbessert hat.« Ich lachte, dachte mir jedoch im Stillen, mit jener Studentin wusste ich wenigstens, wo ich stand. Ich wollte meiner Frau sagen, mit dir fühle ich mich einsamer als mit ihr, unterließ es jedoch, um unseren süßen Moment nicht zu verderben. Eigentlich fühlte ich mich nicht einsam an jenem Morgen, als die polnische Familie eilig ihrem Tagewerk zustrebte und ich aus dem Mietzimmer der Studentin hervorkam. Fremd fühlte ich mich, aber nicht einsam. Bei dir, wollte ich meiner Frau sagen, empfinde ich keine Fremdheit, aber Einsamkeit, vielleicht aufgrund deiner raren Gewohnheit, vor allem deine innere Wirklichkeit zu leben. Unsere Partnerschaft, erfasste ich schlagartig, ist eine sehr große Einsamkeit, eine Einsamkeit, die man erst nach vielen gemeinsamen Jahren erkennt. Erst nach vielen Jahren, in denen die Einsamkeit sich angesammelt hat, begreifst du, dass dieses Gefühl dich schon die ganze Zeit begleitet. Erst nach vielen Jahren merkst du, dass ihr unfähig seid, wirklich zusammenzuleben. Du begreifst, ihr seid die ganze Zeit jeder für sich allein, nicht dem Augenschein nach, aber unterschwellig wird eure Einsamkeit immer größer.

Kein zweites Paar lebt so getrennt wie wir, merkte ich plötzlich. Ich bin mit ihr einsamer als ohne sie. Aber das passt offenbar zu mir, dachte ich, denn warum wäre ich sonst mit ihr zusammen? Und da unterbrach sie meinen Gedankengang und sagte: »Ich kann jene Studentin verstehen, ich hätte unter solchen Umständen genauso handeln können – nicht mit jedem, natürlich, einfach den passenden Freier aussuchen, wie sie es in deinem Fall gemacht hat.« Ich war nicht überrascht über ihren Ausspruch, im Gegenteil, er war zu erwarten gewesen. Aber auch erwartete Worte von ihr versetzen mich nach wie vor in Erregung. Was hat mir damals gefehlt, als ich die Verbindung mit der neuen Frau einzugehen beschloss – Drama? Hat das tagtägliche Drama des Kampfes gegen Krankheit und Tod, in dem ich eine Hauptrolle spiele, nicht ausgereicht?

Ich habe meiner neuen Frau viel erzählt von Boas, von den Höhen und Tiefen unserer Beziehung, die nun irgendwie in der Luft hing, und sie empfand den dringenden Wunsch, uns zu versöhnen. Sie machte es sich zur Aufgabe, den Grund unserer Entfremdung herauszufinden, zu sehen, was genau schiefgelaufen war, und erbat meine Erlaubnis, mit Boas darüber zu sprechen. Sie vereinbarten ein Treffen in Tel Aviv, an das ich keine großen Erwartungen knüpfte, doch ganz und gar nicht hatte ich damit gerechnet, Boas mitten in der Nacht vor meiner Haustür stehen zu sehen, mit seinem ewigen Jungengesicht, das ein paar Fältchen abbekommen hatte, und mit meiner Frau, deren markante Gesichtszüge bei jedem Ausflug in die Welt erstrahlen. »Boas ist ein wahrer Ritter«, erklärte sie beim Eintreten, »er hat sich erboten, mich nach Jerusalem zu fahren.« Einerseits freute es mich, ihn wiederzusehen, andererseits entflammte der alte Groll und damit auch die Eifersucht: Schon will er sich mit mir messen, will meine neue Geliebte bezaubern, die so neu gar nicht mehr war, wir hatten bereits einiges miteinander durchgemacht. Ich kannte Boas' Kühnheit, sobald seine Leidenschaft ein würdiges Ziel ausgemacht hatte, aber ich beherrschte meinen Groll und schlug vor, zu dritt in eine Bar zu gehen. Wir tranken nicht wenig, unterhielten uns gelöst, als wäre dies kein besonderer Anlass, aber es lag eine gewisse Spannung in der Luft, nichts war gelöst.

Ich weiß noch, dass er an jenem Abend nach ein paar ordentlichen Schlucken, als meine Frau kurz rausgegangen war, zu mir sagte: »Ich hätte nicht gedacht, dass du mit ihr durchhältst. Ich war sicher, eure Verbindung sei zum Scheitern verurteilt.« Und ich erwiderte, wenn ich mich recht entsinne: »Ich bin anfangs gar nicht auf die Idee gekommen, dass die Sache schiefgehen könnte. War wohl in Trance, denn heute begreife ich nicht, wie ich überhaupt denken konnte, dass es gutgehen würde. Aber wie du siehst, habe ich recht behalten, irgendwie hat der Irrsinn gesiegt und nicht der Verstand.«

Spätnachts verabschiedeten wir uns, er fuhr zurück nach Tel Aviv, und als ich mit meiner Frau heimkam, konnte ich mir die Frage nicht verkneifen: »Na, hat er versucht, dich anzumachen?« Aber der Verdacht wurde umgehend widerlegt, ich hatte völlig danebengeraten. Wie ich erfuhr, hatte er sich kaum dafür interessiert, was zwischen uns ablief, sondern nur darauf gebrannt, zu reden, zu beichten und von der neuen Liebesgeschichte zu erzählen, die sich zwischen ihm und Avital anbahnte, seine vertrackte Situation zu schildern, da er nicht mit einem lebenden, sondern mit einem toten Widersacher um das Herz einer Frau zu ringen hatte. »Im Jenseits wird nicht mit konventionellen Waffen gekämpft«, witzelte Boas bitter. »Jeden Tag kommen neue Meldungen von dort, die einen Rückschlag in unseren Beziehungen bringen.« Ganz zu schweigen von den beiden Waisenkindern, einem Jungen und einem Mädchen, die jeden seiner Versuche, in den Zuständigkeitsbereich ihres Vaters vorzudringen, abblockten. Er erzählte von Avitals innerem Ringen und seinen Bitten, von Versprechungen, die wer weiß wann eingelöst werden sollten. Er war glücklich und gequält zugleich, aber ich dachte in meiner Einfalt, wegen der immensen Hindernisse, die er bei Avital gewahrte, werde er vielleicht versucht sein, seine Anstrengungen auf die neu aufgetauchte Jerusalemerin zu richten, die als Liebste seines engen Freundes unverkennbar noch verlockender strahlte. Doch mein Verdacht sollte sich als völlig haltlos erweisen. Avital war aus seiner Sicht die Endstation, und kaum hatte er sie erlangt und sein Glück perfekt gemacht, waren wir zwei abgeschrieben.

Zumindest was die Frauen angeht, hatten wir gleichgezogen, aber damit waren die Meinungsverschiedenheiten nicht ausgeräumt, denn es gab noch weitere Störfaktoren. Er verglich sich unablässig mit mir, obwohl kein ersichtlicher Grund dafür bestand. Er tat das seine in der Wissenschaft, ich das meine im Krankenhaus. Trotz seines Glücks und Wohlergehens mit Avital und trotz meiner immensen beruflichen Probleme bedrückte ihn immer noch der Vergleich mit mir. Ich konnte es verstehen, mich aber nicht damit aussöhnen. Nein, er war nicht neidisch. Es war ein anderes Gefühl, von Skepsis getragen. Er fragte praktisch, wieso hast du es zum Arzt gebracht und ich nicht; und wenn du und nicht ich, was sagt das dann eigentlich über die Größe der Leistung? Wird sie nicht dadurch gemindert, dass du sie erbracht hast und nicht ich, holt das die Medizin nicht von dem Olymp herab, auf den ich sie erhoben habe? Die Medizin wurde allein dadurch, dass sie in meiner, nicht seiner Reichweite lag, abgewertet, denn wieso war ich mit meinem dürftigen familiären Hintergrund, als Sohn eines kleinen Lehrers, in diesen heiligen Orden aufgenommen worden und er, der vielseitig begabte Sohn eines berühmten Arztes, nicht? Diese Logik galt es irgendwie zurechtzurücken, und das ging, indem man an der Größe des Arztberufs kratzte. Aber diese Taktik half nichts, die Medizin lockte immer noch. Sie besaß offenbar einen genetischen Magneten. Nach meiner Ansicht war allein schon der Vergleich zwischen uns unberechtigt, und ebenso seine Vorbehalte mir gegenüber, seine erbitterten Ausbrüche, der ironische Ton, den er bei mir anschlug.

Oft rügte mich Boas, weil mein Hang, nach der absoluten Gerechtigkeit, der absoluten Rechtfertigung zu suchen, mich vor Kummer in die Unterwelt brächte, aber im Stillen dachte ich: Du mit deiner behüteten Kindheit, deiner ruhigen Kugel auf der Universität, deiner Fähigkeit, das Leben zu genießen, bist immer noch im Vorteil. Du hast kein Recht, meine Leistung zu schmälern oder mir einzureden, mein Anspruch, Arzt zu sein, Menschen zu operieren, Leben zu retten, sei eigentlich ungedeckt oder sogar dreist; gerade umgekehrt, ich habe Anlass, dich zu beneiden, denn du bist beliebt, umgeben von treuen Freunden, ein geselliger Mensch, anhänglicher als ein Bruder, während ich zerstritten, vereinsamt bin und Widerstand provoziere. Aber, wie gesagt, ich suchte gesunden Menschenverstand in einer Arena, in der die Triebe walten. Hatte unsere gemeinsame Verachtung gegen ungebremsten Ehrgeiz Boas und mich anfangs weitgehend zu Waffenbrüdern gemacht, merkte ich schließlich, dass ich die geheiligte Treue zu mir selbst zwar bis ans bittere Ende wahrte, er die Treue zu sich aber unterwegs abgelegt hatte; ich setzte meine Zukunft aufs Spiel, er scheute plötzlich das Risiko. Anders als ich war Boas irgendwann kompromissbereit, um im Leben weiterzukommen, ließ sich weniger vom Zufall regieren. Er trieb nicht mehr, er schwamm, zuweilen sogar mit dem Strom.

Ich ertappe mich bei diesen Gedanken, als ich auf einem niedrigen Hocker am Eingang jenes Kaffeestübchens in der Al-Hariri-Straße, zwischen Wadi Dschos und Scheich Dscharach, sitze, wo ich einige Monate vor Boas' Tod mit ihm zusammen war. Ein altes Radio Marke Pilote von der Sorte, die in unserer Kindheit populär war, sendet Nachrichten im Innenraum, genau wie seinerzeit. Ein winterlicher Freitagnachmittag, die Straße ist leer am zweiten Teil des muslimischen Ruhetags, und ich nippe an meinem Tee und habe momentan nur ein Empfinden: Ich lebe noch. Boas ist tot und es besteht keine Chance mehr, dass er hier neben mir sitzt, wie früher bei hundert anderen Gelegenheiten und wie bei jener letzten damals. Sein Tod macht seltsamerweise das Vorhandene spürbarer als das Fehlende.

Ich bestelle noch einen Tee und einen Kaffee, für den Lebenden und für den Toten. Boas' Anwesenheit ist nicht wirklich zwingend. Ich kann mich auch in seiner Abwesenheit mit ihm unterhalten. So oder so haben wir uns schon damals gegenseitig bestätigt. Man muss an das Wesen eines Menschen anknüpfen, tief in seine Seele eintauchen, um ihn richtig zu verstehen. Nein, es ist keine Obduktion nach dem Tod, das ist nicht mein Fach. Es geht um den lebenden, nicht den toten Boas. Äußerlich ist er tot, aber drinnen, für mich, lebt er. Ich sehe ihn in seinen heimlichen Momenten, die er mir über die Jahre nur angedeutet hat, und ich muss das Bild mit Einbildungskraft ergänzen. Das braucht ein Chirurg: Einbildungskraft. Ohne sie kann eine Operation leicht misslingen. Hat man keine Einbildungskraft, oder Intuition, sollte man lieber »zumachen und gehen«, wie man bei uns sagt.

Nicht immer stimmt der äußere Anschein mit dem überein, was man im entscheidenden Moment im Innern findet, und dann hilft keine Technik, weder Technik noch Technologie und ganz sicher nicht der Roboter, von dem unser Chefarzt kürzlich erklärte, er werde bald die Hauptarbeit an unserer Stelle leisten. Ich lachte innerlich über den elenden Kerl. Er redete und redete, wie immer, erst ganz hochgestochen von Vision und dann von steigenden Erfolgsquoten und den daher haushoch wachsenden Staats- und Spendengeldern, und alle pflichteten ihm mit bewunderndem Zungenschnalzen bei, nur ich stellte eine meiner harmlosen Standardfragen: Was kann dieser Roboter ausrichten, wenn die Operation auf ein unerwartetes Hindernis stößt? Scheinbar weiß ich vor der Operation alles, sehe mit geschlossenen Augen die innere Landkarte, und doch stoße ich dauernd auf Überraschungen. Wird der Roboter an meiner Stelle die nötige Plankorrektur vornehmen? Auch ein Chirurg mit der Seele eines Roboters kann ja eine komplizierte Operation nicht richtig ausführen.

Vieles weiß ich über Boas, aber vieles überrascht mich auch bei näherer Untersuchung. Eigentlich sollte man die Gesundheit mehr erforschen als die Krankheit. Ich frage mich, welche Ahnung ich von seiner Beziehung zu der polnischen Nachbarin habe, die er als Kind verstohlen anschaute, durch die Wand belauschte, bis er schließlich seine wildesten Fantasien mit ihr persönlich ausleben konnte. Jahrelang »bedachte« er sie, wie er sagte, machte mir gelegentlich kleine Andeutungen, mehr nicht, meist in abstrakterem Sinn, mit der Lust am Verschwinden, jenem allein dem Erwachsenen vorbehaltenen Vergnügen, aus dem Bild zu treten, ohne dass jemand weiß, wo man steckt. Der Erwachsene sei dem Kind darin voraus, dass er seine Spuren verwischen könne, das Kind aber nicht, behauptete Boas. Die Geschichte über die Nachbarin, bei der er ab und zu verschwand, war zweifellos außergewöhnlich, mehr als ein reines Kuriosum, und deshalb wohl drängte ich ihn nicht, ins Detail zu gehen, mir ihr genaues Alter zu verraten, das für den Mann von zwanzig, sogar dreißig Jahren (ja, die Verwirklichung der kindlichen Fantasie ging bei ihm noch jahrelang weiter) ziemlich hoch gewesen sein muss, wenn von einer Gestalt aus der Kindheit die Rede ist; daher drängte ich ihn nicht, diese Beziehung näher zu schildern – was genau sie machten, was zwischen ihnen lief außer Sex, wenn überhaupt. Anscheinend war es mir peinlich, ihn in flagranti an den Klippen seiner fiebernden Libido zu erwischen. Das ginge zu weit in seine Privatsphäre. Und trotzdem, will man den Mann wirklich verstehen, gewissermaßen das Gesamtbild sehen, muss man notgedrungen auch im dunklen Innern stöbern. Wie hat er mit dieser dunklen Seite gelebt, frage ich; er, den wir alle für eine Lichtgestalt hielten.

Dem Anschein nach war er ein betrogener Mann, das arglose Opfer einer leichtsinnigen und verführerischen Frau, die doch heilfroh über den sie verehrenden Ehemann hätte sein sollen, aber wenn ich an seine Nachbarin denke, wandelt sich das Bild. Jedenfalls weiß ich nicht alles über Boas' triebgesteuerte Seite. Man konnte ihn nur schwer mit Sex ohne romantische Note zusammendenken, und eigentlich auch nicht mit Untreue. Vermutlich spürte Rakefet, dass Boas auch ein verborgenes Triebleben hatte, und das gab ihr die Rechtfertigung, ihn zu betrügen. Und vielleicht nicht nur die Rechtfertigung, sondern auch einen echten Antrieb. Vielleicht spürte sie von Anfang an, dass Boas' sie zu verträumt, zu romantisch begehrte, dass seine Beziehung zu ihr nicht die ganze Geschichte war, dass er die »dreckige«, die geschlechtliche Liebe einer Frau von anderer Art vorbehielt. Selbst wenn sie gar nichts von der Nachbarin ahnte, die Boas' Fantasie als Junge angefacht hatte und bei der er später seine geheimsten Träume verwirklichen konnte, sollte man doch meinen, dass eine Frau ihres Schlages scharfe Sinne für den verborgenen Bereich des Trieblebens besaß, und aus diesem Blickwinkel betrachtet verkehrt sich das Bild von seiner ersten Ehe vielleicht nicht völlig, kann aber doch eine dramatische Wende nehmen. Ist der Traum stark und tief genug, sind wir fähig, weit zu gehen, um ihn zu verwirklichen, sogar dazu, unsere eine und einzige Geliebte einem Liebhaber in die Arme zu treiben, um eine Rechtfertigung zu erhalten. Das sind Schlussfolgerungen, die ein Roboter beispielsweise nicht hätte ziehen können.

Eigenartig, dass mir erst jetzt, nach einem ganzen Leben, dieser umgekehrte Blickwinkel deutlich wird und ich Rakefet plötzlich in anderem Licht betrachten kann. Auf einmal erscheint sie mir nicht nur als Betrügerin, sondern vor allem als Betrogene. Hilflos angesichts einer dunklen, unbekannten Seite im Wesen des Mannes, mit dem sie lebt. Ich erkenne auch den Vorteil des Schriftstellers gegenüber dem Chirurgen: Er muss im entscheidenden Moment nicht das ganze Bild sehen. Boas' Fall beweist, wie weit man gehen kann, um die Wirklichkeit für die Bedürfnisse der Seele einzuspannen. Als sei die Wirklichkeit ein Traum und keine Wirklichkeit. Als bestehe kein Unterschied zwischen den beiden. Kaum auszudenken, was das Verborgene mit einem anstellen kann, wenn das offen vor Augen Liegende schon derart irreführend ist.

6 Heute betrachte ich die Zeit, die ich neben Boas hergelebt habe, als einen Traum, der mit Wirklichkeit erfüllt werden muss. Ein Traum, der wie die meisten Träume nicht greifbar ist, ganz und gar loses, schwebendes Erleben. Er hat nur einen Bodensatz hinterlassen, ein Versäumnis, das sich nicht definieren lässt. Ein Dichter hätte dieser Hinterlassenschaft Zeichen gegeben, aber darin unterscheidet sich der Künstler wohl vom einfachen Menschen: Die Zeichen entschädigen für die Leere, für das, was nicht ist, während wir, die unser Leben nicht in eine andere Materie umwandeln, mit dem Nichts verbleiben. Meines Erachtens laufen wir größere Gefahr, verrückt zu werden, denn das Nichts bringt einen um den Verstand. Zumindest jetzt, da ich eine Geschichte zu erzählen habe, wähne ich mich glücklich, wie von Unheil errettet. Anders als das Zen, das körperliche und seelische Entleerung, Loslösung von Begierden und Illusionen predigt, um Erlösung zu erlangen, halte ich die Entleerung für ein Sprungbrett in den Wahnsinn.

Auch zu Boas' Lebzeiten stand ich auf der Kippe. Meinte oft, der Willkür meiner vagen Ängste ausgeliefert zu sein wie ein Flugzeug den Himmelswinden. Doch wie ein Flugzeug die Strömungen und Turbulenzen aushält, habe auch ich ausgehalten. Solange ich rund um die Uhr operierte, wie wir es im amerikanischen Krankenhaus taten, fühlte ich mich sicher, aber zurück in Israel verlor ich den Halt unter den Füßen. In Amerika hatte ich keine Zeit für die tragische Kollision zwischen der inneren Vollkommenheit und den äußeren Wirren. Beim Operieren höre ich auf, ein verwirrter Mensch in einer wirren Welt zu sein, und verwandle mich in ein Wesen auf der Suche nach Vollkommenheit. Es sind Stunden vollkommenen Daseins, absoluter Zufriedenheit, frei von Frustration. In diesen Stunden bin ich nicht ich selbst, sondern der Abgesandte, der die Operation ausführt, der Abgesandte, der die Schäden der Natur ausbessert. Kürzlich bekam ich einen Patienten, der aufgrund einer missglückten Operation fast verblutet wäre. Der behandelnde Chirurg, eine Koryphäe seines Fachgebiets, der ihn in einem anderen Krankenhaus operiert hatte, rief mich am Schabbat zu Hause an, weil der Patient mittlerweile auf unserer Intensivstation gelandet war. Nachdem er den Fall beschrieben hatte, schloss er: »Schau mal, was sich machen lässt, für dich ist diese Operation doch *a piece of cake*«, das heißt, »eine Kleinigkeit«. Es war dermaßen *a piece of cake*, dass ich fünfmal operieren musste, solch ein Drunter und Drüber hatte der Operateur in den Eingeweiden des Kranken hinterlassen. Wann immer ich den blutenden Patienten wieder vor mir auf dem Operationstisch sah, musste ich an den geläufigen Ausdruck des Kollegen denken: *a piece of cake*. Eine ganze Woche beließ ich den Patienten mit offener Bauchdecke, weil man sie nicht schließen konnte. Er schwebte zwischen Leben und Tod, aber letzten Endes gelang es mir, die Blutung zu stillen.

In solchen Stunden, in denen ich das fast Unmögliche tue, verstehe ich, was Bach oder Rembrandt empfunden haben, was ein göttliches Gefühl ist. Außerhalb des Operationssaals treibe, wirbele, schwanke ich, überlebe aber. Es ist kein Überwinden, sondern ein Überleben. Überwinden kann man es nicht nennen. Vielleicht hatte Boas mehr Kontrolle als ich, vielleicht bahnte er sich besser seinen Weg. Wir waren keine siamesischen Zwillinge. Ich hatte eine angsterfüllte, wechselvolle Kindheit und er, seiner Aussage zufolge, eine sichere und glückliche. Ich musste mich in die Arbeit stürzen, musste operieren, um nicht zu ersticken; die Arbeit war meine Rettung. Entweder bist du bereit, dich aufs Messer zu stürzen (in meinem Fall) wie König Saul in sein Schwert, oder du wählst das Leben und gehst die nötigen Kompromisse ein. Ich war mir damals des grundlegenden Wesenszugs, der mein Leben bestimmt, nicht bewusst – dass ich Kummer produziere wie die Biene den Honig. Dass mich Wurzellosigkeit und Unsicherheit anziehen, denn das ist mein Grundzustand, den die Seele listig anstrebt. Boas und ich unterschieden uns darin, dass meine Mutter krank und seine gesund war. Es gab noch mehr Unterschiede, in guter und schlechter Hinsicht, welche die Diskrepanz zwischen einer verletzten und einer ruhigen Seele schufen, aber dieser war der entscheidende. Deshalb ging Boas als Kind abends mit einem Lächeln auf den Lippen schlafen, und ich kroch bang und ängstlich ins Bett.

Das undefinierte Leiden meiner Mutter wurde als »Herzkrankheit« bezeichnet, zum einen, weil »herzkrank« in der Ära vor Bypass-Operationen und künstlichen Herzklappen ein häufiges Wort war, und zum anderen, weil sie dauernd über ein »Stolpern« oder eine »Schwäche« im Herzen klagte, aber mir ist klar, dass diese Erscheinungen, derentwegen sie zuweilen in Notaufnahmen hastete und ein paar Tage in Krankenhäusern verbrachte, seelisch bedingt waren. Ich vermute einen Zusammenhang zwischen ihrer Krankheit und der kurzen Trennung von meinem Vater, als ich drei oder vier Jahre alt war, und finde deren Umstände genauso nebulös wie meine Erinnerung an sie. Ich kann nur mutmaßen, dass meine Mutter meinen Vater und mich wegen einer Liebesaffäre verließ und ein paar Monate später, nach deren Scheitern, völlig erschlagen wiederkam; und als sie in die Arme meines Vaters zurückkehrte, kürte sie ihn zu ihrem einzigen Heiland und Erlöser, der unersetzbar war und blieb. Möglich, dass dieser kurze Abschnitt im Leben meiner Eltern die Art ihrer Beziehungen festschrieb, sie als hilflose Pflegebedürftige und er als Pfleger.

Wie diese Trennung sich auf mich auswirkte, ist ein anderes Thema. Zweifellos hat sie mich zutiefst erschüttert. Aber wahrscheinlich war es auch eine glückliche Zeit ohne diese zerbrechliche und seelisch labile Frau. Bis heute denke ich mit Grauen an ihre Anfälle, an ihre blasse Haut, die plötzlich noch fahler wurde. Sie schrie um Hilfe und klappte zusammen, und mein Vater, der fast immer im Haus war, wenn es passierte – als könnte in seiner Abwesenheit kein Anfall kommen –, eilte herbei, um sie hinzulegen, wiederzubeleben, Ruhe zu schaffen. Meist ging er hinunter, um einen Arzt anzurufen oder ein Taxi anzuhalten, das sie beide zum Krankenhaus in der Balfour-Straße brachte. Es war der Albtraum meines Lebens damals, mit ihr allein zu bleiben, wenn sie einen Anfall hatte. Ich fürchtete, sie würde gleich sterben, glaubte es aber nicht wirklich. Irgendwo hegte ich den Verdacht, es sei Theater, alles gelogen (jetzt meine ich, sie belog sich vielleicht auch selbst), und dieser Verdacht beruhigte mich wohl, noch ehe der Arzt eintraf oder sie ins Krankenhaus fuhren. Möglicherweise sagte ich mir im Stillen: »Das ist nicht echt, sie jagt uns bloß einen Schrecken ein.« Vielleicht spürte ich, dass sie ihre »Herzkrankheit« bekam, um Aufmerksamkeit zu schinden. Aber ich war nicht sicher, konnte nicht sicher sein, dass sie uns etwas vormachte. Die Angst, sie könnte gleich verschwinden, blieb trotzdem. Mein Vater akzeptierte bis an sein Lebensende die Tatsache, dass sie ständig in Lebensgefahr schwebte. Anscheinend kam ihm nicht der leiseste Verdacht, es könnte sich um Trugspiele handeln. Er sah immer angstvoll und zutiefst besorgt aus. Tadelte mich stets, wenn ich unnötig Krach machte, mein Zimmer nicht aufräumte oder meinen Teller nicht in die Küche trug. »Du nimmst keine Rücksicht auf Mutter«, lautete sein Motto.

Ich weiß nicht, ob man die Kindheit wirklich beschuldigen soll, das ganze spätere Leben zu überschatten. Wie ich nicht vorbehaltlos akzeptiere, was Boas über seine Kindheit erzählte, seine Darstellungsweise, so darf man auch nicht komplett alles akzeptieren, was ich über meine Kindheit erzähle und wie ich sie darstelle. Allein schon mein Hang, häufig verrückt nach einer Sache zu sein, weckt den schweren Verdacht, dass ich verbohrt bin, was man durchaus anzweifeln sollte, ja muss; das heißt, meine Version dessen, was meine Kindheit verdunkelt hat, ist nicht unanfechtbar. Wenn ich meine Eltern kennzeichnen sollte, fiele mir der Begriff »kalte Eltern« ein. Heute, da man jedem Defekt einen Namen gibt, würde man ihnen vermutlich eine »emotionale Behinderung« anhängen, ein Merkmal, das vielleicht auch auf mich übergegangen ist.

Interessanterweise behandelten sie mich, ihren einzigen Sohn, keinesfalls überfürsorglich, sondern wahrten Distanz. Komisch, dass ich als Einzelkind keine Sonderrechte genoss, wie Boas sie in gleicher Position hatte. Meine Eltern beaufsichtigten mich und achteten darauf, dass ich meine Pflichten erfüllte, möglichst viel im Haushalt half: »Wir sind nicht deine Dienstboten«, war ein häufiger Satz in unserem Haus. Sie kamen ihren elterlichen Pflichten nach, waren aber im Wesentlichen mit sich selbst beschäftigt; das heißt, meine Mutter befasste sich mit sich und vor allem mit ihrer Krankheit, und mein Vater mit ihr und ihrer Krankheit. Kurzum, ich hatte nicht das Gefühl, die Hauptperson für sie zu sein. Mein Vater, Naturkundelehrer von Beruf, beobachtete mehr die Zugvögel als mich und interessierte sich vorwiegend für meine Fortschritte in den naturwissenschaftlichen Fächern; und das Interesse meiner Mutter beschränkte sich auf die Sorge um meine Gesundheit, besonders wohl aus Furcht, ich könnte erkranken und ihr die Sonderrechte rauben, die sie wegen ihres Leidens genoss. Diese Sonderrechte äußerten sich hauptsächlich in sehr viel freier Zeit, die sie ihrem ehrgeizigen, aber stümperhaften Klavierspiel widmete. Tagsüber, wenn mein Vater bei der Arbeit war, schottete sie sich in ihrem Zimmer ab, haute in die Tasten, griff daneben, klagte und war für mich die meiste Zeit abwesend. Die Fürsorge meiner Eltern gehörte zu den Bürden ihres Lebens. Ich hatte nicht das Empfinden, ihnen Freude oder Stolz zu bereiten, wie Boas' Eltern sie bei ihrem Sohn empfanden.

Meine Eltern und Boas' Eltern unterschieden sich offenbar darin, dass seine sich unabhängig von seinen Leistungen an ihm freuten, während meine an mir nur bedingt Freude fanden, das heißt bloß dann, wenn ich meine Aufgaben erfüllte. Andererseits, ergebnisorientiert betrachtet, hat mein Vater mir keine fatalen Sätze im Stil von »ein Arzt wird nie aus dir werden« an den Kopf geworfen. Sie haben mich nicht gefördert, aber auch nicht behindert. In heutigen Begriffen könnte man sagen, sie »haben mich mein Ding machen lassen«, das heißt mich in Ruhe gelassen, und das ist nicht wenig. Gemeinsame Unternehmungen erschöpften sich in Schabbat-Spaziergängen mit meinem Vater durch die Stadt – Streifzügen, die ich später mit Boas wiederholte, als wir beide Anzeichen für den Anbruch einer neuen Jahreszeit suchten –, und wenn ich bettlägerig wurde, las meine Mutter mir ausnahmsweise saftige und gruselige russische

Märchen vor. Unsere einzigen Familienausflüge fanden in den großen Ferien statt und führten für ein paar Tage zu Verwandten in den Kibbuz Bet-Alfa am Fuß des Gilboa. Ich schlief dort im Kinderhaus und ging mit meinen Altersgenossen frühmorgens zum Jäten in den Gemüsegarten, und unterwegs sangen wir »Auf den Bergen glüht schon die Sonne und im Tal glänzt noch der Tau«, und ich war zu Tränen gerührt, denn das war genau das Bild, das ich in jenem Moment vor Augen hatte. Ich dachte, die Kibbuz-Kinder seien die glücklichsten Kinder überhaupt, schon weil sie in dieser herrlichen Landschaft lebten, mit Bergen, die mir riesig hoch vorkamen, am Ufer der Sachne-Thermalpools, die für mich zu den sieben Weltwundern zählten. Später arbeitete auf unserer Station ein Arzt, der in einem Kibbuz aufgewachsen war, und er erzählte mir, wie er Stadtkinder beneidet hatte, die jedes in einem eigenen Zuhause wohnten und nicht ständig von Typen wie ihm umringt waren.

Die Distanz zu meinen Eltern wuchs mit den Jahren. Übrig blieb nur ihr Stolz auf meine Leistungen, meine berufliche Stellung. Stets wehrte ich ihre Versuche ab, meine ärztlichen Dienste in Anspruch zu nehmen, und verwies sie an Kollegen, sagte immer wieder: »Ich bin Chirurg, von diesen Krankheiten verstehe ich nichts.« Bis zu ihrem letzten Tag konnte ich meiner Mutter nicht glauben, wenn sie mir eine Beschwerde schilderte (zu der eingebildeten Herzkrankheit gesellten sich eine Reihe anderer Leiden), und irgendwann hörte sie auf, mir in den Ohren zu liegen. Sie begriff, dass ich kein therapeutischer Ansprechpartner für sie war, und wandte sich mit jedem Problem an meine Frau, die meine Eltern nach Kräften unterstützte.

Als sie am Lebensabend ins Altersheim übersiedelten, besuchte ich sie kaum. Schaute flüchtig vorbei und ging wieder. Mein Vater begrüßte mich jedes Mal mit ernster Miene und erklärte: »Mutter geht es sehr schlecht.« Bis zum letzten Moment konnte ich das nicht ertragen. Nicht genug damit, dass ich mich schwerlich mit ihrem elenden Altersprozess abfinden konnte, befiel mich bei jedem Besuch auch noch Angst aus früheren Tagen. Ich tat das Minimum für sie, sicherte ihre Grundversorgung und fertig, kehrte ihnen eigentlich den Rücken. Meinte, ihnen den Rücken kehren zu müssen, um nicht wie sie zu werden.

Als mein Vater nicht mehr die Kraft besaß, meine Mutter auf Händen zu tragen, wurden ihre Anfälle immer häufiger. Sie überlebte ihn nicht lange. Nur wenige Monate vergingen von seinem bis zu ihrem Tod. Anders als bei Boas, für den der Abschied von seiner Mutter und seinem Vater (jeder für sich, im Abstand von vielen Jahren) schmerzlich verlief, war der Tod meiner Eltern für mich eine Erleichterung. Zuerst dachte ich, er sei spurlos an mir vorübergegangen, aber da irrte ich. Als sie gestorben waren, spürte ich, dass ich eine Systemjustierung brauchte, als sei bei mir etwas durcheinandergeraten, aber ich wusste nicht, wie diese Justierung vornehmen.

Wie dem auch sei, sehe ich mir an, wo Boas' sichere Kindheit ihn hingeführt hat, kann ich meine instabile Kindheit und die Angst vor dem Leben, die sie mir eingeimpft hat, nur begrüßen; jene Eigenschaften, die ich daraufhin entwickelt habe – Übervorsicht, Vermeidung unnötiger Bindungen, Misstrauen, Argwohn –, Eigenschaften, die insgesamt darauf zielen, einen Keil zwischen mich und das Leben zu treiben und damit das Risiko zu verringern, durch sie Schaden zu nehmen. Ich habe mich, soweit erinnerlich, nicht als Ausnahme empfunden, obwohl ich schon damals ganz andere Dinge im Kopf hatte als meine Mitmenschen und mir so klar wie heute war, dass sie sich mit anderen Dingen befassten und meine Ansichten nicht mit ihren übereinstimmten, und umgekehrt. Ich sehe mir die Menschen ringsum an und denke: Ihnen gehen ganz andere Dinge durch den Kopf; sie betrachten das Leben mit ganz anderen Augen. Vielleicht sind sie weniger ichbezogen und fühlen sich deshalb mehr der Welt zugehörig. Vielleicht beruht die Kluft zwischen ihnen und mir auf meiner übertriebenen Treue zu mir selbst. Eigentreue, sage ich mir im Stillen, ist nicht wie andere Treuearten. Sie ist sogar deren krasses Gegenteil. Die Treue zu mir isoliert mich von der menschlichen Gesellschaft, und das zu Recht, denn warum sollte sich die Gesellschaft mit dieser übertriebenen Treue abfinden, warum sollte sie meinen speziellen und isolierten Blick mögen. Was ist ihr mit meiner Eigenheit und Einsamkeit gedient? Rein gar nichts, lautet die Antwort. Die Gesellschaft hat nichts von meiner Ausnahmestellung, meiner umgekehrten Sichtweise, meinem isolierten Stil. Der Gesellschaft ist mehr am Eintreten für ihre Interessen als an der Beschäftigung mit meinen eigenen gelegen. »Du nimmst dir zu viel heraus«, sagen mir meine Mitmenschen, kurz gefasst.

Das heißt nicht, dass ich keine Freunde hätte haben wollen. Ich hätte gern welche gehabt, musste es aber nicht unbedingt, und wenn man etwas nicht muss, passiert zweierlei: Du verzichtest, und sofort verzichtet man auf dich. So kann ich mich eigentlich an keinen Vorgänger von Boas erinnern; an einen Freund, der dir fehlt, wenn er nicht da ist, einen engen Freund, den du an deinen Gefühlen und Gedanken beteiligst. Ich debattierte mit mir selbst und hatte nicht das Empfinden, mir fehle etwas. Ich hielt diesen Zustand für natürlich. Anscheinend fand ich die Welt interessant genug aus meiner Sicht, denn die Neugier, das detaillierte Interesse an meiner Umwelt, ist mir seit jeher eigen. Vielleicht wertete ich menschliche Gesellschaft schon früh als Störfaktor; dachte, andere Menschen würden mich nur von der Welt abschneiden, den Blick daran hindern, sich sattzusehen, und den Geist, ungehindert zu wandern. Aber Boas störte nicht, schnitt mich nicht von der Welt ab, ganz im Gegenteil; unser Zusammensein verbesserte unsere Sicht, schärfte unsere Sinne, vertiefte unsere Einsichten und Schlüsse.

Komisch, ich merkte gar nicht, dass die Dinge um mich her anders laufen; dass andere Kinder, andere Jugendliche sich zusammentun und trennen, Gruppen und Paare bilden, einander brauchen und dann wieder nicht, danach neue Freunde suchen. Ich kann nicht mal behaupten, mir selbst genug gewesen zu sein. Ich war einfach allein und, wie gesagt, nicht einsam. Ohne mich mit anderen zu vergleichen, an anderen zu messen. Meine erste Frau war praktisch meine erste Freundin. Ehe ich sie kennenlernte, hatte ich keine Paarbeziehungen. Mich wunderte das damals gar nicht. Ich vermutete einfach, ich sei besonders anspruchsvoll und warte eben geduldig auf die richtige Partnerin. Aber jetzt denke ich, sie hatte deswegen keine Vorgängerinnen, weil ich mich absonderte, mit mir selbst begnügte, ein Verhalten, das ich schon in meiner Kindheit erworben hatte, als ich für keinen im Mittelpunkt stand, schon gar nicht für meine Eltern.

Als wir endlich mit dem Telefon an die Reihe kamen (damals wartete man Jahre auf einen Anschluss), verschwand die Angst, meine Mutter bekäme einen Anfall, ohne dass man sofort Hilfe holen konnte. Es schwand auch die Furcht, allein zu Hause zu bleiben, wenn die Eltern Nächte in Krankenhäusern verbrachten. Als das Telefon da war, fing ich an, ihre Abwesenheit zu genießen. Ich lernte, mich selbst zu versorgen, merkte, dass das kein Problem war, dass es nicht viel dafür brauchte: Du machst dir was zu essen, ein Rührei mit einer Scheibe Butterbrot und einen Becher Kakao, und beim Essen liest du ein Buch – was für mich die anregendste Gesellschaft war –, und dann hörst du dir ein Hörspiel oder ein Quiz im Radio an und gehst schlafen.

Ich war gern allein, aber mit Boas war das anders. Sobald wir einander im Jugendalter fanden, wusste ich, das nannte man einen Freund. Jetzt meine ich, hätte ich mich damals nicht mit Boas angefreundet, wäre die Verbindung zu meiner ersten Frau nicht entstanden. Die Freundschaft mit ihm bahnte den Weg zu ihr, die Beziehung zu ihm ermöglichte die Beziehung zu ihr. Dank seiner wusste ich, was eine Beziehung ist, was eine solche Beziehung einem gibt, was sie zum Leben beiträgt. Die Beziehungen zu ihm und zu ihr holten mich aus meiner extremen Abschottung, aus der Isolation, in der ich steckte. Sie verbanden mich mit der Welt, aber auf keinen Fall retteten sie mich. Ich hatte nicht das Gefühl, gerettet werden zu müssen.

»Das Leben an deiner Seite ist ein Anti-Leben«, habe ich meine jetzige Frau oft sagen hören, »anstelle von Lebensweisheit besitzt du Anti-Lebensweisheit.« Ich weiß nicht genau, was sie mit »Anti-Leben« meint; ich weiß nur, ihre harsche Kritik an mir raubte mir anfangs die Lust zu leben, aber wie bei einer Impfung erwachten nach dem ersten Schock die Antikörper, und meine Lebenslust wuchs nun gerade. Wir führen stürmische Debatten über alles, von »warum hast du nur Bananen gekauft, ich hatte doch auch Äpfel aufgeschrieben«, bis zu Dingen, die unsere konträren Auffassungen über die Lage von Mensch und Welt berühren. Sooft ich ihr mit Zeichen und Wundern beweisen will, dass Fleischverzehr nicht nur den verspeisten Tieren, sondern auch denen, die sie verspeisen, schadet – es hilft nichts. Sie beharrt: Fleisch ist gesund! Und neuerdings stichelt sie auch noch: »Wenn du mit Menschen so rücksichtsvoll umgehen würdest wie mit Tieren, wärst du weit besser dran.« Endlos streiten wir über die Beleuchtung im Haus. Sie beschwert sich, ich sei ein Höhlenmensch und begnügte mich daher mit spärlichem Licht, und ich gehe ihr von Zimmer zu Zimmer nach und schalte die Lampen aus. Aber das Haupthindernis auf unserem gemeinsamen Weg ist unsere jeweilige Einstellung zum menschlichen Umfeld. Ihre zwanghafte Anhänglichkeit an Menschen, von Klein bis Groß, bringt mich um den Verstand. »Begreifst du denn nicht, dass Einschmeicheln den Charakter verdirbt? Vor lauter Gefallsucht vergisst du noch, wer du wirklich bist«, fauche ich sie an. Und sie bleibt mir natürlich nichts schuldig und liefert sofort ein Beispiel für den Menschenhass, an dem ich angeblich kranke. Leider endet jede Debatte zwischen uns in einer giftigen Auseinandersetzung, in totaler Ablehnung. Mein Versäumnis beim Einkaufen kann im Nu außer Kontrolle geraten, wenn ich die Kritik nicht einstecke, sondern zurückfeuere: »Deine Leere können alle Äpfel der Welt nicht füllen.« Tagelang verbringen wir kühl und feindselig, in gegenseitiger Abneigung. Zerlegt man das sogenannte Liebesleben in seine Einzelteile, erkennt man zwangsläufig, dass es ein ständiger Abnutzungskrieg ist. Vielleicht verletzen wir einander, um uns zu stählen, um den Schmerz schließlich nicht mehr zu spüren. Doch sich auf seinen Lorbeeren auszuruhen, wie Boas mit Avital, oder kurzum glücklich zu leben, ist anscheinend kein empfehlenswertes Rezept fürs Leben, im Gegenteil.

Ich meine, sie hat den Begriff »Anti-Leben« von Boas entlehnt, der gern sagte, die Psychologen seien gelehrt im Anti-Leben, säßen in ihren Sesseln und verteilten Ratschläge, die nichts mit dem wirklichen Dasein zu tun hätten, klammerten sich an Definitionen und Fachausdrücke wie an die Hörner des Altars, als bräuchte man das Problem nur zu definieren und ihm einen treffenden Begriff oder einen klangvollen Namen beizulegen, und schon sei es gelöst. Boas verlachte die Therapierten, die mit ihrer Therapie zufrieden waren, versehen mit einer Definition, als hätten sie ein rettendes Medikament erhalten. »Hauptsache, es gibt eine Definition«, spöttelte er, wenn ein Freund ihm von der Erklärung berichtete, die sein Therapeut ihm für ein akutes Problem gegeben hatte, zum Beispiel ein schwer zu bändigendes Kind mit dem Befund: »Es prüft seine Grenzen.« Was Boas hämisch kommentierte: »Alle Kinder prüfen heute Grenzen. Wir haben hier schon eine ganze Grenzschutzpolizei.« Statt sich mit der bescheidenen, unprätentiösen Bezeichnung »schwer erziehbar« für ein Problemkind zu begnügen, wie in unserer Kindheit üblich, werfe heute jeder Dussel mit Fachausdrücken – möglichst Fremdwörtern – um sich, die seine angebliche Expertise und klare Lagebeurteilung demonstrieren sollten, klagte er. Nach seiner Ansicht war eine Definition nichts als die Illusion einer Hilfeleistung, brachte nur vermeintlich Ordnung ins Chaos. Er hielt nichts vom Kreislauf der Seele, der dem Zu- und Abnehmen der Himmelskörper ähnelt, vielleicht sogar von ihnen beeinflusst wird. Für ihn als Mann der Wissenschaft war die Seele nicht selbstständig, mysteriös und unkontrollierbar, sondern Teil des Gehirns, das mehr und mehr wie ein offenes Buch zu lesen ist.

Er bestaunte ungläubig die bei mir gelegentlich auftretende Veränderung, die Seelenkapriolen, die als »Krisen« bezeichnet werden, aber seelische Krisen sahen ihm nicht echt aus, sondern leicht gespielt, leicht verwöhnt, leicht weinerlich. Er wollte mein Seelenleid nicht anerkennen, was natürlich davon zeugte, dass seelisches Leiden – zumindest »unabhängiges« oder nicht umweltbedingtes – ihm unbekannt war. Soweit ich seine wissenschaftlichen Forschungen kenne, lag ihre Stärke tatsächlich in ihrer Schlichtheit. Das Hervorstechende an ihnen war der Gedanke, die Vitalität, die das Erbgut und den ganzen Lebensverlauf bestimmt, sei im Kern völlig materiell; dem Werden und Vergehen liege nichts Mystisches oder Schicksalhaftes zugrunde; das heißt nichts, was auf dem »Geist« beruht. Zu diesem Schluss war er (vermute ich) durch die Isolierung von Viren und Genverbindungen und den Studien über das Altern von Pflanzen und Insekten gelangt. Während ich operierte, Tumore entfernte, Lebern verpflanzte, hat er diese Tätigkeiten mit einer gedanklichen Basis unterlegt. Und aus meiner, wenn vielleicht auch nicht aus seiner, Sicht hat er sein Scheitern in einen Sieg verwandelt. Die Verbindung von Entdeckungen aus der Welt der Materie mit dem einzigartigen poetischen Geist, der sein Schreiben beseelte, war unschlagbar. Sein Stil war nicht wissenschaftlich trocken, sondern farbig und ausdrucksstark. Deshalb wunderte es mich auch, dass er meine seelischen Höhen und Tiefen, die ich ihm genauestens erklärte, einer Welt außerhalb seines Fachbereichs zurechnete. Dieses Verhalten passte nicht zu dem wachen Geist seiner Veröffentlichungen. Statt sich zu freuen, dass ihm Seelenleid erspart blieb, bezweifelte er dessen Existenz.

Doch dieser Fehler verblasst, wird null und nichtig gegenüber seiner Seelenstärke im Augenblick der Probe; meine Kritik an Boas ist keinen Heller wert angesichts der erstaunlichen Tatsache, dass er in keinem Stadium seiner Krankheit in eine Krise schlitterte – nicht, als er von ihr erfuhr, nicht, als sie ihn erbarmungslos verzehrte, und auch nicht, als der Tod offensichtlich vor der Tür stand.

Jeder, der mal das seelische Gleichgewicht verliert, wird ohne weiteres bestätigen, dass er bei aufkommendem Sturm bereit ist, alles für ruhige Wasser hinzugeben. Landeten wir beispielsweise in einem verschlafenen Dorf auf einer griechischen Insel, mit einem kleinen Hafen und einem Kaffeehaus und ein paar Fremdenzimmern, wurde er nicht unruhig wie ich. Er passte sich dem gemächlichen Tempo seiner Umgebung an, trank seelenruhig seinen Kaffee, zog tief an seiner Gauloises, die er auf dem Flughafen gekauft hatte, pries unaufhörlich die Schönheit der Welt und den Müßiggang. Ich hingegen suchte Zweck und Ziel, setzte eine bewundernde Miene auf, aber nur, um die tiefe Ödnis in meinem Innern, die drohende Leere und Schwermut zu kaschieren. Meine innere Unruhe verschaffte mir wohl einen Vorteil im Wettstreit um das Herz der labilen jungen Schwedin, die wir auf Kreta kennenlernten. Ist die Seele angespannt, schärfen sich alle Sinne entsprechend. Die hungrige Jagd ist dem romantischen Werben haushoch überlegen, und ehe Boas sich versah, war das schutzlose Reh schon gefangen. Er hat mir diesen Sieg, von dem ich praktisch nichts hatte, nie verziehen, einen Sieg, der bei der Heimkehr sofort verflog, wie alle Reiseträume.

Auf unseren gemeinsamen Reisen geriet ich ziemlich schnell aus dem Lot. Jedes Mal erstaunte mich dieser Gleichgewichtsverlust von neuem. Wenn Boas den Anker hob und in See stach, blühte er auf. Er trug seinen Panzer auf dem Rücken, wohin er auch ging, und ich fühlte mich so schutzlos wie ein Kind. Ich war angespannt, wurde nur beim Trinken froh. Ich schildere all das in der Vergangenheitsform, als seien diese Phänomene verschwunden, doch dem ist nicht so: Nichts hat sich gewandelt, nur weiß ich jetzt, dass es sich auch nicht mehr wandeln wird. Aber anders als in der Lebensmitte verleiht das näher rückende Ende nun Kraft, wie bei einem anstrengenden Treck. Bei einem beklemmenden Urlaub ist ja schon klar, dass die Zahl der Sommer, die ich noch vor mir habe, nicht ins Unendliche geht.

Ich versuche, mir Boas' letzten Sommer in Erinnerung zu rufen – hat er sich im Stillen gesagt: »Das ist mein letzter Sommer«? Klar hat er daran gedacht. Er brachte nicht mehr die Kraft auf, in seine Lieblingsbucht auf Homers Geburtsinsel Chios zu fahren, aber er sah sie sicher im Geist vor sich und wusste, er würde sie nicht wiedersehen. Boas erkrankte, als er gerade erst angefangen hatte, sein neues Glück auszukosten, von kommender Größe zu träumen, einem unrealistischen Comeback in die Welt der Medizin. Er hatte, wie gesagt, das euphorische Gefühl, nun, da er endlich die gesuchte Frau gefunden hatte, könnte er seinen Traum verwirklichen und zusätzlich Arzt werden. Ein Arzt, der auch ein berühmter Wissenschaftler war.

Der Mensch steckt voller Widersprüche: Gerade wenn er zur Ruhe kommt, sein lang ersehntes Wunschziel erreicht und mit seinem Los zufrieden scheint, gerade dann geht die Leidenschaft mit ihm durch, und er strebt fernere Horizonte an. Aber Boas konnte nicht ahnen, dass gerade das verfluchte Jahr, sein letztes, um die Ecke lauerte, wie ein Meisterwerk, das vor der Veröffentlichung steht. Der Vergleich mit einem Meisterwerk kommt mir in den Sinn, weil ich Boas' Verhalten in seinem letzten Jahr für den Höhepunkt seines Lebens halte. Er ging in den Tod, als wäre dieser tatsächlich Teil des Lebens. Er zeigte hier eine größere

Meisterleistung, als ein Kunstwerk es jemals bieten kann. Im Verlauf dieses Jahres, das er in der Abteilung der Todgeweihten verbrachte, zeigte er keine Angst, ließ sich keine seelische Unruhe anmerken. Nur manchmal, bei besonders schlechten Untersuchungsbefunden, sah ich ihn niedergeschlagen, aber nie lange. Ich habe bereits sein Testament erwähnt; dessen Erstellung beweist, dass er seinen Zustand gar nicht leugnete, ihn vielmehr völlig nüchtern betrachtete. Das Testament war detailliert, ließ feinen Humor zwischen den Zeilen erkennen. Einem Freund vermachte er ein Hemd, von dem er sich erinnerte, dass es ihm gefallen hatte, einem anderen ein begehrtes Handtuch. Ich versuche mir vorzustellen, in welchem Zustand er an dem Testament gearbeitet hat. Hat er geweint, wie wir, als es uns an dem Gedenkabend beim Ablauf des Trauermonats verlesen wurde, oder vielmehr gelacht oder gekichert? Vielleicht dachte er sich bloß: »Ich schreibe sicherheitshalber mal ein Testament, für den Fall, dass ich tatsächlich sterbe.« Auch das ist denkbar.

Vielleicht hat er darauf gewartet, dass ein Wunder geschehe, seine Krankheit stehenbliebe wie der Mond über dem Tal Ajalon, als Josua die Amoriter bekriegte, oder zurückwiche wie weiland das Schilfmeer beim Auszug der Kinder Israels aus Ägypten. Ja, darauf würde ich setzen, denn es ist das Natürlichste – wir alle erwarten dauernd ein Wunder, das unseren Tod verhindert, und erst recht jemand, dessen Tod greifbar bevorsteht. Für diese Vermutung spricht auch, dass er in seinem Todesjahr Lebensvertrauen demonstrierte, Partys veranstaltete, Freunde um sich scharte wie eh und je; er fuhr mit seiner Liebsten ins Ausland und heiratete sie, wie gesagt, sogar ganz offiziell. Er sehnte sich unaufhörlich weiter nach dem Leben, dem echten, leiblichen

Leben, wollte nichts mit Illusionen, Mystik oder Religion zu tun haben. Selbst einen Psalm an seinem Grab fanden wir unpassend. Verse religiösen Inhalts vertrugen sich nicht mit seiner Persönlichkeit. Abgesehen von dem besagten Besuch in der Grabeskirche und in der Synagoge hatte er, soviel ich weiß, keine religiösen Erlebnisse.

Wie die meisten Patienten, die ich operiere, lebte Boas von der Hoffnung, aber bei seiner spezifischen Krebserkrankung sind die Rettungschancen ohne Operation gleich null. Null nicht als Floskel, sondern wörtlich gemeint. Null Prozent. Daher hätte er auf meine Erklärung, dass ich nichts mehr für ihn tun könne und er sich nach einer anderen Behandlung umsehen solle, bei all seinem Wissen den unausweichlichen Schluss ziehen müssen. Aber er war eher belustigt, tat, was die Ärzte ihm rieten, klammerte sich anscheinend an einen winzigen statistischen Prozentsatz. Sein Vertrauen auf dieses Prozent überstieg offenbar das lebenslange Gottvertrauen des religiösen Durchschnittsmenschen. Was ist dieser Gott schon im Vergleich zu dem winzigen Prozentsatz, wenn Letzterer Boas so viel Hoffnung spendete. Im Moment der Wahrheit siegt offensichtlich dieser Prozentsatz, der so dürr und mager ist wie der Körper des Kranken, siegt dieses dürftige, imaginäre Prozent über den großen und furchterregenden Gott – nicht nach Punkten, sondern mit Knock-out. Aber leider beruht alles Gesagte auf oberflächlichen Eindrücken. Ich war nicht bei ihm oder um ihn, schaute nur gelegentlich nach ihm oder erkundigte mich telefonisch nach seinem Befinden. Ich habe keine Ahnung, was er im Stillen tat oder dachte. Ich fülle nur Lücken kraft meiner Fantasie, wälze Vermutungen, versuche all die Fragen, die ich ihm nicht gestellt habe, selbst zu beantworten.

Ich unterteile Boas' Leben in dunkl« und helle Abschnitte, liege damit aber wohl falsch. Wir denken gern, was der Mensch verbirgt, sei dunkel, aber das muss nicht stimmen. Ich glaube kaum, dass Boas seine geheimen Treffen mit der Nachbarin als dunklen Teil seines Lebens betrachtete, und selbst wenn, entsprach es äußerer, nicht innerer Betrachtung. Für ihn war die anhaltende Affäre mit der Nachbarin eine unmittelbare Fortsetzung seiner Kindheit, eine Art wunderbarer Überrest jener glänzenden Ära. Bei Boas war alles, was mit seiner Kindheit zu tun hatte, unstreitig von einem Strahlenkranz umgeben. Jene Nachbarin war eine Kindheitsheldin, und nichts spricht dagegen, dass auch sie im Licht der göttlichen Gegenwart leuchtete wie seine Mutter und wie seine Lehrerin, die er von der ersten bis zur achten Klasse hatte. Ich nehme an, ihre reichen Gnadengaben waren tatsächlich kühn (er ließ gelegentlich Andeutungen über die Art der Beziehungen fallen), aber da auch ein historisch-mythologischer Aspekt mitspielte, waren sie nicht dunkel.

Will man das Leben in dunkel und hell einteilen, muss man jedenfalls fragen: In wessen Augen? In den Augen des außenstehenden Beobachters oder in denen des Betreffenden, und das ist ein großer Unterschied. Zerfällt auch mein Leben in dunkel und hell? Das kann ich nicht beurteilen. Ich selbst stelle keine dunkle Seite bei mir fest, allerdings auch keine besonders helle. Ich weiß nur, in meinem Umfeld wird das Licht vom Dunkel verschluckt. In keinem Beruf gewinnen Listen und Intrigen so viel Raum gegenüber seinen eigentlichen Aufgaben wie bei der Medizin. Vielleicht können nur die religiösen Einrichtungen darin mit ihr konkurrieren. Dort entfällt ein verschwindender Bruchteil der Funktionärs- und Lobbyarbeit auf den heiligen Dienst, und bei uns ist die Krankenheilung marginal, das ist die Wahrheit. Alle wissen, dass das religiöse System so aussieht, aber wenige sind sich darüber im Klaren, dass es in den Krankenhäusern ähnlich zugeht. Wenn ich Boas die Vorgänge bei uns schilderte, führte er mein schwarzes Weltbild, wie gesagt, auf meine schlechten menschlichen Beziehungen zurück. »Du siehst die Welt in Schwarz-Weiß«, sagte er dann, »so kann man in einem System nicht auf Dauer leben. Man muss kompromissfähig sein.« Dabei verstand er komplizierte Situationen durchaus, wollte sie nur nicht wahrhaben, wenn es um mich ging.

Ich erinnere mich an ein Gespräch, bei dem er stichelte: »Warum haben sie dich denn mit offenen Armen wieder auf der Station empfangen, als du aus Amerika zurückkamst – um dir ein Bein zu stellen?«

»Genau«, antwortete ich, »erst umarmen und dann verschlingen sie dich.«

»Und was sollten sie davon haben?«, fragte er.

»Es ist Neid, schlicht und einfach«, antwortete ich. »Nach außen hin waren sie stolz, dass ein Chirurg wie ich heimkehrte, werteten es als Bestätigung, dass auch sie keine Hinterwäldler waren, aber innerlich brannten sie vor Neid, und das ist das Entscheidende. Zum Beweis dafür fauchen sie mich manchmal an in dem Stil: ›Meinst du, weil du in Amerika eine Leber transplantiert hast, kannst du dir hier alles erlauben?‹ Die Umarmung am Anfang war die einzige Methode, mich kaputtzumachen.«

»Du bist wirklich paranoid!«, beendete Boas die Debatte.

Die Medizin war ihm heilig. Auch das Andenken an seinen Vater spielte eine Rolle. Eigentlich blieb er bis zuletzt ein Kind, und obwohl er sehr jung Vater wurde, brauchte er ein eigenes Kind sichtlich nicht so wie ich. Gerade Boas, der mit dem Kind in ihm mehr in Frieden lebte als jeder andere Mensch, den ich kenne, gerade er brauchte kein Kind.

Komisch, erst in letzter Zeit, wo keine Kinder mehr um mich sind, habe ich staunend entdeckt, wie sehr ich ein Kind in meinem Leben brauchte. Boas nahm das Kind überallhin mit, ich nur selten; aber das Kind, das er mitnahm, war ein inneres, und das Kind, das ich mitnahm, war ein echtes. Erst jetzt, da ich Zeit zum Zurückblicken habe, verstehe ich, dass ein Kind mir als Anker diente. Für ein Kind sorgen, die Welt mit seinen Augen sehen, nur das beruhigte mich außerhalb des Operationssaals, machte mich weniger ängstlich. Damals habe ich das nicht erkannt. Habe nicht begriffen, dass ich ohne Kind den Fokus verliere, nicht weiß, für wen ich sorgen soll. Im Gegensatz zu Boas, der bestens für sich selbst zu sorgen wusste, macht die Selbstfürsorge mich beklommen, zerstreut. Gerade bei unseren wenigen Familienurlauben, bei denen ich ausnahmsweise mit den Kindern zusammen war, lief alles anders, voll Selbstbeherrschung und Verantwortungsbewusstsein, und ohne die Angst, die mich beim Alleinreisen befällt. Mit meinen Kindern hatte die Reise einen Sinn. Boas war seinem Sohn ein guter und treuer Vater, aber für ihn stand, meine ich, die Rücksicht auf die Bedürfnisse des Kindes im Mittelpunkt. Dagegen habe ich ein eigenes tiefes Bedürfnis, ein Kind liefert mir einen Grund. Darum geht es. Ich würde eindeutig sagen, ein Kind liefert mir einen Grund zu leben, schlicht und einfach – und Boas hat diesen Grund nicht gebraucht.

Dieser dramatische Umstand besiegelte das Schicksal einer Liebesaffäre in Amerika, wo ich hemmungslos eine Teamkollegin begehrte, eine Offizierin unserer spartanischen und entschlossenen Eliteeinheit. Das Verlangen nach ihr übermannte mich damals, entflammte und geriet außer Kontrolle. Zuerst war es eine verschämte, heimliche Liebe, aber als ich auf Gegenliebe stieß, flippte ich aus. Im Nu war ich bereit, mein Leben umzustülpen, oder machte mir das zumindest vor. Diese Ärztin war goldblond, rank und fremd; alles an ihr war genau umgekehrt wie gewohnt. Ihre ganze Lebensweise war anders. Sie stand nicht fest auf dem Boden der Wirklichkeit wie meine damalige Frau, sondern setzte leichtfüßig darüber hinweg wie eine olympische Hürdenläuferin. Ich stellte mir dauernd vor, wie gänzlich anders mein Leben mit ihr aussehen würde, und das erregte mich unendlich. Die Soll-Seite, der Preis, war noch so neblig wie die kalifornische Küste, an die wir möglichst oft aus dem Krankenhaus flüchteten. Wir liebten uns heimlich vor oder nach einer Transplantation, auf den langen Flügen mit unserer Ernte an Lebern. Bei Zwischenlandungen wegen Tornados, die Änderungen der Flugroute erzwangen.

Schon lange habe ich mir diese Geschichte nicht mehr erzählt. Eine Geschichte erwacht bei einem bestimmten Licht, einer gewissen Stimme, einem Zusammentreffen von Licht, Stimme und Witterungsverhältnissen. Fast immer spielt eine Frau dabei mit, eine Frau, die seinerzeit schicksalhaft erschien und später nur noch ein neues Licht auf die Vergangenheit wirft. Wir haben nicht viel gesprochen, waren beide stille Typen. Die Verständigung erfolgte schweigend, als führten wir die im Operationssaal abgelaufene Handlung, die meist ohne Worte auskommt, im Leben weiter. Eine gemeinsame Sprache bedarf keiner Worte: Entweder spricht das Schicksal oder es schweigt, und im letzteren Fall wird die Sache sinnlos. So stelle ich mir eigentlich die Beziehungen vor, die zwischen Boas und Avital herrschten.

Ich machte das Ganze allein mit mir ab. Meine Frau spürte kaum, dass ich länger wegblieb, ich war ja ohnehin selten da. Die Affäre dauerte ein paar Monate, bis ich merkte, dass ich aus seelischen Gründen nicht so weitermachen konnte. Ich sah nur noch das Schwierige, den trennenden Strom zwischen der Familie am einen Ufer und ihr und mir am anderen. Nach und nach schwand der Wille. Kommt man erst ins Grübeln, lässt der Wille nach. Ich erinnere mich nicht mehr an Einzelheiten, nur noch an Flicken und Fetzen, an die ins Dunkel startende Seele, ihren Gleitflug am unendlich weiten finsteren Horizont, ihren Aufschlag auf dem Boden der Wirklichkeit.

Und dann kehrte ich so zurück, wie ich gekommen war, zumindest im Geist. Eines Tages sah ich das Kind auf dem Teppich mit der Eisenbahn spielen, konzentriert und geduldig die Schienen zusammenstecken, die Lokomotive hin und her ziehen, wobei es laufend sein Tun schilderte, den Zug, der aus den Schienen sprang, und da brach ich in Tränen aus: Wie man Kinder verlassen und damit in Frieden leben kann, ist mir schleierhaft. Deshalb habe ich die Scheidung so lange hinausgezögert. Deshalb verharrte ich Jahre im Übergang zum zweiten Akt meines Lebens. Das scheint klar und natürlich zu sein, aber ich habe Zeit gebraucht, um es zu begreifen. Ich war zu beschäftigt, begraben im Operationssaal, konnte mir gar nicht vorstellen, dass gerade meine Kinder meine Schritte verzögerten oder lenkten. Damals fungierte ich kaum als Vater. Ließ mich nur selten im Familienkreis blicken. Ahnte nicht, wie wichtig die Kinder für mein seelisches Überleben waren. Ahnte nicht, dass nur Kinder heilen. Allein ein Kind kann mich dazu bringen, einen mir widerstrebenden Schritt zu tun, einen, den ich freiwillig kaum unternehmen würde; den Schritt, der mich aus mir selbst herausholen kann, praktisch der einzige, der heilende Kraft besitzt. Was wird, denke ich mir, wenn meine

Sterbestunde anbricht? Wird auch dann ein Kind an meiner Seite sein, das mein Festhalten an der wenigen verbleibenden Zeit rechtfertigt?

Rekapituliere ich mein Leben neben dem von Boas, wandle ich durch unterirdische Tunnel, wie den christlichen Korridor, den die Seelen vom Diesseits ins Jenseits durchmessen. Doch im Christentum ist dieser Korridor ganz und gar gerichtlicher Art, entscheidet auf Gnade oder Ungnade, und in meiner Geschichte lasse ich Licht und Finsternis untrennbar verfließen, so wie ich es in der Wirklichkeit machen sollte, aber nicht fertigbringe. In der Wirklichkeit richten und trennen, trennen und richten wir. Könnte ich Menschen im Alltagsleben nur so begegnen wie unter Narkose beim Operieren, mit kaltem, fokussiertem Auge, so distanziert und so nahe wie möglich, dann hätte ich mich nicht so verstrickt. Ich kenne keinen, der dermaßen unbegabt für menschliche Beziehungen ist wie ich. Ich urteile automatisch, eine Art siebter Sinn, aber wenn ich von Boas erzähle, scheint mir, das kalte Auge und das warme Empfinden vereinigen sich. Ich glaube ihn so zu sehen, wie er wirklich war, ohne etwas schöner oder hässlicher zu machen. Als wir beide lebten, taten wir, was Lebewesen tun sollten: leben, ohne Fragen zu stellen. Heiraten, Kinder zeugen, arbeiten, reisen, sich für das Weltgeschehen interessieren. Nicht wie heute, da jede Handlung die Frage aufwirft: »Warum sollte ich?« Oder: »Hast du sonst nichts zu tun?«

Zu Boas' Lebzeiten habe ich solche Fragen nicht gestellt, und nun stelle ich sie plötzlich auf Schritt und Tritt. Kein Handeln ist mehr selbstverständlich, zumal Boas mir über die Schulter lugt, lächelt oder kichert, von seinem jetzigen Aufenthaltsort Zweifel anmeldet. Als er unter uns lebte, nahm er teil am Lebenswerk, und nun setzt er auf einmal Fragezeichen, philosophiert, lacht von fern. Was soll das, dieses Zweifeln? Wie damit umgehen – gar nichts tun? Nur das Allernötigste? Das Feld denen überlassen, die noch keine Fragen stellen? Ich habe nichts dagegen, das klingt völlig logisch.

Boas war seelisch gesünder als ich, das steht außer Diskussion. Als ich ihn zu einer Therapie überredet hatte, betrachtete er die Gespräche mit dem Therapeuten als intellektuelles Vergnügen, nicht als Heilung der Seele. »Eine geschlagene Stunde mich nur mit mir selbst beschäftigen – was kann's schaden?«, sagte er. Er stocherte sonst nicht in seinem Innenleben wie ich und witzelte offen über seine Therapiesitzungen. Es dauerte Monate, bis er dem Psychologen den schicksalsschweren Satz seines Vaters vorlegte, und leider entsinne ich mich nicht, was der Therapeut daraus zusammenbraute. Boas war weise genug zu begreifen, dass keiner sich so akzeptieren kann, wie er ist, und deshalb wollte er sich einfach nicht kennen, wie er war. Du willst dich selbst nur mittels deines Nächsten kennen (oder anerkennen), im Vergleich zu ihm, und das habe ich spät begriffen, eigentlich erst nach seinem Tod, erst als ich mich mit ihm verglich. Wann immer er meine Schlankheit gegenüber seiner Plumpheit pries, die Tatsache, dass ich keine Gier auf Süßes hatte, und mit den Worten schloss: »Du solltest Gott danken für deine Körperfunktionen«, gab ich seufzend zurück: »Ja, aber vergiss nicht, dass meine Seelenfunktionen beschissen sind.« Und seine Antwort darauf lautete: »Glaub mir, das große Problem ist der Körper; mit der Seele kommt man noch irgendwie zurecht.«

Anders als Boas war ich in psychologischer Dauerbehandlung, bis mein langjährigster Therapeut mir sagte: »Genug geredet, es wird Zeit, das Mysterium arbeiten zu lassen!« Er erklärte, ich wüsste schon alles über mich, was ein Mensch über sich wissen könne, und den Blick von außen auf mich würde ich auch nach tausend Jahren Therapie nicht erreichen, worauf er in Klammern hinzufügte, der Blick von außen sei unter anderem vom Geisteszustand des Betrachters abhängig, und deshalb solle man sich auch darauf nicht zu sehr verlassen.

Zu Boas' Einsicht von der Sinnlosigkeit der Seelenerforschung gelangte ich erst, als ich mit starker Verspätung erkannte, dass Stöbern nichts bringt und man nur im Geist des Zen empfehlen kann: Lebe aufmerksam und gleichmütig – und von hier an lerne selbst weiter. Ich bin ich, und nie ist mir etwas begegnet, was diese Tatsache widerlegen würde. Nie habe ich einen Hinweis darauf gefunden, dass daran etwas zu ändern wäre. Ich bin ich, im Guten wie im Schlechten, da mache ich mir keine Illusionen. Wie jedermann bin ich eine Mischung aus beidem. Benutze ich diese Verteidigungsstrategie jedoch, wenn ich meiner Frau von den Schwierigkeiten auf der Station erzähle, lässt sie sich davon nicht überzeugen: »Aber was hast du denn davon, wenn du nie gewinnst, sondern immer nur verlierst. Warum holst du nie meinen Rat ein, ehe du etwas unternimmst?«

Boas schätzte die Realität zweifellos richtiger ein als ich. Andererseits war meine Schwarzseherei eindeutig berechtigt, und daher kann man die Lebenstüchtigkeit in kurzfristiger und langfristiger Sicht beurteilen. Es kommt darauf an, wie man den Schwerpunkt setzt: Kurzfristig ist der geistig Gesunde besser dran, langfristig der Schwarzseher. Ich bemühe mich, säkular und normal zu wirken, aber tatsächlich gerate ich häufig aus der Bahn. Seit Boas' Tod nehmen diese Ausrutscher zu, vielleicht bin ich sogar angesteckt vom Wahn der Ultraorthodoxen, die das Dunkel des Daseins durch ständiges Beten zu bewältigen suchen. Ich kann kaum noch leugnen, dass ich mich zunehmend an Rituale halte, die man nur als »religiös« bezeichnen kann. Ich klammere mich an diese Rituale wie ein Schiffbrüchiger an ein schwimmendes Brett. Ich halte mich daran, ohne wirklich zu glauben, und das macht meine Religiosität noch anormaler, und mich gleich mit. Ich bete unaufhörlich, ohne zu wissen, an welche Adresse sich die Gebete richten. Ich richte sie an Bäume und Steine, an Synagogen und Kirchen, an Tempel und Moscheen – an alles, was mir bei meinen Streifzügen begegnet. Ich finde mich Verse murmelnd wie »Gott, vergib mir doch, Gott, erbarme dich doch meiner«. Keine Ahnung, wo ein Mensch wie ich diese Worte herhat, denn im Gegensatz zu Kafka, der irgendwo schrieb, es sei Selbstmord, nicht in die Synagoge zu gehen, ist es für mich Selbstmord, in die Synagoge zu gehen.

Wenn ich morgens Yoga mache, vorwiegend in der Hoffnung, mein Bewusstsein von störenden Dingen zu befreien, sind die Übungen neuerdings unleugbar ein verkapptes Verbeugen und Niederknien. Vor wem? Vor was? Je deutlicher sich zeigt, wie unlogisch die Wirklichkeit arbeitet, desto unlogischer wappne ich mich dagegen. Seit Boas' Tod nehmen diese Gewohnheiten an Zahl und Intensität zu. Die Schwäche wächst, und der Unterschied zwischen dem Willen, zu glauben, und dem Glauben selbst schwindet dahin. Doch wenn ich unwillkürlich an ihn und an seinen Tod denke, sage ich mir im Stillen: Am Ende, im Moment der Wahrheit, lässt Gott uns doch alle allein, lässt uns alle ausnahmslos sterben. Er rührt keinen Finger, um irgendwen vor dem Verderben zu retten. Alle Erlösung ist begrenzt, und meist gibt es sie nur auf dem Weg der Negation, durch ein großes Unglück, behüte, das unsere bisherigen Probleme einfach klein und mickrig erscheinen lässt; ein Unglück, das unser Leben in zwei Abschnitte unterteilt, in vor und nach dem Schicksalsschlag. Die weisen Rabbiner, alle Lehrer der Seele und des Geistes, sind so ratlos und verirrt wie wir. Alle Religionen, eine wie die andere, lassen sich in drei Wörtern aus dem christlichen Hauptgebet zusammenfassen: »Herr, erbarme dich.« Das ist die ganze Religion, alles andere ist Zierwerk. Wie ich gebaut bin, kann kein grenzenloser Glaube in mir stecken. Ich muss wissen, wohin man sich wendet, wenn man »Gott« sagt, an wen oder was. Wenn ich die Barmherzigkeit des Himmels erbitte, erhalte ich nicht die Hilfe einer allmächtigen Gottheit, sondern die eines begrenzten, leidenden Gottes, auf dem der Geist vielleicht ruht, mir in jenem Augenblick helfen zu wollen, so es in seiner Kraft steht. Ich glaube nicht, dass ich jemals fähig sein werde, an eine alles beherrschende höchste Kraft zu glauben, obwohl ich bei einer Operation immer über das grandiose Gehirn nachsinne, das die vor mir entblößten großartigen Organe erfunden hat. Betrachte ich beispielsweise den genialen Mechanismus namens »Leber«, scheint mir, dahinter verberge sich ein Erfinder, und sie sei wohldurchdacht, in Kenntnis ihrer Bestimmung, geplant.

Mir ist klar, wohin solche antiwissenschaftlichen, ketzerischen Gedanken nach Auffassung meiner Wissenschaftlerkollegen führen können, aber auch das stört mich kaum. Religiöser Glaube weckt nicht Angst, sondern Neid bei mir. Boas' unermüdliches Streben, seine Kindheitsfantasien auszuleben, war auch eine Art Religion: die Religion der Kindheit. Als er sich im Dämmerbereich zwischen Kindheit und Jugend befand und die Nachbarin ihn absichtlich durchs Fenster erregte, im wehenden Morgenrock eine Leiter erklomm, um auf einem hohen Regal Staub zu wischen, sich mit einem Lappen niederbeugte, wobei ihre Bluse einen üppigen Busen entblößte (die Wirklichkeit sieht manchmal genauso schablonenhaft aus wie ein unglaubwürdiger Film über sexuelle Initiation), bewahrte er sie im Herzen. Und tatsächlich, als der Altersunterschied im Lauf der Zeit unter dem Zauberstab der Pubertät zusammenschmolz, gelang es ihm, eine Beziehung zu ihr herzustellen und all seine unsittlichen Träume hervorzuholen. In dieser Hinsicht war Boas religiös. Er pilgerte zu den Stätten seiner wilden Kindheitsfantasien, wie ich neuerdings an Orte pilgere, deren religiöser Charakter immer deutlicher wird, und religiöse Stätten gelten, Verzeihung, in meinen Augen immer noch als kindlich. Der ganze Gottesbegriff ist kindlich, zweifellos. Die Erinnerung an Boas' Kindheitsrituale, die jäh aus dem Dunkel der Zeit aufflammte, stärkt zugegebenermaßen meine Verbindung zu ihm. Boas hat sich seine Kindheit eindeutig so klug und listig bewahrt, wie nur ein Kind es kann.

7 Der Mond verschwand immer mit einem Schlag. So majestätisch er auch schien, kaum wandte ich einen Moment den Blick ab, löschte ihn schon ein neuer grauer Morgen, gleichgültig gegenüber seinem nächtlichen Dasein, und eine Welt ging auf, die problemlos ohne ihn existierte. Hätte ich die Augen nicht abgewandt, wäre er vielleicht nicht erloschen, dachte ich. Womöglich passiert das auch mit den Sterbenden: Wir lassen sie einen Moment in Ruhe, gehen kurz aus dem Zimmer, um etwas zu essen oder frische Luft zu schnappen, und sie machen sich davon. Nutzen unsere Abwesenheit, um in die andere Welt hinüberzugehen. So einfach kann der Tod sein. Heute, mit der furchterregenden Apparatur, die den Begriff »Sterbebett« völlig tilgt, wo man jeden unheilbar Kranken festhält, als wäre er ein seltener Schatz, den die Menschheit keinesfalls verlieren darf, tritt eine solche Situation kaum mehr ein. Nur höchst selten noch begegnet man einem literarischen, traditionellen Tod, aber wenn der Kranke das Glück hat, im Augenblick seines Todes zu Hause in seinem Bett zu sein, wie es bei Boas der Fall war, dann merkt man, wie dünn der Faden ist, der uns ans Diesseits bindet; wie durchlässig die Grenze zwischen Leben und Nicht-Leben ist. Du gehst einen Moment auf die Toilette, und wenn du zurückkommst, atmet der Kranke nicht mehr. Einen Augenblick zuvor verkrampfte er sich vor Qualen, und auf einmal haben sich die Schmerzfalten geglättet, der Lebende ist zum Leblosen geworden.

Doch zurück zu dem besagten technologischen Beharren auf dem Leben eines jeden Menschenwesens, ohne Rücksicht auf seinen Wert oder Zustand, auf die Art von Leben, das wir ihm verlängern: Ich erinnere mich, dass Boas mich einmal fragte, ob ich denn nie daran dächte, dass die meisten Patienten, deren Leben ich von morgens bis abends rettete, dem Plebs angehörten, dessen Gewohnheiten ich aufs Schärfste verachtete. Meine Antwort lautete: »Daran denke ich nicht.« Aber das stimmte eigentlich nicht ganz. Ich habe durchaus daran gedacht, bin aber zu folgendem Schluss gelangt: Wie ein Schriftsteller hinter einer guten, unvorhersehbaren Geschichte her ist, einer Geschichte, die ihn, unabhängig von ihren Ausgangspunkten, überrascht, so freue auch ich mich auf jede Operation, die eine Überraschung, ein zu überwindendes Hindernis in sich birgt, unabhängig vom Besitzer des operierten Körpers. Ich repariere, was zu reparieren ist am Leib meiner Patienten, und ihr Geist liegt nicht in meinem Zuständigkeitsbereich. Erst wenn ich das Krankenhaus verlasse, widert mich ihr Verhalten an. Nehmen wir zum Beispiel den Patienten mit der Leberzirrhose, den ich diese Woche operiert habe. Plötzlich hatte er eine Kippa auf dem Kopf, und vor dem Eingriff betete er den ganzen Tag Psalmen in seinem Bett. Aber kaum hatte ich ihm gesagt, die Operation sei erfolgreich verlaufen, nahm er die Kippa ab und stellte das Murmeln hebräischer Gebete ein. Mich stößt das ab, denn da ist kein Glaube, nur Feigheit. Sobald er sich für geheilt hält, wird er seine frühere Lebensweise ja fortsetzen, das Fressen und Saufen, die Fleischeslust, die billigen Vergnügungen. Die heiligen Schriften müssen auf den nächsten Krankenhausaufenthalt warten.

Die Menschen rufen nach Wundern, aber tritt dann eines ein, sind sie augenblicklich die Alten. Sofort fangen sie wieder an, sich zu vergiften. Die Diskrepanz zwischen den Klischees »Hauptsache, die Gesundheit« und »wofür lebe ich denn« schreit zum Himmel. Jeder Idiot verkündet, die Gesundheit sei das Wichtigste, handelt aber nicht danach. Nur wenige sind fähig, der Gesundheit zuliebe die Einladung »esst und trinkt« abzulehnen. Die meisten tun sich gütlich mit Speis und Trank, die verheerende Schäden anrichten, und benutzen die Ausrede »wofür lebe ich denn«, bis sie ihre Gesundheit ruiniert haben. Erst wenn sie den unvermeidlichen Zusammenbruch erkennen, wird die Gesundheit nun wirklich zur Hauptsache; aber selbst dann – kaum scheint der Schaden behoben zu sein, geht die Verheerung des Körpers von neuem los. Als ich Boas einmal erstaunt fragte, wieso wir bei unserem Auto die Anweisungen des Herstellers genauestens befolgten, unserem Körper aber jeden erdenklichen Dreck zuführten, sagte er: »Du bist es, der den Naturgesetzen entgegenhandelt, nicht sie. Wir existieren nur zur Arterhaltung, mein Freund, für mehr ist unser Körper nicht eingerichtet. Sobald du deine Kinder gezeugt hast und sie herangewachsen sind und dich nicht mehr brauchen, sollst du ihnen den Platz räumen und aus der Welt scheiden, und die Selbstvergiftung ist ein erprobtes Mittel zu diesem Zweck. Bei uns arbeitet ein Zersetzungsprozess, der Trieb zur Selbstvernichtung. Dein Beharren auf vegetarischer Ernährung und unverfälschten Lebensmitteln, auf Gesundheit um jeden Preis, widerspricht den Naturgesetzen.«

Mir ist immer noch unbegreiflich, wie Boas bei diesen Ansichten all die Jahre den Arztberuf anstreben konnte. Wieso meinte er, gerade die Beschäftigung mit dem Körper und das ins Fleisch schneidende Messer würden ihm den ersehnten Klang entlocken und nicht der freie Geist, der seine glänzenden Forschungsarbeiten durchwehte. Die ausführlichen Krankenhausgeschichten, mit denen ich ihn unermüdlich fütterte, über die Fleischer, Klempner, Sattler und

Schmiede im Operationsteam, denen ich ohne Zögern den Satz »aus dir wird nie ein Arzt« an den Kopf werfen würde, brachten ihn keinen Millimeter von seinem Ziel ab. Gerade umgekehrt: Er setzte meinem Lästern die Behauptung entgegen, Operieren sei ein heiliger Dienst auf höchster Stufe, der nicht seinesgleichen habe. Überleg mal, sagte er, ein paar Individuen legen ihre Kräfte und Begabungen zusammen, um das Leben eines anderen Menschen zu retten. Wo gibt es so was außerhalb der Spezies Mensch?

Zu Beginn jedes neuen Studienjahrs an der Universität erklärte er mir, er habe soundso viele Sabbatjahre angesammelt, die er auf den Abschluss seines Medizinstudiums verwenden werde, und er wolle mit diesem und jenem, dem Rektor und dem Dekan, über redlich verdiente Erleichterungen und Studienzeitverkürzungen reden; aber jedes Jahr wurde die Sache unter dem einen oder anderen Vorwand aufgeschoben. Es war buchstäblich Besessenheit.

War die Medizin tatsächlich die für ihn richtige Melodie, die er aber nicht spielen konnte? Muss einer, der nicht »die richtige Melodie« aus sich herausholt, eine Störung des sensiblen Gleichgewichts seiner Körperorgane befürchten, und ist sein Organismus der Zerstörung geweiht? Das würde doch Boas' eigener wissenschaftlicher Auffassung völlig zuwiderlaufen und wäre ihm sicher unlogisch und falsch vorgekommen. Allerdings wäre ich nach dieser Weltanschauung vorerst gerettet. Noch erzeuge ich im entscheidenden Moment den richtigen Klang. Noch, gilt es zu betonen, denn falls meine Ächtung fortschreitet, werden auch die paar Operationen, die mir noch zugeteilt werden, wegfallen, und dann bleibt mir nichts anderes übrig, als zu kündigen.

Alle paar Wochen klopfe ich an die Tür des Krankenhausdirektors und warne vor den Zuständen auf der Station. Mal abgesehen von den Attacken gegen mich persönlich, sage ich, aber die Versäumnisse gehen zu Lasten der Patienten. Der Direktor nickt, gibt sich verständnisvoll, begreift aber gar nicht, wovon ich rede. Klar betrachtet er mich als unverbesserlichen Querulanten. Schließlich hat er bei unserem letzten Gespräch Boas' Frage praktisch wiederholt: »Warum sollte man Sie denn nach Ihrer Rückkehr aus Amerika wieder auf der Station eingestellt haben, wenn nicht aus Wertschätzung?« Er kapiert anscheinend nicht, dass zwei Gegensätze unter einem Dach leben können, oder er zieht es vor, die Intrigen auf der Station zu ignorieren.

Unser Chefarzt weiß, dass er seinen Posten nur durch Beziehungen und nicht aufgrund seines Könnens erlangt hat. Früher haben wir manchmal gemeinsam operiert, und ich war entsetzt. Ich dachte, wir haben nicht denselben Beruf, er ist Funktionär und ich bin Chirurg. Bei ihm musste ich immer übernehmen, das heißt alles selber machen. Das hat die Patienten gerettet, ihm aber geschadet; er legte mein Verhalten gern als Arroganz aus. Er wartete den richtigen Moment ab, um sich an mir zu rächen. Sobald er den Chefposten erhalten hatte, behinderte er mich systematisch.

»Aber du bist doch ein Glücksfall für sie«, sagen mir meine Kollegen vom amerikanischen Krankenhaus, die ich, weiß der Teufel warum, im Stich gelassen habe, wenn ich ihnen meine Sorgen per E-Mail aufliste, »du bist das Juwel in der Krone ihrer Station.«

»Ihr macht euch über mich lustig«, antworte ich mit bitterem Lachen, »in Israel hält man nicht viel von Juwelen. Habt ihr nicht gehört, dass die Zionisten egalitäre Menschen sind?«

Die kompliziertesten Operationen mache ich irgendwie, weil kein anderer Chirurg sie ausführen würde, aber was den beruflichen Horizont angeht, herrscht Lähmung auf unserer Station. Die meisten Transplantationen sind eingestellt worden. Bei Organverpflanzungen gibt es einen Punkt, den mein hervorragender amerikanischer Mentor – mein Guru in der Chirurgie und ehemaliger Jesuitenzögling – als »Arterien-Kasteiung« bezeichnete. Das ist ein kritisches Stadium, in dem man an die Arterie ranmuss, und wenn das nicht richtig geschieht, werden aus fünf Stunden Operation fünfzehn Minuten. Man braucht nur die Anästhesisten zu fragen, die sind die verlässlichsten Zeugen; sie bemerken das Ausmaß der Blutungen am besten. Manche Chirurgen stürzen sich mit gezückten Messern auf ihre Patienten, als zögen sie in einen blutigen Krieg, und danach sieht es bei ihnen auch aus: wie auf einem Schlachtfeld im Mittelalter.

In Momenten der Schwäche und Verzweiflung, die fast immer eintreten, wenn ich mir überflüssig und an den Rand gedrängt vorkomme, denke ich mehr an das, was Boas bei seinem frühen Tod erspart geblieben ist, als daran, was er verpasst. Ich meine, ihm wurden Sinnlosigkeit und Vergeblichkeit erspart, unser schmähliches Festhalten am Leben an sich, dieses beschämende Klammern, das nur darauf abzielt, das Leben soundso viele Jahre zu verlängern, um noch irgendwelche Variationen von Ereignissen zu ergattern, deren wir doch ohnehin längst überdrüssig sind. Sein jetziges Dasein ist weit erhabener als unseres, daran zweifle ich nicht. Boas hat sich immer seine Frische bewahrt, hat das Erbe seiner Kindheit voll ausgekostet. Seltene Frische, ohne eine Spur Unreife, und aus Erfahrung erwachsene Einsicht hatten sich bei ihm glänzend verbunden. Diese präzedenzlose Verbindung fehlt mir mehr als alles andere, wenn ich über seinen Fortgang traure; sogar nach seinem Tod kann ich erraten, wie er auf dieses oder jenes reagiert hätte. Im

Geist höre ich ihn reden, bis schließlich Stille eintritt, die ländliche Stille, die damals auch unsere Stadt erfüllte. Diese Stille ist das Letzte, was uns verbindet, mich hier und ihn, fern von hier, an dem Ort, wo Boas sich jetzt befindet.

Vor seinem Tod wollte ich ihm sagen: Ich würde meine Begabung, Leben zu retten, hingeben für deine Begabung, richtig zu sterben. Als er mich nach dem ersten Verdacht auf die Krankheit anrief, dachte ich bei seinem bedrückten Ton anfangs, mit der Bypass-Operation vom letzten Jahr sei etwas nicht in Ordnung. Aber er sagte: »Es ist nicht das Herz, es ist anscheinend das Zweite. Das, von dem ich mich dispensiert geglaubt hatte.« Und treuherzig fügte er hinzu: »Also stimmt es nicht mit dem Entweder-oder, Herz oder Krebs. Ich dachte, gegen Krebs sei ich gefeit.«

Erst kurz zuvor hatte er mich eigens angerufen, um mir froh zu berichten, sein Körper fühle sich an wie generalüberholt, alles funktioniere wie zur Jugendzeit. »Du beispielsweise kannst dir deines Zustands nicht sicher sein«, erklärte er mit kindlichem Stolz, »aber ich habe einen Check-up durchgemacht, der fürs nächste Vierteljahrhundert gilt.« Bei diesem naiven Glauben traf ihn die böse Überraschung doppelt hart. Sein Zustand kam ihm unwirklich vor, aber er gewöhnte sich schnell daran. Ich staunte unendlich, dass Boas seine Ansicht in seinem Todesjahr nicht änderte; dass er, trotz seines schlimmen Zustands, das Leben immer noch wie einen gedeckten Tisch betrachtete, von dem man kosten müsse, ohne zu viel über die Zeit nachzugrübeln, oder dass man, falls dieser Gedanke doch aufkam, ihn in eine rein philosophische Frage ohne existenzielle Relevanz umwandeln sollte.

Es macht mich schier verrückt, ihn mir beim erzwungenen Abschied von der Welt vorzustellen, und erst recht mich selbst. Ich weiß noch, wie schwer Boas sich mit dem Verlust eines Schals abfinden konnte, der ihn jahrelang begleitet hatte. Eines gestreiften Wollschals in Lilatönen, den er sich im Winter immer um den Hals wickelte. Er hatte ihn bei der Sicherheitskontrolle an irgendeinem Flughafen vergessen und klagte unaufhörlich darüber. »Was soll denn jetzt mit ihm werden?«, beweinte er ihn. »Stell dir vor, plötzlich findet er sich in wildfremder Umgebung wieder, auf die Barmherzigkeit fremder Menschen angewiesen, wie soll er denn ohne mich zurechtkommen?« Boas' Kummer war ansteckend. Er sprach, als handle es sich um ein Lebewesen und nicht um einen Schal. Ich dachte damals, vielleicht besteht wirklich kein Unterschied, und wir haben uns einfach angewöhnt, die Lebendigkeit von Gegenständen zu ignorieren. Vielleicht ist es nur eine Bewusstseinshemmung, und sobald die gesprengt ist, kann man Mitgefühl mit einem Gegenstand empfinden. Boas hatte noch nicht aufgehört, das Leben zu bestaunen, zu bewundern, es wie ein Kind als Wunder zu betrachten. Wenn ihm der Abschied von einem Gegenstand, dem er Leben beimaß, schon so schwerfiel, wie unvorstellbar schwer muss es ihm dann gefallen sein, aus dem Leben selbst zu scheiden?

Ich erzähle Boas' Geschichte, oder die Geschichte von Boas und mir, als hätten wir in einem Vakuum gelebt. Als wäre unsere Beziehung in den zwei Jahrzehnten, in denen wir uns nahestanden, der Angelpunkt unseres Lebens gewesen. Als hätte es weder Kinder noch andere Beziehungen und andere Freunde gegeben, als hätte der Beruf nicht alle Kräfte aufgesogen. Komisch, nicht wahr? Aber in gewisser Hinsicht lebten wir tatsächlich in einem Vakuum, einem nur für uns beide bestimmten Raum.

In gewisser Hinsicht war es dieser Leerraum, der uns von der Welt trennte. Wir beide ignorierten auch die Zeit, kann man sagen, weigerten uns, ihren Gesetzen zu gehorchen, taten so, als gäbe es sie nicht, oder richtiger, als gäbe es unendlich viel davon. Boas war ein Meister im Zeitverschwenden, während ich Amok lief, um sie zu besiegen. Das Ziel verfehlten wir beide. Es war wie eine Fortsetzung der philosophischen Debatte, die wir bei dem besagten Sechzig-Meter-Lauf in der Schule begonnen hatten. Dem äußeren Anschein nach lebten wir – heirateten, hatten Kinder –, aber unsere Freundschaft existierte unabhängig davon.

Wenn unser Bündnis etwas Empörendes hatte, so war es in erster Linie unsere Nichtachtung der Zeit. Wir wussten, sie verheert das Leben der Menschen. Es war, als riefe uns jemand zu: »Wieso wartet das Leben auf sonst niemand, bloß auf euch. Das kann nicht angehen, irgendwas stimmt hier nicht, die werden nicht erwachsen!« Natürlich tat die Wirklichkeit das ihre, sowohl in unseren anspruchsvollen Berufen als auch in unseren Familien. Aber wir taten so, als wären wir jünger als andere, nicht wirklich einbezogen, ließen uns von den Jahren nicht abnutzen. Aber es wäre gewagt von mir zu glauben, irgendjemand hätte so viel Aufmerksamkeit auf uns verwendet; vermutlich kam die Beschwerde hauptsächlich von uns selbst, bezeichnete einen Drang, uns innerlich aufzurütteln, das Bemühen, anders mit der Zeit umzugehen.

Ich meine, der Umgang mit der Zeit verband uns am tiefsten. Dass wir die Zeit ignorierten, sie unberücksichtigt ließen, beruhte darauf, dass wir in der Vergangenheit lebten, die Vergangenheit dem gegenwärtigen Erwachsenenleben vorzogen – ich, um sie zu korrigieren, Boas, um sie zu konservieren. Die Vergangenheit war unser Ein und Alles, schien die Gegenwart nicht nur zu bestimmen, sondern völlig zu verschlingen. Was immer uns an die Vergangenheit erinnerte, galt als gefundener Schatz, auf den wir uns freudig stürzten. Er aus Nostalgie, dem sehnlichen Wunsch, das Rad zurückzudrehen, und ich im Streben nach Entschädigung, der Ergänzung des Fehlenden. Die Vergangenheit vervollständigte die Gegenwart, und besonders bei Boas entgiftete sie sie auch. Fürchteten wir die Zeit? Vermutlich ja. Die Vergangenheit (seine stabile und meine labile) war sicherer, sie war vertrauter Grund. Als wir dann anders mit der Zeit umgingen, löste sich unsere Verbindung, in erster Linie wegen der Veränderungen, die wir in unserem Leben vornahmen, den neuen Frauen, die wir fanden. Als wir uns in den Zeitenlauf einklinkten, gehörte unsere Beziehung der Vergangenheit an.

Ich ahnte die Trennung schon zuvor, bei einem Zufallstreffen in Amerika. Ich war zu einer kurzen Fortbildung in dem Krankenhaus, an dem wir unsere Wunder gewirkt hatten. Boas hielt sich zu einem Fachkongress in der Gegend auf, und wir beide gönnten uns eine Pause. Überquerten die Grenze nach Mexiko, klapperten gottverlassene Städtchen ab, zogen von einer Bar zur nächsten, tranken Bier und Tequila von morgens bis abends. Wir waren die meiste Zeit besoffen, aber nicht immer heiter. Wir beide wussten, es war unser Schwanengesang. Wir spürten, unser Vakuum würde sich bald füllen. Wir konnten die Zukunft nicht voraussehen, aber wir wussten, unser Leben würde fortan einen anderen, ernsteren Verlauf nehmen. Jetzt gingen die echten Sorgen los – wie bei den meisten Menschen, die sich der Zeit nicht so verweigerten wie wir. Keine Frau gab es auf dieser Reise, nur uns beide, berauscht, isoliert. Boas sah in seiner rot verquollenen Besoffenheit aus wie Albert Finney, der den ewig betrunkenen Konsul in dem Film *Unter dem Vulkan* spielt. Die mexikanische Landschaft ist mir vage in Erinnerung. Ein ödes, marodes Land, ein Amerika für arme Leute. Dieser Beinah-Wüste, dieser Dürftigkeit, die an die Notzeiten meiner Kindheit erinnerte, gehörte mein Herz. Unsere Zweisamkeit war so angenehm, dass mir manchmal wohlig die Augen zufielen, wenn Boas fuhr, und Mexiko vermengte sich in diesem Halbdämmern mit den harten, karstigen Landschaften südlich von Hebron, die wir einst ansteuerten, wenn wir genug vom Studieren hatten. Die Nomaden am Straßenrand verwandelten sich in Beduinen, deren armselige Verschläge, Felsenhöhlen, Brunnen und Zäune wir auf den Staub- und Schlammpisten hinab zum Toten Meer passierten.

Da war ein Gespräch in einer Bar im Morgengrauen, von dem ich mir einen eindringlichen Verlauf mit offenen Karten erhofft hatte. Ich war damals der hochberühmte Pionier der Organverpflanzung und dachte, wir sollten ansprechen, was ihn an meinem kometenhaften Aufstieg störte, was er mir vorwarf. Er sollte mir die Augen öffnen und sagen, wo ich ihn enttäuscht hatte. Zuerst schilderte ich ihm meine schwierige Rückkehr nach Israel, die Verwirrung, die der Umzug mit sich gebracht hatte, meine häufigen Bedenken, für den Neuanfang auf alles verzichtet zu haben, mein (bei dieser Amerikareise noch gestiegenes) Empfinden, in beruflicher Hinsicht Selbstmord begangen zu haben. Ich beschrieb in düsteren Farben das Haupthindernis auf dem Weg zur Gründung eines Transplantationszentrums, das ein »Licht für die Völker« werden sollte. Das war der scharfe Widerstand gegen die Organentnahme von lebenden Spendern, der man damals ein zu großes Risiko für das Leben des Spenders nachsagte. Aber das Gespräch kam nicht in Fahrt, versandete in Trübsinn. Boas wirkte verloren, betrogen, ohne Zukunft, als sei mit dem abgebrochenen Medizinstudium sein Schicksal besiegelt, und kein noch so glänzendes Forschungsergebnis könne es je aufwiegen. Die Worte wurden nicht ausgesprochen, aber wir spürten sie unter der Haut.

Wir berappelten uns schnell, umarmten uns mit trunkener Herzlichkeit, vergossen vielleicht sogar eine Träne. Bestellten noch eine Runde Tequila, und jemand fütterte die Musikbox, und es ertönte *Once in a Lifetime*, der große Hit der Talking Heads, ein hypnotisierendes Klagelied über den Zustand völliger Verwirrung und Desorientierung, das damals dauernd lief, sogar im Operationssaal. Es war ein starker und treffender Song, der – wie die Beatles in unserer Jugend für uns gesprochen hatten – eindringlich unsere Lage in der Ära schilderte, in der wir die Zeit fälschlich für bedeutungslos hielten: »Vielleicht sagst du dir, das ist nicht mein schönes Haus / Vielleicht sagst du dir, das ist nicht meine schöne Frau / Vielleicht fragst du dich, liege ich richtig, liege ich falsch?«

Was hätte ich zu Boas gesagt, wenn wir noch einen gemeinsamen Abend gehabt hätten? Wahrscheinlich hätten wir irgendeine erfreuliche Erinnerung aufgewärmt. Vielleicht die, als wir uns zum ersten Mal für *Abbey Road* von den Beatles begeisterten. Den Moment, als Boas ehrfürchtig den Tonarm auf die Platte senkte, die er hastig in dem Laden gegenüber dem Migdalor-Kino gekauft hatte, und aus dem Nirgendwo – gewissermaßen aus der Unendlichkeit, in der er jetzt ist – der markerschütternde Auftakt erklang: *»Here comes the sun, doo doo doo doo, here comes the sun, and I say, it's all right«*. Es war, als hätten wir in diesem Moment Anweisungen zum Leben und Sterben erhalten.

Aber dieses Ereignis, denke ich nunmehr, kann nicht geschehen sein. Es ist erfunden. Nichts als eine Gedächtnistäuschung, eine Fata Morgana, geboren aus dem unendlichen Durst nach der Gesellschaft des Toten. Ich kann die legendäre Schallplatte nicht zum ersten Mal mit Boas gehört haben, denn seinerzeit waren wir noch nicht so gut befreundet. Geschichten wiederholen sich wie Kilometersteine und beweisen sozusagen, dass wir unser Leben nicht vergeudet haben. Dass es mit Erlebnissen angefüllt war. Wenn ich jetzt mein Leben betrachte, scheint mir, als hätte ich, ohne Boas nichts darüber zu erzählen. Nur Dinge, die wir gemeinsam unternommen oder miteinander geteilt haben, und der Vergleich mit ihm füllen meinen Lebenslauf. Kann das sein, oder entledige ich mich auf diese Weise nur der Verantwortung, trage die Bürde meines Lebenslaufs nicht allein, schüttele praktisch die Hälfte ab?

Als mir die Arbeit noch als Alibi diente, ich im Operationssaal begraben war, kam diese Frage gar nicht erst auf. Aber seit ich Herr meiner Zeit bin, stellt sie sich in voller Strenge, nimmt beängstigende Ausmaße an. Kann es wirklich sein, dass ich mich an das, was ich ohne Boas durchgemacht habe, nicht erinnere oder es nicht wertschätze? Ich kehre zurück zu den prägenden Geschichten der polnischen Nachbarin, der depressiven Schwedin in Kreta oder der Mexikoreise, die nach all den Jahren fast imaginär erscheint. Wir erzählen diese Geschichten, die oberflächlichen, um nicht tiefer gehen zu müssen. Wir erzählen Kuriosa, um vor den wahren Problemen zu fliehen und die Angst zu verstecken, oder die Scham. Erzähl doch beispielsweise von der dicken jungen Frau aus dem Norden der Stadt, die ihr beide mitten in der Nacht »bedachtet«; warum erzählst du nicht von jener einsamen jungen Frau, die vor lauter Trauer über ihren im Krieg gestorbenen Geliebten zugenommen hatte und euch, dich und Boas, zu jeder Nachtstunde einließ? Um sie habt ihr nicht gewetteifert, richtig? Ihr habt ihren Kummer erbarmungslos ausgenutzt. Habt abwechselnd ihr Lager geteilt. Nicht mal zeitlich abgesprochen habt ihr euch. Sie war bescheiden in ihren Ansprüchen, verlangte nichts für ihre Hingabe, hatte markante und geheimnisvolle Gesichtszüge, und Boas und ich waren uns einig über ihre attraktive Weiblichkeit zu einer Zeit, in der weibliche Dürre angesagt war. Wir beide fühlten uns hingezogen zu ihrer Leibesfülle, zu den üppigen Genüssen, zu dem wehmütigen Körper, der jäh erwachte und im Sturm nachgab. Das war ein geheimer, gemeinsamer Seitensprung.

Ich frage mich jetzt in Klammern, wie ich es wage, mich so aufzuregen über das, was Rakefet Boas angetan hat, wenn ich selbst meine erste Frau ungerührt auf Schritt und Tritt betrogen habe. Ist meine Weltanschauung derart veraltet, oder verurteile ich sie anstelle meiner selbst? Aber auch die Geschichten, die scheinbar nur an der Oberfläche abliefen, verbergen unterirdische Strömungen.

Am Ende unserer Mexikoreise, angesäuselt in einer Bar, entschlüpfte Boas eine eindringliche Abschlussrede: »Ehrlich gesagt, ist es mir gut gegangen damals in den Jahren, als du zur Arbeit in Amerika warst. Deine Abwesenheit hat deutlich gemacht, was deine Anwesenheit auslöst. Erst als du von der Bildfläche verschwunden warst, merkte ich, wie deine Anwesenheit mich belastet. Wie gut es mir ohne dich geht. Wie sehr dein Stacheln und Sticheln, deine extremen Provokationen mich über die Jahre zermürbt haben.«

Wie soll ich dem Schluss entgehen, dass er sich zu Recht von mit distanzierte? Nach all den Jahren müsste ich fähig sein, einige Schlüsselereignisse in unseren Beziehungen in einem für mich nicht unbedingt schmeichelhaften Licht zu betrachten. Ich kenne mich mittlerweile gut genug, um einzusehen, dass ich an meine Mitmenschen manchmal kindische Erwartungen richte; nur mich selbst sehe, ihre Umstände oder Bedürfnisse jedoch ignoriere. Immer suche ich dieselbe verfluchte Rechtfertigung, um mich für unschuldig zu erklären, mich in reinem Licht zu betrachten. Wie etwa auf Kreta, wo ich ohne Rücksicht auf Boas' Gefühle vor seinen Augen die schöne Schwedin für mich beanspruchte. Natürlich fand sich wieder eine Rechtfertigung: Erstens war ich frustriert über die Beziehung zu meiner damaligen Frau. Es war allgemein, vor allem aber ihm, bekannt, dass ich unablässig eine Ersatzbeziehung suchte, weshalb man von mir wohl kaum erwarten durfte, auf einen so günstigen Trost zu verzichten. Zweitens hatte ich, wie ich mich erinnere, ihm ritterlich Gelegenheit gegeben, vollendete Tatsachen zu schaffen, als ich gleich nach dem Kennenlernen kurz in unser Hotelzimmer hinaufging, um ihm Zigaretten zu holen. Ich hielt es damals nicht für meine Schuld, dass er erschrocken war über ihre seelische Schwäche, entsetzt über die Geschichten von ihren Zusammenbrüchen und Klinikaufenthalten und enttäuscht, dass ihre Persönlichkeit nicht so schön und glänzend war wie ihr Äußeres.

Boas war nicht gerade der geborene Therapeut, und vielleicht hatte auch das seinen Weg zur Medizin verhindert. Er hielt sich gern an Schablonen und erwartete, dass jemand, dem er diese oder jene Schablone angehängt hatte, sich danach verhielt, und gesund und normal sollte er möglichst auch noch sein. Er liebte keine Überraschungen, gelinde gesagt, und die Schwedin hatte ihn überrascht, als sie unvermittelt eine andere als die ihr zugedachte Rolle spielte. Ich hingegen war begeistert von dieser Wendung. Ich erkannte meinen Vorsprung im therapeutischen Bereich und nutzte ihn, in der Liebe gelten dieselben Regeln wie im Krieg. Aber ich hatte damals kein Interesse, mich ernsthaft um sie zu kümmern. Ich tat nur so, redete mir ein, ich sei dazu geboren, sie zu behandeln, doch in Wirklichkeit war ich ihr Ausbeuter, nicht ihr Therapeut. Darin liegt praktisch meine Sünde. Boas war viel ehrlicher als ich. Er gab sich nicht für einen anderen aus. Er war sich treu, als einer, der in derlei Situationen weder aus noch ein weiß.

Als ich die Schwedin ans dunkle Meer führte, obwohl die Party drinnen im Lokal noch in vollem Schwung war, Boas dort allein ließ und sie mir mit geschlossenen Augen, hypnotisiert wie im Traum und in vollem Vertrauen nachging, da führte ich sie eigentlich in die Irre. Ich versprach ihr das Blaue vom Himmel. Sagte ihr am Strand, ich würde sie fortan schützen und umsorgen, ihr die Liebe geben, derer sie bedurfte. In Wirklichkeit aber betrog ich sie schmählich.

Das Schlimmste war, meine ich jetzt, dass ich keine Ahnung von meinen Schandtaten hatte. Ich hielt mich für den ehrlichsten und unschuldigsten Menschenfreund und glaubte, Boas sei nur in sich selbst versunken und besäße kein menschliches Mitgefühl. Wie konnte ich es wagen, ihm Moral zu predigen, ihm zu sagen: »Boas, das ist kein Ingmar-Bergman-Film, das ist das Leben.« Ich hörte die Geschichte von ihrem Klinikaufenthalt und stürzte mich sofort auf die Beute. Sie fiel mir wie eine reife Frucht in den Schoß. Aber nicht sie wollte ich retten, sondern mich. Sie packen, diese labile und verwirrte junge Frau in ihrer elenden Lage, weil es sich anbot. Wenn man bedenkt, dass ich Boas damals vorwarf, taub für Leid zu sein, unfähig, mit seelischer Not umzugehen. Das Abstoßendste war die Schwermut, die mich umhüllte, die Not, in die ich geriet, als sie nach ein paar Tagen die Geduld mit mir verlor, plötzlich feindselig wurde. Jetzt ist mir klar, dass ihre Sinne sie warnten, dass sie klug geworden war und mir nicht mehr vertraute. Wie elend und unglücklich fühlte ich mich an jenem Tag, wie wütend war ich auf Boas, weil er meine Enttäuschung nicht nachempfand.

Ich staunte, wie freudig Boas den flüchtigen Augenblick lebte, ohne das für mich so typische Verlangen, an einem anderen Ort oder jemand anders zu sein. Einen neuen Ort zu erreichen, ohne die übertriebene, irre Erwartung, er werde mein Leben verändern. Einfach genießen, zufrieden sein, Erfüllung erlangen. Im Stillen referierte ich ihm meine Argumente: Du weißt, wie einsam ich als Kind war, einsam und anders, ein völliger Außenseiter, vertieft in Bücher und hochfliegende Zukunftsträume. Daher rührte mein Ehrgeiz, das war vielleicht der Bonus, der mir einen Vorsprung verschafft hat.

Boas' Vorbehalt gegen meine Erfolge entsprang derselben Quelle wie sein Vorbehalt gegen die von Selbstmitleid triefende Geschichte, die ich mir über meine Kindheit erzählte. Ich spürte, dass er sich nicht wirklich freute, als ich nach Israel zurückkehrte. Als ich wiederkam, standen mir alle Türen offen, ich wurde überschwemmt mit Angeboten zur Leitung angesehener Stationen und Institute, und das versetzte ihm einen Stich ins Herz. Ich redete hochgestochen über meine Pionierfunktion, und er sagte: »Ich bitte dich, gib zu, dass dein Ansehen hier mehr wert ist als jede Weltberühmtheit. Wichtig für dich ist, dass deine Begabung hier anerkannt wird.« Und ich ärgerte mich, redete weiter von meiner Berufung, aber es half nichts. Insgeheim wusste ich, dass er recht hatte.

Aber bekanntlich musste Boas nicht lange unter meinem Erfolg leiden. Hierzulande lässt man Begabung nicht hochkommen. Jeder Weg ist recht, um dem Hervorragenden eins auf den Deckel zu geben, vor allem wenn er aus der Reihe tanzt und arrogant auftritt. Ich erfüllte alle drei Bedingungen. Für meine Rückkehr erntete ich alsbald Missgunst. Zuerst wollen sie sich nicht damit abfinden, dass du alle anderen Chirurgen der Station überragst, und bald darauf erklären sie dich für verrückt. Das ist die beste Methode, dich auszulöschen. Boas stand mir nicht etwa bei, sondern goss noch Öl ins Feuer und bezeichnete mein Verhalten als hochmütig. »Du provozierst sie unnötig«, quittierte er meine Klagen über den Zustand auf der Station. »Was heißt hier ›unnötig‹«, konterte ich, »die Diskrepanz zwischen uns ist unerträglich, verstehst du das denn nicht?«

Diese Worte klangen mir in den Ohren, als ich das Zimmer, in dem er seine Chemotherapie erhielt, aufsuchte, in einer der letzten Wochen seines Lebens. Bei ihm stand ein Onkologe, den ich kannte, aber nicht schätzte. Derbes Aussehen, grobe Ausdrucksweise, einer, den ich als ärztlichen Bürohengst verachtete und es auch spüren ließ. Der Arzt trat zu ihm, legte behutsam die Infusion, beugte sich über den mageren, schier durchsichtigen Körper und sprach mit aufmerksamer, mitfühlender Miene, schien in diesem Moment selbst gar nicht zu existieren, sich ungeachtet seiner eigenen Person ganz dem Kranken zu widmen, um ihn zu heilen.

Ich blieb abseits stehen, weil der Bürohengst redete und redete. Was er Boas zu sagen hatte, wusste ich ja. Der Kampf war verloren, und doch war dieser Arzt bemüht, tröstende Worte zu finden. Sein Gesicht strahlte unverkennbar eine Barmherzigkeit aus, die mich beschämte. Unweigerlich meldete sich der Gedanke, dass ein außenstehender Beobachter mich nie in einer von meinem gewöhnlichen Berufsalltag abweichenden Haltung erwischen würde. Beschleicht mich eine solche Überlegung, halte ich mich sofort an meine konkurrenzlos perfekte Behandlung, als wäre sie das Ein und Alles für die Heilung, wobei gelegentlich der Zweifel erwacht, ob meine makellose Professionalität nicht eine Tarnung, ein Alibi ist; ob ich mich nicht an die Hörner des Altars der Virtuosität klammere, um dem Umstand zu entfliehen, dass meine Distanz nicht nur die Position eines skeptischen und kritischen Beobachters, sondern auch eine Behinderung ist. Eine schwere und bedrückende Behinderung, die sich vornehmlich in meiner Abneigung gegen menschliche Berührung äußert.

Ich weiß, man witzelt auf der Station über mich, ich sei nur fähig, zu Narkotisierten Kontakt aufzunehmen. Da ist was dran. Welche Hilfe kann ein Arzt leisten, der die Berührung scheut? Nur die Berührung der inneren Organe, an die normale Menschen kaum denken mögen, macht mir nichts aus. Diese Organe bewundere ich unendlich. Die Bauchspeicheldrüse und die Gallenblase und erst recht die Leber, die Krönung der Schöpfung. Von der Berührung der Haut hingegen halte ich mich nicht nur fern, sie ekelt mich. Ich liebe den menschlichen Körper und hasse den Menschen. Wenn das kein grundlegender Mangel bei einem Arzt ist, was dann? Als besäße die menschliche Berührung nicht allein schon heilende Kraft. Ich weiß, dass sie sie hat, aber nicht bei mir. Diese Fähigkeit kann man nirgendwo erlernen. Wer ist dann also der wahre Techniker, jener Bürohengst oder ich? Wer hat das Urteil »aus dir wird nie ein Arzt« verdient, er oder ich?

Wenn mir jene Situation einfällt, betrachte ich jede Schwester auf der Station mit anderen Augen, als seien alle ringsum Engel und ich sei eine zerstörende Kraft, und frage mich: Wieso habe ich das nicht vorher gesehen? Kaum zu glauben, dass Boas es sogar nach seinem Tod noch fertigbringt, mich zu beschuldigen. Unablässig weist er mich darauf hin, nur meine zerstörerischen Eigenschaften und nichts anderes richteten Schaden an und zögen mir den Boden unter den Füßen weg. »Alles Übrige ist marginal, glaub mir«, wiederholte er schon zu Lebzeiten ständig und machte mich fuchsteufelswild damit. Ich sagte ihm, ich sei es leid, mir seine Vorwürfe anzuhören, und schrittweise lösten wir uns voneinander. Nach meiner Rückkehr aus Amerika trafen wir uns immer seltener, bis er empörenderweise der Beerdigung unseres gemeinsamen Freundes fernblieb, worauf ich den Kontakt zu ihm abbrach.

»Du brauchst unsere Bestätigung, du bist Teil des Systems, kein freier Agent. Ehe du das nicht eingestehst, uns nicht die gebührende Ehre zollst, lassen wir dir keine Ruhe. Ohne uns wirst du weder Ruhm noch Erfolg erlangen.« Das vermittelt man mir von morgens bis abends auf der Station. Sie bleiben bei diesem Unsinn, als begriffen sie nicht, dass sie keine Kontrolle über mich haben, als hätten sie durch ihre dicke Haut kein Gespür dafür, dass ich nicht von ihnen, sondern von anderen Dingen lebe, von Büchern zum Beispiel. Ich rechne mit niemandem ab, wenn ich, in ein Buch vertieft, in meinem Zimmer sitze, die Beine auf dem Tisch, und nicht angespannt vor dem Quatsch auf dem Bildschirm wie sie. Ich lasse mich von der Handlung in ferne Gefilde tragen, statt zu Tode gelangweilt die neuesten Forschungsberichte zu studieren, mit denen meine sogenannten Kollegen mich füttern. Das Leben ist bei allen schwärzer als schwarz, nicht nur bei mir, denke ich beim Lesen, und nur der Pflicht gehorchend nehme ich die Füße vom Tisch und werfe einen Blick auf den Bildschirm, auf dem die Untersuchung eines Patienten flimmert, der morgen operiert werden soll.

Ich lebe längst nicht mehr von einer Operation zur nächsten wie früher. Ich lebe von Buch zu Buch, von CD zu CD. Die Operationen mache ich wie hypnotisiert, gehe vor wie nach einem Drehbuch, obwohl jeder Chirurg weiß, dass die Überraschungen den Lauf bestimmen, die eigentliche Prüfung dann beginnt, wenn man von der Routine abweichen muss. Erst nach Bewältigung eines Hindernisses beende ich die Operation mit Triumphgefühl. Ist es ein Sieg des menschlichen Geistes, wie Boas behauptete, wenn er seine Hochachtung für die Chirurgie begründete? Geist oder Materie, die Reaktion der Umgebung auf mein Handeln passt mir wie Aschenputtel der goldene Schuh. Damit hat Boas recht gehabt. Gebt mir nur Gelegenheit, keinen Erfolg zu haben, und ich erblühe in meinem Misserfolg. Für Erfolg bin ich am wenigsten gebaut. Erfolg ist das genaue Gegenteil von mir. Brachte ich es doch einmal zu Erfolg, richtete ich ihn eigenhändig zugrunde, ohne abzuwarten, bis andere es für mich taten. Im Scheitern demonstriere ich meine Unabhängigkeit, meine Selbstständigkeit bis zum Schluss. Aber die Sabotage des Erfolgs ist schon eine eigene Geschichte, sie betrifft nicht meine Beziehungen zu Boas, sondern meine Beziehungen zu mir selbst, zu der Hängematte aus Zorn und Streit, die sich den Konturen meiner Seele am besten anpasst.

Das ist genau der Punkt, an dem sich Boas' und meine Wege trennten. Boas war nicht bereit, den Misserfolg bis ans Ende durchzuhalten, sich wie ich am Scheitern zu berauschen. Meine düstere Weltsicht teilte er nicht. Sein Siegeszug in die Medizin, den er sich im Stillen erträumte, war zum

Stillstand gekommen, als er mich kennenlernte. Ich störte ihn mit meiner Anwesenheit, zog ihn hinab, und während ich mir Gewichte anhefte, um unterzugehen, versuchte er, sie abzuwerfen, um aufzusteigen. Das schwerste Gewicht, von dem er sich trennen musste, war zweifellos ich. Ich mit meiner Abschottung, meiner Arroganz, meiner Manie für eine einzige Sache war zu anders. Es war ein negativer Einfluss, eine negative Ausstrahlung. Was bringt zwei sich so fernstehende Menschen so nahe zusammen? Was macht zwei so unterschiedliche Menschen einander so ähnlich? Diese Fragen sind es, die die Verbindung zwischen Boas und mir aufwirft. Sie sind es, die mich glauben lassen, bei seinem Tod einen Auftrag erhalten zu haben, dessen genaue Bedeutung ich noch nicht kenne. Manchmal scheint mir, er verlangt von mir, als Nächster aus der Welt zu scheiden.

8 Welch ein Glück, dass nur wenige Minuten zu Fuß von den Höllenkammern des Krankenhauses, inmitten einer seit Jahrtausenden unveränderten Terrassenlandschaft ein von Felsen und Bergpflanzen umgebener Weiher liegt, erfüllt vom Duft nach Wasser und Feigenbäumen und aromatischen Kräutern und Zikadenzirpen, das die trockene Luft zersägt. Es gibt in der Gegend auch Quellen, deren Wasser stinkig und trübe ist, aber die Quelle in diesem Weiher ist klar und rein. Ihr Wasser ist mit Tiefe und Alter gesegnet. Archaisches Wasser, das seit unvordenklichen Zeiten sprudelt.

Ich ziehe meine Kleider aus, die widerwärtig nach Desinfektionsmitteln und Medikamenten riechen, und tauche mit einem Schlag unter, um nicht nur den Körper zu reinigen, sondern auch die Seele. Der Körper sehnt sich nach diesem Kälteschock etwa so wie nach glühendem Eisen, aber sobald mich eiskaltes Wasser umgibt, ist der Körper vergessen, ist alles Seele, und beim Auftauchen in die Außenwelt (im Winter ist sogar die kalte Luft eine Wärmequelle im Vergleich zum eisigen Wasser) fühle ich mich wie neu geboren, kerngesund, ein Empfinden, das sich durch die Pein des vergänglichen Körpers nicht erschüttern lässt. Als wären die Mängel des Körpers weggewischt und die Gefahr einer Krankheit gebannt. Wenn meine Kollegen mit den Nobelhotels angeben, in denen sie bei diesem oder jenem Ärztekongress übernachtet haben, denke ich stets an die Quelle. Luxushotels deprimieren mich, besonders da sie in den letzten Jahren eine quasimedizinische Dimension erhalten haben mit ihren Räumen zum Dämpfen, Mangeln und Schleudern, ihren Fitnessgeräten und der Krönung des Ganzen, dem nach Chlor stinkenden Whirlpool. Gerate ich in diese Wellness-Tempel, die wie Folterkammern in den dunklen Gängen des Untergeschosses liegen, werde ich unweigerlich krank.

Das Bad in der Quelle dient als Training. Ich tauche und übe, trainiere meine Willenskraft. Oft wähle ich absichtlich einen trüben Tag, der keine Gelüste nach körperlicher Abkühlung weckt, und zwinge mich gerade dann unterzutauchen, den ganzen Körper, immer wieder. Minutenlang verwandle ich mich in Eis, vermutlich zur Vorbereitung auf das Kommende, auf eine Anstrengung, die ich noch nicht kenne – sei es, die Gefühle abzustumpfen oder Gleichmut zu erreichen, oder sei es vielleicht, sich daran zu gewöhnen, die Willenskraft für eine Aufgabe einzusetzen, die sich bisher nicht offenbart hat, zwar schon existiert, aber noch keinen Namen besitzt. Eine Aufgabe, zu der mich eine verborgene Hand hinlenkt, wobei eine Stimme mir sagt: Wenn Frühling und Sommer deines Lebens nicht nach Plan verlaufen sind, dann soll wenigstens der Herbst durchdacht sein.

Ich würde gern meine Frau hierher mitnehmen, aber das ist vergebliche Liebesmüh, denn wir sind zu verschieden. Sie ist immer in Eile, kommt nie mit der Zeit zurecht. Als ich dauernd im Krankenhaus war, habe ich nicht auf ihren Tagesablauf geachtet, aber jetzt ist er mir ein Rätsel. Auch nach langen Jahren ist mir unerklärlich, wieso ihr Tag so angefüllt ist, dass ich keinen Fuß in die Tür bekomme, auch wenn man einbezieht, dass sie eine vielbeschäftigte und erfolgreiche Juwelierin ist.

»Man könnte meinen, die ganze Welt steht Schlange nach deinen Schmuckstücken«, fauche ich, wenn sie meine Einladung ablehnt. Und sie kontert stets ungeduldig und provozierend: »Ich kann mir nicht erlauben, was du dir jetzt rausnimmst, mitten am Tag einfach auszuspannen. Im Gegensatz zu dir investiere ich in menschliche Beziehungen. Ich muss jeden Kunden bei der Stange halten. Wie es in letzter Zeit bei dir aussieht, könnte ich hier bald die Alleinverdienerin sein.«

Aber ich bin meist nicht allein an der Quelle. Oft muss ich sie mir mit diversen Talmudschülern, normalen und sonderbaren, teilen, die sie als Mikwe für Männer benutzen. Sie tauchen splitternackt unter, sprechen schnell den gebotenen Segensspruch und steigen gleich wieder hinaus, schlüpfen hastig in all ihre Kleider, das Leibchen mit den Schaufäden, das weiße Hemd, das schwarze Jackett, die sie gerade erst ausgezogen haben. Alles ist so extrem bei ihnen, von übertriebener Bekleidung zu übertriebener Nacktheit. Für einen eingefleischten Einzelgänger wie mich ist es ein ungewöhnliches Erlebnis, ein weiteres Schaf in einer Herde zu sein. Ich bin zwar ein anderes Schaf, ein weißes unter lauter schwarzen, aber eben doch ein Schaf, Teil der menschlichen Taucherherde.

Ich staune über die Zugehörigkeit wie über die Nichtzugehörigkeit, über die parallelen Existenzen in einer Welt, in der völlig unterschiedliche und völlig ähnliche Wesen gleichzeitig existieren. Und dann meine ich, vielleicht habe ich mir übertriebene Selbstvorwürfe wegen der Beziehung zu meinen Patienten gemacht. In den meisten Fällen ist es doch so: Was haben sie und ich miteinander zu tun, und was nützt letztlich die Nähe oder Annäherung dem Kranken, wenn du ihn nicht richtig heilen kannst? Empathie hilft rein gar nichts, wenn der Patient auf dem Operationstisch liegt. Ich beobachte die Angehörigen der Patienten, wie sie handeln, ohne nachzudenken. Das ist die Basis der Hingabe, unbedachtes Tun. Und wenn, nach Descartes, das Sein vom Denken abhängt, dann heißt das, du lässt nicht nur das Denken, sondern auch dich selbst beiseite. Zugegeben, das erregt meinen Neid: Könnte ich doch mich selbst beiseitelassen, mich in ein dienendes Werkzeug und sonst nichts verwandeln. Aber ich begreife mich als wandelnden Gedanken, als denkendes Wesen. Ich tue keinen Schritt unbedacht. Ich betrachte mit Hochachtung Menschen, die nichts denken, einfach tun, was von ihnen verlangt wird. Aufopferung ist Denkverzicht. Die Menschen um mich her tun das ganz natürlich. Von mir wird keiner sagen: »Er ist eine gute Seele.« Von mir wird man das nicht sagen, weil die Seele kein denkendes Wesen ist. Ist die Unfähigkeit, das Denken auszuschalten, ebenfalls eine Behinderung? Bisher habe ich gedacht, unbedacht handeln sei minderwertig, aber wenn ich sehe, wie Menschen sich einander hingeben, kommt man nicht um den Schluss herum, dass es manchmal eine große Tugend ist.

Abgesehen von der menschlichen Seite, die bei mir verlorengeht, schirmt mich das unaufhörliche Denken auch vom Erleben ab. Vor lauter Denken verpasse ich die Erlebnisse. Vor lauter Denken lebe ich nicht wirklich. Irgendetwas ist defekt an meinem Willensprozess. Sollte ich eine Diagnose dafür stellen, würde ich, kurz gefasst, sagen, ich will zu wenig das, was ich habe, und zu viel das, was ich nicht habe. Nie bin ich bei einem Willen geblieben. Nie war ich fokussiert auf eine Absicht. Nicht mal auf ein Kind konnte ich mich konzentrieren. Oder, genauer gesagt, auf ein Kind erst recht nicht. Als meine Kinder noch klein waren, nahm ich mir vor, mich voll auf sie zu konzentrieren, wenn ich mit ihnen zusammen war, brachte es aber nicht fertig; die

Gedanken wanderten ab, drehten sich um alles Mögliche, nur nicht um die Kinder. Sogar dann, wenn ich mit meinen Kindern allein war, wenn eine Operation ausfiel und ich die Gelegenheit nutzte, eines von ihnen mit an den Strand zu nehmen, in den kalifornischen Jahren. Dabei geben einem Kinder doch Halt in der Erde des Lebens. Nur mit Kindern kann man den Zustand erreichen, weder in der Vergangenheit noch in der Zukunft zu sein, sondern ganz im gegenwärtigen Augenblick. Nur in ihrem Beisein gelang es mir, die Scherben meiner menschlichen Existenz zusammenzukitten. Aber Kinder verlangen volle Aufmerksamkeit, und die konnte ich nur bei der Arbeit aufbringen. Nur dort verfolgte ich ein klares Ziel, und auch dann nicht im Gespräch mit Patienten, nicht bei Untersuchungen und Diagnosen, sondern nur beim eigentlichen Operieren, beim Aufschneiden, Trennen und Zusammenfügen. Ich spürte, wie meine Gesichtshaut entspannt und weich wurde. Die Zweifel verstummten. Nur im Auge des Orkans, beim Operieren, bebt die Erde nicht mehr.

Kinder brachten stets mein inneres Ringen zwischen der einzelgängerischen und der väterlichen Seite zum Vorschein. Sie setzten mir zu wie sonst nichts auf der Welt. Beruht dieser Defekt auf der Distanz zwischen mir und meiner Mutter, die mich vorwiegend als Störfaktor betrachtete und sich lieber anderem zuwandte? Habe ich als kleiner Junge Schaden genommen, als mein einziger Wunsch nicht erfüllt wurde: mich mit meiner Mutter zu vereinen, mit einer Mutter, die selbst ein Kind war?

Ich ordnete eine weitere Operation für den Mann an, der Psalmen murmelte und eine Kippa aufsetzte, sobald es brenzlig wurde, bei überstandener Gefahr jedoch wieder davon abließ. Nur selten setzt ein Chirurg eine zweite Operation kurz nach der vorangegangenen an. Meine Kollegen fürchten zumeist, man könnte es als Eingeständnis eines Fehlers auslegen. Doch dieser Patient litt an Blutungen, und ich sagte ihm, es bleibe nichts anderes übrig, als erneut aufzuschneiden. Er war entgeistert, bereute vielleicht schon, seinen Glauben für den Bedarfsfall zu schnell aufgegeben zu haben. Er versuchte das Unheil abzuwenden, aber seine Frau erfasste die Lage schneller, und als sie streng erklärte: »Es bleibt keine Wahl!«, gehorchte er. Häufig sehe ich, dass Frauen in solchen Situationen Männern überlegen sind. Anscheinend sind sie scharfsinniger und resoluter, passen sich einer neuen Situation rascher an, gehen sofort zur Aufmunterung über. Wie beispielsweise die Frau, die kürzlich ihren Mann begleitete, bei dem ein tödliches Geschwür an der Bauchspeicheldrüse festgestellt worden war. Als ich ihnen sagte, dass eine Operation bei seinem Zustand nichts helfe, verkehrte sie die böse Nachricht sofort ins Positive: »Hörst du«, rief sie freudig, »der Professor sagt, eine Operation ist nicht nötig!«

Wenn ich Zeit habe, beobachte ich die Partnerinnen der Patienten. Gern stelle ich Vermutungen an, was hinter der Partnerwahl gestanden hat, und teile sie in Klassen ein: Als Erstes versuche ich zu erraten, ob eine Wahl im Spiel war oder eine Fügung des Schicksals. Ich schätze die Nähe und Distanz ein, das Maß an Hingabe (zu meinem Entsetzen sehe ich Eheleute, die sich regelrecht zueinander ins Bett legen, der Kranke mit dem Gesunden, vor lauter Liebe und Verbundenheit). Für jeden Bereich habe ich einen eigenen Maßstab: den zu mir, und natürlich auch den zu Boas. Das halbvolle Glas gegenüber dem halbleeren, was man wofür bezahlt: der Preis eines attraktiven Äußeren verglichen mit dem der Hingabe. Wer eine Femme fatale ist und wer eine Freundin fürs Leben. Es hätte Boas gerade noch gefehlt, dass Rakefet ihn in seinem letzten Jahr begleitet hätte, mit ihrer Plapperhaftigkeit und ihrem Leichtsinn, ganz zu schweigen von ihren Affären. Avital hingegen konnte mit ihrer Seelenruhe das Hin und Her zwischen Haus und Krankenhaus, Alltag und Behandlungen bestens meistern und erkannte seinen Herzenswunsch, die Welt nicht auf den Kopf zu stellen, nicht im Morast eines verlorenen Krieges zu versinken. Manchmal schien es sogar, Boas habe mit der Wahl Avitals unwissentlich die richtige Entscheidung für seinen letzten Weg getroffen. Wer wüsste besser als ich, dass dies die entscheidende Prüfung ist, der letzte Weg, zu dem alle Wege führen.

Ich frage mich, ob die Stürme, die mein Eheleben begleiten, mich auch beim letzten Akt umtosen werden. Ich kann das schwer beantworten. Manchmal ändern sich die Dinge am Ende. Wenn ich mir meine Patienten ansehe, erkenne ich diese Umwälzungen zuweilen bei Paaren. Die Überraschung eines Patienten oder einer Patientin, die Dankbarkeit über das Verhalten eines Partners, das nicht für selbstverständlich gehalten wurde, oder umgekehrt, die abgrundtiefe Enttäuschung bei unerwarteter Vernachlässigung. Der Schatten des Endes oder die Furcht davor beeinflussen Menschen unterschiedlich. Ehe die entscheidende Prüfung nicht anbricht, kann man es nicht wissen: Vereinigung mit dem Partner oder erschrockenes Zurückweichen sind gleichermaßen wahrscheinlich. Manchmal, zu später Nachtstunde, wenn ich auch mit einem Buch nicht einschlafen kann, verfalle ich in bittere Grübeleien über meine *compañera*, die Partnerin, die ich mir als Begleiterin meiner zweiten Lebenshälfte ausgesucht habe. Diese Grübeleien überkommen mich umso öfter, je mehr ich mich mit Boas vergleiche, mich auf sein Schicksal vorbereite. Mir graut beispielsweise bei dem Gedanken an die Pflege, die ich von meiner jetzigen Frau erhielte, falls ich, behüte, krank werden sollte, im Vergleich zu der Pflege, die mir meine vorige Frau hätte angedeihen lassen. Der Unterschied ist zwar nicht so krass wie bei Rakefet und Avital, aber immerhin noch groß genug. Ich traue meiner jetzigen Frau so wenig, dass ich mir unsicher bin, ob sie mich nicht einfach im Stich lässt, wenn ich ein menschliches Wrack werden sollte. Ich bin mir gar nicht sicher, ob sie, während ich noch »um mein Leben kämpfe«, wie es heißt, nicht schon nach einem möglichen Nachfolger für mich Ausschau hielte. Aber vielleicht täusche ich mich völlig, tue ihr Unrecht, und keine wäre hingebungsvoller als sie. Und wie werde ich handeln, falls sie erkrankt? Erst in der Stunde der Prüfung kann man es wirklich wissen.

Im Halbschlaf versuche ich die beklemmenden Gedanken an sie aus dem Kopf zu scheuchen, durch Lektüre die Wachheit, die mir seit den durchwachten Nächten in Kalifornien offenbar noch in den Knochen steckt, zu überwinden. Wie schade, dass die Bücher, jene Sturmlinderer und Sorgenvertreiber – die besten Beruhigungsmittel, die ich kenne –, den Platz des Tiefschlafs eingenommen haben, der unwiederbringlich dahin ist. Ich versinke in Schlaf, aber er ist immer oberflächlich; nie falle ich ins Bett in dem Wissen, selige Ruhe zu finden. Wie ein kampferprobter Soldat, der sich im Krieg angewöhnt hat, immer auf dem Posten zu bleiben, erlaube ich mir nie, weniger wachsam zu sein. Ich denke zum Beispiel daran, dass unser häusliches Drama noch in vollem Gange ist. Mehr und mehr (und nicht weniger und weniger, wie zu erwarten gewesen wäre) spüre ich, wie von meiner Lebenspartnerin immer automatisches Feuer kommt, fast instinktiver Widerstand gegen jeden meiner Schritte. Erzähle ich ihr zum Beispiel von einem Buch, das ich gelesen habe, lenkt sie das Gespräch sofort auf mich im Vergleich zu ihr: »Wieso hast du überhaupt Zeit, ein Buch zu lesen, ich habe keine freie Minute.«

»Ich lese im Krankenhaus«, antworte ich.

»Aber du sollst im Krankenhaus operieren, keine Bücher lesen«, stichelt sie, wirft mir praktisch meine erzwungene Untätigkeit vor. »Wenn du dich nicht wie ein schwererziehbares Kind aufgeführt hättest, hätte dich keine Macht aus dem Operationssaal verdrängt.«

Und ich rege mich jedes Mal auf, werde mir niemals angewöhnen, die Falle zu umgehen, den Kampf nicht anzunehmen: »Dich stört nicht, dass ich arbeitslos bin«, blaffe ich zurück, »sondern dass ich an der beschissenen Lage, in die ich geraten bin, nicht zerbreche. Dich schmerzt, dass ich die Müßigkeit in einen Vorteil verkehre. Du beneidest mich um jedes Bad in der Quelle und jede Spritztour in die Wüste, denn anders als ich bist du ständig gestresst und in Eile, weiß der Teufel warum.«

»Du tust, als wärst du dem Müßiggang geweiht«, faucht sie, »statt dauernd umherzustreifen oder Bücher zu lesen oder dich über das System zu beklagen, könntest du was Nützliches mit deiner Freizeit anfangen.«

»Was beispielsweise?«, frage ich und ignoriere die geschliffene Wendung »dem Müßiggang geweiht«, die überraschend von ihr kam und, zugegeben, meine gegenwärtige Lebenssituation präzise beschreibt.

»Zum Beispiel einen Leitfaden für Lebertransplantationen verfassen, zum Wohl von Ärzten und Patienten, die wie wir in einem Meer von Daten versinken.«

»Ich muss operieren, keine Forschungsarbeiten schreiben«, sage ich zornig, und je mehr ich außer mich gerate, desto klarer wird mir, dass sie recht hat.

Ich frage mich, ob bei allen Paaren die Frauen so viel Kontra geben. Auch durch ihre Liebe bekämpft sie mich. Das Feuer, das sich draußen gegen mich richtet, ist nichts im Vergleich zu dem zu Hause. Die Streitereien im Krankenhaus sind harmlos gegen die mit meiner Frau, werden nie so kränkend oder zermürbend. Vielleicht sind die Worte, die zwischen uns fallen, überhaupt ein Nachhall derer, die wir als Kinder nicht sagen konnten. Während Boas süße Worte äußerte, kommen mir bittere. Das ist unübersehbar. Ich würde meiner Frau auch gern die Dinge sagen, die Boas seiner Frau gesagt hat, aber statt zu versüßen, verbittere ich noch mehr, weil ich nicht anders kann. Du möchtest glauben, doch stattdessen kommen Ketzereien. Der Streit ist die einzige alltägliche Nähe, die zwischen uns entsteht, und vielleicht entflammt er ebendieser Nähe wegen. Der Zwist hat sich als unsere einzige Annäherungsmöglichkeit erwiesen. Andernfalls kämen wir kaum zueinander. Ein wahres Wunder, dass sich unsere Wege nicht längst getrennt haben, dass wir bisher durchhalten in diesem Boxring, in dem wir erbitterte Kämpfe austragen, und inbrünstig Liquidationsrituale zelebrieren.

Etwas Tiefes vereint uns, meine jetzige Frau und mich, so viel steht fest, sonst hätten wir längst die weiße Fahne gehisst. Aber was ist dieses Etwas? Boas sagte immer: »Hör auf mit Mystik und Psychologie, es ist alles Chemie und Biologie, du bist süchtig nach ihrer körperlichen Präsenz, das ist die ganze Geschichte. Eure gegenseitige Anziehung ist stärker als alle Reibereien.« Wer bin ich denn, dass ich diese Erkenntnis anzweifeln würde, bei der unklar bleibt, ob sie ermutigend oder deprimierend ist. Wie Dostojewski schrieb, kann man allein von einer bestimmten Rundung am Körper einer Frau angezogen sein und dafür sein ganzes Leben opfern.

Über die Macht des weiblichen Körpers stritten wir nicht, Boas und ich. Unsere Kontroverse in Sachen Fleischeslust bezog sich allein auf den Fleischverzehr. Ich konnte und kann nicht begreifen, wie ein aufgeklärter Mann seines Schlages die skandalöse Diskrepanz zwischen dem Leid, das dem Tier bei seiner Ermordung widerfährt, und seinem eigenen Genuss beim Verzehr seines Fleisches auszublenden vermag. Ich verstand und verstehe immer noch nicht, wie ein fortschrittlicher Mensch sich völlig verschließt, regelrecht zum Neandertaler mutiert, sobald ich das Thema aufs Tapet bringe. »Wenn das alles Chemie und Biologie ist, ein unüberwindbarer Instinkt«, ereiferte ich mich, »dann ist eigentlich jeder Mord, auch Massenmord, sogar der Holocaust, Chemie und Biologie. Auch das sind instinktive Handlungen. Wenn ich an Menschen wie dich denke, die das alltägliche Blutvergießen in den Schlachthäusern, die legale Vernichtung hilfloser Tiere zur Befriedigung menschlicher Fleischgelüste ignorieren, dann sehe ich in der Schoah der Juden kein außerordentliches Ereignis.«

Und er erwiderte mit enttäuschender Regelmäßigkeit: »Wie kannst du das vergleichen.« Und einmal fügte er hinzu: »Die Schoah ist so ungeheuerlich, und auf diese Weise kannst du sie wohl leichter verdauen.« Doch um auf diejenige Fleischeslust zurückzukommen, über die Boas und ich uns einig waren und deren Macht ich kraft unserer ungestümen Jugend bereitwillig anerkannte – jetzt erfüllt sie mich mit Scham. Ich verachte die, die das Schlemmen nicht lassen können, ihren Körper damit zugrunde richten, und fröne doch einer nicht weniger niedrigen und schädlichen Leidenschaft. Der Geschlechtstrieb ist, um die unverblümte Wahrheit zu sagen, ein zerstörerischer Trieb; zerstörerischer und unheilvoller vielleicht als die Völlerei. Sex zermürbt, erschöpft und deprimiert mehr als jedes Essen.

Eine Schande, dass die Macht meiner Frau über mich sexueller Art ist. Eine Schande, dass meine Schwäche für sie immer noch körperlich ist und dass ich mindestens so hungrig auf sie bin wie jeder Vielfraß, dem beim Gedanken an Essen die Spucke im Mund zusammenläuft. Einfach deprimierend, dass der Verstand den Trieb nicht zu besiegen vermag, dass das sexuelle Begehren weiter Handeln und Gemütszustand bestimmt, dass diese Lockfalle wirksam bleibt, auch das Alter nicht davon befreit. Es sei denn, was uns zum Geschlechtsverkehr treibt, ist das segensreiche, wenn auch noch so kurze Verweilen mit unserem Partner, während er in seinem irgendwie unmenschlichen Erleben vertieft ist, von irgendwie unmenschlichen Instinkten beherrscht wird, seine Motive nicht die normalen und vertrauten sind; oder, in unserem Fall, meine Frau sich mir nicht mit ihren Vorwürfen und Anwürfen, ihrer komplizierten und streitsüchtigen Seele nähert, sondern mit ihrem rein triebgesteuerten Körper. Kaum zu beschreiben, welche Erleichterung, Schlichtheit, Liebe diese unmenschliche Nähe uns beschert. Meine Frau ärgert sich, wenn ich ihr dann halb scherzhaft sage: »Siehst du, es ist nur der Körper, nur dein Körper zieht mich an.« Sofort muss sie mir lebhaft beweisen, dass die körperliche Anziehung einzig und allein von der seelischen Anziehung diktiert wird; dass die seelische Nähe die Nähe des Körpers bestimmt. Aber auch ihre Wut ist dann anders als sonst: Es ist eine verhaltene Wut, wie die eines spielenden Tieres, denn wäre sie nicht beim angenehmen Nachspiel, wären wir am Schluss wohl kaum einem erbitterten Streit entgangen.

Den Begriff *compañera* habe ich übrigens von einem Kollegen gelernt, einem alten Arzt aus Argentinien, der bei mir eine Fortbildung absolvierte. Einmal wurde er Zeuge der jähen Veränderung, die ich bei einem telefonischen Streitgespräch mit ihr durchmachte, der Hilflosigkeit und Verwirrung, die sich meiner bemächtigten. Ich sagte ihm: »Schauen Sie nur, wie sie nach all den Jahren, die wir zusammen sind, noch die Macht hat, mich mit ein paar Worten fertigzumachen. Ich kenne die Regeln dieses Rituals: Ehe ich nicht gestehe, ein Verbrecher zu sein, der auf die Guillotine gehört, gibt sie nicht nach.«

Er hörte lächelnd zu und sagte: »Wir alle sind Heilige und Mörder, aber Sie sind immer noch verrückt nach ihr. Ich habe Leidenschaft und Begehren beiseitegelegt, bevor ich geheiratet habe, hatte begriffen, dass man mit solchen Stürmen nicht heil durchs Leben kommt, und habe mir daher absichtlich eine Frau ausgesucht, die den Titel *compañera* verdiente, wie es bei uns heißt: eine Freundin fürs Leben. Eine Frau, auf die man sich verlassen kann, kurz gesagt.«

Dafür bin ich nicht gebaut, dachte ich, ich hielte das nicht aus mit dem Bequemen und Nützlichen, in eine Frau zu investieren, die mein Leben leichter macht. Aber in mir wohnt immer noch die hehre Idee – wie die Existenz Gottes beim Gläubigen –, dass es eine ideale Partnerin auf der Welt gibt. Manchmal denke ich, Boas hat diesen großen Preis gewonnen. Offenbar konnte er keine Nachteile oder Fehler bei Avital feststellen, keine frustrierenden Seiten ihrer Persönlichkeit; im Gegenteil, er war voll des Lobes in jedem Bereich, von Scharfsinn und Verstand bis hin zu Sex und Kochen. Avital war, wie gesagt, eine Überraschung für uns. Sie war keine natürliche Wahl, wenn es um Boas ging. Boas war ganz verrückt nach Thomas Mann, und besonders nach dem *Zauberberg.* Hans Castorp, den Helden des Romans, betrachtete er als sein Alter Ego. Sein siebenjähriger Aufenthalt im alpinen Lungensanatorium galt ihm als einsamer Höhepunkt, als Herzenswunsch. Außerhalb der Echtzeit zu leben, sich verzweifelt in eine Frau zu verlieben, die ebenfalls dort weilt, Herrin ihrer Zeit ist, eine Frau mit Schlitzaugen und hohen Wangenknochen, immer trügerisch – was will man mehr. Aber Boas suchte und fand, entdeckte als Castorps Alter Ego eine Tel Aviver Doppelgängerin jener schlitzäugigen Femme fatale. Auch er warb Jahre um sie, war verzweifelt hinter ihr her, und sie, deren Herz einem Mann gehörte, der sie nicht wollte, spielte mit ihm, rückte näher und ferner, gab sich beinahe hin und entschlüpfte ihm wieder, als räche sie sich an ihm für ihre unglückliche Liebe.

Interessant, dass ich mir diese unselige Geliebte nur in ihrer Ähnlichkeit mit einer Romanfigur denken kann; nur als Doppelgängerin, oder als Schatten. Die Figur aus dem Buch lebt ganz in meiner Erinnerung, und die reale Femme fatale war wie nie gewesen, wie nichts als ein Sinnbild. Der Grund liegt wohl darin, dass jede Femme fatale ihre Macht vorwiegend aus der Fantasie ihres Verehrers schöpft, keinen echten Anteil an der realen Außenwelt hat und daher mit keiner realen Frau zusammenpasst. Das Trügerische jener Frau bezauberte Boas genauso wie Clawdia den Hans Castorp. Man konnte sie ihm nicht mehr ausreden. Von außen betrachtet wirkte das, was sie ihm antat, wie Qualen, die nur ein Folterknecht erfinden kann. Deshalb war die Entscheidung für Avital, Inbegriff der Häuslichkeit und Treue, einige Jahre später so überraschend, so außergewöhnlich auf seinem Lebensweg.

Angesichts seiner Krankheit und seines Todes kann man den *Zauberberg* nicht nur unter dem Gesichtspunkt der dunklen Verführung zitieren, sondern auch unter dem der Krankheit. In dieser Hinsicht war Boas das genaue Gegenteil des Protagonisten: Er vertiefte sich überhaupt nicht in seine Krankheit (unter anderem weil seine Krankheit kein anhaltendes »literarisches« Leiden wie Tuberkulose war, sondern eher wie ein Wirbelsturm); er hielt die Krankheit nicht für einen Ausdruck seelischer Not, die der Körper auf sich nahm; und gewiss kam er nicht, wie Castorp, auf die Idee, Krankheit sei etwas Gesundes, da sie auf ihre verschlungene Weise zu Genesung und Gesundheit führe. Er war auch nicht der Meinung, Ärzte seien unwissende und hilflose Techniker, wie einer der Therapeuten im Sanatorium sich äußert.

Hans Castorp konnte nur deshalb über die Krankheit als gesundes Phänomen philosophieren, weil er auf dem Zauberberg, außerhalb des Lebens, weilte, aber Boas, der sein normales Leben bis zum letzten Tag weiterführte, konnte sich diesen Luxus nicht erlauben, ersehnte ihn eigentlich auch nicht. Als die Stunde der Prüfung kam, wollte er sich keine Minute vom Leben lösen. Er versuchte nicht, von innen zu gesunden oder an seine inneren Schmerzen zu rühren, wie es die mystischen Heilslehren empfehlen. Er strebte nicht wie Castorp danach, in den von der Krankheit ausgeübten Zauber gezogen zu werden, sondern gerade umgekehrt; meines Erachtens hätte er die Anwürfe des Hofrats gegen den Helden unterschrieben, der sich beschwert, dass sein Vetter (dessentwegen er überhaupt im Sanatorium gelandet ist) nicht gesundet, sondern zusehends verfällt: »Sie wollen immer alles harmlos haben«, worauf er ihm mitteilt, dass es nicht harmlos sei, sondern sein Vetter sterben werde.

Der Zauberberg in seinen zwei alten hebräischen Bänden fiel sofort ins Auge auf den verstaubten Regalen in Boas' Junggesellenwohnung, neben Thomas Manns Tagebüchern, die wir zusammen in London gekauft hatten, und dem *Tod in Venedig* als kleinformatiges Taschenbuch vom Militärverlag Tarmil. Einige Zeit nach seinem Tod ging ich in die Wohnung – sie hatte seit seinem Einzug bei Avital leer gestanden –, um mir die testamentarisch vermachten Bücher aus seiner Bibliothek abzuholen. Ich zog einen Band heraus und öffnete ihn bei dem Kapitel, in dem Castorp das Trügerische der Zeit behandelt; was haben wir diese Dinge seinerzeit besprochen und durchdacht, und jetzt befinden wir uns hüben und drüben, dem einen ist die Zeit abgelaufen, dem anderen tickt sie weiter. Angesichts der altvertrauten Bände sann ich darüber nach, wie nicht nur die Zeit, sondern auch alle Weisheiten in diesen Bänden für Boas ihre Bedeutung verloren haben; wie ausgelöscht sie für ihn sind, und daher in gewisser Hinsicht auch null und nichtig für mich. Während Boas' einziger Sohn, den ich als sonderbaren und einzelgängerischen Teenager in Erinnerung hatte und der jetzt als verschrobener Maler mit seiner holländischen Frau im Ausland lebte, nach den mir zugedachten Büchern Ausschau hielt, dachte ich, eigentlich sind sie mit ihrem Besitzer gestorben, und man hätte sie mit ihm begraben sollen, wie man dem Verstorbenen im alten Ägypten seine geliebten Haustiere mit ins Grab gab. Plötzlich fand ich es unpassend, mit Beute dort wegzugehen, und sagte dem überraschten Sohn, ich würde darauf verzichten.

»Was soll ich denn mit all diesen Büchern anfangen?«, rief er enttäuscht aus.

»Schenk sie irgendeiner Bibliothek«, sagte ich, »mich deprimieren sie. Sie erinnern mich zu sehr an den Verlust.«

Jahrelang hatte ich diesen Sohn nicht mehr gesehen, und jetzt verblüffte mich seine äußerliche Ähnlichkeit mit Amnon, Rakefets Liebhaber noch aus Oberschulzeiten, der seine Nachfolger wohl überdauert hatte und vielleicht auch nach ihrer zweiten Heirat noch im Spiel geblieben war. Amnon war gutaussehend und schüchtern, keineswegs wortgewandt und praktisch das Gegenteil von Boas. Im Sturm des unreifen Konkurrenzkampfs um Rakefets Herz hatten Boas' brillante Worte über Amnons Stille gesiegt, aber Rakefet hatte offenbar nicht gänzlich auf ihn verzichtet. Erstaunlich, dass der Sohn, der in seiner Jugend Boas wie aus dem Gesicht geschnitten war, nun plötzlich dem hartnäckigsten und ausdauerndsten Liebhaber seiner Mutter ähnlich sah. Kann es sein, fragte ich mich, dass die Lebensumstände nicht nur seelische, sondern auch körperliche Spuren bei deinen Nachkommen hinterlassen? Die reinste Science-Fiction.

Ich konnte den Blick nicht von ihm lösen, und als ich wegging, versuchte ich meine Seele mit dem Wortspiel zu entspannen, eine Femme fatale sei wohl fähig, eine Fata Morgana auszulösen. Aber ich war zu aufgeregt, um mich mit Banalitäten zu beruhigen. Ein destruktiver Gedanke jagte den anderen, und ich überlegte, wie unsere Kinder unseretwegen doch gelitten hatten. Wie sie die Räder unserer Enttäuschungen und Frustrationen schmierten. Wie wir gar nicht merkten, dass unsere Stürme auch sie erschütterten, ihnen unauslöschliche Rillen einritzten. Entweder leben sie wie wir von einer Krise zur nächsten und ersparen uns nicht den Tumult, oder sie setzen sich ab und ziehen ans andere Ende der Welt.

Ich erinnerte mich, wie viel Sorge und Leid die Erziehung dieses Jungen Boas bereitet hatte. Die Unehrlichkeit, die zwischen den Eltern herrschte, und der trübe Bodensatz, der sich Tag für Tag anhäufte, waren seiner seelischen Gesundheit nicht zuträglich. Wenn ich Boas und seinen Sohn manchmal zum Kindergarten begleitete, tat mir das Herz weh beim Anblick des Jungen, der sich mit dem Abschied von seinem Vater abfinden musste. Er stellte sich nicht stur oder brüllte wie andere Kinder, sondern akzeptierte nobel und tieftraurig sein Los. Einmal hörte ich ihn durch das Gitter des Kindergartenfensters zu Boas sagen: »Gut, Papa, dann auf Wiedersehen«, wonach er kehrtmachte und zwischen den anderen Kindern verschwand. Und ein anderes Mal, als Boas ihn mit seinem Dreirad zum Spielplatz den Hügel hinaufzog, fragte er: »Wenn ich die Pedale trete, mach ich's dir dann leichter, Papa?« Und Boas antwortete: »Viel leichter«, und der Junge darauf: »Du machst es mir leichter und ich dir.« Das war herzzerreißend, und Boas, der in jenen Jahren unaufhörlich überlegte, ob er sich scheiden lassen sollte oder nicht, sagte: »Hand in Hand mit einem Kind unterwegs zum Kindergarten ist das totale Chaos. Man hat das Gefühl, jeden Augenblick die Fassung zu verlieren, und manchmal verliert man sie tatsächlich. Es ist unklar, was an dem Kind dich aus der Fassung oder aus dem Gleichgewicht bringt. Dem Anschein nach bist du ausgeglichen. Aber das Kind beweist dir, dass das nicht stimmt. Anscheinend ist das Gleichgewicht eine Täuschung. Ich habe das Gefühl, jeder Tag, an dem ich von ihm Abschied nehme, verkürzt mir das Leben.«

Ist das derselbe traurige Junge, dessen Probleme Boas

früher zum Besuch von Familientherapien nötigten, an die er nicht glaubte und bei denen er starke Müdigkeitsanfälle bekam, ja zuweilen tatsächlich einnickte, überlegte ich angesichts des bärtigen Mannes, der mich mit spöttisch distanziertem Blick musterte. Es war beinah die gleiche Miene, dachte ich, mit der sein Vater mir von den Therapien und ihrer Nutzlosigkeit erzählt hatte. Boas glaubte, jeder schleppe einen Bruch mit sich, der ihn bis ans Ende seiner Tage quäle und gelegentlich sein Handeln beeinträchtige, egal ob er behandelt würde oder nicht, und schloss mit dem Satz: »Dass sie dich nicht verrückt machen.« Erkennt dieser Fremde, der mir so unterkühlt begegnet, in mir überhaupt noch den engen Freund seines Vaters, der einst fest zu seinem Lebensbild gehörte?

Als dieses Kind, Boas' Sohn, heranwuchs, brachte er mich manchmal in Verlegenheit, indem er mir aus einem abgegriffenen Heft selbstverfasste Naturbeobachtungen vorlas oder zu lesen gab, worauf ich meine Reaktionen vorsichtig formulierte, um ihn und seinen Vater zufriedenzustellen. In diesen Situationen überlegte ich, was ich machen würde, hätte ich ein oder zwei Gläschen gekippt, ehe man mich auf die Probe stellte; wie ich mich dann aus der Klemme gezogen hätte. Mit etwas Alkohol intus wäre ich sicher nicht nur nett oder höflich, sondern großzügig und aufmerksam gewesen. Und dieser Junge entwickelte, wenn ich mich nicht irre, eine gewisse Anhänglichkeit an mich; ich hatte, kurz gesagt, sein Herz gewonnen.

Aber jetzt, in der verlassenen Wohnung seines toten Vaters, war er völlig fremd, abweisend, als sei unsere gemeinsame Vergangenheit ausgelöscht; als hätte ich seine ersten Jahre nicht als naher Zeuge begleitet. Vielleicht ist der Mensch nicht nur eine einzige Person, wie üblicherweise angenommen, sondern setzt sich aus unzähligen Personen zusammen, wie die Figuren in Zeichentrickfilmen; unzählige Personen, vereint zu einer Lebensgeschichte, die fälschlich einem einzigen Menschen zugeschrieben wird. Aber wer weiß, vielleicht spürt er unbewusst meine Verstellung, und sein Vorbehalt gegen mich beruht auf dem erwähnten Bodensatz. Meine Verstellung hat anscheinend nicht ausgereicht. Du meinst, dich vor der wahren Prüfung gedrückt zu haben, merkst jedoch über die Jahre, du hast es nicht geschafft, dich einfach nur gedrückt. Und im Michdrücken bin ich ja bekanntlich groß.

»Angetrunken sein ist die einzig vernünftige Lebensweise«, sagte mir ein alkoholkranker Patient, den ich kürzlich operierte. Er erklärte mir seine einfache Lebensphilosophie, nachdem ich ihn vor der Rückkehr zur Flasche gewarnt hatte. Ich widersprach ihm nicht. Es fiel mir in dem Moment nichts ein, was ihn widerlegt hätte. Ich erinnere mich, dass wir in London morgens als Erstes in einen Pub statt ins Café gegangen waren. »Lieben statt denken«, wie Boas sagte. Wir entdeckten, wie angenehm die Zeit vergeht, wenn man einen bestimmten Alkoholpegel wahrt. Wir hatten vorher keine Erfahrung mit dieser Lebensweise, es war zweifellos eine Entdeckung. Ich nahm diese Praxis noch einige Male auf, immer im Ausland, meist in Osteuropa, als die Tore in diese verbotenen Gefilde sich uns gerade erst aufgetan hatten. Es passierte dort, weil ich fern von zu Hause, vom Alltag, viel haltloser und verzweifelter war.

Du vergiftest dich nicht umsonst mit Alkohol, du vergiftest dich damit, um nicht von einem stärkeren Gift vergiftet zu werden: dem Gift, das das Leben und die Welt produzieren. Das Problem mit dem Alkohol besteht darin, dass du ihn aus Anspannung, Depression und Verzweiflung brauchst, aber wenn du nicht ständig den richtigen Pegelstand hältst, landest du sehr bald bei noch größerer Anspannung, Depression und Verzweiflung. Bei meinen damaligen Besuchen in Krankenhäusern hinter dem Eisernen Vorhang entdeckte ich zu meiner Verblüffung, dass meine Kollegen das Besaufen von morgens an zur Lebensweise gemacht hatten und es nicht ungewöhnlich war, sie auch angetrunken in den Operationssaal gehen zu sehen.

Im Lauf der Jahre traf ich Kollegen, die Highlife fast zum Synonym für Chirurgie machten; »OP-Highlife« war damals ein geläufiger Ausdruck in Krankenhäusern. Frauenfang war ein Grund zum Prahlen. Bereitschaftsärzte hinterließen Zettel, wo man sie erreichen konnte: »Von neun bis elf findet man mich bei Zilla. Von Mitternacht bis vier bin ich bei Gila.« Diese Zettel, die in der Ära der Mobiltelefone verschwanden, erfüllten einen doppelten Zweck: Erstens sollten sie die Station informieren, wo man den Chirurgen bei Bedarf kontaktieren konnte, und zweitens dienten sie dazu, mit der Eroberung jener Frauen anzugeben. Aber vor allem zeugten diese Zettel davon, wie sehr wir auf jene Süße bauten, wie sehr wir darauf vertrauten, dass sie nie enden würde. Man kann so einen Zettel schlicht aus nostalgischer Sicht oder als Inbegriff männlicher Überheblichkeit betrachten; aber ich sehe die Sache, mit Verlaub, breiter: als Abgesang auf all die Zillas und Gilas, die vom Winde verweht sind, und auf die Süße, die wir hinter uns gelassen haben, insgesamt.

Alle Lebensaktivitäten fortzusetzen, nachdem ein nahestehender Mensch gestorben ist (ganz zu schweigen von der Verteilung der Beute seines Nachlasses), ist an sich schon lächerlich genug. Aktivitäten, von denen der Tote bereits befreit ist – wie Gänge zur Bank, Tanken, Essen, Trinken, Beischlaf –, gehen weiter, als ob nichts geschehen wäre, als ob kein Mensch fehlte. Der Tote, der uns aus seinem Nichts beobachtet, macht die Routine lächerlich, noch viel sinnloser als zuvor. Nach den Toten weiterleben ist völlig absurd. Es verletzt beinah die Ehre des Toten.

Solange Boas noch lebte, war nichts von alldem lächerlich. Ich erinnere mich zum Beispiel, dass wir ein Thema wie das menschliche Verhalten beim Beischlaf endlos durchkauen konnten, wer von uns dabei redet und wer schweigt wie ein Fisch. Oder wir rieten, welches der Mädchen auf einer Party – wir nannten sie immer »Mädchen«, auch wenn sie die dreißig überschritten hatten – unglaubliche Schätze unter dem dicken Wollpullover verbarg. Oder wir diskutierten ernsthaft über die feinen Klimaveränderungen beim Wechsel der Jahreszeiten, vor allem beim launischen Übergang vom Sommer zum Herbst.

Ich sehe Boas im Geist seine Bohnensuppe zubereiten (aus großen weißen Bohnen, wie die Suppe in der Küche unserer Schule, deren Geschmack er sein Leben lang zu treffen suchte), seinen Kartoffelbrei, seinen Auberginensalat – als er am Leben war, waren diese Speisen noch von Geist beseelt, aber jetzt, in seiner Abwesenheit, wirken meine Bemühungen, sie nachzukochen, sinnlos. Gut, wir löffeln sämige Bohnensuppe, essen buttrigen Kartoffelbrei, na und? Wir haben ja gesehen, wohin die Auberginen führen, haben den mit Leckereien gemästeten Körper unter die Erde gehen sehen. Uns kann man nicht mehr täuschen. Der Tote, in diesem Fall Boas, muss mich geringschätzen, weil ich keinen Deut von meiner Bahn abgewichen bin (wie ich ihn rückblickend geringschätze, weil er im Falle meines Todes natürlich auch nicht von seiner Bahn abgewichen wäre), weil ich nicht ständig sein Andenken pflege. Er erwartet, ich solle mich nicht nur in ihn vertiefen, wie ich es mit dieser Geschichte tue, sondern auch ununterbrochen sein Andenken ehren.

Das verlangen die Toten von uns, und wenn wir es nicht tun, schätzen sie uns gering. Das glaube ich fest. Nur selten erfüllen wir die Erwartungen hinsichtlich des Totengedenkens – beim Einswerden mit der Natur zum Beispiel, mit der Erde, der Vegetation, der Witterung. Dann sind die Toten zufrieden, weil sie Teil dieser Elemente sind. Aber Lebensmittelladen, Bank, Abendessen, Festakte – das sind Tätigkeiten, die den Toten ärgern, statt ihn zu ehren. All dem Zeit zu widmen, was das Gegenteil von Ewigkeit ist, allem, was der Ewigkeit widerspricht und entgegensteht, kommt einer Geringschätzung des Toten und einer Verunglimpfung seines Todes gleich. Andererseits könnte man auch sagen: Mit dem Schuldgefühl, das ich seit Boas' Tod beim Erledigen der Routineakte des Lebens häufig empfinde, ehre ich laufend sein Andenken.

9 Mitten bei einem unglaublichen Streit zwischen meiner Frau und mir, der mit meiner vorsichtigen Bemerkung über eine offengelassene Schranktür und über Schubladen, die auf-, aber nicht mehr zugehen, begann und in einem Wirrwarr allgemeiner Beschuldigungen endete, rief unvermittelt ein ehemaliger Klassenkamerad an, zu dem ich über die Jahre Verbindung halte, vor allem, weil er im Ausland lebt und unsere seltenen Begegnungen daher nicht die übliche, belastende Kontinuität verlangen. Er schlug mir vor, gemeinsam einen weiteren Schulfreund in Haifa zu besuchen, den ich seit ewigen Zeiten nicht gesehen hatte, und angesichts der unerträglichen Atmosphäre zu Hause willigte ich sofort ein. Als wir mit seinem Mietwagen unterwegs waren, schlug mein Trübsinn in Lebenslust um, in das Verlangen, ohne Fragen und Zweifel zu leben. Vielleicht beruhte mein Stimmungswechsel teilweise auf seinem Bericht über seine Mutter, die er in einem luxuriösen Seniorenheim untergebracht hatte. Mit fast hundert Jahren sei sie zwar körperlich gesund und kräftig, bringe aber nichts mehr auf die Reihe. Eine Schilderung, die deutlich machte, wie das Alter schon um die Ecke lauert und wie kurz das Leben ist. Denn mir war, als hätte ich erst gestern die blühende Mutter in ihrer ganzen Weiblichkeit im Badeanzug am Strand von Sidna Ali gesehen, schlank, aristokratisch, wie eben einer vornehmen russischen Gesellschaft entrissen und gar nicht zu uns hier gehörig. Mir fiel der Dauphin der Familie ein, in den ich mich früher manchmal samt perfektem Strandzubehör – Zelt, Kühlbox mit Bierflaschen und sorgfältig belegten Bro-

ten – gequetscht hatte, und sein Vater, der nach dem Baden auf einem Bein hüpfte, ein Ohr dem Sand zugewandt, wobei er uns mit seinem jeckischen Akzent erklärte: »Lernt mal, das ist die beste Methode, das Wasser aus den Ohren zu holen.« Ein ganzer Trupp sammelte sich am Strand, und die Umgangssprache war vorwiegend Deutsch. Die Männer grapschten die Ehefrauen der anderen ab, stahlen lausbubenhaft glühende Küsse.

Die fröhliche Strandszene an der Küste von Sidna Ali, umweht von verlegenem Lächeln und zwitscherndem Kichern, beschwört ein düsteres und beklemmendes Gegenbild aus der Tiefe hervor: Ich sehe die Schlafzimmertür meiner Mutter mitten am Tag hinter ihr und ihrem Klavierlehrer zugehen. Mein Vater war in der Arbeit und ich aus irgendeinem Grund zu Hause geblieben. Der Klavierlehrer, den ich ihren Klavierprofessor nannte, spielte in meinem kindlichen Bewusstsein auch die Rolle eines Arztes, der mit ihrem Herzleiden zu tun hatte.

Ein Kind nimmt alles auf, verarbeitet die Daten jedoch nicht. Was weiß ein Kind davon, was hinter der Tür vorgeht? Es ist nicht dafür gebaut, Vermutungen anzustellen. Es weiß nur, was es sieht, nicht, was es nicht sieht. Ein Erwachsener ergänzt das Bild, aber nicht ein Kind. Wie füllt man den großen Leerraum des Nichtwissens, zum Beispiel darüber, wie das Gefühlsleben meines Vaters aussah? Wie er das empfand, was hinter jener Tür ablief? Was tat er mit seinem Schmerz und seiner Eifersucht? Ich habe nicht die geringste Ahnung.

Einmal, in einer Bar, die es längst nicht mehr gibt, in der Dizengoffstraße, begegneten Boas und ich einem guten Freund seines Vaters in angetrunkenem Zustand. Er schwankte auf Boas zu und sagte: »Was siehst du deinem

Vater ähnlich!« Gutgelaunt plauderte er von den alten Zeiten und äußerte unter anderem: »Dein Vater, der war der Kavalier der Erholungsheime.« Boas war verstört, verdaute den Satz nicht. Er konnte nicht glauben, dass sein Vater das im Urlaub getrieben hatte, in seinen berühmten Urlauben in den Krankenkassenheimen im ganzen Land, die er stets allein, ohne Boas' Mutter, verbrachte. Diese drastische Enthüllung zerstörte das Bild von der perfekten Liebe zwischen seinen Eltern.

Auf der Fahrt nach Haifa fragte ich meinen Freund, ob er sich an meine Mutter erinnere, und er sagte: »Was für eine Frage! Sie war die schönste Mama in der Klasse.« Ich war baff, denn so hatte ich sie damals nicht gesehen, und auch die Fotos belegen das nicht, zumindest nicht aus meiner Sicht. Vermutlich konnte sie in meinen Augen nicht schön sein, denn für mich war sie in erster Linie eine kränkliche, stürmische und gestörte Frau, eine nervöse und frustrierte Pianistin, ein Nervenbündel, das jeden Augenblick zu explodieren und alle Umstehenden ins Verderben mitzureißen drohte.

Sie verbrachte die meisten Stunden des Tages am Klavier und versuchte ihm die Klänge zu entlocken, die eine echte Pianistin aus ihr machen würden. Besonders übte sie Bachs Toccaten, seine italienische und seine französische Suite, Werke, die mir fürs ganze Leben unter die Haut gegangen sind, mich zugleich anziehen und abstoßen. Wenn ich sie mir zu ihrem Gedenken anhöre, meist auf langen Autofahrten, steigen sie mal aus tiefsten Tiefen zu mir auf, und mal ermangeln sie jeder Tiefe, klingen erschreckend schlicht.

Eine meiner frühesten Kindheitserinnerungen besagt, dass mein Vater mich im Beisein von Gästen fragt: »Was spielt Mama immer?«, und ich darauf antworte: »Bach«, und sofort schelmisch nachschiebe: »Bach-Krach!«, was immer Gelächter auslöste. Meine heutige Einstellung zu dieser Musik hängt davon ab, wie ich in dem Moment zu meiner Mutter stehe, beziehungsweise wie ich die Beziehungen, die ich zu ihr hatte, gerade sehe. Ich erinnere mich, wie sie sich förmlich in das Klavier versenkte, sich darüber beugte, und an die Abscheu, den geradezu physischen Ekel, den diese Haltung bei mir erregte, denn diese Hingabe an das Instrument kontrastierte krass mit ihrer mütterlichen Fürsorge: Die unendliche Geduld mit dem Klavier stand ihrer Ungeduld mit mir gegenüber, die Intimität mit dem Klavier der Distanz zu mir. Jede Fürsorge für mich war für sie Zeitverschwendung.

Jetzt, da es keinen mehr gibt, mit dem man abrechnen könnte, kann ich meine Mutter verstehen, besonders wenn ich sie mit mir vergleiche. Zweifellos hat sie mir ihre schrecklich begrenzte Fähigkeit zur Hingabe an ein Kind vermacht. Doch im Gegensatz zu ihr konnte ich gelegentlich über meinen Schatten springen. Das passierte fast nur bei beruflichen Triumphen, einer brillanten Transplantation, nach der ich mir groß vorkam und meine Kinder mit Gunst überhäufte. Aber meine Mutter hatte leider keine solchen Gnadenmomente. Derlei Befriedigung blieb ihr völlig versagt. Eigentlich war sie ständig frustriert. Wie ihr immer wieder bewusst wurde, konnte sie sich noch so sehr am Klavier abmühen, noch so viel üben, eine Pianistin würde nie aus ihr werden, um die fatale Prophezeiung von Boas' Vater zu zitieren. Die Frustration staute sich bei ihr in monströsem Ausmaß. Sie sprang mit unheilverkündender Nervosität vom Klavier auf, und wenn die Spannung sich schließlich entladen musste, fiel sie wegen irgendeines Unfugs oder wegen Unordnung oder Dreck über mich her, beschimpfte mich fuchsteufelswild. Danach spielte sie weiter, aber nicht Bach, sondern ein Klavierkonzert von Grieg, das wohl leichter ging. Erst allmählich versöhnte sie sich mit sich selbst, und danach, am Abend, auch mit mir.

Wo mein Vater in diesem Minidrama steckte, ist unklar. Er schaltete wohl ab. Das konnte er bestens. Er war verliebt in meine Mutter, regelrecht gebannt von ihr, und vor allem war er der rettende Engel, wenn sie von ihren Krankheiten heimgesucht wurde, doch er achtete auf seine Weise sorgfältig darauf, sich nicht in ihren Lakaien, um nicht zu sagen Waschlappen, verwandeln zu lassen. Er weigerte sich mit Nachdruck, als Fußabtreter herzuhalten, und wusste sich zu behaupten, nicht mit Zorn, sondern mit Sanftmut. Weiß der Teufel, wie er bei einer derart stürmischen und unberechenbaren Frau das feine Gleichgewicht zwischen Selbstaufgabe und Treue zu sich wahrte. Einmal hörte ich jemanden – wen, weiß ich nicht mehr – über meine Mutter sagen: »Hätte ihr Mann sie nicht im Haus hospitalisiert, wäre sie längst woanders eingeliefert worden.« Das war ein harter Satz, den ich auch mit ihren als Herzleiden verbrämten Angstanfällen verband. Meist mischte sich mein Vater nicht in unsere Streitigkeiten ein, warf mir bloß vor, nicht genug Rücksicht auf sie zu nehmen. Nur wenn sie mit ihren Angriffen auf mich völlig über die Stränge schlug, platzte ihm der Kragen, zum Preis tagelanger dicker Luft zwischen ihnen.

Ich fragte meinen Freund, ob meine jetzige Frau ihn an meine Mutter erinnere, worauf er erst irritiert verneinte, nach einigem Nachdenken jedoch sagte: »Vielleicht ist da was dran. Nicht direkt Ähnlichkeit, aber sowohl deine Mutter als auch deine Frau könnte man exotisch nennen. Ja, wenn du eine Gemeinsamkeit zwischen ihnen suchst, dann ist es wohl die Exotik.« Ich fragte weiter, ob er sich erinnere, dass meine Mutter kränklich gewesen, alle Augenblicke ins Krankenhaus gekommen war, aber er sagte, davon habe er gar nichts geahnt. Die meisten Kinder interessierten sich anscheinend nicht so wie ich, was in der Welt der Erwachsenen vor sich ging.

Später, als wir mit unserem Haifaer Freund schon in einer bekannten Kneipe in der Unterstadt saßen und ein Bier nach dem anderen tranken, führten wir das Gespräch von unterwegs fort und gelangten zu dem Schluss, der heimliche Zauber der Exotik liege darin, dass sie die Erwartung auf Grenzüberschreitung nähre, die Verheißung, alles sei möglich, transportiere. Ich teilte meine intimsten Gedanken mit ihnen und sagte, die Ähnlichkeit meiner Frau mit meiner Mutter könne erklären, warum ich stur bei ihr bliebe, obwohl das Zusammenleben mir keine geringen Qualen bereite. Ich sagte, ich wolle an diese Ähnlichkeit glauben, nicht nur, um mir zu erklären, warum ich die Frau, die ich liebe, manchmal hasse, sondern auch, um gewiss zu sein, dass ich nicht anders konnte. Wenn man Tag und Nacht solch eine Mutter erlebt, wie soll man dann bei der Wahl der Partnerin nicht fehlgehen? Und noch schlimmer: Wie soll man das wiederbeleben, was damals in der Seele abgestorben ist? Denn zweifellos ist damals etwas in mir gestorben, etwas, das tausend therapeutische Sitzungen nicht wiedererwecken können. Anders als die Leber (das großartige Organ, das mir anvertraut ist und das ich am höchsten achte), kann die Seele einen abgetrennten Teil nicht regenerieren.

Selbst wenn ich aus der zeitlichen Distanz den Schmerz meiner Mutter nachzuempfinden versuche, verdorrt mein Gefühl augenblicklich. Einmal, bei einem meiner seltenen Besuche bei den Eltern, fragte meine Mutter, warum ich mich nicht so benähme, wie es sich für einen Sohn gehöre.

»Wirst du mir denn nie verzeihen?«, fragte sie in ihrer Verzweiflung. Aber ich verweigerte stur die Antwort. Und je eiserner ich schwieg, desto mehr flehte und bettelte sie. »Du quälst mich, weißt du das?«, explodierte sie so schlagartig wie einst und beschimpfte mich mit bis zur Unkenntlichkeit verzerrtem Gesicht. Diese Züge entstammten geradewegs dem Albtraum der Kindheit; doch anders als seinerzeit bekam ich keine Angst, sondern war fasziniert davon, konnte kaum glauben, dass sie noch existierten, dass die Zeit ihnen nichts hatte anhaben können, und zischte eiskalt: »So sah meine Kindheit aus, es gab kaum einen Tag, an dem du diese hässliche Fratze nicht aufgesetzt hättest.«

Mein Vater, der bis dahin untätig zugeschaut hatte, trat nun aus seiner erschrockenen Reserve und schrie: »Du behauptest, sie sei hässlich? Sie ist bildschön bis heute, alle sagen das!« Er war immer noch unendlich verliebt in sie, und in diesem Augenblick sah ich ihn in jener blinden Karamasow'schen Eifersucht, die anscheinend sein Seelenleben beherrschte. Aber die fatale Frau, die ihn blendete, war keine trügerische und flatterhafte junge Russin, sondern eine Frau, die meine Mutter sein sollte.

Ich frage mich, ob meine Frau und ich gleich viel Zerstörungswut aufbringen; wer von uns beiden destruktiver, wer mehr Opfer und wer mehr Aggressor ist, sie oder ich. Ich meine mal so, mal so. Der einzige eindeutige Schluss, den man ziehen kann, besagt: Es gibt keine kindischere Beziehung als unsere Partnerschaft. Einsamkeit ist manchmal ein Fluch, aber das zweisame Paradies ist befristet, und auch solange es andauert, kennst du sein Los. Sehr bald, das weißt du sehr gut, wird einer von euch beiden unzufrieden. Eben darum spreche ich nicht ausführlicher über unsere Versöhnungen, über die Waben, aus denen wir den

Honig schleudern; über dieses irre Getümmel der Körper, die sich umschlingen und für kurze Zeit nicht an ihr Ende denken, als hätte der Körper kein Ende. Über diesen Garten Eden berichte ich nicht, aus dem einfachen Grund, weil ich jedes Mal von neuem entdecke, nur der viel geschmähte Körper, und nicht der viel gerühmte Geist, ist das reine Glück.

Man kann noch und noch über die Paarfalle sprechen; darüber, dass die Partnerschaft dir keine andere Chance lässt, als hilflos von der Tribüne zu spähen und zu wissen, du wirst auf jeden Fall verlieren, und da hilft keine Taktik. Niemals abzusehen ist jedoch, wie tief du sinken wirst. Die Partnerschaft ist eine raffinierte Gegnerin. Du musst dich nicht von den Provokationen des Partners hinreißen lassen, tust es aber trotzdem. Immer steckst du bis zum Hals drin, wirst nie dispensiert. Wirklich schlimm ist jedoch, dass dieses Wissen dich nicht davon abhält, zu glauben, irgendwo auf der Welt existiere eine andere Partnerschaft; irgendwo auf der Welt wohne eine Partnerin, mit der alles anders verliefe, bei der die bekannte Gesetzmäßigkeit nicht gelte.

Seit dem Treffen mit meinem Freund ertappe ich mich dabei, nach einem exotischen weiblichen Objekt zu fahnden. Ich frage mich, wer diesen Titel verdient. Vermutlich muss sie nicht schwarz und anmutig sein wie die Sulamit; die Exotik ist, meine ich, eine Wesenssache, rührt von innen, nicht von außen her. Die exotische Frau hat eine geheimnisvolle Aura, aber nicht jeder ist für ihre Strahlung empfänglich. Boas hatte seine exotische Geliebte, jene imaginäre Doppelgängerin der Femme fatale aus dem *Zauberberg*, und verbrannte sich über die Jahre immer wieder an ihr; er verletzte sich und andere Frauen, in die er sich zur Entschädigung zu verlieben suchte. Kürzlich traf ich bei Bekannten eine von Boas' damaligen Auserwählten, eine Prinzessin, die nach einer ebenso stürmischen wie glitzernden Affäre schlagartig zum Aschenputtel wurde, da sie das Pech hatte, seine Anforderungen an eine Femme fatale nicht zu erfüllen: Sie war nicht vergeben, nicht schwer zu erringen, spielte mit dem Mann nicht wie ein Kind mit seinem Teddy. Sie war damals um die zwanzig, halb so alt wie er.

Auf den ersten Blick erkannte ich sie natürlich nicht. Nach einigen Geburten und anderen Abnutzungserscheinungen des Lebens erinnerte sie kein bisschen an das frühlingshafte Mädchen mit der immerwährenden Röte der Verliebtheit auf dem frischen Gesicht. Die Veränderungen waren ruinös. Als ich sie fragte, wie ihr Leben vergangen sei, spulte sie sofort ihre kurze Geschichte der Zeit ab, als hätte sie nur auf diese Gelegenheit gewartet: »Die Enttäuschung damals hat mein ganzes Leben bestimmt«, sagte sie verbittert. »Ich habe den erstbesten Mann geheiratet, dem ich nach Boas begegnete, das genaue Gegenteil von ihm, nur um mich begehrt zu fühlen. Ich habe ihn geheiratet, ihm Kinder geboren, aber keinen einzigen Moment der Liebe erlebt. Als ich von Boas' Tod erfuhr, huschte mir der schreckliche Gedanke durch den Sinn: ›Das hat er verdient.‹ Tatsächlich. Erinnerst du dich, wie er die Erde verehrte, auf der ich geschritten war, mich mit all dem Zauber überschüttete, den er verstreuen konnte? Und plötzlich war nichts mehr davon übrig. Als ich begriff, dass er genug von mir hatte, wusste ich, mein Leben war zerstört.«

Ich sehe Boas mit mir und mit unserem gemeinsamen Freund, dem, dessen Unfalltod uns Jahre später auseinanderbringen sollte, sehe uns mit aller Kraft einem anfahrenden Zug nachrennen, verzweifelt dem Schaffner winken, der die Tür zuzieht, und gerade, als der Zug beschleunigte, aufspringen und uns hineinwinden. Wir wollten nach Dublin, auf einer Reise, die Boas seine Qualen erleichtern sollte, als seine exotische Geliebte ihn wieder mal verlassen hatte. Vor lauter Alkohol, den wir später tranken, bricht die Erinnerung nach dem Aufspringen auf den fahrenden Zug am Ausgangsbahnhof in London ab, als wir noch nüchtern waren. Du rennst dem Zug nach, musst ihn einfach noch erwischen, aber wozu? Betrachtet aus dem Blickwinkel von Boas und unserem Freund, der noch vor ihm aus der Welt schied, jenem einzigen Blickwinkel, der den echten Maßstab abgibt, besteht keinerlei Grund, hinter irgendetwas herzurennen.

Wie kommt es, dass wir, die beim Sechzig-Meter-Lauf in der Schule ruhig und gelassen über weltbewegende Dinge diskutiert hatten, nun plötzlich in wildem Lauf einem bereits anfahrenden Zug nachhetzten? Was suchten wir in Dublin denn anderes als die Illusionen aus den in der Jugend verschlungenen Büchern, Illusionen, derentwegen wir Frauen verschmähten, die nicht fatal waren. Wir begriffen damals noch nicht, dass Bücher lügen, niemals die Wirklichkeit abbilden, sie nur imitieren und aufblähen, und wenn du der Imitation nachläufst, bekommst du das Original wie einen Faustschlag ins Gesicht. Liest du ein Buch, brauchst du dir nicht die Sinne zu benebeln, brauchst nicht noch ein Guinness und noch einen Whisky, ein Guinness und einen Whisky wechselweise, bis du schließlich nichts von dem, was mit dir vorgeht, im Gedächtnis behältst. Letzten Endes bleibst du so oder so nur mit dem Buch zurück, dessen Lügen du geglaubt hast, ohne dass du dich vom Sessel erheben musstest. Aus dem Blickwinkel des Buchs, wie aus dem Blickwinkel des Toten, bist du dazu verdammt, alle Züge zu verpassen. Deshalb hat es keinen Sinn, irgendwo hinzurennen, gewiss nicht, wenn die Lokomotive beschleunigt und der Zug abfährt, wodurch sie dir eine abgedroschene Metapher veranschaulichen. Aber jener Wagen, der sich vom Bahnsteig löste, treibt mir doch eine Träne ins Auge. Ich kann nicht umhin, sehnlich an ihn zu denken, denn damals, an dem Tag, an dem wir von London nach Dublin reisten, war wenigstens metaphorisch noch kein Zug für uns abgefahren.

10 Wir saßen in irgendeiner Bar und tranken Bier. Uns beide hatte Müdigkeit befallen, die Müdigkeit des Krieges, die wohl nie wieder vergehen wird. Es war der erste Urlaub vom Jom-Kippur-Krieg. Rakefet hatte Boas' langen Aufenthalt im Nildelta reiflich ausgenutzt, und er meinte, in jedem Winkel den Geruch ihrer Liebhaber zu wittern; anders war seine Verzweiflung nicht zu erklären. Falls ich mich nicht irre, sagte er sogar, er wäre lieber in seinem Unterstand im Mangohain in Ägypten geblieben, als sich in Tel Aviv zu quälen. Aber vielleicht habe ich mir das selbst gesagt, als ich seinen Kummer erkannte, den er mich wie immer nur ahnen ließ.

An meinen eigenen Zustand damals kann ich mich nicht mehr erinnern, mit all den Notoperationen, bei denen ich in jener Hölle als junger Chirurg, den man noch ohne Zulassung aus der Uni geholt hatte, assistierte. Wir beide trugen zünftige Bärte, unsere Augen brannten, und wir fanden kaum Worte, um zu beschreiben, was wir durchmachten.

Es fiel mir leichter, Boas zu betrachten als mich selbst; ich litt derart mit ihm, dass ich jetzt seinen Zustand besser als meinen in Erinnerung habe: Wie er seine Frau kaum traf, weil sein Urlaub nicht mit ihren Plänen harmonierte, und wie er, statt seinen Riesenhunger nach ihrer Liebe, ihrem Körper zu stillen, die meisten Nächte mit mir verbringen musste, vorwiegend in den wenigen Bars, deren Betreiber nicht eingezogen waren und die daher noch offen hatten, schummriger denn je wegen der Verdunkelungspflicht. In einer von ihnen, Bonanza hieß sie, Ecke Trumpeldor- und Chowewe-Zion-Straße, wo wir vor dem Krieg freitagnachmittags getrunken und getanzt hatten, versammelten sich in diesen düsteren Nächten Soldaten auf Urlaub neben bereits entlassenen sowie eine beachtliche Anzahl lediger und williger junger Frauen, die beim Kerzenschein und im Schutz des Ausnahmezustands über die Stränge schlugen und jedes Angebot, die Nacht in ihrem Bett zu beenden, gern annahmen. Die düstere, im Zauberbann befangene Heimatfront war so freizügig wie das Lungensanatorium im *Zauberberg*, aber im Krieg bist du, solange du noch lebst, meist auch gesund, und das ist entschieden ein erheblicher Vorteil gegenüber jedem Patienten, und mag das Sanatorium noch so gut sein.

Aber Boas nutzte unseren Vorteil nicht, im Gegenteil; er war verblüfft über die neue Scham- und Zügellosigkeit, die sich während seiner Abwesenheit in der Stadt breitgemacht hatte. Er war bestürzt und deprimiert, trank viel und redete wenig. Bei Kerzenlicht sagte er immer wieder: »Nicht zu glauben, schau, was bei denen hier abgeht, das tolle Leben!« Und damit meinte er wohl auch Rakefets Treiben. Unübersehbar zählte er die Tage bis zum Urlaubsende und sehnte sich wahrlich nach dem afrikanischen Planeten außerhalb des normalen Lebens. Die Stadt war vertraut und fremd zugleich, keinesfalls eine Zuflucht. Sie kam uns provisorisch vor, nicht von dieser Welt. Das wahre Leben spielte sich jenseits des Kanals ab. Dort war Verlass auf den Nächsten, dort beruhigte sich die Seele zusammen mit den ruhenden Waffen. Man genoss die Befreiung von den Alltagspflichten, konnte die Sorgen beiseitelassen und sich ganz dem gegenwärtigen Feldleben im Waffenstillstand überlassen, der puren Existenz im Schoß der tropischen Natur.

Weder er noch ich hatten Lust, uns mit den Problemen des normalen Lebens abzugeben. Im Stillen hofften wir, es werde nicht in seine alten Bahnen zurückkehren, nach dem Krieg werde sich alles ändern. »Weißt du, Kriege sind eine recht gesunde Angelegenheit, so du dabei nicht verwundet oder getötet wirst«, sagte er mir damals in der Bar in der Trumpeldor, oder in seinem geliebten Café in der Dizengoff, Ecke Keren-Kajamet-Allee. »Sie befreien von der vertrauten Realität wie der Wahnsinn von der Normalität. Meinst du nicht, dass Kriege die effektivsten Auszeiten sind, die der Mensch erfunden hat?«

Denke ich an unsere Taten am Rand der Kriege, fällt mir auch das Gehölz bei Dschesin ein, in dem wir Jahre später unsere Zelte aufschlugen. Boas war vor mir aufgewacht, hatte im ersten zögerlichen Licht des Tages einen Spaziergang in der Gegend gemacht, und bei seiner Rückkehr sagte er: »Fällt dir nichts Seltsames auf? Hör mal, wie still es ist, kein einziger Vogel. Um diese Tageszeit krakeelen sie doch sonst wie wild.« Wir hielten es für ein unheilvolles Zeichen, ein Zeichen des Todes. Später erkundigten wir uns nach dem Grund, und Ortskundige erklärten uns, die Stille rühre daher, dass die Einheimischen hier auf alles schössen, was laufe oder fliege.

Der erste Sturm auf den Libanon war vorbei, auch die Front schwieg infolge des Scheinsiegs. Boas stand damals mit seiner Reserveeinheit der Fallschirmjäger irgendwo im Schuf-Gebirge und war auf Kurzbesuch in meinen Sanitätsstützpunkt gekommen. Wir hatten die Situation im Libanon noch gar nicht erfasst und machten einen Ausflug, als wären wir auf Kreta. Wir bestaunten die Pinien, die bergige Landschaft, die uns eher an die Pyrenäen als an Galiläa erinnerte. Unterwegs servierte man uns zwanzig bunte Vorspeisentellerchen auf einer Restaurantterrasse in Mardsch Ayun. Das Wasser an den Stränden von Tyros und Sidon leuchtete so tiefblau wie in Capri. Es waren zwei Tage herrlicher Auslandsurlaub ohne Fluganreise, und in unserer Blindheit hatten wir den Libanon schon genauso annektiert wie das Westjordanland.

Als wir in den Stützpunkt zurückkamen, musste ich dringend einen Soldaten operieren, der an der Straße Beirut–Damaskus auf eine Mine gefahren war, und Boas hatte noch einen Rest Urlaub und bat mich, ihn mit ins Team zu nehmen. »Gib mich als Arzt aus«, bestürmte er mich. Ich sah keinen Grund, abzulehnen, er konnte sicher nicht mehr Schaden anrichten als die approbierten Chirurgen, die ich ringsum werkeln sah, und um keiner Lüge überführt zu werden, erklärte ich, »dieser Mann ist mehr als ein Arzt«.

Aber seine Versuche, die beschädigte Milz unter dem Magen hervorzuziehen, scheiterten, und erst als ich sah, wie sehnlich er meine Gebärden verfolgte, nicht aktiv einzugreifen wagte, sondern praktisch nur die Instrumente zureichte, kam mir der Satz in den Sinn, den er mir in einem geneigten Moment mal gesagt hatte: »Ich werde nie so geschickte Hände haben wie du.« Und dann spürte ich, wie die Idylle zwischen uns ebenso platzte wie wenige Tage später der Frieden, den wir vermeintlich über den Libanon gebracht hatten.

Wie sich nach der Operation herausstellte, hatte er wohl nicht nur meine geschickten Hände verfolgt, sondern auch die hübsche Schwester, die mir hingebungsvoll assistierte. Auch ich hatte ein Auge auf sie geworfen, zwar nur fantasierend, nicht zielgerichtet, aber es gefiel mir nicht, dass Boas in den Bereich meiner Fantasien eindrang. Nach dem Eingriff deutete die Schwester auf mich und sagte zu ihm: »Er ist ein Maestro, dein Freund, ein wahrer Clayderman.« Worauf Boas abfällig erwiderte: »Clayderman ist eine Beleidigung für ihn. Wenn schon ein Pianist, dann Glenn Gould.«

Um ihn über seinen Frust hinwegzutrösten, sagte ich ihm, meines Erachtens müsse der Körper sich in etwas anderes verwandeln, damit man ihn besiegen könne, denn nicht der Körper sei das Wichtige, sondern der Geist, der Geist der Operation sei die Hauptsache; alles andere, das Blut und das Fleisch seien ein Schlachtopfer und sonst nichts. Aber Boas, der die blaue OP-Kluft hastig gegen seinen verblichenen Flecktarn tauschte, nahm mir das nicht ab. »Geist und Fleisch sind eins, man kann sie nicht trennen«, erklärte er. »Auch wenn der Geist während der Operation auf dir ruht, brauchst du das Fleisch, damit er erwacht. Ohne den Körper ist der Geist bloß Luft, mit nichts dahinter.« Und soweit ich mich erinnere, sagte er genau dann: »Lass uns zu was Handfestem übergehen, was ist mit dieser Schwester aus dem Operationssaal?«

»Was soll mit ihr sein?«, tat ich naiv. »Ich sehe, sie ist dir aufgefallen trotz des Schleiers, der ihre Schönheit verbarg.«

Er lächelte. »Ja, die Maske hat sie geheimnisvoller gemacht. Ich konnte mir anhand ihrer Augen das ganze Gesicht ausmalen, wie ein arabischer Mann. Weißt du was über sie? Woher ist sie? Sie hat einen Akzent, den ich nicht festmachen konnte.«

»Sie heißt Miriam«, sagte ich lustlos. »Sie stammt aus Dänemark, ist als Volontärin hergekommen, geblieben und konvertiert. Sie hat einen Freund, der Reiseleiter ist. Mehr weiß ich nicht über sie, aber das reicht, damit du von ihr ablässt, oder?«

Die Nachricht, dass sie mit einem Mann liiert war, erregte ihn erst recht, und es stand fest, dass er nicht von ihr ablassen würde, schon um sich über seinen Frust wegen der Operation hinwegzutrösten. Bei seinem nächsten Besuch in Dschesin, das als eine Art Garnisonsstadt für unsere Truppen diente, kam er nicht mehr zu mir, sondern zu ihr. Das heißt, ich war das offizielle Ziel des Besuchs, aber nur als Vorwand. Er war ein Meister der Verführungskunst. Er erzählte ihr von seinem Aufenthalt in Kopenhagen, ließ ihr Heimatland im Schein seiner eigenen dortigen Erlebnisse erstrahlen. Sie schien ihren Reiseleiter zu vergessen. Ich versuche mich zu erinnern, was am Schluss mit ihnen war, und schaffe es nicht, bemühe mich, weitere Einzelheiten heraufzubeschwören, und bringe es nicht zuwege.

Warum sollte die Handlung nicht lieber schleichen als rennen? Man muss sich nicht an die hastende Realität halten, kann einfach erfinden. Der Leser nimmt einem alles ab, er weiß nicht, was hier Dichtung und Wahrheit ist. Ich bin der einzige Zeuge, die Geschichte liegt in meinen Händen. Aber nein, beeile ich mich abzuschließen, auch dieses Unterkapitel zu beenden. Mein Ziel ist sichtlich antiliterarisch: zu raschen Schlüssen zu gelangen. Nicht die Geschichte interessiert mich, sondern die Analyse, schlicht und einfach. Vor der Geschichte nehme ich Reißaus, weiß der Teufel warum, denn ich liebe doch Geschichten; aber vor allem liebe ich Geschichten über andere, nicht über mich.

In der Krankenhaus-Cafeteria höre ich Zufallsgespräche. Jeder schüttet sein Herz auf seine Weise aus, und das gewährt mir kurzen Einblick in das Leben fremder und befremdlicher Menschen, wobei ich das Gefühl habe, dass ich nicht in ein und derselben Welt mit den Sprechern lebe. Dass wir verschiedenen Arten angehören. Dass wir außerhalb des Körpers nichts gemeinsam haben (aber was gibt es außerhalb des Körpers? Nur Vermutungen und Illusionen).

Ein Schriftsteller kann jede dieser zufällig mitgehörten Geschichten vielleicht in einen Roman verwandeln, aber ich fühle mich verpflichtet, bei der Realität zu bleiben, zu dokumentieren und auszuwerten, denn in meinen Augen ist die nackte und nicht die erfundene Wirklichkeit das wahre große Geheimnis. Möglicherweise liegt mir die Chirurgie so im Blut, dass mir das Leben außerhalb des Operationssaals nicht real vorkommt. Oder ich bin süchtig nach einem einzigen Szenario, jenem inneren Geschehen, das zutage tritt, wenn ich die Bauchdecke öffne, eine Hautschicht nach der anderen durchtrenne. Bei einem fremden Beobachter erzeugt das entstehende Bild keinerlei Erregung, außer vielleicht Ekel, aber für mich ist es das Ein und Alles, und ich staune immer von neuem darüber.

Beim Krimi-Lesen beispielsweise bewundere ich unablässig die Geduld der Verfasser, die Handlungen aufzurollen, zur Lösung des Falls hinzulenken wie ich zur rebellischen Zelle. Könnte ich nur chirurgische Langmut aufbringen, wenn ich von dieser oder jener Begebenheit zwischen Boas und mir erzähle. Das Ziel beim Schreiben, denke ich manchmal beim Lesen, liegt darin, das Tempo zu verlangsamen, Schicht auf Schicht so geduldig freizulegen, wie ich mit meiner Stirnlampe, einem gelernten Bergmann gleich, den Gängen des Bauches nachspüre, die sich meinem Auge entblößen. Aber wenn ich von Boas erzähle, habe ich nicht das Gefühl, die Geschichte frei laufen, sich selbst erzählen zu lassen. Ich stürze mich darauf, um möglichst schnell ans Ende zu gelangen.

Leider entlehne ich vom Operieren nicht das kunstvolle, schrittweise Offenlegen, sondern nur das energische Rennen zur Ziellinie, die Hast des letzten Akts, in dessen Verlauf ich, sobald wir das Gesuchte – das verdammte Geschwür zumeist – gefunden haben, das Team antreibe, alles wieder ordentlich zusammenzufügen, dabei den nötigen Frohsinn zur gelungenen Beendigung des Werks verbreite, das Verknüpfen und Vernähen der Gewebe beschleunige, mich umziehe und gehe. Denn im Gegensatz zum literarischen Schaffen besteht das Ziel der Operation nicht darin, mit der Geschichte weiterzuleben, sondern sie hinter sich zu lassen.

Immer wieder kehre ich zurück zum Beginn seiner Krankheit, als er mir beim ersten Beratungsgespräch gegenübersaß, die Untersuchungsserie noch gar nicht abgeschlossen und die Diagnose noch nicht klar gestellt war, seine Haut aber schon diese unübersehbare gelbliche Färbung aufwies. »Komisch, mir tut nichts weh. Ich habe ein bisschen abgenommen, gelegentlich überkommt mich ein Schwächeanfall wie bei einer Grippe, aber sonst fehlt mir nichts«, sagte er. Ich blickte zu Boden, während ich mir rasch eine Antwort zurechtlegte. »Gut, es ist keine Gelbsucht, wie du weißt«, sagte ich, »den Symptomen nach ist die Störung des Gallenabflusses bei dir auf eine ernstere Ursache zurückzuführen.«

»Du meinst den Tumor am Pankreaskopf«, sagte er mit bitterem Lächeln.

Ich hatte ihm das Organ und die möglichen Positionen des Tumors skizziert, wie ich es in solchen Fällen immer tue. »Das Problem bei dieser Krebsart ist nicht nur der Zeitpunkt ihrer Erkennung, sondern auch die genaue Lage des Tumors«, erklärte ich ihm. »Die Bauchspeicheldrüse verdeckt geschickt, und der Unterschied zwischen dieser oder jener Position ist kritisch. Eine Frage von Millimetern.«

Auch in diesem schicksalsschweren Moment verlor Boas nicht seinen Scharfsinn: »Interessant, dass der Körper weiß, was in ihm vorgeht, aber nicht so schnell mit seinem Geheimnis herausrückt«, sagte er bewundernd.

Fast jeder Patient, der mich aufsucht, erklärt: »Ich habe mich wohlgefühlt. Ich fühle mich auch jetzt wohl, und plötzlich sehe ich gelb aus. Woher kommt das?« Und ich antworte in sachlichem Ton: »Die Gelbsucht entsteht durch eine Störung des Gallenabflusses.« Als begriffe ich nicht, dass der Patient die Krankheit meint und eigentlich fragt, woher der Krebs kommt. Und wenn er dann nachbohrt, sage ich immer den gleichen Satz: »Ich habe keine Ahnung.« Vier Worte für die Machtlosigkeit der Medizin, ihre Begrenztheit, ihre Unfähigkeit zu retten; Worte, die davon zeugen, dass sie tagtäglich in eine Sackgasse gerät, mehr als jeder andere Beruf. Du sollst den Patienten informieren und vor allem retten, stehst aber mit leeren Händen da. In Boas' Fall konnte ich mich auch nicht des haltlosen Gedankens erwehren, wenn wir seinerzeit laufend in Kontakt gewesen wären, hätte ich die Vorzeichen der Krankheit vielleicht erkannt; vielleicht hätte mein Auge etwas entdeckt, was andere übersahen.

Ich sprach mit Boas, als ginge es nicht um ihn und sein Schicksal, sondern um die Diagnose bei einem entfernten Verwandten, und vor allem das ermöglichte es ihm, das schlimme Los, das zu erwartende Ende augenblicklich zu ignorieren. Sein berühmter Verdrängungsmechanismus sprang sofort an. Er erlitt keinen Schock, erklärte seinem Krebs auch nicht erbittert den Krieg, wie andere es tun, sondern fragte, wie nebenbei, was mein Gefühl mir sage. »Du überstehst das«, log ich, ohne mit der Wimper zu zucken. Und er sagte: »Wirklich, meinst du?« Und ich erwiderte: »Ja, ich habe so ein Empfinden. Wir wissen noch nicht mit völliger Sicherheit, wo der Tumor sitzt. Vielleicht kann man noch operieren.«

Als er gegangen war, widmete ich mich sofort einer anderen Angelegenheit. Die leitende Operationsschwester, die ich immer gefördert hatte, kam schluchzend an, und ich nutzte wohl die Gelegenheit, um Boas' Unglück zu vergessen. Diese sensible und mitfühlende Schwester würde niemals auf die Idee kommen, verängstigte Angehörige, die sich nach dem Verlauf der Operation an ihrem Verwandten erkundigten, mit den grausamen Worten: »Sie haben auf- und wieder zugemacht!«, abzuspeisen, die nur einen Schluss zulassen: Operieren war sinnlos, euer Patient ist verloren, wie ich eine andere Schwester einmal dreist sagen hörte. Die Schwester berichtete, der Chefarzt mobbe sie, und nachdem ich zu seinem Prügelknaben avanciert sei, bekäme auch sie etwas ab.

Das war das erste Mal, dass ich den Ausdruck »Prügelknabe« in Verbindung mit meiner Lage auf der Station hörte, und mein ganzes Denken veränderte sich augenblicklich dadurch. Ich erinnere mich, dass ich das Stück Papier, auf dem ich Boas' Bauchspeicheldrüse skizziert hatte, zu einem Bällchen zerknüllte und an die Gegenwand schleuderte. Was habe ich mich doch wieder reingeritten, mir wieder mal meine eigene Grube gegraben, dachte ich. In Selbstbehinderung bin ich konkurrenzlos. Der Verstand setzt irgendwo aus auf dem Weg zu einer Falle, vor der jeder andere sich in Acht nähme, sie auf zwei Schritte voraussähe und nicht nur auf einen. Ich lerne nicht aus Erfahrung, wie ein störrisches Kind.

Nach dem Tod meiner Eltern, bei der Durchsicht ihrer Papiere, stieß ich auf ein Heft, in dem meine Mutter die Beurteilung ihrer Jugendfreundin notiert hatte, einer Psychologin, die auch eine Koryphäe im Handlesen war. Wir waren vor meiner Umschulung von der achtjährigen Grundschule aufs Gymnasium bei ihr gewesen, und die Erkenntnisse, die sie meinen mit Druckerschwärze auf transparentes Papier abgedruckten Handlinien entnommen hatte, erstaunten mich außerordentlich. Sie wusste alles über mich, nannte haargenau meine wichtigsten Eigenschaften, die sich seither kaum verändert haben. Sie sagte zum Beispiel, ich sei kindlich und erwachsen zugleich; betonte, wie naturverbunden ich sei und wie fremd ich mich in der Stadt fühlte; wie schwer ich mich entscheiden könne und wie leicht ich niedergeschlagen sei, wie schnell ich mich aber auch wieder aufrappelte. Sie hatte sogar präzise vorausgesagt, in welchem Alter ich heiraten und wann ich eine Krise durchmachen würde, und sprach von einer schicksalhaften romantischen Verbindung später in meinem Leben. Besonders augenfällig war jedoch der treffende Befund »negative Ambition« und in Klammern: »Verzichtet auf Dinge, weil er fürchtet, sie nicht perfekt zu erreichen.«

Was hat mich dazu getrieben, in dieses Krankenhaus, auf diese Station zurückzukehren, wenn nicht diese lästige »negative Ambition«. Ich hätte damit rechnen müssen, dass man mir dort auflauerte, aber bei mir versagt die Fantasie in Situationen, in denen ich mich selbst zu Fall bringe, in denen ich auf eine Erfolgschance verzichte und mich ständig widersetze. Als wollte ich mich immer wieder selbst auf die Probe stellen, oder aber meine Umgebung herausfordern, um zu sehen, ob man mich so annimmt, wie ich bin; um herauszufinden, ob mein Berufstalent mein fehlendes Talent zum Leben ausgleicht, oder »das Versagen in menschlichen Beziehungen«, wie Boas es ausdrückte. Er selbst wusste auf seine Weise, wovor man sich besser hütete, wie man sich durchschlängelte. Er war nicht so verbohrt wie ich. Und plötzlich befiel gerade ihn die Krankheit. Ich versuche Verbindungen zwischen uns herzustellen, mich mit seinen Wesenszügen, seinem Verhalten zu befassen, all das, um die Krankheit zu entschlüsseln.

Dabei fällt mir ein, wie verrückt ich als Jugendlicher nach Schlüsseln und Schlössern war. Wann immer ich einen Freund besuchte, fragte ich: »Habt ihr vielleicht einen alten Schlüssel, den ihr nicht mehr braucht?« Meine Eltern hatten Freunde in der Grusenberg-Straße, und bei ihnen auf dem Hof gab es einen Schuppen voll Gerümpel, in dem ich gern nach Schlüsseln für meine Sammlung stöberte. Ich hortete sie in zwei Schuhkartons, brachte sie auf Hochglanz und feilte ihre Zähne für Schlösser von Häusern und Autos zurecht. Ich knackte Schlösser nur so zum Spaß, nicht um etwas zu stehlen. Ich hatte besonderes Vergnügen am Öffnen selbst, als knackte ich irgendeinen Code, sprengte eine Barriere. Klar, was Sigmund Freud dazu gesagt hätte, angesichts dessen, dass meine Mutter bei einem Großputz im Haus die ganze Sammlung in den Müll warf und ich niemals wieder so wütend auf sie war wie damals.

Aber meine Schlösser waren keine Symbole oder Traumgebilde; sie waren echt. Jahre später begann die Schlüsselgier Nutzen zu bringen. So fuhren wir in der Wehrdienstzeit einmal zu mehreren ins Wadi Kelt, und als wir in der Quelle baden gingen, rastete die Autotür ein, mit dem Schlüssel drinnen. Wie ein Zauberer machte ich mich an der Tür zu schaffen, und ein paar Minuten später hatte ich sie mit bloßen Händen aufgekriegt, zum Beifall aller.

Jedes Schloss hatte sein eigenes Wesen, und alles zusammen, die Bewegung, der Griff, die Drehung, der Schlüssel, der genau den Zähnen und der Zunge angepasst wurde, all diese Komponenten mussten zusammentreffen, um das einzigartige Zusammenspiel zu enträtseln. Man kann diesen geschickten Umgang mit Schlüsseln auch als eine Art Vorübung für die Chirurgie bezeichnen. Was tut ein Chirurg denn anderes, als in einen fremden Körper einzubrechen? Auch beim Operieren entscheiden die Kenntnis des Systems und seiner Gesetze, Genauigkeit, sensible Finger, eine geübte Hand und deren geschickte Bewegung. Jeder Patient ist ein Rätsel für sich.

Aber jetzt muss ich gestehen, diese ganze Lehre ist nichts als Technikerarbeit im Vergleich zum Abstieg in die verborgenen Gänge der Krankheit. Die Krankheit existiert nur im Geheimen, und ich will dieses Geheimnis fast um jeden Preis entdecken. Ich bin bereit, an den fernsten und entlegensten Ort zu gelangen, um es zu entschlüsseln. Strebe emsig danach, etwas ans Licht zu bringen, über das ich nichts weiß, kann es mir einfach nicht abgewöhnen. Ich will die richtigen Worte finden, um dieses Verborgene auszudrücken, will an diesen einen, einzigen und einzigartigen Ort gelangen, wo sich Wort an Wort fügt und das Verborgene ans Licht kommt. Vielleicht befindet sich dort die Grenze zwischen Leben und Tod, wie beim Zusammentreffen von Jordan und Totem Meer; vielleicht geht es um den Ort, an dem Leben und Vergehen einander berühren, sich untrennbar verbinden, sich der Schöpfung nähern.

Aber wie gesagt, nicht diesen Ort strebe ich an, sondern das Geheimnisvolle, das darin zum Ausdruck kommt; das, was sich ausdrücken wird an jenem entlegenen Ort, zu dem es ein weiter Weg ist. Vielleicht ist es überhaupt ein Moment, eine besondere Stunde, eine Stille, ein Glanz, der durch die Löchlein einer altmodischen Gardine schimmert, eine Stille und ein Licht, die die Momente wiederbeleben, auf die sich stets die Sehnsüchte richten. Ein Ort und eine Zeit, an denen ich irgendeinem Tumult entkam und Luft schöpfen, plötzlich von Stille umgeben sein konnte. Ist das das Gesicht des Todes, der der Krankheit folgt? Ist das die seit Kindheitstagen ersehnte Glückseligkeit, nach der Boas sein Leben lang verlangte, die Glückseligkeit, die ihn empfing, als die Krankheit ihn aus ihrem Griff befreite?

Aber das sind bloße Vermutungen, oder jene Verbrämungen, mit denen die Literatur Krankheit und Tod in ein mildeseres Licht rückt. Sogar Caravaggios Gemälde, die mich in Rom mit ihrer grausamen Nähe von Geburt und Tod erschütterten, bereiteten mir Freude. Tatsächlich veranschaulichten sie nichts von den Leiden und Qualen, die sie darzustellen vorgaben; vielleicht noch das Staunen über die Geburt, aber gewiss nicht die Todesqualen. Sie stammten aus dem Paradies der Kunst, nicht aus der Hölle des Lebens. Doch hier sollte man innehalten: »Die Hölle des Lebens«, sagte ich? Wenn ich die Operation beende, den Patienten fast völlig ausgehöhlt belasse, nachdem ich alles saubergemacht habe, blicke ich mich um und sage: Das hier ist ein Paradies. Alles außerhalb der Operation ist ein Paradies. Dem Patienten, den ich operiert habe, bleiben – wie viel? – vier Jahre höchstens, im Schnitt. Verglichen mit ihm sind wir also im Paradies, und doch fühlen und handeln wir, als seien wir in der Hölle. Und bei diesem Stand der Dinge sind wir tatsächlich in der Hölle.

Könnte ich nur das Weichspülsystem durchbrechen und auch das Versteckspiel, zum Beispiel hinter der ersten, der zweiten und der dritten Person, die jeweils die wahre Lage verbergen. Alle Worte und alle Künste, ohne Ausnahme, verbrämen, beschönigen, besonders die Krankheit und den Tod. Du suchst wahre Worte, aber die gibt es nicht. Das ist die Wahrheit. Du kannst die Wahrheit nicht in Worte fassen. Das Einzige, was man tun kann, das Einzige, was du tun kannst, ist, alles zurückzunehmen.

Ich würde gern andere Worte finden, Worte, die den Schmerz und die Schwermut, die Verzweiflung und die Ausweglosigkeit, die enorme Furcht vor dem Vergehen präzise messen könnten. Aber ich bin mehr und mehr überzeugt, dass manche körperlichen und seelischen Schmerzen nicht auf den für Worte geltenden Frequenzen senden. Und trotzdem tue ich, was ich kann, um zu verbalisieren, was ich fühle, die Welt durch meine persönliche Linse abzulichten, das Unbeschreibliche zu beschreiben und das Unsagbare auszudrücken. Das heißt, dem Nächsten völlig unverständlich zu sein, allein mir selbst verständlich. Ich hatte gehofft, das Wort würde lösen, befreien, aber bei der Umsetzung von Boas' Leben in Worte, dem törichten Versuch, Boas' und auch mein Leben zu verbalisieren, merkte ich, dass das Wort ein Gefängnis ist. Es sperrt all das ein, was man gern loswerden möchte.

Wer seine Hoffnung auf das Wort richtet, sich daran bindet, wird enttäuscht werden. Denn was bringt es, das Leben in Worte zu fassen? Nur halbe Tatsachen, Halbwahrheiten und unfertige Gedanken.

Ich bat einen alten Bekannten, Chefarzt einer weiteren chirurgischen Station bei uns, mich unter seine Fittiche zu nehmen. Ich wollte rein formal seiner Station angehören, einfach um ungehindert durch das gezielte Mobbing meines jetzigen Chefs operieren zu können. Ich erklärte ihm, so könnte ich meiner heiklen Lage entkommen. Er sagte, lass mich ein paar Tage darüber nachdenken. Ich habe keine Ahnung, was er überlegt und wen er zurate gezogen hat, vielleicht einen meiner Kollegen, der ihn allein schon für den Gedanken rügte, sich mit einem Unruhestifter wie mir in die Nesseln zu setzen.

Über zwei Monate vergingen, ohne dass er das Thema angesprochen hätte, wenn wir uns auf dem Korridor begegneten. Ich sollte wohl seinem Schweigen entnehmen, dass meine Bitte abgelehnt war. Klar ärgere ich mich. Wie soll ich ihm nicht böse sein, wo er mir nicht zu Hilfe kommt. Aber durch den Ärger höre ich eine innere Stimme, die mir rät, nicht andere zu beschuldigen, sondern mich selbst zu prüfen; zu überlegen, ob der Grund für meinen niedrigen Aktienstand nicht bei mir selbst zu suchen ist. Wie soll ich denn wissen, ob nicht ich von der Bahn abgekommen bin und alle, außer mir, es sehen? Vielleicht haben meine Abschottung und Arroganz die Grenze überschritten und meine chirurgischen Fähigkeiten reichen nicht mehr, um das auszugleichen? Vielleicht geht es nicht um eine bloße Normabweichung, sondern um eine extreme Entgleisung, über deren Folgen ich mir nicht im Klaren bin? Ist bei mir etwas schiefgelaufen, kann nur ich das Problem aus der Welt schaffen, es mit der Wurzel ausreißen, da bin ich sicher.

Vermutlich sind die Gedanken an Boas eine Gefahr für mich. Aber sie wollen nicht weichen. Wie lange noch? Bis ich die Wahrheit über ihn und seine Krankheit entdecke? Über mich und meine Krankheit? Obwohl wir uns in zwei verschiedenen Welten befinden, bin ich nicht mehr sicher, wer wen erforscht, ich ihn oder er mich.

Ich war derart ratlos wegen dieser Gedanken, dass ich meinen Bekannten schließlich in einer Ecke abpasste und unverblümt ansprach: »Du bist noch nicht auf meinen Vorschlag eingegangen, heißt das, dass mit mir was ganz und gar nicht stimmt?«

Er tat sehr eilig, riss die Augen auf und hastete mit einem »spinnst du?!« davon.

Ich sagte mir im Stillen: Genau das frage ich mich auch.

Zwar hatte ich mich schon früher gefragt, warum unser Chefarzt, der mich zuerst mit offenen Armen wie einen verlorenen Sohn empfangen hatte, bald danach sein Verhalten änderte und nun versucht, mich auf Schritt und Tritt zu behindern, mein Berufsleben in einen Albtraum zu verwandeln; aber Boas' Tod ließ meine Lage in einem neuen Licht erscheinen. Bis dahin hatte ich nicht intensiver über meine existenzielle Lage nachgedacht. Hatte mich nur bei jedem, der es hören wollte, beschwert, als mir das Wasser bis zum Hals stand. Aber als ich anfing, mich mit Boas zu befassen, befasste ich mich auch mit mir selbst. Als ich mich in Boas' Lebensumstände vertiefte, vertiefte ich mich auch in meine. Nicht umsonst wohl fielen der Ausbruch seiner Krankheit und sein Tod mit meinem Tiefststand auf der Station zusammen. Nicht zufällig kam er gerade an dem Tag mit seiner Gelbsucht zu mir, an dem die Operationsschwester schluchzend mein Zimmer betrat. Nicht von ungefähr, dachte ich, sprach sie bei der Gelegenheit von mir als Prügelknaben. Ich war in dem Moment erschütterter über meine aktuelle Lage, als ich es mir über Boas' Zustand zu sein erlaubte. Doch seit ich in Prozessen stecke, die bis hierher geführt haben, bei ihm und bei mir, beginnt sich einiges zu klären. Ich begreife zum Beispiel: Die Geringschätzung, die mich trifft, ist die Retourkutsche für die Geringschätzung, die ich meiner Umgebung und vor allem dem Chefarzt entgegenbringe. Welche Wahl lasse ich ihm denn? Er muss sich gegen meine Geringschätzung, gegen meine Arroganz schützen. Das rechtfertigt natürlich nicht seinen Krieg gegen mich auf dem Rücken der Patienten, dass er mir Operationen nimmt, bei denen es um Leben und Tod geht, aber aus seiner Sicht, mit Rücksicht auf seinen Ruf, der ihm so wichtig ist, kämpft er um sein Leben.

Wenn sogar Boas mich irgendwann nicht länger ausstehen konnte, warum sollte er es dann können? Aus welchem Grund sollte man einen Menschen nicht erniedrigen und mit Füßen treten, der eine wandelnde Herausforderung für einen darstellt; der aus seiner Feindseligkeit keinen Hehl macht, es nicht für nötig befindet, zu den wöchentlichen Konferenzen zu erscheinen; der Abstand hält und in brillanter Einsamkeit lebt. Boas hingegen arrangierte sich mit den Unzulänglichkeiten der Welt. Er dünkte sich nichts Besseres, nahm keine Randposition ein, lief nicht aus Sitzungen und Konferenzen weg. Er verspürte nicht meinen starken, unüberwindlichen Drang, die Diskussion und deren armselige Teilnehmer hinter sich zu lassen und einfach an die frische Luft zu gehen, ohne wiederzukehren, wie ich bei Konferenzen und Sitzungen. Ich tat das nicht nur aus Hochmut und Arroganz, sondern auch, weil ich Vergleiche mit meiner Ausbildungszeit anstellte. Damals, als meine jungen Kollegen und ich am Anfang unserer beruflichen Laufbahn standen, fühlten wir uns als Mitglieder eines strengen Ordens, als Soldaten einer Eliteeinheit, und unsere Vorgesetzten besaßen wahre berufliche Autorität. Auf unserer berühmten chirurgischen Station, vor Jahren, übten die Chirurgen nach einer misslungenen Operation Reue. Ganz zu schweigen von den sogenannten Exitus-Konferenzen einmal im Monat, bei denen man tödlich verlaufene Eingriffe analysierte. Diese Sitzungen verließ man nicht schwindlig vor lauter Ausflüchten und Gerede um den heißen Brei wie heute, sondern in dem klaren Bewusstsein, einen Menschen getötet zu haben.

Auch Boas langweilte sich bei Sitzungen und Konferenzen, fand sich aber zähneknirschend damit ab und blieb. Mir ist klar, dass an meinen Beziehungen zur Welt einiges nicht stimmt. Im sozialen Bereich, in den menschlichen Beziehungen, bin ich entweder dumm oder erst im Nachhinein schlau (und auch das nur selten). Könnte ich meine Beziehungsstörung lokalisieren wie einen Operationsfehler, wäre das zweifellos nützlich. Aber darin bin ich nicht geübt. Ich werde wohl nie die Operation vergessen, die mit dem Tod meines Patienten endete, jenen einen und einzigen Fall vor vielen Jahren, in dem ein von mir Operierter den Operationssaal nicht lebend verließ. Vielleicht gerade weil es ein so seltener und besonderer Fall war, hat diese Operation mich unablässig beschäftigt, aber als ich mir ihren Verlauf vergegenwärtigte, gelangte ich genau an den Punkt, an dem ich geirrt hatte, zu jenem Fehler, der die Komplikation auslöste, zum Grund für die tödliche Blutung. Dort erkannte ich, was schiefgelaufen war, aber im Leben außerhalb des Operationssaals springt mir die Komplikation nicht ins Auge. Fast nie kann ich sicher darauf verweisen. Vermutlich muss wie bei einer Operation jede Bewegung durchdacht und geplant sein; wie bei einer Operation jeder Schritt entscheidend ist, so auch im Leben.

Ich merke zunehmend, dass man der Wirklichkeit mit derselben Genauigkeit, Sorgfalt und Ehrfurcht begegnen muss, die man im Operationssaal walten lässt. In dieser Hinsicht beantwortet das Judentum am richtigsten die Frage, wie man leben soll. Mit einem Wort: Vorsichtig. Jeden Schritt vorsichtig und bedacht tun, als wäre die Welt einem so in die Hände gegeben wie der Kranke dem Chirurgen.

Letzthin habe ich angefangen, zu meinem Vergnügen im Talmud zu lesen, und dabei gemerkt, dass es keine bessere Ablenkung von meinen Problemen gibt. Seine genauen Anweisungen in jedem Lebensbereich sind offenbar dazu gedacht, die falsche Bewegung, den kritischen Fehler zu vermeiden, zumindest in allem, was deiner begrenzten Kontrolle über dein Leben unterliegt. Ein Chirurg, der dieses Titels würdig ist, erreicht erst gegen Ende seines Berufslebens die volle, vollkommene Partitur wie jene, die der Talmud dem Juden in die Hand gibt. Das ist ein ungeheurer Schatz, an dem ich leider keinen Anteil habe. Der Talmud ist eine Sammlung von Anweisungen, die auf den ersten Blick banal und marginal aussehen, aber wenn man erkennt, was dahintersteht, fasst man sie anders auf; nicht als Obsession an der Schwelle zum Wahnsinn, sondern als nötiges Rahmenwerk zur Wahrung der Normalität. Du schränkst dich zwar in absurdem Maße ein, weißt aber wenigstens, was du tun sollst, hast keine Zweifel.

Wir täuschen uns nur mit unserem Streben nach Freiheit, schwenken ihr Banner, als sei sie ein Herzenswunsch, obwohl sie uns praktisch stranguliert. Wir sind überwältigt vor lauter Wahlmöglichkeiten, wie ein Kind vor einem Schrank voller Süßigkeiten. Frei ist nur der, der seine Schritte nicht anzweifelt, der jeden Moment weiß, was er zu tun hat. Das Judentum hat erreicht, was sonst keine Lebensweisheit erreichte: Freiheit und Sicherheit auf einer Karte. Es lässt Zweifel zu und hebt damit den Widerspruch zwischen Freiheit und Sicherheit auf. Wer keine Zweifel hat, wer weiß, was er tun soll, ist frei und sicher zugleich. In letzter Zeit meine ich, diese Lebensweise könnte meinem extrem skeptischen Wesen angemessen sein; könnte mir die seelische Ruhe verleihen, die ich mein Leben lang anstrebe.

Als Arzt sehe ich ständig die Überwindung der Krankheit oder ihr Gegenteil, das Vergehen. Dazwischen gibt es nichts. Entweder erhebt man sich von den Toten oder man gesellt sich zu ihnen. Ich glaube mehr und mehr, dass Genesung dem Bereich des Wunders nicht weniger zuzurechnen ist als dem der Medizin. Den meisten Menschen, denen, die keine Ärzte sind, ist das Recht verliehen, dieses Drama zu ignorieren, so zu leben, als existiere es nicht. Als sei es nicht der Kern des Lebens, sein Atemhauch. Solange wir nicht den entscheidenden Moment erreichen, bleibt uns das Recht des Ignorierens vorbehalten. Auf diesem Recht basiert praktisch die Welt. Sonst würde sie sich nicht froh und munter um sich selber drehen, sondern um den Tod. Aber der Moment der Wahrheit kommt immer verspätet. Du bist so erschöpft von dem Leben, das zu ihm geführt hat, dass du in völlige Hilflosigkeit verfällst. Das ist eigentlich die Absurdität in Reinkultur; aber wie sich herausstellt, ist die Absurdität nun gerade die Kraft, die Rechtsbasis. Sonst würde das Leben sich selbst ersticken, sich selbst vernichten.

Boas war ein seltener Fall. Er erlebte in seinem letzten Jahr sowohl das Vergehen als auch das Überwinden voll und ganz. Sein Körper schwand auf erschreckende Weise dahin, aber seine Seele, deren eigenständige Existenz er sein Leben lang geringgeschätzt hatte, überwand unaufhörlich. Seine Seele erhob sich dauernd von den Toten. Sie war aktiv bis ans Ende, als verliefe der körperliche Abbau in einer anderen Sphäre. Bei ihm sah man nicht die Schatten, die über Haydns letzten Streichquartetten liegen, oder die Dunkelheit, die Bachs musikalisches Testament beherrscht. Keinerlei Hinweis auf die nahende ewige Finsternis. Er beschäftigte sich mit seinen Forschungen, als gäbe es ein Morgen. Er schloss den Ehebund mit seiner Geliebten, als sei der Tod fern. Die Art seiner Krankheit, die bis zum allerletzten Moment nicht mit unerträglichen Schmerzen plagt, erlaubt es, die Lage nüchtern einzuschätzen und gleichzeitig zu ignorieren, dem unabwendbaren Leiden den Rücken zu kehren.

Man kann sagen, die Krankheit passte genau zu Boas' Wesen. Sie ließ ihn sein so heißgeliebtes Leben bis ans Ende auskosten, einfach leben, um zu leben, mit offenen Augen. Er konnte sein Verlöschen unmöglich übersehen, aber die Seele lebte voll und ganz. Man spürte das Schwinden des Körpers aus dem Leben, aber die Seele ließ nicht davon ab. In all meinen Jahren als Arzt habe ich keinen so stark an das Leben glauben gesehen wie Boas. An das Leben selbst, nicht an die Illusionen, die es ausstreut, nicht an Mystik, Aberglauben oder die verzweifelte Rückkehr in den Schoß eines verborgenen Gottes. Auch in dieser Hinsicht passte der Beruf, den er notgedrungen ergriffen hatte, bestens zu ihm. Er war ein Lebenswissenschaftler im vollen Sinne des Wortes. Er lebte das Leben wirklich als Wissenschaftler. Er eignete sich besser dazu, das Leben zu erforschen, als es zu heilen.

Wenn ich uns wieder vergleichen soll (etwas, das ich ihm immer vorgeworfen habe), so beschäftigte ihn das gesunde Element des Lebens und mich das kranke. Er lebte das Geheimnis des Lebens, ich das Geheimnis des Todes. Und doch kommt der Einbruch des Todes in das Leben immer noch überraschend für mich. Keine Militäraktion – Pearl Harbor, Barbarossa, die Überquerung des Suezkanals im Jom-Kippur-Krieg – konnte derart überraschen, wie es der Einbruch des normalen, gewöhnlichen, unhistorischen Todes tagtäglich tut. Vielleicht sind wir deshalb so süchtig nach Massenkatastrophen: Dahinter kann man sich vor dem tagtäglichen, wahren Grauen verstecken.

Kürzlich wurde ich, nachdem mein Chef mir Bereitschaftsdienste unter dem Vorwand, ich verstünde nichts von Traumata, schnöde versagt und damit schlichtweg auch mein Einkommen geschmälert hatte, ausnahmsweise doch für die Notaufnahme eingeteilt. Als ich nach durchwachter

Nacht gegen Mittag schon gehen wollte, gab es Alarm wegen eines Anschlags mit vielen Verletzten. Nach einer recht langen Ruheperiode war ein Autobus explodiert.

Der gewöhnliche durchorganisierte Tumult brach aus, das hysterische, feierliche Gerenne des Chefs, der – statt seine Pflicht als Arzt zu erfüllen – im Nu zum Medienstar avancierte, Chirurgen, die aus allen Stationen herbeiströmten, Blut und Tränen, Generalmobilmachung und so etwas wie Fröhlichkeit. All das nötige israelische Adrenalin für den Beweis, dass es hier nicht langweilig ist, der Irrsinn, den es braucht, um normal zu bleiben. Unter den weiblichen Verletzten befand sich eine Berühmtheit, eine Schauspielerin, die an eine der klagenden Frauen am Fuß des Kreuzes auf einem Caravaggio-Gemälde erinnerte. Sie war als Straßenpassantin von der Explosion hochgeschleudert worden und hatte neben Verletzungen an den Gliedmaßen auch Schäden an Leber und Milz davongetragen. Wir bereiteten sie für eine sofortige Operation vor, um die innere Blutung zu stillen. Ich hörte die Schwester zu ihr sagen: »Sie haben Glück, dass der Professor heute Dienst hat, er ist der größte Fachmann auf diesem Gebiet, sonst muss man Monate warten, um von ihm operiert zu werden.«

Die Schauspielerin war natürlich mit Beruhigungsmitteln benebelt, aber bei vollem Bewusstsein, verfolgte mit scharfem Blick das Geschehen, ohne zu schreien oder zu kreischen, stöhnte höchstens. An ihrem Bett sorgten sich ihr Mann, ein Kind im Kindergartenalter und noch eine Frau, offenbar eine Freundin. Wir brachten die Patientin sofort in den Operationssaal hinunter. Die Verletzung war nicht schwer. Wir legten Tupfer zur Blutstillung ein, und nach einigen Stunden im Aufwachraum kam sie nach oben auf die Station. Sie akzeptierte gleichmütig die Nachricht, dass sie in einem Monat zur Entnahme der Tupfer erneut operiert werden und bis dahin im Krankenhaus bleiben musste.

»Ich werde viel Zeit zum Nachdenken haben«, sagte sie zu mir.

Zugegeben, ich war jedes Mal erregt, wenn ich sie besuchte. Ich konnte nicht anders, als sie mit den Figuren in Verbindung zu bringen, die sie in Filmen, Theaterstücken und Fernsehserien verkörperte – meist hochherzige, mittellose Frauen, deren Leben von einer Tragödie überschattet ist. Auf überraschende Weise glich sie ihnen und umgekehrt. Aber warum überrascht mich das, dachte ich mir, das ist doch natürlich, es wäre seltsam, wenn sie anders als diese Figuren wäre, ein Schauspieler holt aus sich heraus, was er kennt, nicht das, was ihm unbekannt ist. Allerlei Schauspieler, überwiegend berühmte, kamen zum Krankenbesuch. Sie tauchten die Station in ein besonderes Licht. Stars haben wohl tatsächlich eine besondere Aura, dieser Glamour ist nicht nur eine Erfindung der Medien.

Ich merkte, dass ich mich vor ihr in Acht nahm, und begriff nicht warum. Ich blieb an ihrem Bett stehen wie bei meinen anderen »Kunden«, trotz des automatischen Drangs, ihr besondere Aufmerksamkeit zu widmen. Neben ihrer feinen, dunklen Ausstrahlung, die auf ihre vornehme nordafrikanische Abstammung hindeutete, hatte sie auch etwas Lässiges an sich, eine quasi gewollte Schlampigkeit. Sie machte sich nicht die Mühe, den Krankenhausmorgenrock gegen einen privaten zu tauschen, er klaffte immer etwas offen an den intimen Partien. Ich wusste nicht, wie ich mir das erklären sollte, hielt es für ausgeschlossen, dass sie diese übertriebene Freizügigkeit nicht bemerkte. Sie hatte eine süße, betörende Stimme, die mich hypnotisierte. Vielleicht war das der Grund, warum ich vor ihr auf der Hut war.

Mir fiel auf, dass sie ihrem langen Haar, schwärzer als schwarz auf der hellen Haut, besondere Aufmerksamkeit schenkte, es jeden Tag wusch, ungeachtet der Zeit, die Kämmen und Trocknen in Anspruch nahmen. Schon am Tag nach der Operation bat sie die Schwester, ihr bei der Haarwäsche zu helfen. Einmal stichelte ich, das Haar sei ihr wichtiger als die Milz, worauf sie lachend sagte: »Wer sieht schon die Milz?«

Sie hatte die Aura einer Kindfrau; nicht einer Frau, die ein Kind spielt, wie Boas' Rakefet, sondern eines Kindes in der Haut einer Frau. Dabei besaß sie auch echte weibliche Stärke, eine Kraft, die ihr half, ihre Verletzung relativ leicht und schnell zu überwinden. Sie erzählte mir, sie sei mitten bei den Aufnahmen zu einem Film über eine depressive Hausfrau aus Sderot, die davon träumt, Schauspielerin zu werden, und die gesamte Produktion warte nun auf ihre Genesung.

Als ich sie daran erinnerte, dass die zweite Operation, zur Entnahme der Tupfer, nahte, sagte sie: »Wundervoll, nichts liebe ich mehr als Narkose.«

»Dann ist das wirklich eine Gelegenheit für uns, richtig zu kommunizieren«, sagte ich, »auf der Station witzelt man nämlich über mich, ich könne nur mit Menschen unter Vollnarkose in Kontakt treten.«

Sie lachte und sagte: »Ja, Kontaktaufnahme ist wirklich nicht Ihre starke Seite.«

Zwischen den Visiten bei ihr dachte ich, sie beginne ihren Zauber auf mich auszuüben. Ich träumte im Wachen von einer Affäre mit ihr, die den Zauberbann meiner Frau brechen könnte. Ich beobachtete ihren Mann, der sie besuchte, und bemühte mich, die Kraft zu erhaschen, die sie auf ihn ausübte, mich damit anzustecken wie mit einer Krankheit, aber es gelang mir nicht. Zauber ist kein exponierter Stoff, sondern etwas Verborgenes, höchst Privates. Jeder hat offenbar seinen eigenen Zauber, einen schicksalhaften, der nur bei ihm wirkt und der erlischt, völlig wirkungslos wird, sobald er seinem Herrschaftsbereich entgleitet, und erst recht, wenn er auf jemand anderen ausgeübt wird.

11 Als ich die Einladung zu einem Kongress über Transplantationen in Kopenhagen erhielt – eine dieser Veranstaltungen, denen ich das Etikett *Medical Tours* anheftete –, kam mir wieder jene Schwester aus Dschesin in den Sinn, aber vor allem erinnerte ich mich daran, dass Boas in dieser Stadt zum ersten Mal ausländischen Boden betreten hatte. Das war ein ausreichender Grund für mich, der Einladung zu folgen. Seine Jungfernfahrt hatte im Sommer 1970 stattgefunden, und er erzählte mir davon mehrere Jahre später, als wir ein Herz und eine Seele geworden waren, lange bevor er der hingerissenen dänischen Schwester diese Reise so anschaulich schilderte: Wie er bei seiner Landung dort spürte, dass er »einen halben Meter über den Bürgersteigen« schwebte, und wie er sich nicht ausgemalt habe, dass dort alles ganz anders sein würde als hier. Er sei sich vorgekommen, als wandere er von einem Andersen-Märchen zum nächsten, flocht sogar Verse in seine Erinnerung: »Du trittst in einen Laden ein, und da läutet hell ein Glöckelein. Nach frischem Gebäck duftet's auf allen Wegen, aus jeder Tür strahlt dir ein Lächeln entgegen.« Er erzählte mit leuchtenden Augen, er sei mit zwei blonden isländischen Gazellen ausgegangen, die er in der Jugendherberge kennengelernt hatte, und habe sich gefühlt wie Tonio Kröger, der junge Held aus Thomas Manns Erzählung, der die Welt entdeckt. Er war allein gefahren; Rakefet hatte es offenbar vorgezogen, daheim zu bleiben, aber Boas war das egal, er war auch ohne sie glücklich.

Er bekam sofort das Glück zu fassen, nicht wie ich, der schon bei der ersten Berührung mit der Fremde schwermütig wurde. Aber jetzt, dachte ich, würde es mir vielleicht gelingen, in Kopenhagen in seine Haut zu schlüpfen und dort glücklich zu sein, wie er. Vielleicht hat er mir etwas von seiner Fähigkeit, glücklich zu sein, vererbt, dachte ich, als das Flugzeug gerade über den Friedhof flog, auf dem er begraben liegt. Täglich überqueren Dutzende Flugzeuge sein Grab auf dem Weg zu ihrem Bestimmungsort, und in diesem Moment fliege auch ich darüber, dachte ich schaudernd, als ich aus dem Fenster sah und unter mir die Ödnis Tausender Grabsteine erblickte, von denen einer seiner war. Doch dieser Anblick stärkte in mir die müßige Hoffnung, es werde eine geistige Transplantation in meinem Innern stattfinden; Boas würde mir posthum, wie bei Transplantationen üblich, seine Gabe spenden.

Nach einer Flugstunde spürte ich das Glück einsickern. Ich schloss die Augen, aller Gedanken entleert bis auf diesen: Da kommt das Glück. Das Talent zum Glück, sagte ich mir, hängt auch von den Erwartungen ab. Immer hatte ich himmelhohe Erwartungen an eine Reise, und was Reisen mir antaten, habe ich ja schon erzählt; wie ich vor einer Reise hoffte, sie würde mein Leben verändern, doch sobald ich merkte, es bestand keine Hoffnung auf Veränderung, was fast umgehend geschah, wartete ich ungeduldig auf den letzten Tag. Und kam dann endlich der Moment der Rückkehr, klagte ich ununterbrochen, dass ich nun zurückfahren musste, als hätte diese Reise tatsächlich die ersehnte Veränderung im Schoß geborgen, als hätte ich tatsächlich etwas Großes verpasst. Doch jetzt, da schon klar ist, dass keine Reise mein Leben verändern wird, kann ich seelenruhig in Kopenhagen landen, sagte ich mir. Ich kann mich praktisch auf meinem Sitz ausstrecken (so meine Mitpassagiere mich nicht von allen Seiten einengen) und alle müßigen Gedanken abstreifen. Es sei denn, die aufgegebenen, Erwartung auf Veränderung im Leben kündigt dessen Ende an; auch diese Gefahr gilt es einzurechnen.

Ein Leben ohne Veränderungswillen ist kein Leben, sagte ich mir im vollbesetzten Flieger; ein Leben ohne den Willen, es zu verändern, ist ein totes Leben. In dem Moment, in dem Boas zufrieden war mit dem, was er hatte, und keine Änderung seiner existenziellen Lage mehr anstrebte, war sein Leben zu Ende, Tatsache. Nichts rettet vor dem Schluss, dass du, sobald du zufrieden bist, keine Veränderung mehr anstrebst, Gefahr läufst, dein Leben zu verlieren. Das ist eine traurige und deprimierende Erkenntnis, aber sie ist offenbar wahr, und vielleicht hat er es selbst gespürt, dachte ich. Möglicherweise hat er, als das Glück in sein Leben zurückkehrte, gerade deshalb die illusorischen Schritte eingeleitet, die ihn auf schnellstem Wege wieder zur Medizin führen sollten. Es sei denn – huscht mir ein revolutionärer Gedanke durch den Kopf –, der fatale Satz »aus dir wird nie ein Arzt« war überhaupt Boas' Bewusstsein entwachsen. Auch das ist eine Möglichkeit, wieso habe ich daran nicht gedacht?! Wenn ich am Himmel schwebe, macht offenbar auch mein Geist Höhenflüge. Denn eigentlich passte dieser verfluchte Ausspruch ja gar nicht zu Boas' Vater, wie ich ihn im Gedächtnis habe; er widerspricht völlig der Art seiner Beziehungen zu seinem Sohn, der enormen Anerkennung, die er ihm entgegenbrachte.

Boas' Vater liebte ihn und war stolz auf ihn, förderte ihn in allen Bereichen. Sein Gesicht leuchtete, wenn Boas' Name fiel, er stellte ihn immer als unvergleichliches Genie vor, doch in diesem Fall wirkt er wie ein egozentrischer Despot, der mit einem Atemzug seinem geliebten Sohn die Zukunft zerstört. Was war denn plötzlich in ihn gefahren, denkst du dir. Es sei denn, wie gesagt, es ist ein imaginärer Satz, allein Boas' Fantasie entsprungen. Vielleicht hat Boas ihn sich selbst gesagt, seine innere Stimme, die im Unterbewusstsein zur sicheren und resoluten Stimme des verehrten Vaters wurde; ein Satz mit dem Ziel, ihn ein für alle Mal von der Medizin zu befreien, es ihm zu ersparen, sich mit seinem Vater in derselben Arena zu messen, mit ihm zu konkurrieren und ihn womöglich gar zu übertreffen. Aber die Antwort auf diese wilde Vermutung werde ich wohl nie erfahren.

In dem kleineren Flugzeug, in das ich in Frankfurt umgestiegen war, entpuppten sich meine beiden Sitznachbarn als Ärzte, die zu demselben Kongress wie ich unterwegs waren, der eine aus Griechenland, der andere aus Taiwan. Der griechische Arzt – überaus angeregt, vielleicht infolge eines berauschenden Getränks – begann gleich ein Gespräch und wollte die Facharztausbildung in unseren drei Ländern vergleichen, aber der Taiwaner und ich waren so früh am Morgen nicht zum Mitmachen aufgelegt, und so verpuffte seine Begeisterung.

Bald vertiefte sich der eine in sein Buch, der andere in seine Zeitung, und ich dachte, wie selbstversunken ich doch bin, wie unverbindlich und unflexibel, und verglich mich wieder mal mit Boas. Aber was weiß ich denn von seinem Leben und Treiben in der Zeit, als wir nicht zusammen waren? Was wissen wir wirklich über die uns Nahestehenden, wenn sie fern von uns sind? Wir zehren allein von Vermutungen, von den Geschichten anderer. Boas wäre Leuten, die ihn unter ähnlichen Umständen in ein Gespräch verwickeln wollten, wahrscheinlich anders begegnet. Meist machte er eine zurückhaltende, skeptische Miene. Aber er war ein sympathischer und zuvorkommender Skeptiker. Nur in Fällen totaler Abneigung verriet sein Gesicht seine wahren Gefühle. In diesen seltenen Fällen riss ihm plötzlich der Geduldsfaden, und die Höflichkeit verließ ihn. Ein Glück, dachte ich, dass seine Krankheit relativ kurz verlief. Bei längerer Dauer hätte er vielleicht die Geduld verloren. Möglicherweise hätte er sich auch das gefragt, was ich mich als Arzt oft frage: Ob die Therapien das Leben oder das Leiden verlängern.

Der Kongress tagte in einer halbleeren Nervenklinik, die im 18. Jahrhundert eine Fahrtstunde entfernt von Kopenhagen gebaut worden war. Auf einer weitläufigen Wiese, am Ufer eines flachen Fjords, standen Dutzende eindrucksvoller Häuser aus grauem Stein zu Quadraten angeordnet, wie eine kleine Stadt. Während im Saal die fruchtlosen Diskussionen liefen, die, wie gewöhnlich bei solchen Konferenzen, nur dazu dienten, die Tagesordnung zu füllen, spazierte ich im Wind zwischen den farbenprächtigen Herbstbäumen. Die Kulisse passte mir wie angegossen: ein Krankenhaus aus einer Zeit, in der die Medizin noch eine geistige Dimension besaß, noch danach trachtete, es der Natur gleichzutun. Ich versuchte mir die Geisteskranken vorzustellen, die vor Jahrhunderten hier gewesen waren, fern der Stadt und fern dem Auge; Menschen, die praktisch den Lebenswillen verloren hatten, und wenn nicht verloren, dann hegten sie ihn nur noch sehr abgeschwächt. Vielleicht ist das das Resultat jeder seelischen Krankheit, dachte ich im Gehen, das Leben verliert seinen Sinn.

Ich staunte über mich selbst, weil mich auf den ersten Blick die Größe dieser Anstalt, die einst für Tausende von

Kranken gedacht war, gewundert hatte, während man sich doch eigentlich umgekehrt wundern müsste, wieso es nicht mehr Geisteskranke gibt; wieso die meisten von uns sich mit der Welt abfinden und sich bis zum letzten bisschen Leben an sie klammern. Boas wollte leben, er war neugierig und voll von Staunen und Bewunderung über die Welt, bis er starb. Die letzten Worte, die ich wenige Tage vor seinem Tod von ihm hörte – auf einer Feier, die er im Beharren, bis zum Schluss normal weiterzumachen, zu Hause für einige seiner treuen Studenten veranstaltete –, lauteten: »Ich habe keine Kraft.« Aber damit meinte er nicht, dass ihm die Kraft zum Leben fehle, sondern ganz einfach, dass seinem schlaffen und ausgemergelten Körper, an dem die Kleidung schon schlotterte, die Kraft ausgegangen sei.

Was schäme ich mich, dass die Welt für mich, den Gesunden, erschreckend viel von ihrem Zauber verloren hat, dachte ich, als ich am Fjord entlangspazierte. Ich merke das auf Schritt und Tritt. Die Augen sind die gleichen geblieben, aber die Kraft zu gehen, wohin sie einen führen, ist nicht mehr die gleiche. Ich versuche, dieser Tendenz entgegenzuwirken, den Willen anzuspornen, aber er weigert sich stur. Von fern, aus Gewohnheit, sehnt er sich noch nach dem Ziel seiner Wünsche, doch sobald er sich ihm nähert, wird er störrischer denn je, wie eine alte Eselin. Offensichtlich ist der Wille schneller gealtert als ich, schneller als die übrigen Körperteile, während er bei Boas am längsten durchhielt. Ein Organ nach dem anderen versagte, aber der Wille blieb lebendig bis zum Ende. Bis zum letzten Atemzug zuckte sein Wille, wünschte sich noch eine Portion vom Leben.

Ich denke viel über den Willen nach, mal dieses, mal das Gegenteil. Mal denke ich, wie ist der Wille doch gealtert, und mal, wie blutjung ist er geblieben. Einerseits ist er alt, andererseits kindlich. Das ist das Problem mit ihm: Er lässt sich nicht programmieren, macht immer dieselben Fehler. Er sehnt sich nach dem Wunschziel, doch kaum hat er es erreicht, ist er es schon leid. Könnte ich den Willen nur abtöten, sage ich mir, erschrecke aber sofort – wenn der Wille stirbt, sterbe auch ich. Solange er existiert, existiere auch ich. Ich will, also bin ich. Anscheinend hat er nichts mit Zufriedenheit und Genuss zu tun; dieser Wille ist für sich. Solange er atmet, atme auch ich.

Muss ich im Saal sitzen, weil es draußen regnet und kalt wird, überlege ich mir, wie jeder der Kongressteilnehmer so seine heimliche Tagesordnung hat. Dem Anschein nach lauschen alle aufmerksam den Diskussionen, nicken von Zeit zu Zeit oder schütteln ablehnend den Kopf, aber unter der Oberfläche denkt jeder an seine Privatangelegenheiten; wenn nicht an den Nutzen des Kongresses für seine Karriere, dann an Dinge, die mit der Diskussion gar nichts zu tun haben. Der hungert nach Liebe, der nach Sex, der nach Essen, der nach Erfolg oder Geld. Dieses Abwandern der Gedanken ist unschwer zu erkennen. Die Stimme des Vortragenden hallt, rollt, verschwimmt zum Wortgewirr, zur einschläfernd monotonen Melodie, auf deren Wellen man davonsegeln kann, wohin man will. Die Konzentration löst sich langsam, und im Luftraum schwirren schamlos all die Nebengedanken. Am Kongress selbst interessiert mich nur, ihn zu einem Maßstab für meine Anpassungsfähigkeit an die Welt zu machen, oder richtiger, für meine Unfähigkeit, mich ihr anzupassen. Ich erscheine morgens zur Eröffnungssitzung, registriere mich und verschwinde kurze Zeit später. Maximal eine Stunde kann ich die Kaskaden von Worten und Stimmen ertragen, und nachdem ich die ländliche Natur hinlänglich ausgekostet habe, fahre ich mit der Bahn in die Stadt, um durch die Straßen und Parks zu streifen.

Bei einem dieser Ausflüge hatte ich ein beunruhigendes Erlebnis. Ich trat durch ein seltsames Tor in ein Stadtviertel, das sich sehr bald als ein eigenes Reich namens Christiania entpuppte. Rauchgeruch empfing mich, ein Geruch, der zu den Holzhütten und den altmodisch wirkenden Häusern passte. Anfangs dachte ich, in einem Feuer würden Kartoffeln geröstet, aber das erwies sich bald als Irrtum: Es war kein Lagerfeuer, sondern schwerer Drogenduft. Und dann fiel mir ein, dass dieses Viertel mal in Boas' Geschichten aufgetaucht war, die Freistadt, die aus dem verfaulten Königreich Dänemark ausgeschert war, ihre eigenen Gesetze und Dienstleistungen hatte und auswärtigen Behörden keinen Zutritt gewährte. Ich hatte nicht geahnt, dass sie noch existierte, das einzige Überbleibsel der Hippie-Ära in den siebziger Jahren des vorigen Jahrhunderts.

Und tatsächlich sah man hier und da zwischen den bekifften jungen Leuten noch alte Dinosaurier, langhaarig, rauchumwölkt, Bierflaschen in Händen, einige hinter einer Theke mit braunen Haschisch-Platten. An den Rückwänden der improvisierten Läden prangten revolutionäre Parolen, Pfeile, die den Weg zu dieser oder jener Bar, einem Speiselokal, einer Herberge wiesen.

Ich dachte, vielleicht hatte sich Boas dazu verführen lassen, etwas Härteres als eine normale Zigarette zu rauchen, und meinte deswegen, einen halben Meter über dem Bürgersteig zu schweben. Aber ich würde nicht darauf wetten. Wenn es um Mittel zum Vergessen ging, gehörte Boas zu den Trinkern, nicht zu den Rauchern. Warum nicht akzeptieren, dass er einfach glücklich war. Ich hingegen fühlte mich auch dort, in dieser Stadt der ewig Jungen, verloren und wollte auf der Stelle mit einem meiner Kinder sprechen. Ich zog das Handy aus der Tasche und wählte die Nummer meiner Tochter, wurde aber gleich mit der Mailbox verbunden, und als ich meinen Sohn anrief, antwortete auch er nicht. »Was wunderst du dich denn, du kannst nicht beliebig in ihr Leben einbrechen und sofort offene Arme erwarten«, hörte ich ihre Mutter zu mir sagen.

Der Tod ist in Dänemark überall präsent. In keinem Land bin ich auf so viele Grabstätten gestoßen: Gräber auf Kirchhöfen, über Felder und Grünanlagen verstreut, weite Landschaften überblickend oder in den Marmorboden dunkler Krypten versenkt. Besonders großspurig treiben es die königlichen Toten, die ihre ewige Ruhe in riesigen Särgen unter schwarzen Samtbaldachinen in Nebensälen der Kathedralen halten.

Der Tod grinst die Lebenden spöttisch an. Aber er grinst nicht nur, er warnt und droht auch: Bald liegst du ebenfalls unter dem Stein. Ich betrachte die Gräber und denke, vielleicht ist Boas – entgegen all meinen Vermutungen – deshalb so ruhig aus dem Leben geschieden, weil er nicht so daran hing wie ich? Oder verhielt es sich gerade umgekehrt: Versöhnst du dich, wie er, mit dem Leben, versöhnst du dich auch mit dem Tod; und streitest du mit dem Leben, streitest du auch mit dem Tod? Ich frage mich, wie er sich so schnell an die Anwesenheit des Todes in seinem Leben gewöhnt hat. Wie er sich mit der wenigen ihm verbleibenden Zeit abfinden konnte. Wieso der Tod, der gleich einem Raubtier plötzlich auftaucht und vor dir steht, ihn gar nicht lähmte. Wieso er nicht zusammenbrach.

In einer der Morgensitzungen hörte ich eine Dozentin erklären: »Es ist schon was dran, wenn man von der Seele sagt, sie löse sich vom Körper. Wir können die Seele nicht definieren, vielleicht erlangt sie erst beim Abschied vom Körper ihr reines seelisches Wesen wieder.« Ich hatte gerade weggehen wollen, aber dieser verblüffend antiwissenschaftliche Satz hielt mich bei der Stange.

»Die Seele ist es, die durchhält, sie vollbringt das Unglaubliche. Anders sind die Phänomene nicht zu erklären, die bei Transplantierten gelegentlich auftreten, wenigstens nicht für mich …«

Ich warf einen Blick ins Programm: Der Vortrag beschäftigte sich mit der seelischen Seite der Transplantation, und die Dozentin war eine, offenbar namhafte, jungianische Psychoanalytikerin. Sie sprach von dem verpflanzten Organ, das sich in der Seele des Empfängers widerspiegele, oder so ähnlich. Früher hätte ich das als kompletten Unsinn abgetan, aber jetzt lauschte ich ihr.

Die Rednerin, eine rotgesichtige und bebrillte Fünfzigerin, verstieg sich in Mutmaßungen über die Leber, die beim Verpflanzen von Körper zu Körper auch die Persönlichkeit des Empfängers, nicht nur sein Verdauungssystem verändere. Der Patient sei in diese Lage geraten, weil die Lebererkrankung zweifellos auch seelisch bedingt gewesen sei; in der geschädigten, funktionsuntüchtigen Leber habe sich unverdaulicher seelischer Ballast gesammelt. Ich hielt diese Vermutung für kühn und abwegig, hörte jedoch weiter zu. Mir schien, wenn ich Boas' Glücksfähigkeit erben wollte, müsste ich offen für Möglichkeiten sein, die zunächst realitätsfremd wirkten, aber vielleicht gerade die Chance zur Veränderung in sich bargen. Das Denken auf altvertrauten Bahnen würde mich an keine neuen Orte führen, dachte ich. Die eingekreiste Persönlichkeit musste den Belagerungsring auf unbekannten Wegen sprengen und dabei notfalls auch die Toten zu Hilfe rufen.

Die Aussicht von meinem Bürofenster im Krankenhaus auf die Bergketten rings um die Stadt löst sich gelegentlich aus der heimischen Landschaft und verfließt in einen anderen Ort auf der Welt. Im Dunst eines herbstlichen Wüstenwindes stelle ich mir manchmal vor, auf Athen zu schauen, oder auf Ancona oder sogar auf Havanna, Orte, die ich im Lauf der Jahre – beruflich oder aus Fernweh – bereiste, aber blitzschnell, schon nach ein oder zwei Tagen verloren sie völlig ihren Zauber, wurden gewöhnlich, und die Fremdheit verwandelte sich in Mühsal und sonst nichts. Ein ganzes Leben musste vergehen, bis ich eingestehen mochte, dass Europa deprimierend ist, deprimierend und leblos. Ich genieße höchstens einen kurzen Moment herrlicher, betörender Fremdheit, und all die folgenden Momente sind eine einzige große Strapaze, öde Zeitvergeudung. Europa, und das Ausland überhaupt, gleichen eigentlich dem Geschlechtsakt: erstaunlich kurze Genüsse, die die umfangreichen Vorbereitungen kaum lohnen. Hier und da taucht ein süßer Horizont auf, aber auch er enttäuscht schnell wieder. Jetzt sah es aus, als sei das Verlangen nach anderen Ländern ein Alibi: ein Alibi für Unbeständigkeit, Einsatzschwäche, Nestbeschmutzung. Das Fernweh war eine Ausrede für die Untreue gegenüber dem eigenen Heim. Es diente zur Rechtfertigung, wie meine hartnäckig vertretene Version von der düsteren Kindheit unzählige Versäumnisse meinerseits rechtfertigen sollte. Meine Kindheit war schließlich nicht nur düster, sie war auch hell, ein verschlungenes und verträumtes Wunderland, voller Gleichnisse und Rätsel, in dem nichts selbstverständlich war, wie vielleicht in jeder Kindheit. Und doch beharrte ich auf der düsteren, nicht der hellen Variante. Man kann sagen, Europa war die Liebe meines Lebens, das Verlangen danach unersättlich.

Aber tatsächlich war es eine große und unglückliche Liebe, gründend vielleicht auf einem jüdischen Gen, auf einer unbeglichenen Rechnung für unzählige Wanderungen. Erst bei meinem letzten Besuch in Dänemark begriff ich, dass meine Sehnsucht nach Europa nicht von seiner Eigenschaft als ein fremder, ferner Kontinent rührte, sondern gerade umgekehrt daher, dass es der Ursprung ist: die düstere und deprimierende Heimat, die einem im Blut sitzt, einsam und drohend wie die Kindheit; und das Land Israel dagegen, die neue Heimat, die angebliche Heimat, gerade sie ist das fremde Gefilde, die wirkliche Fremde.

Der Vortrag der dänischen Psychoanalytikerin muss mich wohl tief beeindruckt haben, denn sonst ist schwer zu erklären, warum ich auf den Gedanken kam, meine Seele bereite sich, mit all diesen Rückzügen aus der Welt, auf mein körperliches Scheiden daraus vor. Der Rückzug des Willens von seinen üblichen Bestrebungen, seinen alten Gewohnheiten – was ist das anderes als die Vorbereitung auf das nahende Ende, das Training für einen Zustand, in dem du nicht übermäßig bedauerst, nicht klagst, sondern von ganzem Herzen sagen kannst: Das Leben ging ja ohnehin seinem Ende entgegen, hatte mir ohnehin nichts mehr zu bieten. Und dann sieht das Ende nicht mehr so schrecklich aus. Ist dieser Gedankengang logisch? Wenn ich Boas' Geschichte betrachte, wohl ja. Wenn unser Anfang gegensätzlich war, wäre es logisch, wenn auch unser Ende gegensätzlich ausfiele. Wenn Boas in seiner Zufriedenheit ruhig gestorben ist, dann werde ich in meiner Unzufriedenheit wohl stürmisch erregt sein. Logischerweise ist anzunehmen, dass jeder in dem Geist stirbt, in dem sein Leben verlaufen ist.

Du kannst dich damit abfinden, dass du deine Geburt nicht bewusst erlebt hast, aber es ist höchst sonderbar, wieso du nach einem ganzen Leben auch deinen Tod nicht bewusst erlebst, oder die Zeit vor dem Tod. Du kommst als unbeschriebenes Blatt zur Welt und solltest sie vollgeschrieben wieder verlassen, aber so ist es nicht. Gerade gegen Ende leert sich das Blatt. Von dir unbemerkt schwindet alles, was darauf steht. Nur wenige sind sich ihres Todes bewusst, und Boas durfte offenbar einer von ihnen sein. So stelle ich es mir zumindest vor, denn ich weiß nicht mit Sicherheit, ob er sein Testament mit fester Hand im Zweifel oder mit bebender Hand in Gewissheit schrieb. Oder ob er die Augen zudrückte und dachte, er sei ein Kind. Ein beschütztes Kind, dem keiner etwas anzutun wagte.

Wann immer man von seiner Alltagsroutine abweicht, tut sich die Chance für eine Geschichte auf, und in dieser Hinsicht sind Kopenhagen und Sderot ein und dasselbe. Vielleicht folgte ich deshalb der Einladung der exotischen Schauspielerin, zu einem Drehtag für ihren Film nach Sderot zu kommen. Was sollten wir wohl anfangen ohne diese Illusionen, die seit der emotionalen Infusion, die uns die Schlager unserer Jugend gaben, immer noch weiterwirken.

»Ich erinnere mich, dass Sie Interesse an dem Film und den Kapriolen seiner Handlung gezeigt hatten«, schrieb sie mir in wohl scherzhaft gemeinter Gestelztheit, »und da ich nur dank Ihrer überhaupt hier stehe, wäre es mir eine Ehre, wenn Sie kämen, um die Früchte Ihrer Bemühungen zu betrachten, ehe sie noch auf die Leinwand gebannt werden.«

Was hätte Boas zu so einer Einladung gesagt? Wahrscheinlich: »Siehst du denn nicht, dass sie etwas mit dir anfangen will?«

Ich bin da nicht so sicher. Es gibt immer noch Kontaktaufnahmen ohne Hintergedanken. Aber anscheinend bedurfte es bei mir keiner Verführungskünste. Bald schon fuhr ich im Hochgefühl der Freiheit durch baumgesäumte Felder. So hatte ich die Gegend nicht in Erinnerung; noch vor wenigen Jahren war die Lachisch-Region dürr und dürftig, und nun hatte sie sich wie auf einen Wink mit dem Zauberstab in eine pastorale biblische Landschaft verwandelt.

Die Schauspielerin umarmte mich fest, drückte mir einen heißen Kuss auf die Lippen und machte mich respektvoll mit dem Regisseur und dem ganzen Team bekannt, das in einem Viertel der Kleinstadt untergekommen war. Es herrschte kein großer Trubel, wie ich erwartet hatte, eher ruhige Stimmung. Der Regisseur leitete die Aufnahmen mit sicherer Hand, und meine Schauspielerin wirkte am Set nicht weniger blühend als auf der Leinwand. Sie drehten mindestens zehnmal die Szene einer Zufallsbegegnung zwischen der Heldin und ihrem Jugendfreund. Heute ist er ein gutaussehender Mann in den besten Jahren, der im Ausland lebt und gerade seine Mutter besucht, in einer gepflegten, ländlichen Straße, die eher nach einer grünen Vorstadt im Landeszentrum aussieht als nach einem Viertel in einer Entwicklungsstadt. Der ehemalige Geliebte fragt die Heldin, warum sie sich damals eigentlich getrennt hätten, und sie antwortet kichernd, es sei gewesen, weil der erste Kuss, der auch der letzte bleiben sollte, nach Huhn geschmeckt habe. Er lacht jedoch nicht, ist vielmehr tief gekränkt. Die lange Zeitspanne und der geografische und soziale Sprung, den er gemacht hat, schmelzen zu einem Schandfleck zusammen. Sie versucht ihn zu versöhnen, aber vergebens. Das Huhn, das er vor dem Date mit dem bewussten Kuss aß, ist ihm sozusagen im Hals steckengeblieben, und er sucht schnell das Weite. Vielleicht hatte sie sich etwas von ihm erhofft, sonst hätte sie ihn nicht mit solch übertriebener Intimität überschüttet, mit Bewunderungsrufen und leidenschaftlichen Umarmungen. Ich erinnere mich nicht mehr an die Einzelheiten der Handlung, die sie mir noch im Krankenhaus erzählt hatte. Ich weiß nur noch, sie war enttäuscht von ihrem Mann, der in einem benachbarten Moschaw in der Landwirtschaft arbeitete, und ihre Schauspielbegabung trieb sie von der Laienspielgruppe des örtlichen Kulturzentrums zum echten Theater.

Einen Moment hielt ich das Geschehen vor der Kamera für real. Ich sah mich als den ersehnten Retter, der sie auf Händen zu Großstadtruhm tragen würde. Ich fragte mich, ob ihr Zauber den meiner Frau momentan verdrängte oder ob, präziser formuliert, in dieser – verglichen mit dem Fleischmarkt im Krankenhaus – traumhaften Situation meine Vernarrtheit in die Schauspielerin den Zauberbann meiner Frau zu brechen vermochte.

Die Antwort lautete, keinen Augenblick. Ich hatte nicht das Gefühl, mich zu befreien oder die Geschichte zu wechseln. Meinte nicht, meiner Bindung an die Geschichte meiner Frau enthoben zu sein und zur nächsten Geschichte zu schweben. Nur wenn ich operiere, befinde ich mich in einer anderen Handlung, das ist die Wahrheit. Ich halte mich zwar für ein denkendes Wesen, fast für einen wandelnden Gedanken, aber wenn die Stunde der Operation anbricht, schwinden alle Gedanken, machen Raum für einen Zustand, den man als »Gehorsam« bezeichnen könnte. Ich bin gedankenentleert und bereit, den Anweisungen einer inneren oder äußeren Autorität zu gehorchen, die die Hand an die richtigen Stellen lenkt, zum alles entscheidenden Schritt, gesteuert durch eine Wesenheit, die vielleicht in einem steckt oder vielleicht auch nicht. Der Gläubige würde sagen, das sei eine himmlische Macht, ein Funke aus den höchsten Sphären, kraft dessen sich ein beschädigter Schöpfungsakt reparieren oder ein schlimmes Urteil aufheben lässt. Manchmal bin ich überrascht über ein Tun, das zu groß für mich erscheint, eine besonders komplizierte Operation, deren ich mich nicht für fähig gehalten, eine Komplikation, die ich nicht zu meistern gedacht hatte. So fühlt sich wohl ein Wissenschaftler, wenn er einer Sache nachforscht und ein unlösbar scheinendes Problem löst, oder ein Künstler, den die Muse küsst. Steuert allein das Gehirn die Bewegung der Hand, die Körperschichten, Knochen und Gewebe durchtrennt, etwas entnimmt oder einpflanzt, oder greift hier doch eine *Neschama jetera*, eine andere höhere Seele mit ein?

Die ultraorthodoxen Wohnviertel haben zweifellos auf mich gewirkt. Früher wären mir Überlegungen über die chirurgische Tätigkeit als Nachahmung Gottes oder die Manifestation einer göttlichen Kraft auf Erden durch Kunst und Wissenschaft gar nicht in den Sinn gekommen. Aber warum sollte ich nicht im selben Atemzug fragen, was mit der Liebe ist, jenem Geben und Nehmen, das der jüdischen Mystik zufolge auch Anteil an den höchsten Welten hat? In diesem Bereich falle ich »von einem so hohen Dache in eine so tiefe Grube«, wie es im Talmud heißt; ich habe fast keinen Anteil an der Kunst des Gebens und Nehmens in den höchsten Sphären, und seit Boas' Tod macht sich dieses Gebrechen bei mir noch weit mehr bemerkbar.

Bei meinen Streifzügen durch die arabische Stadt komme ich immer wieder zur Grabeskirche, und dort spüre ich, wie viel leichter es ist, Gott zu lieben als den Menschen. Sich Gott hinzugeben ist viel leichter, als sich dem nächststehenden Menschen hinzugeben. In der Kabbala heißt es, eines hänge vom anderen ab, die Liebe zum Menschen von der Liebe zu Gott, aber da bin ich mir nicht sicher. Ich meine eher, es ist umgekehrt – die Liebe zu Gott ist eine Tarnung für die Unfähigkeit, den Menschen zu lieben; die Liebe zu Gott ist wie die rettenden Hörner des Alters für das menschliche Gebrechen, das ich bestens kenne.

12 Wandlung, Transformation, der erste Kreis der Hölle, Korridor, Limbus – all die Begriffe, die das religiöse Drama aufgeboten hat, um die Ungläubigen zu entsetzen und die Gläubigen aufzurütteln, verblassen angesichts dessen, was bei mir im Operationssaal abläuft. Könnte ich nur mal kurz von der Seite zusehen, wäre auch ich aufgerüttelt und entsetzt über die Kluft zwischen dem ungeheuren Sturm am Operationstisch und dem Alltag der Außenwelt. Kein Theater oder Stadion vermag solche Schauspiele zu bieten. Vielleicht kann ich dank dieses atmosphärischen Unterschieds letzten Endes mit der Korruption, den Täuschungsmanövern und der Geldgier hinter den Kulissen leben. Sobald der Vorhang hochgeht und die Aufführung beginnt, der Tisch vor mir angerichtet ist und die Schwester nacheinander die Löffel, Nadeln, Messer, Spritzen anreicht, alle Beteiligten wahnsinnig auf die Reihenfolge und jede Einzelheit achten, dann vergehen meine sämtlichen Frustrationen, das heilige Werk beginnt nach allen Regeln. Wer bin ich dann anderes als der Hohepriester im Tempel, vor dem das gefesselte lebende Opfer liegt, aufgeschnitten und zerlegt und sein Blut abgeleitet. Der Geist Gottes schwebt über diesem Allerheiligsten, das der Chirurg, der den heiligen Dienst versieht, dirigiert, er, der selbst vom Arzt zum Hohepriester mutiert, den operierten Menschen, wie das auf dem Altar dargebrachte Opfertier, in Geist verwandelt, die grausige Fleischerei in ein Gotteshaus.

Aber außerhalb des Operationssaals habe ich das Gefühl, in einem Schlachthaus und nicht im Tempel zu leben. Ich vermute, dieses Phänomen existiert auch auf anderen Gebieten, aber es besteht, mit Verlaub, doch ein Unterschied. Bei uns geht es um Leben und Tod und nicht um Lebensqualität. Ich behandle falsch Operierte und will nicht glauben, dass von demselben Beruf die Rede ist. Wie nannte man sie bei Stalins Ärzteprozessen: »Mörder in weißen Kitteln«. Totengräber in weißen Kitteln klingt besser. Du wirst keinen dieser Metzger zugeben hören, diese oder jene Operation sei zu schwierig für ihn, oder seine Station sei der Aufgabe nicht gewachsen. Sie wollen um Himmels willen keine Schwäche eingestehen. Das Schicksal des Patienten spielt keine Rolle, es geht nur ums Prestige. Und die Folge ist häufig, dass eine zweite Operation erforderlich wird, wenn nicht Schlimmeres. Aber wen schert es.

Auf Schritt und Tritt wird so gearbeitet, als gäbe es einen Königsweg beim Operieren. Ich behaupte nicht, es existiere keine Methode oder keine Operation nach dem Lehrbuch, aber meist stößt man irgendwann im Verlauf des Eingriffs auf eine Komplikation, auf eine Anomalie des Organs, die eine Abweichung von der Methode, eine andere Handhabung erfordert. Es mangelt nicht an Fällen, in denen die Methode im Zusammentreffen mit dem echten Körper zerschellt, und wenn du dann nach dem Lehrbuch weitermachst, scheiterst du. Die meisten gestehen ihr Versagen nicht ein, die Tatsache, dass die Operation nicht ordentlich ausgeführt wurde. Das kommt alle Augenblicke vor, und meist ahnt der Kranke nichts davon, ist sich des Kunstfehlers nicht bewusst.

In Boas' Fall vertraute ich dem Arzt, der ihn diagnostiziert hatte, aber rückblickend betrachtet, weiß ich nicht warum. Ich verlasse mich doch sonst auf niemanden. Ich sage mir, du übertreibst, aber ich weiß, das stimmt nicht. Ich übertreibe nicht, im Gegenteil, ich spiele die Dinge herunter, um nicht verrückt zu werden. Bei mir erscheinen Patienten zu Operationen, versehen mit Zetteln bekannter Rabbiner, die im Ruf stehen, Kranke haargenau zu den größten Koryphäen schicken zu können. Auch das ist erschütternd, denn diese Rabbiner schenken ihre Gunst renommierten Chirurgen, denen sie besondere Ehre erweisen wollen. Es fragt sich nur, wer sich tatsächlich hinter dem empfohlenen Namen verbirgt: Meist ein falscher Messias, der Zauberer von Oz. Du meinst, in den besten Händen zu sein, und hinterher stellt sich heraus, du hast deinen Körper einem Quacksalber ausgeliefert. Der Zusammenhang zwischen dem tatsächlichen Geschehen auf dem Operationstisch und dem Ruhm ist rein zufällig. Wenn ich mir überlege, in welche Hände ich meinen Körper legen würde, wenn ich, behüte, operiert werden müsste, überläuft mich ein Schauder.

Aber die Geschichte, die ich jetzt dringend erzählen möchte, ist nicht weniger erschütternd. Eine etwa siebzigjährige Patientin kam wegen eines Tumors am Pankreaskopf zu mir. Sie war bei einem führenden Fachchirurgen gewesen, der ihr riet, das Geschwür für eine Unsumme in einer Privatklinik entfernen zu lassen. Da der Sohn der Patientin jedoch selbst Arzt ist, bestand er vernünftigerweise darauf, den Eingriff in dem normalen, leistungsfähigeren Krankenhaus, an dem der berühmte Chirurg ebenfalls arbeitet, durchführen zu lassen, und brachte ihn so weit, dass er notgedrungen zustimmen musste. Kaum hatte der bewusste Chirurg die Patientin »aufgeschnitten«, erkannte er bei ihr angeblich den Schatten einer Metastase, der die Operation sinnlos gemacht hätte. Er schickte den Befund ins Labor zur Blitzuntersuchung, die meist ungenau ausfällt, und als das erwartungsgemäß zweideutige Ergebnis eintraf, brach er die Operation ab und überwies die Patientin an die

Onkologie. Der Arztsohn gab nicht auf, kam mit dem Überweisungsschreiben des namhaften Chirurgen zu mir, und ich erfasste sofort die Sachlage und gab seiner Mutter einen Operationstermin. Es war ein langer Eingriff, bei dem ich keinerlei Metastasen in ihrem Körper vorfand. Was kann ich aus diesem Fall anderes folgern, als dass die ursprüngliche Operation abgebrochen wurde, weil der Chirurg keine Lust hatte weiterzumachen, als er merkte, dass er nicht auf seine Kosten kommen würde?

In den meisten Fällen stoße ich auf die umgekehrte Situation, dass führende Chirurgen einen Befund ignorieren, der die Operation überflüssig macht, sie aus dem haarsträubenden Grund trotzdem durchführen, weil sie schlichtweg nicht auf ihr Geld verzichten möchten. Man sieht häufig, dass einem Patienten die Eingeweide ausgeräumt werden, obwohl er überall Metastasen hat, die nicht mehr operabel sind. Äußere ich hinterher mein Erstaunen darüber, tut der Arzt stets naiv, benutzt die häufige Ausrede, bei den Untersuchungen sei die Metastase nicht klar zu erkennen gewesen, oder sie habe sich anscheinend versteckt.

Erschreckenderweise hatte gerade der besagte berühmte und geldgierige Chirurg Boas diagnostiziert. Mit seinem Urteil war Boas seinerzeit zu mir gekommen, und ihn betreffend hatte ich ihm versichert, er sei in guten Händen. Vielleicht hatte ich seine Diagnose damals voreilig unterstützt, dachte ich. Aufgrund der bewussten Geschichte habe ich Boas' Krankenakte aufgeregt noch einmal durchgesehen, alle Röntgenaufnahmen erneut überprüft, aber, wie erwartet, war das Problem nicht der Chirurg gewesen; andernfalls hätte ich mir nicht verzeihen können. Bei Boas gab die ungünstige Lage des Tumors den Ausschlag: Zu viele Blutgefäße hätten durchtrennt und wieder verbunden werden müssen. Hätte das Geschwür an der Seite zur Milz gesessen, hätte ich alles ausgeräumt, und vielleicht wäre er uns noch ein paar Jahre erhalten geblieben.

Hinter jeder Operation verbirgt sich eine Geschichte – meist nicht besonders kompliziert, eher elementar und naiv, genau wie die uralten Gebrechen; nur tut sich unsere moderne, angeblich wissenschaftliche, angeblich technisierte Medizin, die angeblich das Beste für den Patienten will, schwer mit der richtigen Diagnose, und dann geraten auch die Krankheiten durcheinander. Die Heilkunde, in ihrer angeborenen Hilflosigkeit, ist hart, treulos, unbarmherzig geworden und misshandelt die Patienten. Statt der Krankheit bekämpft sie den Kranken. Sie hat sich von einer barmherzigen Jungfrau in ein Scheusal verwandelt. Mein Vertrauen in »Fachleute«, die mit dem Körper zu tun haben, ist so gering, dass ich sogar gelernt habe, mir die Haare selbst zu schneiden; und wenn ich keinem Frisör zutraue, mir die Haare richtig zu scheren, nimmt es erst recht nicht wunder, dass ich beim Operieren meinen Assistenten nicht traue. Ich verlasse mich so wenig auf sie, dass ich am Ende der Operation das Metallgestänge, das die Bauchhöhle offenhält, eigenhändig zusammenklappe, auseinandernehme und sogar säubere. Dieser Vorgang ist so selten und außergewöhnlich, als würde der Hauptdarsteller im Theater nach Fallen des Vorhangs eigenhändig die Kulissen abräumen, anstelle der Bühnenarbeiter.

Manchmal, wenn der Schlaf mich unwiederbringlich flieht, steige ich beim ersten Morgenschimmer ins Auto und gleite hinab in die Judäische Wüste. In meinen Augen ist sie keine reine Wüste, zumindest nicht, wenn sich nach den Regenfällen viel Leben in ihr regt, und immer erstaunt sie mit ihrer Formenvielfalt, ihren Bergen und Schluchten, Quellen und Wasserlöchern, ihren grünen Wadis und schimmernden Klöstern, mit dem Blau des Toten Meeres, das sich in ganzer Länge an ihr hinzieht. Meine Starre löst sich augenblicklich, sobald ich von ihr umgeben bin; sie belebt mein lebloses Leben. Jedes Mal wieder bin ich überrascht über ihre Nähe zu Jerusalem, wie leicht sie zu erreichen ist. Schon nach kurzer Zeit umfängt mich berückende Ödnis, dringt die in ihrer Ewigkeit tröstliche Landschaft in mich und beruhigt meine Seele. Sobald das Tote Meer aus den Dunstschleiern der Arava-Senke auftaucht, biege ich ab nach Nebi Mussa und parke vor dem Tor des heiligen Grabes.

Meist ist der Ort verlassen, liegen die Innenhöfe menschenleer. Ich überquere sie und steige hinab zur kellerartigen Moschee, auch sie bloß und leer. Barfuß tappe ich über die Teppiche, gelange an die grünliche Wand und drücke die Stirn daran, bedaure innig, kein passendes Gebet auswendig zu können, aber allein die Anlegung der Stirn an den kühlen Beton hinterlässt schon einen Abdruck, gewährt mir Sicherheit. Und so, die Stirn an die Mauer gedrückt, stehe ich minutenlang und vereine mich weiß der Teufel mit wem, und danach gehe ich hinaus und bitte den beduinischen Wächter um etwas von dem bitteren Kaffee, der in seiner Kanne bereitsteht. Wir trinken und schweigen, ich lege ein paar Münzen auf den Tisch und trete den Rückweg an, und eine knappe Stunde später mache ich Morgenvisite bei meiner Handvoll Patienten, immer noch vor den anderen Ärzten der Station.

Nach und nach rückt Dänemark ferner, und ich sehne mich bereits wieder nach den nächtlichen Vormittagen, an denen ich aus dem Schlaf erwachte, wenn die Uhr sieben oder acht zeigte, ringsum aber alles stockfinster war, als seien die Tage zu Ende und das Licht versiegt. Das war sonderbar, aber nicht deprimierend, muss ich sagen; eine Finsternis, die zu meinem Zustand passte. Im Dunkel der kürzer werdenden nördlichen Tage lag Wahrheit, eine innere Wahrheit, die im Licht verlorengeht. Es war angenehm, gelegentlich durchs Fenster zu blinzeln und zu sehen, dass die Nacht noch anhielt. Eine Nacht, die die Uhr abstellt. Mich ermutigte der Gedanke, David Humes philosophische Prophezeiung über den Tag, der nie anbrechen wird, könnte sich bewahrheiten. Ich gebe es ungern zu, aber diesen Gedanken fand ich herzerwärmend.

In Dänemark war ich losgelöst von den Krankheiten, die mich bei der Arbeit umgeben, aber anscheinend kann ich ohne nicht sein. Vielleicht ist das der tiefere Grund dafür, dass ich den Arztberuf gewählt habe. Sogar das Buch, das ich mir als Reiselektüre ausgesucht hatte, war kein anderes als Solschenizyns *Krebsstation*. Ich hatte den Roman schon längst, noch als Soldat, in englischer Übersetzung gelesen, und kurz vor der Abfahrt fiel mir ein gebrauchtes Exemplar auf Hebräisch in die Hände. Mir kam es vor, als würde ich das Buch zum ersten Mal lesen, und das war natürlich: Damals war der Leser ein anderer. Seinerzeit interessierte ich mich mehr für die Handlung, die langsam entstehende Liebe zwischen einem heldenhaften Mann und ehemaligen Häftling eines Straflagers in Sibirien, der an Krebs erkrankt war, und einer behandelnden Ärztin. Bei der ersten Lektüre fesselte mich sein Schwanken zwischen einer jungen Krankenpflegerin, die sich ihm aus sexueller Leidenschaft hinzugeben bereit war, und der ledigen Ärztin, die trotz seiner Krankheit von einer Zukunft mit ihm träumte. Diesmal las ich das Buch (dem man anmerkte, dass es von einem Augenzeugen stammte) mit den Augen eines Arztes. Mich interessierten die Nebenwirkungen der Therapien, die Unwissenheit, die sich hinter den Heilmethoden verbarg, dass man die Patienten Röntgenstrahlen aussetzte, deren fatale Wirkung man heute, fünfzig Jahre später, kennt, und sie mit besonders giftigen Chemikalien traktierte.

Ich bin sicher, nach weiteren zwei Generationen werden die Fachleute genauso über unsere heute gängigen Methoden erschaudern wie wir bei der Lektüre von Solschenizyns Schilderungen. Wir bemitleiden die Versuchstiere im Labor, aber die menschliche Spezies ist das Versuchskaninchen, an dem die entsetzlichsten Versuche vorgenommen werden; hauptsächlich weil es um ausnahmslos alle Menschen geht und nicht um einzelne Tiere, die zum Leiden verdammt wurden.

Ich las die *Krebsstation* vermeintlich mitten in der Nacht, während es nach der Uhr schon Morgen war. Wie liebte ich diese Stunden, die ich voll auskostete: Ich las, machte Gymnastik, ging im Morgendunkel, das noch keinen Blauschimmer zeigte, zu der kleinen Kirche am Ende der Straße und machte mich danach auf zu dem Kongress, seiner ersten frischen Stunde. Ich denke sehnlich an jene Morgenstunden, die so ganz anders waren als der Tag, der mich hier erwartet, mit inneren und äußeren Gebrechen, Intrigen und Engstirnigkeit. Aber andererseits, das ist das wahre Leben. Hier lebe ich, und dort schien ich fast zu vergehen. Was ich an jenen dunklen Stunden am meisten liebte, war, zugegeben, das Verlöschen.

Wie eigenartig ist das Leben, wenn die Kinder erst mal aus dem Haus sind. Unsere jeweiligen Kinder, aus unseren früheren Ehen, die das Haus früher abwechselnd füllten – mal nur meine, mal nur ihre und gelegentlich alle zusammen. Das Leben war stürmisch und sprühend. Geblieben sind bittere Rückstände, aber auch die Erinnerung an Glücksmomente. Manchmal machte die Mischung einen überkomplizierten, geradezu zerstörerischen Anschein, als seien die konträren Interessen unvereinbar, und insofern waren die vorangegangenen Scheidungen letztlich eine Katastrophe. Aber rückblickend betrachtet hatte unser Patchwork auch Vorteile. Jedes Kind hatte in der Not mehrere Ansprechpartner; besaß einen Spielraum, den wir als Kinder nicht genossen. Sie fühlten sich nicht so erdrückt wie die Kinder unserer Generation, mit nur einem Elternpaar, das sich meist auch noch einig war.

Wir sehen offenbar noch langen Jahren dieser Leere entgegen, die ohne die Kinder entstanden ist, als hätten wir das Leben schon hinter uns. Deshalb passt hier das Wort »verlöschen«. All die modischen Reden über das Leben, das erst richtig losgehe, wenn der Hauptteil vorbei ist, sind eindeutig leeres Geschwätz. Das Leben füllt sich nur mit neuem Leben auf, und sobald das nicht mehr Teil deines Lebens ist, füllst du es mit Scheininhalten, mit äußeren Reizen.

Boas hat sich nicht daran gestört, sein eigenständiges Leben zu leben, und auch darin war er anders als ich. Kaum war sein Sohn aus dem Haus, atmete er auf. Er hatte jetzt nicht nur mehr Freizeit, sondern überließ seiner nichtjüdischen Schwiegertochter auch gern die Fürsorge für seinen Sohn. Befreite sich mit Freuden vom Kümmern um dessen seelisches und körperliches Wohlergehen und vor allem von dem Schuldgefühl, das ihn dabei immer geleitet hatte. Doch ich, der die entscheidenden Jahre der Kindererziehung in Operationssälen verbracht hatte, spürte das Fehlen meiner Kinder gerade dann, als sie flügge wurden. Plötzlich meinte ich, etwas unwiederbringlich versäumt zu haben.

Ich erinnere mich, dass ich Boas einmal gesprächsweise sagte, was ich auf dem Herzen hatte, und einen Satz anfügte, der mich selbst überraschte: »Ein Kind zwingt dich zu leben.« Aber er stimmte mir nicht zu. Blaffte mich im Gegenteil sogar an: »Was hast du denn, jetzt, wo du keine Verantwortung mehr für sie trägst, hast du doch endlich Zeit, was für dich selbst zu tun.« Aber ich konterte: »Was soll ich denn für mich tun, mein beschissenes Privatleben ist sowieso verloren«, und erschrak über meine eigenen Worte. Aber Boas überzeugte das nicht. Er dachte, ich zierte mich. Er erfasste nicht, wie sehr ich und auch meine Kinder die stürmischen Ehekonflikte in meinem Haus leid waren; die Kämpfe, die offenbar daher rühren, dass meine jetzige Frau und ich konträre Weltanschauungen vertreten. Was nützt das starke seelische Band zwischen uns, frage ich mich, wenn in meinem Alltagsleben, jenem äußerlichen Leben, das seinen Hauptteil ausmacht, jeder in eine andere Richtung zerrt? Sie ist eine allseits beliebte Frau von Welt, fühlt sich in der Gesellschaft wie ein Fisch im Wasser, und ich ziehe mich mehr und mehr vor den Menschen zurück und fühle mich wie ein Fisch auf dem Trockenen.

Bis heute weiß ich nicht recht, wer sie ist. Ich kann von ihr bezeugen, dass sie eine feinsinnige Juwelierin mit goldenen Händen ist, die sich einen treuen Kundenstamm vor allem dank ihrer Begabung erworben hat, ein Schmuckstück nicht nur auf den Körper, sondern auch auf die Seele abzustimmen; aber ihr Wesen lässt sich nicht beschreiben. Ich meine, die angeborene, feststehende, unbedingte Seite ihres Wesens wurde irgendwann in ihrer Kindheit ausgelöscht, als beide Eltern sie, wie sie sagt, für ihre jeweiligen Zwecke benutzten. Jeder tat es auf seine Weise, und sie gewöhnte sich daran, ausgenutzt zu werden. Ausnutzung und

Nutzen wurden die Grundpfeiler ihrer Welt, und deshalb passt sie sich jeder Lage an. Manchmal kommt es mir vor, als hätte sie gar keinen eigenen Willen, sondern stelle einfach ihr jeweiliges Gegenüber zufrieden.

Vielleicht verdächtige ich sie deshalb insgeheim der Untreue, der mangelnden Solidarität mit mir. Wie kann man jemandem vertrauen, dem es nur darum geht, dem zu gefallen, der gerade vor ihm steht? Ich spreche es ungern aus, aber ich kann mir kaum vorstellen, dass sie einen Verehrer abweisen würde, besonders wenn er erstrebenswerter aussähe als ich; als brächte sie es einfach nicht fertig, jemanden, der sie begehrt, abzuweisen. Wie sich das mit der Tatsache verträgt, dass ich mir ihrer vollständigen Treue praktisch sicher bin, kann ich auch nicht sagen. Da besteht kein Zusammenhang. Oder schreckt sie auf geheimnisvolle Weise (denn sie ist ja durch und durch geheimnisvoll, und genau das zieht mich an) jeden potenziellen Verehrer von vornherein ab?

Wenn ich ihr in einem seltenen Moment der Nähe diese Gedanken mitteile, sagt sie: »Du kennst mich überhaupt nicht, unglaublich, wie wenig du mich so siehst, wie ich bin. Du stehst auf eine Gestalt, die du mir mal übergestülpt hast, aber die hat nichts mit mir zu tun, sondern nur mit deiner wilden Fantasie. Was hast du davon? Warum musst du mich im Geist mit fremden Männern sehen? Schon Jahre bin ich nur an dich gewöhnt, ich kann mir physische Nähe mit einem anderen Mann nicht mal mehr ausdenken.«

Wenn sie es mir so darstellt, klingt es derart ehrlich und überzeugend, dass ich mich selber schäme; aber dann erinnere ich mich an ihre Sinneswandel im Frühstadium unserer Beziehung, als diese aufgebaut wurde, wie man sagt, und dann erschauere ich. Ich bringe es immer noch nicht fertig, ihre Gestalt, die sich mir damals eingeprägt hat, von der heutigen Frau zu trennen, die mich in so starken und eindeutigen Worten tadelt. Dabei kommen mir sogar Zweifel, ob die Erinnerung aus jener stürmischen und aufwühlenden Zeit echt oder eingebildet ist oder auch nur ein Körnchen Wahrheit enthält. So oder so ist diese Erinnerung mein schlagender Beweis, die Trumpfkarte, die ich für Sonderfälle aufbewahre, in denen mir das Wasser bis zum Hals steht. Letzthin, da ich an unserer Beziehung verzweifele, rechne ich weder mit ihr noch mit mir ab, spreche nur ihre Erbsünde an, die Sünde, von der sie meint, ich würde sie ihr nicht unter die Nase reiben, schlicht und einfach weil sie weiß, dass ich sie höchst ungern hervorkrame, sosehr sie mir auch auf der Seele brennt.

Wieder möchte ich von Boas erzählen und erzähle von meiner Frau. Aber es sind Variationen auf das Thema »Boas«, oder auf das Thema »meine Frau« oder »meine Kindheit«, Variationen, die beim Gedenken an Boas erwachen, Reden und Widerreden, die meiner obsessiven Persönlichkeit und meiner berufsbedingten Gewohnheit entsprechen, eine Vermutung aufzustellen und sie zu widerlegen, wie beim Diagnostizieren; oder vielleicht ist es nur ein Zeichen der Depression, die in mir nistet, auf eigentümlichen Wegen eine Ausflucht sucht, zum Beispiel durch Regelverstöße: gegen die Anweisungen rebellieren, ihnen zuwiderhandeln, aufbegehren, den Zorn der näheren Umgebung auf mich lenken, sogar den Zorn der mir am nächsten Stehenden.

Provokation ist in meinen Augen ein erprobtes Mittel, um die Depression zu bekämpfen. Die Unruhe, die ich verbreite, ist das einzig wirksame Beruhigungsmittel für mich. Wenn ich beides abwäge – andere befriedigen und deprimiert bleiben oder meine Umgebung aufbringen und damit die Depression lindern –, wähle ich ohne Zögern die zweite Möglichkeit. Das ist eindeutig eine Überlebensfrage. Das tun wir doch alle, jeder auf seine Weise: Wir flüchten, egal wie, schnellstmöglich vor der Depression, die uns zu erledigen droht. Wir alle bekämpfen die Depression mit allerlei seltsamen Mitteln. Wir erzählen uns und anderen Fantasiegeschichten, erfinden Geschichten nur, um unserer Depression zu entrinnen, und vor allem der Depression, die sich unserer bemächtigt, nachdem wir unsere Pflichten erledigt und das Lebensstadium erreicht haben, in dem wir anfangen, das Ende zu spüren (nicht zu sehen, zu spüren). Als fasziniere uns das Leben dermaßen, dass der Gedanke, darauf zu verzichten, oder genauer gesagt, der Gedanke, es könnte auf uns verzichten , uns zutiefst erschüttert.

Deshalb erzähle ich die Geschichte von Boas. Sogar die Geschichten und Gedanken über meine Frau, meine Anwürfe gegen sie, dienen in erster Linie der Flucht vor der Sinnlosigkeit, die mich bei Verlassen des Operationssaals befällt. Manchmal möchte ich jeden, der mir über den Weg läuft, fragen, wie er seiner Depression entflieht, aber die Frage erübrigt sich. Auf Schritt und Tritt erkennst du, wie sie flüchten; wohin du auch schaust, siehst du, was Menschen tun, um nicht in Depression zu versinken. Auch die Krankheiten spannen wir ein in unseren Kampf gegen die Depression. Sogar der Krebs wirkt bekanntermaßen antidepressiv. Gerade der Krebs, der die existenzielle Schwermut mit einem Schlag wegwischt; der Krebs, der schon bei der Diagnose den, scheinbar unlogischen, Kummer über die Existenz durch einen Kummer über die mögliche Nichtexistenz ersetzt, der auf den ersten Blick logischer aussieht. Der Krebs, der wie mit einem Zauberstab den Lebensüberdruss in ungeheuren Lebenswillen verwandelt.

Meine Frau sagt, ein Kind aufzuziehen sei das wirksamste Antidepressivum, und ich beginne ihr wohl zu glauben. Das heißt nicht, dass ich die Kraft besäße, ein Kind vom ersten Lebenstag an aufzuziehen, es täglich in den Kindergarten zu bringen und wieder abzuholen, mit ihm auf den Spielplatz zu gehen. Aber ein kleines Kind ist zweifellos ein Antikörper gegen Depression. Mit einem Kleinkind gibt es keine toten Stunden. Vielleicht klammere ich mich deshalb jetzt so an meine erwachsenen Kinder, deren Kindheit ich verpasst habe, rede mir ein, nur auf die Beziehung zu ihnen könnte ich noch bauen. Ich warte, dass die Kinder mich um etwas bitten, aber sie sind es nicht gewohnt, mich als Ansprechpartner zu betrachten. Als ich ständig mit Transplantationen beschäftigt war, schickte ich sie zu ihrer Mutter, die allein für den Haushalt zuständig war (völlig treu und anhänglich war sie übrigens, und ich konnte mich mit geschlossenen Augen auf sie verlassen), aber nach der Scheidung erzog ich die Kinder zur Selbstständigkeit. Alles in allem habe ich ihnen keine schlechte Erziehung gegeben, wenn man es richtig bedenkt, fern jeder Verwöhnung. Ich ahnte nicht, wie mein Abseitsstehen sich einmal an mir rächen würde, dass meine Hilfswilligkeit später keine Abnehmer mehr haben würde. Heute, rückblickend betrachtet, meine ich, jene Hauptzeiten des Lebens, jenen Kern des Lebens, habe ich dank der Arbeit erlebt. Der Beruf hat mich gerettet. Und jetzt, wo ich meinen Sohn und meine Tochter unterstützen, ihnen helfen möchte, aus dem Labyrinth ihrer kleinen und großen Dramen herauszufinden, brauchen sie mich nicht mehr.

Meine jetzige Frau hat das vorausgesehen. Sie drängte darauf, ein gemeinsames Kind in die Welt zu setzen, aus eben den Gründen, die ich hier nenne. Sie warnte und klagte, wenn das Haus sich endgültig von den Sprösslingen leerte, die wir aus unserem früheren Leben mitgebracht hatten, würde das Leben seinen Sinn verlieren. Ihre Parole lautete: »Ein Kind ist Leben. Ein Kind ist der Anfang eines Lebens, und du beschäftigst dich dauernd mit seinem Ende.«

»Du redest von neuen Strapazen, warum bist du unfähig, deine Freiheit zu genießen?«, fragte ich sie.

»Ich brauche keine Freiheit wie du«, sagte sie. »Ich habe andere Bedürfnisse.«

Die Freiheit, die ich mir ganz natürlich herausnehme, mein geschützter Raum, erregt immer ihren Neid. Anstelle von innerer Freiheit hat sie einen Felsblock im Innern, an den sie gekettet ist, ohne davon loszukommen. Das Aufbegehren gegen mich ist eine Rebellion gegen diesen Felsen. Jedenfalls hat sie plötzlich einen Willen entwickelt. Einen starken Willen, was meiner Theorie widerspricht, sie habe die Neigung, ihren Eigenwillen auszuschalten; einen alles beherrschenden Willen, der sich weigere, jeglichen anderen Willen zu berücksichtigen. Ihr Kinderwunsch bewies, wie töricht der Versuch ist, unseren Nächsten überhaupt zu definieren, ihn auf bestimmte Grundsätze festzunageln. Ich fragte sie, warum nicht einfach, so man uns ließ, auf den Lorbeeren unseres bisherigen Lebens ausruhen, worauf sie erwiderte: »Das ist ein lebloses Leben.« Unsere unfruchtbare Beziehung war in ihren Augen ein Schandfleck, schlichtweg beschämend. In meinen Augen dagegen zeugte diese Unfruchtbarkeit gerade von der geistigen Dimension unserer Partnerschaft, verlieh ihr sogar, ohne Übertreibung, einen Anflug von Heiligkeit.

Sie konnte meine Auffassung nicht ertragen. In ihrer Verzweiflung platzte sie einmal heraus: »Du redest von Heiligkeit? Bestenfalls ist es eine dumme Ausrede. Deine sture

Weigerung beweist nur, dass du unserer Beziehung nicht traust.« Kann man das abstreiten? Schau dir Boas an, gab ich zurück, wie der aufblüht, seit er die Sorge um den Sohn los ist. Sieh dir die und die an. Aber man konnte sie unmöglich von der festen Meinung abbringen, das Leben ende, wenn das Haus öde und verlassen sei. All ihre Altersgenossen, die ihre Sprösslinge hätten ziehen lassen, seien vorwiegend dabei, sich Scheinbeschäftigungen zu schaffen, die ihrem Leben einen Sinn geben sollten, wechselten, meist erfolglos, den Beruf, versuchten sich als Künstler, vorwiegend mit einer Kamera, verwandelten sich in obsessive Jogger, wilde Radfahrer oder besuchten wie sie spirituelle Festivals in Galiläa, erklärte sie.

Sie trauerte regelrecht um das Kind, das nicht geboren wurde, und als ihre Fruchtbarkeit langsam schwand, gab es nichts, was sie entschädigen oder trösten konnte. War ich in guten Momenten bereit, das Thema zumindest zu diskutieren, sah ich nur pechschwarze Bilder, eine vermeidbare neue Konfrontation mit der bitteren Wirklichkeit: Wieder die ganze aufreibende Geschichte mit der Erziehung eines Kindes, nur diesmal weit intensiver für mich, denn notgedrungen hatte ich nun viel mehr freie Zeit, konnte mich nicht mehr damit herausreden, rund um die Uhr operieren zu müssen. Ich sah mich unterwegs zu Kindergärten und Schulen, Ärzten und Kursen – ein Tunnel, an dessen Ende kein Licht winkte –, und so begrub ich endgültig diese Zukunft.

Was will der Mann – die meisten Männer, die ich kenne – von der Frau an seiner Seite, wenn nicht, ihn seine kindlichen Träume träumen zu lassen? Und was will die Frau – die meisten Frauen, die mir begegnet sind – von dem Mann an ihrer Seite, wenn nicht ein Kind? Immer wieder merkst du, das ist die wahre Aufteilung (oder Streitursache): Die männliche Unfruchtbarkeit gegenüber der weiblichen Heiligkeit. Meine Vermengung von Unfruchtbarkeit und Heiligkeit (die praktisch die tiefe Vereinigung von Mann und Frau ausmacht) hat mich der Wirklichkeit entfremdet.

Und nun weiß ich weder ein noch aus vor Trauer. Unglaublich, wie ein Weltbild sich verkehren kann. Das Kind, das wir nicht zur Welt gebracht haben, funkelt jetzt in meiner Fantasie wie ein brillantbesetzter Horizont, erfüllt all das Banale ringsum mit Sinn, wird zum süßen, kleinen Freund, fasziniert mit seinem frischen und originellen Blick aufs Leben. All die Jahre, als sie ein Kind erflehte und ich mich verschloss, sah ich nichts als Strapazen vor mir, und nun plötzlich verwandelt sich das ungeborene Kind in ein Wunder und das gelobte Land der Freizeit in einen Albtraum. Eigenhändig, denke ich jetzt, habe ich die Gelegenheit abgewürgt, eine zweite Kindheit, als Ersatz für die erste, zu erleben.

Wie erschreckend sind die Gaukeleien des Bewusstseins. Sie zeigen, dass man die Wirklichkeit unmöglich so sehen kann, wie sie ist, da ihr Erscheinungsbild in Wahrheit vom partiellen Blick des Betrachters abhängt. Das Entscheidende dabei ist das Bedürfnis. Du biegst dir die Realität bei Bedarf so zurecht, dass jeder andere Maßstab entfällt. Wenn ich jetzt an die Argumente denke, die ich gegen das Kind vorgebracht habe, kann ich es kaum glauben. Ich sagte zum Beispiel, mit einem Kind sei es wie beim Operieren, man brauche einen Helferstab. Mit einer Frau, die ein weiteres Kind großziehen wolle, sei es nicht getan; man brauche einen einsatzfähigen Vater im Vollbesitz seiner Kräfte und eine liebevolle Familie im Hintergrund. Etwas in der Art, obwohl doch auch bei der Operation der angebliche Helferstab häufig einem unsicheren Chirurgen zur Tarnung dient und die technische Absicherung ein nur begrenzt fähiges Operationsteam hinter sich verbirgt.

Fragen mich Operationsanwärter nach der »High-Tek« auf der Station, sage ich häufig: »Das bin nicht ich. Ich verwende ›Low-Tek‹. Ich verlasse mich nur auf Eisen.« Klar ist das meine arrogante Seite, aber sie ist gedeckt: Ich baue beim Operieren nicht auf Pannen, aus denen mich der Reservedirigent des Helferstabs dann rettet. Als ich vom Helferstab bei der Kindererziehung sprach, war das daher ein schiefes Argument, hinter dem ich eigentlich gar nicht stand. Ich meine, wenn ein Kind eine großartige Mutter hat, braucht es keinen Helferstab. Die Nähe zu seiner Mutter wiegt alles andere auf. Sie gleicht sämtliche Mängel aus. Aber damals hatte ich nicht das, was man heute eine Vision nennt. Ich sah nicht voraus, dass ich durch die neue Vaterschaft die versäumte Elternschaft und Kindheit nachholen könnte. Es hätte meine letzte Chance sein können, Anschluss an die Welt zu finden, die Welt, die ich gar nicht mehr kenne, die mir von Tag zu Tag fremder wird.

Wie ich entdecke, ist es am schwierigsten, über Kinder zu erzählen, über sie und über meine Beziehungen zu ihnen. Die Kinder sind das Allerheiligste, das ist die Wahrheit. Wir vergöttern die Kinder, wollen ihren Namen auf keinen Fall missbrauchen. Wie die Chassidim jede Bewegung für entscheidend halten – ein Glaube, den ich als Chirurg bestens nachempfinden kann –, so ist es auch mit Kindern, da ist höchste Vorsicht geboten. Aber das ist nicht das ganze Bild: Von einem Kind zu erzählen ist immer so, wie eine Wunde aufzukratzen. Dich mit deinem Kind treffen, ist nie reine Freude, immer spielen Schuld und Schmach hinein.

Das Treffen mit Boas' Sohn in der leeren Wohnung seines Vaters erinnerte mich sofort an meine eigenen Kinder, aber es fiel mir viel leichter, mich für ihn zu interessieren als für sie, mich an seine Kindheit zu erinnern als an ihre. Ich entsinne mich, wie ich einmal meine erste Frau und meinen Großen zu einer Psychologin begleitete, die Probleme mit seinem ungestümen Verhalten im Kindergarten lösen sollte. Die erfahrene Therapeutin merkte sofort, dass ich mich etwas abseits setzte, um mich herauszuhalten. Dabei faszinierte mich die Behandlung, die, wie bei Kleinkindern üblich, spielerisch verlief. Ich staunte, wie präzise das Spiel die Wesensmerkmale meines Sohns wiedergab. Sah von der Seite zu und bewunderte ihn wie nie zuvor: seine geistige und körperliche Tüchtigkeit, sein verbales Ausdrucksvermögen. Ich erkannte, dass ich diese Gnadenstunde nur deshalb genießen konnte, weil mir die Verantwortung vorübergehend abgenommen war; ich war ein unbeteiligter Beobachter, und diese Position ist mir seit jeher die liebste, vor allem wenn es um Kinder geht: Nicht ich bin der verantwortliche Erwachsene, sondern ein anderer ist es.

Nur ein Kind darf sich diese Haltung erlauben, und nur aus diesem Blickwinkel kann ich die Welt wirklich genießen und sogar bestaunen. Deshalb auch fällt es mir viel leichter, mich an meine eigene Kindheit zu erinnern als an die meiner Kinder. Die Kindheitssorgen meiner Kinder ignoriere ich gern, während ich die Sorgen meiner eigenen Kindheit immer aufs Tapet bringe, sie bei jeder Gelegenheit gern detailliert ausbreite. Das ist leicht zu erklären, meine ich: Für die Schwierigkeiten meiner Kindheit trage nicht ich die Verantwortung, zumindest betrachte ich mich da nicht als verantwortlich, aber für die Schwierigkeiten, die meine Kinder durchmachten, muss ich notgedrungen geradestehen. Ebendeswegen weigere ich mich anscheinend, diese Schwierigkeiten anzuerkennen, und wenn eines meiner Kinder in einem seltenen Moment der Offenheit einen Kindheitskummer schildert, leugne ich sofort nachdrücklich und erschrocken, Kenntnis davon gehabt zu haben.

Aber in letzter Zeit möchte ich liebend gern mehr Anteil an ihrem Tun und Lassen nehmen. Vor allem beschäftigt und sorgt mich ihr Liebesleben. Immer wieder setze ich Hoffnungen auf eine neue Romanze, von der ich erfahre, und wenn meine Kinder dabei eine Enttäuschung erleiden oder zufügen, verwandelt sie sich sofort in eine selbst erlittene oder zugefügte. Ich erwarte eindeutig von ihnen, in ihrem Leben das zu flicken, was ich in meinem kaputtgemacht habe; was ich kaputtgemacht habe, als ich mich unglücklich verliebte, jene Fehler, die man erst aus großer, zu großer, zeitlicher Distanz erkennt; denn beim Verlieben verwirren sich nicht nur Sinn und Verstand, sondern auch das Zeitempfinden, eigentlich überhaupt alles.

Verliebt sich einer meiner Sprösslinge, vergesse ich offenbar, dass nicht ich der Betroffene bin, und die Grenze zwischen ihnen und mir verfließt. Deshalb wohl versetzt mich ihr Liebesleben in Angst und Anspannung. Das zeigt sich im Fall meines Sohnes deutlicher als im Fall meiner Tochter. Mit ihm, als Mann, identifiziere ich mich stärker. Manchmal breche ich den Kontakt ab, um nicht mehr von einer scheiternden Beziehung zu erfahren, weil ich weiß, dass meine Einmischung, meine übertriebene Anteilnahme, schädlich, sogar gefährlich ist. Leicht kann der Eindruck entstehen, ich selbst begehrte die betreffende Frau, zum Beispiel wenn ich davon abrate, sie aufzugeben. Bei meiner Tochter bin ich da ruhiger; mit ihr kann ich überlegter und entspannter umgehen. Aber als ich ihr kürzlich im Café gegenübersaß und mich nach ihrem Liebesleben erkundigen wollte, erkannte ich die Unmöglichkeit dieses Unterfangens.

Meine Kinder halten zunehmend Abstand von mir, haben alles getan, um schnell selbstständig, möglichst unabhängig von mir zu werden: Bloß nichts von deinem Stachel früher und von deinem Honig heute, lautete offenbar ihre Devise. Da ich bei ihren Kindheitssorgen kein Ansprechpartner für sie war, haben sie mich als Erwachsene aus ihrem Adressbuch gestrichen. Da nützen keine Flankenangriffe von rechts und links oder Versuche, von der Mitte anzustürmen, ihr Tor ist verschlossen. Bereitwillig verstreuten Andeutungen meiner Tochter entnehme ich, dass ihr jetziger Freund ihr unerwartete Schwierigkeiten macht, die sie, wie es bei der Liebe so geht, auf dem falschen Fuß erwischt haben. Sie hat gemerkt, dass seine scheinbare Liebenswürdigkeit häufig verebbt, er mit sich selbst uneinig wird und dann versucht, sie in seinen Konflikt hineinzuziehen. Ich meine, ihr gute Ratschläge erteilen zu können – mit fünfzig kommt man, der Tradition zufolge, ja ins passende Alter dafür –, und möchte ihr sagen, sie solle sich keinesfalls von ihm reinreißen lassen, sondern im Gegenteil seine Netze abwerfen; solle er sich doch allein darin verfangen.

Aber meine energischen Worte werden umgehend zurückgewiesen. »Ich hab dir doch gesagt, ich brauch keine Ratschläge, und von dir schon gar nicht«, sagte sie mit Tränen in den Augen, »was verstehst du überhaupt von diesen Dingen? Dein ganzes Leben lang bist du dem Tod näher als dem Leben.«

Das war ein vernichtender Satz, und als wir auf die Straße traten, wollte ich sie in die Arme schließen, aber sie entzog sich. Meine Nähe findet sie beklemmend. Wo in der Kindheit keine Nähe entstanden ist, wird es auch später nichts mehr damit. Ich hatte mir vorgemacht, es ginge doch, aber das hat sich leider als Irrtum erwiesen.

Ihre Mutter gießt noch Öl ins Feuer, da sie ihre Schadenfreude über meine vergeblichen Annäherungsversuche nicht verbergen kann. Wieder höre ich sie sagen: »Siehst du, Arbeitswut hat ihren Preis. Ich habe dich damals gewarnt, aber du wolltest ja nicht hören, und als dann doch Gefühle bei dir erwachten, galten sie einer anderen Frau und nicht den Kindern. Also heul jetzt nicht, wenn sie dich nicht an sich heranlassen.«

Aber die Zurückweisung schmerzt, auch wenn ich ihre Ursache einsehe. Vielleicht tut sie gerade deshalb doppelt weh. Was kann ich jetzt daran ändern, dass ich den richtigen Zeitpunkt verpasst habe, meinen Kindern ein Vater zu sein? Meine jetzige Frau hatte einen Traum, nicht ich. Endlich hatte sie einen klaren Eigenwillen, der sich nicht darin erschöpfte, ihren Nächsten (bei dem es sich leider nicht um mich handelt) zufriedenstellen zu wollen. Als mein beruflicher Traum nach und nach verflog, trat kein anderer an seine Stelle. Aber meine Frau träumte, wie gesagt, von einem weiteren Kind, um ihr Leben auszufüllen. Sie wollte Leben ins Leben bringen. Sie sagte, die Wirklichkeit draußen und das Leben mit seinen Stürmen wirkten nicht aufwühlend, sondern beruhigend auf sie. Damit entblößte sie die Angst vor ihrer Innenwelt, deren Erschütterungen sie, zumindest nach ihrem Empfinden, weniger im Griff hat als die der Außenwelt. Sie hatte den Traum, noch ein Kind großzuziehen, und ich habe ihr nicht geholfen, ihn zu verwirklichen. Half ihr nicht, obwohl ich keinen eigenen Traum hatte. Mir scheint, ich zahle tagtäglich einen Preis für diese Weigerung. Es vergeht kein Tag, ohne dass sie mich daran erinnert, nicht ausdrücklich, nicht einmal andeutungsweise, sondern in Gedanken; in Gedanken, die auf mich übergehen, ohne sich in Worte zu kleiden, und die Atmosphäre trüben wie ein Gespenst.

Erfüllst du einer Frau nicht den Wunsch, mit ihr ein Kind aufzuziehen, musst du wissen, dass das seinen Preis hat und du jeden Tag für deine Weigerung bezahlen wirst. Du wirst zahlen und zahlen, ohne die Schuld je abzutragen, selbst wenn du deine Weigerung längst bereust und dich tausendmal dafür entschuldigst. Was nützt die Reue, wenn die Zeit verstrichen und es nun zu spät ist? Je länger ich ihrem Traum den Rücken kehrte, je länger ich ihn ignorierte und ableugnete, desto brennender wurde ihre Gewissheit, dass er nicht wahr werden würde. Aber ich schützte mich zuallererst selbst. Ich sagte mir im Stillen, ich halte das nicht aus mit noch einem Kind. Die Erziehung eines Kindes kam mir unendlich vor, unendlich die Kindergärten, unendlich die Schulen, unendlich die Kinderkrankheiten, ganz zu schweigen vom unendlichen Alltag.

Ich dachte an Boas und Avital, die schon ein zweisames Leben ohne die Last von Kindern planten, sobald Avitals Kinder flügge würden, und beneidete sie wegen ihrer Einigkeit, ihrer Vernunft. Bei uns war meine Frau strikt dafür und ich strikt dagegen. Damals führte ich einen Krieg an zwei Fronten, im Krankenhaus und daheim, und an beiden verlor ich. Ich hatte die Treue zu mir selbst an beiden Fronten hochgehalten, und beide waren zusammengebrochen.

Was tut man mit dieser Welt, an der ich schon keinen Anteil mehr habe, wenn der einzige Bundesgenosse, den ich je hatte, weg und verschwunden ist? Das ist die Einsamkeit in Reinkultur, und sie zehrt, dagegen kann ich nichts machen. Ich kann nur bedauern, dass die Dinge so gelaufen sind, aber da es nun mal so ist, bleibt mir nichts anderes übrig, als die Lage bis zum Ende auszuhalten, sie zum Extrem zu führen und dann auf Besserung zu hoffen. Mir scheint, so arbeitet die Homöopathie, die auf Heilung durch kurzfristige Verschlimmerung der Krankheit vertraut und dazu winzige Dosen des Stoffs, der ihre Symptome auslöst, verabreicht. Vielleicht ist da was dran.

Wenn ich mich nicht irre, behauptet auch der Chassidismus, je tiefer der Fall, desto höher der Aufstieg. Und tatsächlich sollten die Anhänger dieser Methode daneben auch beten, denn auf dich selbst vertrauen ist ein religiöser Akt. Fallen, oder Krankheit, ist eine religiöse Zeit, soviel ich verstehe. Die religiöseste Angelegenheit. Krankheit ist nicht nur ein Fallen, von einer Krankheit kann man auch aufsteigen, und daher ist das die Zeit, nach Erhebung zu streben.

Wenn der Körper enttäuscht, kommt die Seele an die Reihe; das heißt das Nichts, denn in der Seele ist, wie im homöopathischen Medikament, keine Materie, nur geistige Kraft. Fragt man nun, was die Seele sei, muss die einzige Antwort lauten: Die Seele ist das Element, kraft dessen sich der Körper überwinden lässt. Der Einfluss des Geistes auf den Körper ist schwer abzuschätzen, aber nur das seelische Element kann die Krankheit bezwingen; alle übrigen Mittel gehören zu dem Betrug, der sich »medizinische Wissenschaft« nennt und der Boas so heilige Ehrfurcht zollte – man vertraut einer Kunst, die aufs Geratewohl ins Dunkle schießt, mit höchst geringen Heilungschancen.

Der Körper soll sich, nach meiner Ansicht, mit Hilfe der Seele selbst heilen. Sobald der Körper der Krankheit nicht mehr Herr wird, beginnt das Problem, und dann – gnade Gott. Jede medizinische Einmischung, egal wie fachgerecht, ist eine Verzweiflungstat, weil sie fehlendes Vertrauen in die

Natur, in dich, in die natürliche Selbstheilung des Körpers erkennen lässt. Und einer Verzweiflungstat darf man nicht trauen. Sie ist so verlässlich wie die Homöopathie und umgekehrt. Beide schießen aufs Geratewohl ins Dunkle. Die Toten sind ihre tiefen Bedrängnisse los, nachdem die Krankheiten, an denen sie starben, diesen Bedrängnissen ein Ende setzen konnten – aber nicht für immer. Sie haben ihnen ein Ende gesetzt, ohne sie zu lösen, weshalb sie als Erbe auf Erden verblieben sind, sich in noch tiefere, verborgene Schichten eingraben.

Wie ich handeln werde, falls ich erkranken sollte, kann ich schwer voraussagen. Ich würde keine Großtaten von mir erwarten, aber wer weiß, es gibt auch Überraschungen. Menschen überraschen, sogar sich selbst. Wachsen über sich hinaus. Vor Jahren hatte ich eine Patientin, eine verehrte Dozentin für Bibelkunde, die mir nach der Operation eines Tages sagte: »Der Krebs beginnt als spirituelle Krankheit. ›Denn es gibt für den Ewigen kein Hindernis zu helfen mit Vielen oder mit Wenigen.‹« Ich bat sie, mir den Bibelvers auszulegen, und sie sagte: »Dinge verkehren sich.« Sie glaubte, alles Geschehen sei als Wunder zu verstehen. Wenn es sich nicht sofort zeigte, ergäbe es sich im Lauf der Zeit.

»Allein die Tatsache, dass Sie in Ihrem Zustand so denken, ist schon ein Wunder«, sagte ich zu ihr.

Diese Kranke hatte – ähnlich wie Boas – die Gabe, sich von der Krankheit nicht unterkriegen zu lassen. Sie war eine schöne und attraktive Frau, die, wie mir zugetragen wurde, viele Liebhaber hatte, und die beschäftigten sie wohl mehr als ihre Krankheit. Ihr Mann begleitete sie, kümmerte sich wie ein treuer Vater. Beide gefielen mir: Sie, die sich nicht um ihre Krankheit, und er, der sich nicht um ihre Liebhaber scherte. Dagegen operierte ich einmal einen berühmten Dichter, der mich im Endstadium seiner Krankheit, als er schon keine Nahrung mehr aufnehmen konnte, bei der Visite unvermittelt fragte: »Wen halten Sie für den besten Dichter im Land?« Ohne zu überlegen, sagte ich: »Zweifellos Sie.« Und da leuchteten seine Augen. Ich hatte ihn eindeutig glücklich gemacht. Ich weiß noch, dass ich im Stillen dachte: Was ist dieser große Dichter doch für ein kleiner Mensch. Wie kann es angehen, dass nun, da seine Zeit auf Erden abläuft und sein Ende naht, ihn immer noch an erster Stelle sein Ruhm interessiert. Aber sofort tadelte ich mich selbst; wer bin ich denn, um zu beurteilen, was einen Menschen vor seinem Tod tröstet.

Wann die Schwächung eingesetzt hat, ist die einzige Frage, die sich vielleicht beantworten lässt: Wann die Lücke, die Bresche entstanden ist, die der Krankheit Einlass gewährte. Ich halte es für sinnvoll, dem Verhalten des Patienten vor Ausbruch der Krankheit nachzugehen. Man könnte beispielsweise fragen, ob Boas bei seinen Bemühungen um Avital noch geschützt war oder ob schon damals die fatale Entwicklung einsetzte. Kämpft ein Mensch um seine Existenz, und das Ringen um eine Frau ist seit Urzeiten Teil des Existenzkampfs, ist er meistens gefeit, denke ich. So war es in den Konzentrationslagern, in den Gulags, in den Schützengräben. Die Bedingungen waren unerträglich hart, und doch hatten die normalen Krankheiten (Seuchen sind schon eine andere Geschichte) es schwerer mit dem Kommen, Sehen und Siegen. Aber als Boas siegte und sich auf seinen Lorbeeren ausruhte, passierte ihm das, was einem vom Schlachtfeld heimkehrenden Soldaten häufig geschieht, er wurde schwach und hinweggerafft.

Daraus folgt logischerweise, dass es sich stets empfiehlt, die Spannung zu halten, nie lockerzulassen. Auch nicht hundertprozentig normal zu sein. Ein Quäntchen Wahnsinn kann dem Immunsystem guttun. Menschen begehen häufig den Fehler, sich von der Krankheit zu distanzieren: Nichts wissen, nicht dran rühren. Sie schrecken zurück, haben Angst näherzukommen. Wollen nichts von ihrer Genese erfahren, obwohl man das durchaus tun sollte: Sich mit der Krankheit und ihren Folgen anfreunden; auch mit der Möglichkeit des Todes. Nicht vor den Geschichten fürchten, keine Bange vor Krankenhäusern oder Friedhöfen haben. Sich kümmern, erkundigen, diagnostizieren. Die Krankheit so studieren wie die Thora, Tag und Nacht.

Faszinierend, wie sehr ich mich auch diesbezüglich von den meisten Mitmenschen unterscheide. Wo sie sich nähern, halte ich mich fern, und wo sie sich fernhalten, nähere ich mich. Wie man sich vor einem Feind nicht verstecken sollte, ist es auch vor einer Krankheit nicht ratsam. Versteckst du dich, wird sie dich finden. Die Krankheit an die Brust drücken ist der beste Weg, sie abzustoßen. Wenn sie sich überhaupt vermeiden lässt, kann nur das Absurde es zuwege bringen.

Ich suchte bei Boas den entscheidenden, den krebsauslösenden Satz und glaubte zunächst auch, ihn gefunden zu haben, aber jetzt bin ich mir nicht mehr sicher. Diese Krankheit ist antiliterarisch. Sie verläuft konträr zu der Geschichte, schert sich nicht um die Handlung. Wer weiß, sage ich mir, ob ich das Leben zu leicht oder zu schwer nehme. Mir kommt es mal so, mal so vor. Was bedeutet »leicht« und was »schwer«? Wie soll man das wissen? Beweist meine Beschäftigung mit Krankheit und Tod auch außerhalb der Arbeitsstunden, dass ich das Leben mit abgrundtiefem Ernst angehe – oder gerade umgekehrt so leichtsinnig wie ein Wortjongleur mit philosophischen und mystischen Spekulationen? Die Frage lautet, was ich empfinde, und darauf weiß ich keine Antwort. Mal so, mal so.

Unstreitig ist, dass ich seit der Auseinandersetzung mit dem Chefarzt Herr meiner Zeit bin und statt Lebende zu operieren, Tote seziere. Pathologe und Theologe in einem. Vorher habe ich mich nie gefragt, wie ich das Leben betrachte oder was ich überhaupt empfinde. Ich hatte keine Zeit, die Pegelstände meiner Seele abzulesen. Ich war ein solider Mensch, ein wichtiges Schräubchen in der Maschine. Mein Beitrag stand außer Diskussion. Und was ist daraus geworden – ein Luftmensch. Das ist genau die Position, aus der andere Männer meines Alters zu allerlei verantwortungslosen Taten schreiten: Sie stürzen sich in alle möglichen Liebesabenteuer und andere unsinnige Unternehmungen, die Adrenalin in ihre verödeten Adern pumpen. In anderen Worten, sie klammern sich mit aller Macht ans Leben.

13 Um zu trösten, kann man nicht umhin, dem Patienten »das kann man nicht wissen« zu antworten, wenn er die für ihn wichtigste aller Fragen stellt: »Wie viel Zeit bleibt mir noch?« Aus meiner Erfahrung mit Hunderten ähnlichen Fällen kann ich in etwa abschätzen, wie viel Zeit dem Leben jeweils noch zum Beharren gegeben ist, aber niemals verrate ich meine Einschätzung, und sei es nur, weil auch ich, wie jeder andere, im innersten Herzen an Wunder glauben möchte oder, genauer gesagt, an den Sieg des Geistes über die Materie. Die meisten Menschen, die ihr Ende nahen fühlen, verhalten sich unvernünftig, zumindest nach meiner Ansicht. Häufig sagt mir ein Patient vor einer großen Operation, er wolle nur noch dies oder jenes schaffen: Einmal nach China reisen, oder als Tourist die Hölle von Varanasi erleben, oder seine Tochter unter den Hochzeitsbaldachin führen. Ich kann diesen verbreiteten Ausgangspunkt nicht verstehen. Mir ist unklar, was das vom Tod her gesehen noch ausmacht. Was nützt die Erfüllung des einen oder anderen Wunsches, wenn nichts mehr übrig ist von dem wollenden Wesen, das Erfüllung oder Frustration empfinden sollte. Oder ist der Betreffende sich des absoluten und endgültigen Todes nicht sicher? Offenbar nicht. Zeugen seine Wünsche nicht von dem Glauben, er werde auf irgendeine Weise nach dem Tod weiterleben? In dem Fall kann ich nur staunen über die Lebenskunst meiner Patienten, obwohl man das vermutlich auch über die Gesunden sagen könnte, über jeden von uns, der sich dieses oder jenes wünscht, trotz

der unumstößlichen Tatsache, dass er von Geburt an zum Tod verurteilt ist.

Heute beispielsweise hörte ich ein Gespräch zwischen einem Patienten etwa meines Alters, den ich operieren werde, und seiner Frau, die an seinem Bett saß. Als ich frühmorgens auf sein Zimmer zuging, sagte er in völlig sachlichem Ton, als handele es sich um etwas Alltägliches: »Ich will nicht sterben.« Ich blieb vor der Tür stehen, um die Fortsetzung zu hören. Seine Frau sagte, wie zu erwarten: »Du wirst nicht sterben, du hast noch Zeit.« Und er erwiderte: »Du weißt, dass du nicht die Wahrheit sagst.« Schweigen trat ein, und plötzlich fand sie etwas, was sie sagen konnte: »Frag den Professor, er kommt sicher bald bei dir vorbei; warum meinst du denn, er will dich operieren, wenn du keine Chance hast?« »Weil das alles ist, was er anzubieten hat«, lautete seine Antwort. Und dann wiederholte er: »Aber ich will nicht sterben.« Er sagte nicht näher warum, was die meisten durchaus tun, als bräuchte es eine Begründung: »Ich möchte die Enkel sehen«, oder: »Ich war noch nie in Tibet«, oder: »Ich kann dich doch nicht alleinlassen« – all diese Gründe, die nicht die Hauptsache sind, denn die Hauptsache sind die vier Wörter, die er wiederholte, nur sie sind die reine Wahrheit: »Ich will nicht sterben.«

Nur die wenigsten wollen sterben. Die überwiegende Mehrheit votiert für das Leben um jeden Preis; oder vielleicht nicht so sehr für das Leben als gegen den Tod. Der Tod ist die schlimmste Möglichkeit, die, die absolut nicht in Frage kommt, obwohl alle ihn doch gut überstanden haben, obwohl die Klagen, die man hört, nicht über den Tod, sondern über das Leben geäußert werden. Die Lebenden und nicht die Toten beschweren sich, und das zu Recht, denn die Wirklichkeit liefert uns tagtäglich immer wieder den Beweis, dass die Hölle auf Erden ist und nicht im Jenseits. Schopenhauer irrte völlig: Das große Drama dreht sich nicht um den Willen, wie er lehrte; das große Drama geht um den Unwillen. Nicht der Wille ist die Hauptantriebskraft im Leben, sondern der Unwille. Der Unwille zu sterben. Die Tatsache, dass alle zum Tod verdammt sind, besagt noch nicht, dass ich sterben werde – das ist unser aller Motto. Unser aller, vom einfachsten Einfaltspinsel bis zum Weisesten und Gelehrtesten. Kein Beweis, keine Tatsache wird dieses Motto erschüttern: Das Motto des Todes, das Anti-Tod-Motto.

Das war natürlich auch Boas' Motto, sogar als er uns wenige Tage vor seinem Tod mitten bei der bewussten Party, die er für seine besten Studenten gab, alleinließ. Der Satz, mit dem er sich von mir verabschiedete, bevor er in sein Zimmer hinaufging – die vier Worte »ich habe keine Kraft« –, klang nicht wie ein absolutes Schlusswort, sondern wie die Entschuldigung eines erschöpften Gastgebers, der Ruhe braucht. Oder vielleicht war es das, was ich hören wollte, und die eigentliche Botschaft lautete: »Du hast die Kraft, dich weiter zu freuen, und ich habe sie nicht mehr, also lebe wohl.«

Die bewusste Dozentin, die ich operiert habe, sagte mir einige Monate nach dem Eingriff, in dem Wissen, dass ihre Zeit begrenzt war und der Krebs sich ungerührt in ihrem Körper ausbreitete: »Der Tod liegt schon hinter mir, ich werde Sie nicht mit peinlichen Fragen belästigen, wie der, wie lange ich noch zu leben habe.« Diese rare Frau, die sich erkundigen wollte, ob eine weitere Operation für sie in Frage komme (Chemotherapie hatte sie abgelehnt, weil die Nebenwirkungen sie mehr schreckten als der Tod, was ihre Angehörigen ihr nicht verziehen), konnte unschwer ihre eigenen Schlüsse ziehen: Wegen der verfluchten Metastasen würde eine Operation nichts mehr helfen, ihr Leben nicht retten, ja nicht einmal wesentlich verlängern, und sie fand sich heldenhaft mit dieser Lage ab. Sie sagte: »Wenn Sie mich nicht in den Operationssaal eingeladen haben, erlauben Sie mir, Sie zum Essen einzuladen.« Ich konnte ihr das nicht abschlagen, beziehungsweise ihrem Zauber nicht widerstehen.

Sie führte mich aus in ein Restaurant in der Altstadt, dessen Dachterrasse auf den Felsendom und den Ölberg blickte, ein Panorama, an dem man sich nie sattsehen kann. Sie aß ihrem Fassungsvermögen entsprechend, also sehr wenig (wie Boas viele Jahre später in einem Restaurant nicht weit davon), redete jedoch angeregt von ihrem nahenden Tod. Ich weiß noch, dass sie mir sagte, sie wolle nicht sediert sein, wenn der Tod käme, denn sie könne es sich nicht erlauben, ihn zu verpassen, beim dramatischsten Ereignis ihres Lebens nicht dabei zu sein. Ich erwiderte, ich hätte noch keinen Patienten in dieser Lage etwas derart Eindringliches sagen hören, und wie sehr es mich immer aufs Neue überrasche, dass Kranke in ihrem dramatischen Zustand normal handelten und redeten, nicht von ihren normalen Verhaltensmustern abgingen, die Krankheit hinnahmen und fertig. Stimmt, man solle einen Menschen nicht richten, ehe man nicht in seiner Lage gewesen sei und so weiter, aber wenn ich mal an ihre Stelle käme, hoffte ich auf eine Erleuchtung, wie bei ihr.

Auf der Dachterrasse gegenüber dem Felsendom schwiegen wir mehr, als dass wir redeten. Sie erschrak nicht über das Schweigen. Sie schien zu hoffen, es möge eine Wahrheit, eine Entdeckung mit sich bringen. Schließlich sagte sie: »Schon immer, längst vor der Krankheit, hatte ich in solchen Momenten das Gefühl, dies sei vielleicht die letzte gute Stunde, danach würde es nur schlimm und schlimmer werden. Aber jetzt, schauen Sie, kommt mitten im Allerschlimmsten so eine gute Stunde. Das Gute«, fuhr sie nach langer Pause fort, »verkehrt sich im Nu ins Schlechte, und dann meint man, die ganze Welt stünde kopf. Aber auch das stimmt nicht; sie dreht sich weiter, mit derselben Gesetzmäßigkeit von Gut und Schlecht, einfach mit einem anderen Handlungsablauf. Nur die Geschichte ändert sich, das ist alles.«

Sie fixierte mich mit ihrem klaren Blick, der wohl nicht wenige Männer in ihrem Leben begeistert hatte, und sagte: »Frauen zieht es zu Männern, bei denen Leben und Schicksal eins werden; zu einem Mann, der sich ganz und gar einer Sache verschreibt, zu der er berufen ist und in der er sich auszeichnet. Zu einem, der seiner Berufung tatsächlich voll gerecht wird.« Und dann nahm sie meine Hände in ihre – ich konnte die ungeheure Sensibilität, die in ihr steckte, durch ihre elektrisierenden Hände spüren – und fragte: »Mit diesen Händen wirken Sie Ihre Wunder?« Ich war verlegen und gab keine Antwort, und sie sagte: »Liebe mich mit diesen Händen«, und schlug vor, in das österreichische Hospiz in der Via Dolorosa zu gehen und dort ein Zimmer für ein paar Stunden zu nehmen.

Ihre Verführungskraft war mythologisch oder biblisch, geradezu schicksalhaft, und sprudelte mit unbeschreiblicher Natürlichkeit. Aber ich dachte mir, was heißt, sie lieben. Ich fühlte mich unfähig, ihre eindringlichen Worte in die Tat umzusetzen. Worte, dachte ich, haben keine wahre Kraft. Die Rede ist unfähig, das Fleisch zu durchtrennen oder eine Wand einzuschlagen. Und ich, ich bin auch eine Art Wand, im entscheidenden Moment weiche ich nicht. In der Fantasie bin ich fähig, eine solche Lage ohne Nachdenken bis ans Ende durchzustehen, aber wenn es ernst damit wird, reagiere ich mit einem Schlag nüchtern und vernünftig.

Ich sagte irgendetwas Dummes wie: »Ich denke nicht, dass das richtig für uns wäre«, oder einen ähnlichen Schwachsinn. Darauf wirkte sie plötzlich so krank, wie sie war. Ich sah sie vor meinen Augen welken. Derart verdorrt war sie nicht einmal, als die Untersuchungsbefunde ihr Schicksal besiegelten. Sie war aus anderem Holz geschnitzt. Zum Beispiel lächelte sie immer viel. Sie hatte ein traumhaftes Lächeln. Sie lächelte selbst in dem Wissen, dass ihre Tage gezählt waren und sie das Jahresende nicht mehr erleben würde. Ich verstehe nicht, wie Menschen in diesem Zustand lächeln können, ich an ihrer Stelle würde kein einziges Lächeln zustande bringen. Kein Wesen ist unbekannter als der Mitmensch, und ich hatte Angst, mich diesem Unbekannten zu nähern.

Ich komme nicht gegen meine Neigung an, die Geschichte abzukürzen, schnell zur Hauptsache vorzustoßen. Habe beispielsweise nicht beschrieben, wie meine Heldin gekleidet war; mich nicht mit den Geschichten aufgehalten, die sie mir über ihr Leben erzählte; nicht ihre und meine Gesten ausgemalt, etwa ein gelegentliches Streicheln über den Arm, oder auch das langsam wechselnde Licht, die Schatten, die vom Berg gegenüber herankrochen, den verblassenden Goldglanz auf den Kuppeln der russischen Kirche, die Glocke der Grabeskirche mit ihrem eiskalten Galgenklang – all die Dinge, die zu einer nennenswerten Geschichte gehören. Denn was ich eigentlich sagen oder betonen möchte, ist doch die Hauptsache, nicht das literarische Drumherum. Die Hauptsache ist in meinen Augen nicht die Geschichte, sondern die mustergültige Versöhnung der Heldin mit dem Tod, ein Abfinden, das für mich in gewisser Weise Boas' späteren Umgang mit dem Tod vorwegnahm. Und noch etwas, mehr am Rande, eine Art Schlusszeile – die klitzekleine Schlussfolgerung, die ich offenbar auch noch ansteure: Ich habe ihr den Wunsch nicht aus Mangel an Mut abgeschlagen, auch nicht, weil ich fremd und distanziert gewesen wäre, sondern aus dem einfachen Grund, weil ich praktisch süchtig nach meiner Frau bin und mich kein anderer weiblicher Körper anzieht, sobald es um echte Nähe geht. Diese starke Bindung an sie kann ich mir selbst nur schwer eingestehen, und erst recht nicht, wenn sie auf die Probe gestellt wird. Ich kann eine Frau am Strand bewundern, genussvoll ihre schönen, nackten Glieder betrachten, doch sobald ich versuche, Fantasie und Wirklichkeit zu vereinen, stoße ich an eine Barriere. In einfachen Worten, ich kann mit diesem Körper nichts anfangen, er ist fremd und unzugänglich, und praktisch unbegehrt.

Häufig hat Boas mir von seinen missglückten Versuchen erzählt, einer Frau näherzukommen. »Plötzlich erstarrst du zu Stein«, sagte er, »und dann verschmähst du sie nicht etwa wegen dem, was mit dir nicht stimmt, sondern wegen dem, was angeblich an ihr nicht stimmt, denn das ist am leichtesten. Du sagst dir, die Distanz sei entstanden, weil sie dir nicht passe, aber tief drinnen weißt du, das ist nicht die ganze Geschichte.«

Bevor ich meiner jetzigen Frau begegnete, liefen die Geschichten einfacher, zumindest scheinbar. Plötzlich fällt mir ein, dass die Frau, die Boas und ich zur gleichen Zeit »bedachten«, die fette Witwe, wie wir sie hartherzig nannten, es gern zu den Klängen von Faurés Requiem trieb. Immer wieder legte sie die Platte auf, streckte jedes Mal die Hand aus, um die Lautstärke bei dem Abschnitt »Das Paradies« hochzudrehen, in den sie den Höhepunkt verlegte, von Liebe und Musik gleichermaßen in Ekstase versetzt, und hinterher, erledigt und zufrieden, beschrieb sie ihr Empfinden als einen Aufstieg, Stufe für Stufe, in die höchste Sphäre, vereint mit Körper und Geist. Für sie waren Boas und ich ein und derselbe: derselbe Fauré, derselbe Abschnitt, dieselbe Ekstase, derselbe Höhepunkt.

Als ich vom Tod der edlen Kranken, die ich enttäuscht hatte, erfuhr, ging ich ins österreichische Hospiz und nahm mir zu einem geringen Preis ein Zimmer, um ihrer darin zu gedenken, ihr posthum ihren Wunsch zu erfüllen. Sie zu betrauern, eigentlich. Das Zimmer war, wie erwartet, einfach, mit kahlen Wänden, und das einzige Fenster blickte auf den Basar und die nackten Betonkuppeln der benachbarten Häuser. Das Halbdämmern war kühl und angenehm, die Bettwäsche auf dem schlichten Bett blütenweiß und einladend, Glocken schlugen die Stunde und deren Teile. Ich setzte mich an den Tisch und rief mir die Geschichte in Erinnerung, wobei mir einfiel, dass ich mich, als ihre Eingeweide bei der Operation offen vor meinen Augen lagen, gefragt hatte, wieso sie keinerlei Zusammenhang mit ihrer Persönlichkeit hatten. Wie eigenartig, dachte ich, dass die Innerlichkeit rein gar nichts mit den inneren Organen zu tun hat und die Eingeweide eines so außergewöhnlichen Menschen wie sie genauso aussehen wie die jedes anderen. Sonst kommen mir beim Operieren nie solche Gedanken; ich strebe ohne überflüssiges Grübeln dem Ziel zu. Allein aus meinen Gedankengängen kann man entnehmen, was für ein besonderer Mensch diese Frau gewesen ist.

Ich versuchte mir vorzustellen, was sich zwischen uns abgespielt hätte, wäre ich mit ihr in dieses Zimmer gekommen. Dachte, sie würde vielleicht irgendwie auftreten, sobald ich meiner Fantasie freien Lauf ließe, etwa durch eine Vibration im Raum oder sogar ein leichtes Flattern auf meiner Schulter. Aber sie kam auf keinem Weg, weder so noch anders. Ich konnte mir nicht vormachen, dass sie dort irgendeine Präsenz zeigte, und falls ich ein Signal aus der Totenwelt aufschnappte, dann lautete es: »Was habe ich mit dir zu tun?«

Diese Frau fiel mir wieder ein bei einem ungewöhnlichen Fall, als ich mich erschöpft fühlte, nachdem ich eine Patientin untersucht hatte. Ich kann eine vierzehn- oder sogar sechzehnstündige Operation hellwach überstehen, aber nach dieser gut einstündigen Untersuchung war ich erledigt. Diese Patientin hatte mich emotional ausgelaugt. Und tatsächlich war ihre Geschichte – jeder operative Eingriff hat eine Vorgeschichte – nicht alltäglich. Die Frau war Ende dreißig, groß, schlank, hübsch, trug das lange Haar zu Rasta-Zöpfen geflochten und dazu Hippie-Stil mit Jeans im Used-Look, enganliegendem löcherigem Leinentop, die langen Gliedmaßen mit Reifen und Bändern geschmückt. Sie hatte früher an schweren nächtlichen Übelkeitsanfällen gelitten, die mit der Geburt ihres Sohnes, wohl vor lauter Sorge um ihn, eingesetzt und jahrelang nicht wieder aufgehört hatten. Drei- oder viermal in der Woche musste sie mitten in der Nacht aufstehen und sich die Seele aus dem Leib kotzen, scheinbar ohne Grund. Umfangreiche Untersuchungen ergaben keinen Befund. Auch eine psychiatrische Behandlung wegen der plausiblen Annahme, es könne sich um eine hysterische Erscheinung handeln, half ihr nicht. Die Sache beeinträchtigte ihr Leben, zwang sie sogar, ihre Stelle als Sportlehrerin am Gymnasium aufzugeben.

Vor fünf Jahren, als der Sohn zehn war, ging er eines Morgens auf Klassenfahrt und das Meer verschlang ihn am Strand von Betzet. An jenem Tag, an dem die Himmelskörper ihren Lauf änderten, hörten ihre mysteriösen Anfälle auf. Doch in den letzten Monaten hatten sie wieder eingesetzt, wenn auch nicht mit derselben Stärke; und als eine Gelbsucht bei ihr auftrat, wurde ein Papillen-Geschwür am Eingang zum Gallengang festgestellt.

Sie erzählte von ihrem Leben, als käme sie zu einer Psychotherapie und nicht zu einer Operation. Zuerst nervte mich ihr Sprachstil, jedes zweite Wort, das sie sagte, war »irgendwie«. Um mich gegen dieses »irgendwie« zu schützen, hatte ich gute Lust, im Stillen ein »irgendwie« an alles zu heften, was man über sie sagen konnte: Irgendwie schön, irgendwie hippiemäßig, irgendwie offenherzig. Aber dann hielt ich inne. Tadelte mich selbst, dass ich bei ihrem ernsten Zustand ihren Stil bekrittelte. Nach und nach gefiel sie mir immer besser. Ich dachte, sie sei wirklich offenherzig, wirklich schön. Spürte, dass sie ihrer Krankheit wirklich nachforschen wollte, wie ich Boas' Krankheit.

Unumwunden schilderte sie zum Beispiel ihr Sexleben als einzige Zuflucht vor Elend und Verzweiflung, als einzig unwiderstehliche Sucht, die sie hemmungslos aus der Realität herausreiße. Ihre gewagten Geschichten, die sie schüchtern und stockend erzählte, befremdeten und fesselten mich zugleich. Sie zeigten, wenn auch derb und rau, dass das Leben selbst unter schweren Bedingungen weitergeht, verführerisch, neugierig, frech, entdeckungslustig trotz Krankheit und Trauer. Besonders beeindruckend fand ich, wie natürlich sie über ihren Körper als sinnliches Wesen redete, als niste kein Krebs darin und als gehe er nicht einer komplizierten Operation mit unvorhersehbarem Ausgang entgegen.

Seltsam wie die Dinge in unserem Innern weben und wabern können, ohne dass wir etwas davon ahnen. Jetzt sehe ich das Besondere an dieser Patientin darin, dass keine Distanz Gefühl und Sprache trennte. Das Gefühl floss in einem Bett mit den Worten, zum gemeinsamen Strom vereint. In dieser Einheit liegt der Unterschied zwischen wahrer und banaler Rede, und genau deswegen wohl fühlte ich mich ausgelaugt: Eindringlicher Rede zuhören strengt an, weil sie in die Seele dringt.

Ich erlaube mir, den Satz »die Hölle, das sind die anderen« auf meine Weise auszulegen. Die Hölle. Das sind die anderen, auch dann, wenn sie mit ihrem höllisch schweren Schicksal bei dir ankommen. Du weißt nicht, was anfangen mit der Hölle von Eltern, deren Kind im Sterben liegt, ohne dass du ihnen helfen kannst. Meist ist die Operation, die ich vorschlage, die einzige Hoffnung, aber in manchen Fällen weiß ich, mein Spruch wird nichts ändern. In diesem Moment schreit die Ohnmacht des Mitmenschen, der ich bin, zum Himmel, und dann ist jeder von uns die Hölle für seinen Nächsten (wenn auch tausendfach zwischen dem Kranken und seinem Arzt unterschieden sei). Du denkst dir: So ist eben die Welt, die Welt, die sich träge der Erlösung enthält, jede andere Welt ist Lug und Trug; dies ist die einzig wahre Welt, jede andere Welt ist wie eine zeitweise Regression des Krebses – reine Augenwischerei.

Es kommt selten mal vor, dass Verwandte nicht unter der Trauer zusammenbrechen, sondern sogar gestärkt daraus hervorgehen, spirituelle Kräfte in ihrem Innern erkennen. Die Mutter eines sterbenden Kindes zeigte mir einige im Verlauf der Krankheit verfasste Prosastücke, die, nach meiner bescheidenen Ansicht, die meisten veröffentlichten

Texte in den Schatten stellten. Es gab dort Schreien und Flüstern, Sichbescheiden und Toben, sorgfältig beschriebene Gefühlsschwankungen. Sie ließ sich durch die Trauer nicht davon abhalten, ihre Stimmung erstaunlich genau zu schildern, das heißt zu wahrer Rede zu gelangen.

Doch in den meisten Fällen reden die Leute nicht, sie kommunizieren. Sie plappern beim Gehen, beim Fahren, berichten unaufhörlich an ihren Mobiltelefonen, posaunen stammelnde Monologe in die Welt, als seien sie zu Sprechmaschinen mutiert. Man will nicht wirklich Wahres sagen oder hören; möchte die wahren Dinge nicht aussprechen. Die Menschen machen so viel Aufhebens vom Leben, investieren so viel Elan und Kraft darein, machen einen Wirbel darum, als währte es tatsächlich ewig, wo es doch nichts ist als »ein kurzer Zeitraum unter Narkose«, wie der geläufige Spruch beim Operieren heißt. Die Menschen leben in einem Film, heißt es, wer bin ich, um sie da herauszuholen.

Zu mir kommen Kranke und deren Anverwandte und möchten mich ansprechen. »Darf man Sie einen Moment ansprechen?«, sagen sie, als wäre ich ein außerirdisches Wesen und wir könnten uns nicht normal unterhalten. Sogar ich höre mich zum Beispiel zur Frau eines Patienten sagen, dessen Zustand keine Operation mehr erlaubt, das heißt, der zum Tod verurteilt ist: »Sehen Sie, eine Operation ist jetzt nicht die beste Behandlung, die er bekommen kann.« Das ist zwar die Wahrheit, aber eine, die die Hauptsache umgeht.

Die Menschen erschrecken vor der Wahrheit ebenso wie vor dem Gefühl. Gefühl ist etwas Verpflichtendes. Gefühl ist gefährlich, ansteckend. Menschen werden alles tun, um dem Gefühl ihres Nächsten auszuweichen, das heißt seiner Hölle. Diese Hölle möchten sie höchstens aus einem

Sicherheitsabstand betrachten, möglichst am Fernseher, im Unterhaltungsprogramm. »Ich war nicht dort, als sie seine Leiche herausholten«, sagte mir die Patientin, deren Sohn im Meer ertrunken war. »Ich hatte ihn mit aller Kraft festhalten und nicht gehen lassen wollen, aber man hat mir keine Gelegenheit gegeben, und danach war es schon zu spät.« Das Weinen stieg ihr in die Kehle, als sie das erzählte, aber sie ließ es nicht heraus. Ein Ozean lag zwischen uns, denn den Schmerz seines Mitmenschen erreichen zu wollen, ist illusorisch. »Mitleid« ist ein leeres Wort, falsch und verlogen. Einen Schmerz, der nicht dein eigener ist, kannst du nicht wirklich mitleiden. Manchmal ahnst du den Schmerz, aber der Betroffene behält ihn trotzdem bei sich, und wenn du deiner Wege gehst, bist du befreit davon, hast seine Bürde um kein Gramm erleichtert. Vielleicht wirkt sein Schmerz deprimierend und bedrückend, aber er lähmt dich nicht. Der lähmende Schmerz ist dem Schmerztragenden allein vorbehalten, er ist das absolute Privateigentum des vom Unheil Geschlagenen, und so behandeln ihn auch die meisten Menschen. Als seien sie nicht davon betroffen. Aber mich fasziniert das Unheil des Nächsten wie ein Bazillus, den es zu bekämpfen, wie eine Krankheit, die es zu zähmen gilt. Ich fühle mich verpflichtet, diese Wechselfälle des Daseins so nah wie möglich mitzuerleben, mich sogar an die zu halten, die nichts mehr zu verlieren haben, denen es vor lauter Leiden egal ist, ob sie sterben. Dem Anschein nach leide ich wahrhaft mit, und der Arztkittel – die Magie der Heilung – stützt natürlich diese Vermutung, aber tief drinnen weiß ich, hinter dem Bemühen, der Sache auf den Grund zu gehen und Leben zu retten, versteckt sich kein Partner im Leid, sondern ein außenstehender Beobachter, eben doch ein Außerirdischer, so fern wie nur möglich.

14 Eines Tages, unterwegs nach Beer Scheva, um einem Bekannten am Soroka-Krankenhaus bei einer komplizierten Operation zu assistieren, merkte ich, dass ich eine Stunde zu früh dran war, und machte deshalb einen Abstecher zu den Goral-Hügeln, einem Gebiet, in dem ich vor unvordenklichen Zeiten beim Militär Navigieren im Gelände geübt hatte. Die offene Landschaft, die damals so leicht am Messtischblatt abzulesen war und den Eindruck erweckte, sie würde sich auch in tausend Jahren nicht ändern, hatte sich durchaus verändert, und wie. Im Gegensatz zu früher war sie jetzt bewaldet, das Wüstengelb in schattiges Dunkelgrün übergegangen. Es war eine traumhafte Abweichung vom Weg, eine Art Abschiedsfahrt von der alten Welt. Das vertraute Bild des Negev, das sich plötzlich in das eines norwegischen Waldes verwandelt hatte, illustrierte die Revolution, welche die mir bekannte Welt durchgemacht hatte.

Ich erinnere mich noch an den entgeisterten Ausdruck auf dem Gesicht meines berühmten Chefs und Lehrers in dem Krankenhaus in Kalifornien, als ich ihn über meine Rückkehrpläne nach Israel informierte. Er konnte nicht glauben, dass ich unser großartiges und zukunftweisendes Transplantationsprogramm gegen meine begrenzte und abgelegene Heimat eintauschen wollte. Aber mein Heimweh galt gerade dem Begrenzten und Abgelegenen, der einfachen Landschaft. Einem im Sommer trockenen Bachlauf, der zu einem leeren Strand führt, einem schmalen Feldweg, der sich zwischen Eukalyptusbäumen dahinschlängelt und dir das abenteuerliche Gefühl verleiht, in Australien zu sein, obwohl du tatsächlich nur eine Fahrtstunde weg von zu Hause bist. Kein Gebiet im Ausland, und sei es noch so grandios, kommt dem gleich.

In Amerika gab es keinen intimen Strand, sondern einen anonymen Ozean. Wenn ich mit den Kindern dort ans Meer ging, hatte ich immer heftige Sehnsucht nach Tantura, der klaren Küste, einem Überbleibsel aus dem Reich der Kindheit. Ich sehnte mich nach der Mandelblüte und der Blüte des Judasbaums, die schon mitten im Winter den Frühling verheißen. Hätte nie gedacht, dass der Sehnsuchtsort sich derart verändern, das Land so überborden würde, verstopft und verwöhnt, gierig und gefräßig, unaufhörlich gemästet und doch jeden Inhalts entleert. Ich kann gar nicht mehr sagen, womit ich mich hier identifiziere, was genau ich liebe. Wohl vor allem die Landschaft, nur die Landschaft. Ich fühle mich nicht der »israelischen Erfahrung« zugehörig; die *Israelijut*, die hier alle so lieben wollen, ist mir ein Dorn im Auge. Für mich verbindet sich dieses »Israelitum« mit Vulgarität, einem rücksichtslosen Herdentrieb, der jeden Anflug von Kultur verloren hat. Was mir als Identifikationsbasis bleibt, obwohl es sich anscheinend längst überholt hat, ist die *Ivrijut*, das Hebräertum, aber den hebräischen Menschen gibt es nicht mehr, nur noch Israeli oder Jude. Die *Israelijut*, die mit der Staatsgründung hereinbrach, hat das Hebräertum nach und nach ausgelöscht und ersetzt. Sie ist die *Ivrijut* in ihrer derben Version, ihrer Prostitution.

Das Hebräertum war ganz offensichtlich eher der britischen Mandatszeit verbunden als israelisch. Es gehörte eher der Traumwelt denn der wirklichen Welt an. Es war legendär, muss man zugeben. Kindlich und naiv wie Heimat. Das Hebräertum war der Wunsch, die *Israelijut* dessen armselige Erfüllung. Boas war vermutlich der letzte Hebräer, sein

Tod der letzte Nagel im Sarg des Hebräertums. Wäre ich heute noch in Amerika und sähe die *Israelijut* dort von fern, würde ich wohl kaum zurückkehren, es vielleicht nicht einmal erwägen.

Einer meiner wenigen Freunde im Krankenhaus, ein kluger Seelenarzt, der wie ich aus der Reihe tanzt, fragte mich einmal, was die glücklichste Zeitspanne meines Lebens gewesen sei. Ich sagte ihm: Man kann nicht von einer Zeitspanne reden, bei mir bemisst sich das Glück nach Stunden, nach Minuten. Aber er beharrte, wenn ich mich anstrengte, würde ich eine etwas längere glückliche Zeitspanne finden. Und tatsächlich sagte ich ihm nach einigem Überlegen: »Wenn ein Monat als Zeitspanne gilt, dann hat es solch einen Monat gegeben, während des Sinai-Feldzugs 1956, als meine Eltern mich aus Angst vor dem Krieg zu Verwandten aufs Dorf schickten. Für mich war es vor allem eine Erholungspause von den Stürmen, die meine Mutter ständig entfachte, von den unaufhörlichen Konfrontationen mit ihr. Und nachts konnte ich den Kopf aufs Kissen legen und einschlafen, ohne Bange, sie könnten mich allein zu Hause lassen. Bis auf den heutigen Tag erfüllt mich Sehnsucht nach der Ruhe in jenem alten Dorf, in dem die Zeit gewissermaßen nicht fortschritt, sondern stehenblieb. Noch heute bin ich all denen dankbar, die mich damals unter ihre Fittiche nahmen, und jedem entfernten Verwandten, der mich von den Zumutungen meiner Mutter und den nächtlichen Ausflügen meiner Eltern in die Notaufnahme der Krankenhäuser gerettet hat.«

Mein Freund sagte lächelnd: »Deiner Antwort kann man entnehmen, was du am meisten anstrebst – und das ist Sicherheit. Der Maßstab der glücklichen Zeit lügt nie.«

Ich erzählte ihm nun ausführlich, dass ich tatsächlich alles liebte, was mit jener Zuflucht zu tun hatte, und alle dort gewonnenen Eindrücke für immer im Gedächtnis behielt: Den elektrischen Kühlschrank Marke Philco, den meine Gastgeber von einer in Amerika lebenden Schwester geschenkt bekommen hatten und dessen Gefrierfach sämtliche Nachbarn mitbenutzten; die Zeitschrift *Die Hilfswirtschaft*, die mit der Post eintraf, und darin Ratschläge für den Kleinbauern, von denen ich bis heute die nützlichen Anweisungen für Bienenzucht und Hühnerhaltung in Erinnerung habe. Ich fand dort unvergessliche Bücher wie Hector Malots *Heimatlos*, über ein Findelkind, das mit einem Straßenkünstler und dessen dressierten Tieren durch ganz Frankreich tingelt. Ich half meinem Onkel gern frühmorgens beim Bewässern, zerrte den Schlauch von Baum zu Baum, von Mulde zu Mulde und sah das Wasser im Schlamm schäumen. Ich war aufgeregt wegen der Schlagzeilen der Morgenzeitung über die Eroberung von Gaza, Rafiah und El-Arisch, der Aufbringung des Zerstörers »Ibrahim el-Awal«, der kampflos kapitulierte, und bedauerte die ägyptischen Gefangenen, die sich barfuß zwischen den Stacheldrahtzäunen drängten. Alles fand ich damals mythologisch. Sogar die Tatsache, dass der Gemeinderatsvorsitzende den seltsamen, an Dickens erinnernden Nachnamen Passwick führte und der »Progressiven Partei«, deren Name so international klang, angehörte, nährte das Gefühl, mich eigentlich an einem der wunderbaren Schauplätze der Bücher, die ich begierig verschlang, zu befinden und nicht in unserem abgelegenen und armseligen Land.

Boas hatte alle Zauberdinge in Reichweite, rings ums Haus, in der geliebten Stadt, aber ich, ich musste zu ihrer Erlangung jenen goldenen Kriegsherbst als Gast in dem alten Dorf verbringen. Bei ihm waren die Zauberdinge Teil des Lebens, und bei mir standen sie, wie ich meinte, außerhalb des Lebens. Das sagt noch nichts über Geheimnisse, die sich unter dem Zauber verbargen; über Geheimnisse, die nicht unbedingt der Sicherheit dienen, oder dem, was man Gesundheit nennt. Die anerkannten Seelenkundler sprechen diesen Geheimnissen sogar einen größeren Einfluss auf die Persönlichkeit zu, sodass man nicht wissen kann. Man kann im tiefsten Sinn nicht wissen, ob die Geheimnisse letzten Endes nicht die Erinnerungen besiegen.

Ich dachte mir, womöglich bin ich tatsächlich wegen dieser Sicherheit aus Amerika zurückgekehrt. Israel gibt mir, so abwegig es heute klingen mag, ein Gefühl der Sicherheit, das kein anderer Ort verleiht. Seine Landschaften flößen mir unvergleichliche Sicherheit ein. Anders als Boas, der die städtische Natur liebte, die Alleen, die die Stadt durchziehen, den Meeresstrand und die Grünanlagen, und sich in dieser Natur sicher fühlte, habe ich immer die ländliche Natur vorgezogen, vielleicht dank jenes Monats im Dorf. Boas hatte Angst vorm Dorf, und ich meinte gerade dort auf sicherem Boden zu wandeln. Von der Stadt war ich nie aus eigenem Antrieb begeistert. Meine Begeisterung über den Paternosterbaum beispielsweise, der entflammt und verlischt, erblüht und versiegt, erwachte nur dank Boas. Für ihn war die Blüte des Paternosterbaums der Frühling in Person, der lokale Frühling, der nicht bloß kurz, sondern sogar flüchtig ist. »Ein kurzes Kosten, ein flüchtiger Genuss, wie der Liebesakt«, in seinen Worten. Er betrachtete die Natur, die er vom Fenster aus sah, als vollkommene Schönheit, mit der man sich durchaus begnügen konnte, mehr brauchte man nicht. Die Schönheit im Fenster war, nach seiner Ansicht, die Schönheit in Reinkultur, und daraus folgte, dass man nicht in die Ferne schweifen musste.

Boas war mir mit dieser Einstellung Jahrzehnte voraus, als hätte er die Jugend, die er für überflüssig hielt, übersprungen und wäre – in einer altväterlichen Sicht, die alle Erfahrungen und Schlüsse schon hinter sich hatte – geradewegs auf der Bahn des vernünftigen fortgeschrittenen Alters gelandet. Das Begnügen mit der kurzen Blüte des Paternosterbaums vor seinem Fenster, dem Entflammen und baldigen Verlöschen, war die Essenz von Boas' Vernunft. Immer, schon als Kind, befand er sich im vernünftigen Alter, und umgekehrt: als er das vernünftige Alter erreichte, war er noch Kind geblieben. Nachdem Boas aus der Welt verschwunden war und sein liebender Blick nicht mehr auf ihr ruhte, sah die Natur, zumindest die städtische, traurig und beschämt aus, wenigstens im Frühling.

»Gut und schön«, sagte ich zu meinem Kollegen, dem Psychiater, »aber wie erklärst du dir dann, dass ich mein Schicksal mit einer Frau verknüpft habe, von der man wahrlich nicht behaupten kann, sie strahle Sicherheit aus?«

»Die Persönlichkeit steckt voller Widersprüche«, antwortete er. »Du prüfst die Sicherheit gerade mit ihr unter allen Frauen, weil sie wahrscheinlich etwas Geheimnisvolles an sich hat, das dir aus deiner unsicheren Kindheit nachklingt, und dieses Geheimnis ist der einzige Maßstab, den du kennst.«

Die Partnerschaft mit meiner ersten Frau, die im Vergleich zur zweiten ein offenes Buch war, hat keiner verstanden, nicht einmal ich selbst. Augenscheinlich, in persönlicher Hinsicht, hielt uns nichts zusammen, und doch denke ich jetzt, unsere Verbindung war die einzig mögliche, die einzig richtige. Sie gab mir das, wofür ich bis ans Ende der Welt zu reisen bereit bin – Sicherheit. Die gab sie mir und das wog alles andere auf, sogar den Mangel an Nähe. Es entging mir nicht, dass Außenstehende sich fragten, was uns überhaupt verband, aber was sehen Menschen schon von außen – nur das Offensichtliche.

Meine erste Frau stand mit beiden Beinen auf der Erde, wie man sagt. Erst aus der zeitlichen Distanz kann ich sehen, wie selten das in unserer Gegend ist. Als wir uns kennenlernten, schienen nur die Sinne darauf hinzuweisen, aber nun zeigt es auch die Erfahrung. Jetzt verstehe ich besser denn je, wie einzigartig sie ist. Gerade ihre Bodenständigkeit, ohne künstlerische und geistige Prätentionen, machte sie so bemerkenswert, und nicht umgekehrt. Ihre Bodenständigkeit, merke ich jetzt, ist die Spiritualität in Person, die strahlende Vergeistigung. Ihr Leben ist ihre Kunst, kann man sagen. Und dieser Satz ist nicht nur so dahingesagt, keine hübsche Floskel, sondern die Wahrheit.

Andere Frauen in unserem Umfeld, Arztgattinnen, die pausenlos zu schreiben oder zu malen versuchten, allerlei spirituelle Workshops belegten, sahen einfach klein aus neben ihr. Diese Schreib- oder Malversuche, diese spirituelle Aufrüstung waren Schall und Rauch, banal gegenüber der Lebenskunst, die in ihrer einfachen und primitiven Familie aus dem Moschaw im Emek Chefer, wo sie aufgewachsen war, von Generation zu Generation weitergegeben wurde und deren äußerliche Zeichen (nur die äußerlichen, wohlgemerkt) ihr perfekt selbstgebackenes Bauernbrot war oder auch ihr unvergleichlicher Pflaumenkuchen.

Boas begleitete mich oft zu samstäglichen Besuchen bei den Schwiegereltern. Die Großmutter, die bei ihnen wohnte, saß am Fenster im Gästezimmer (einst hatte es alle acht Kinder beherbergt, und auch bei glutheißem Wüstenwind wehte dort ein belebendes Lüftchen, das geradewegs vom Tschimgan-Gebirge zu kommen schien) gegenüber den Bücherborden, vollgestopft mit heiligen Büchern und Familienfotos, zu ihrer Rechten die jüngere Schwester, beide rührten sich nicht vom Fleck, knackten unaufhörlich getrocknete

Kürbiskerne. Die Großmutter wirkte wie einem Gemälde aus einer alten Welt entnommen: ein plumper und kantiger Körper im Morgenrock, und darüber ein glattes weißes Gesicht, wie geschnitzt, fast nicht menschlich, gekrönt von einem mehrmals um das schüttere Haar geschlungenen Tuch.

Sie unterhielten sich immer über außergewöhnliche Gerichte, deren Zubereitung Stunden dauerte, kombiniert aus seltenen Gemüsesorten, die bei ihnen im Garten wuchsen, allerlei Kürbisse vermischt mit Weizen und Graupen, umhüllt von erstaunlich schmackhaften Blättern, Gemüse, das sie noch von zu Hause kannten, nur hatte es im fernen Buchara ganz anders ausgesehen, riesengroß, denn dort sprudelte ringsum Wasser.

Die jüngere Schwester, allseits Tante genannt, sagte, je älter sie würde, desto lieber koche und backe sie. Sie redete in schlichtem, aber geschliffenen Stil, und Boas war fasziniert von ihr. Er fragte sie genau nach den Zutaten der aufgetischten Speisen, wollte die Geschichte hinter jedem Gericht hören. Ohne seine Fragen hätte ich zum Beispiel nie erfahren, dass in der bucharischen Diaspora jedes Fest mindestens acht Tage dauerte, sodass, wie Boas scherzhaft anmerkte, kaum noch Werktage übrigblieben. Die beiden Schwestern ließen vor Lachen ihre Speckrollen schwabbeln, bestätigten fröhlich, genau das sei der Witz der Sache gewesen, das Fest möglichst lange auszudehnen.

Ja, meine vorige Frau übertraf alle anderen Frauen in unserer Umgebung, nicht etwa, behüte, als eine Frau, die ihren Platz kennt, sondern im Gegenteil – im Hinblick auf ihren besonderen Platz; in Bezug auf ihre Lebensweisheit, die die Prätentionen aller anderen Arztfrauen garantiert hinter sich ließ. Sie wusste, dass ich ihr untreu war, schimpfte und drohte auch gelegentlich oder fuhr aus Protest mit den Kindern für ein paar Tage in den Moschaw. Aber meine Seitensprünge waren ihr nebensächlich gegenüber dem Erhalt der Familie. Sie werteten mich ab, nicht sie. Müsste ich zusammenfassen, was sie vor anderen auszeichnete, würde ich sagen, sie war einfach weit ernsthafter als die meisten Menschen, die ich kenne. Sie nahm das Leben ernster.

Ich erfasste das gleich, gefühlsmäßig, aber mit der Zeit stumpfte dieses Gefühl ab, rostete ein. Ich verließ die Quelle lebendigen Wassers und baute auf brüchige Zisternen. Ich bekam meine Strafe, kann man sagen, als ich die kluge und treue Frau vernachlässigte, die geduldig im Haus auf mich wartete, und dafür dem Lied der Sirene folgte. Auch ich ließ mich durch Spiritualität und Kunst verleiten (obgleich meine jetzige Frau wohlgemerkt eine echte Künstlerin ist). Die einzig tröstende Ausrede lautet, dass ich nicht anders konnte. Ich konnte nicht umhin, der neuen Frau zu folgen. Lebensweisheit, oder Lebenskunst, kapituliert vor persönlicher Schwäche. Lebensweisheit, oder Lebenskunst, ist machtlos gegen Leidenschaft. Lebensfreude unterliegt im Ringen mit Zerstörungswut.

Doch frage ich mich immer noch, wie mein Bedürfnis nach Sicherheit derart umschlagen konnte; wieso das Hauptmotiv meines Lebens ein so trügerisches Gewand anlegte. Was steckte hinter dem Bedürfnis, mein Leben umzukrempeln; mich in die endlosen Stürme zu stürzen, in die Unruhe, die sich zweifellos auch auf mein Berufsleben ausgewirkt hat? Vielleicht bin ich dazu verdammt, stets den Ort des Konflikts anzusteuern, weil mir da wohler ist als dort, wo man mich liebt? War es mir früher am wichtigsten, beim Operieren völlige Ruhe zu erlangen, kommt es mir jetzt hauptsächlich darauf an, mit meiner Frau zur Ruhe zu kommen; dieselbe Seelenruhe wie mit meiner vorigen Frau zu erlangen, nur jetzt eben mit ihr. Ich habe mir eine unmögliche Aufgabe gestellt: auf schwankender Erde Fuß zu fassen.

Und doch denke ich zuweilen, im Vergleich zu anderen Paaren, die ich kenne, von denen ich gehört oder gelesen habe, ist mein Leben mit meiner zweiten Frau gar nicht schlecht. »Nicht schlecht« im Sinne von nicht langweilig. Mit ihr habe ich, wohl oder übel, mein weibliches Wunschziel erreicht. Mir scheint, wenn sie vor mir sterben sollte, würde ich kein Interesse an Frauen mehr haben. Natürlich bin ich fähig, das Gegenteil zu sagen, wenn mir das Wasser bis zum Hals steht und die aus absoluter Nähe rührende Ruhe in einen Zustand extremer Unruhe umschlägt. Dann frage ich mich, wie eine Frau, die ein so feines Handwerk ausübt, so geschickt Stein an Stein fügt, Metalle abstimmt und verlötet, mir so grobe und gemeine Kämpfe liefert, dass ich ohne Zögern bereit bin, die Qual gegen Langeweile einzutauschen; mich mit einer netten Frau bis ans Lebensende zu langweilen, nur um nicht in der dunklen Ecke aufgerieben zu werden, in die wir uns manövriert haben.

Manchmal bin ich bereit einzugestehen, dass die scharfen Schwankungen in unserer Beziehung nicht von ihr, sondern von mir ausgehen. Woher rührt tatsächlich der Konflikt, wenn nicht von dem Ort, aus dem die Liebe kommt? Entspringt das Trennende nicht genau dem Punkt der Vereinigung? Insgesamt besitzen wir eine außergewöhnliche Fähigkeit, einander Vergnügen zu bereiten, gemeinsam zu genießen, und vielleicht ist das die Hauptsache. Nur wenige Paare, die ich kenne, können sich damit brüsten.

Darin zumindest waren Boas und ich uns ähnlich. Wir haben einen enorm weiten Weg von der ersten zur zweiten Frau zurückgelegt. Wir sind auf Distanz voneinander gegangen und haben dafür Frauen bekommen, die uns fesselten. Boas fand mehr Freude an Avital als ich an meiner Frau; zwischen ihnen hat es wohl nicht so geknirscht wie bei uns. Aber auf seltsame Weise habe auch ich im zweiten Durchgang mein Ziel erreicht. Vielleicht haben wir für die Opferung unserer Männerfreundschaft diese Belohnung erhalten, wer weiß; oder hat Boas' Abrücken von mir, sein Rückzug aus meinem Leben die Einsamkeit verstärkt und mein Denkvermögen beeinträchtigt? Ich habe die Falle doch sofort erkannt, als sie als solche erkennbar war.

Ich erinnere mich genau, wann die Warnleuchte erstmals aufflammte. Das ist eigentlich die Erinnerung, die ich bisher geflissentlich verschwiegen habe, das Ereignis, das meine Frau nicht erwähnt haben möchte; die Trumpfkarte zum Beweis, wie treulos sie ist, wie wenig ich mich auf sie verlassen kann. Es geschah am Anfang unserer Bekanntschaft, bei der feierlichen Einweihung des neuen Krankenhausflügels. Ich hatte sie eingeladen, weil ich stolz auf sie, meine schöne Geliebte, war, doch dann sah ich sie im Gedränge, ein Sektglas in der Hand, mit dem Krankenhausdirektor flirten, einem gutaussehenden Mann, zugegeben, damals ein aufgehender Stern am Medizinerhimmel. Sie flirtete, oder erwiderte vielleicht seine Avancen, und hielt zu allem Übel Distanz zu mir, mied meine Nähe, als signalisiere sie, sie sei ledig, mit mir sei nichts entschieden, es gäbe Verhandlungsspielraum mit einem, der ihr mehr zu bieten habe. Es war nicht so, wie deine Geliebte in flagranti beim Seitensprung zu erwischen, sondern viel schlimmer.

Man kann das, was dort passierte, keineswegs als Ausrutscher abtun. Die Szene zeugte nicht von Leichtsinn, sondern im Gegenteil von durchdachtem Handeln. Ich traute meinen Augen nicht, musste es aber. Boas, der auch eingeladen war, erfasste die Situation mit seinem Scharfblick ebenfalls und machte mich darauf aufmerksam. Auf seine indirekte Art, nicht eigentlich aus Sorge um mich, sondern, wie ich damals meinte, aus Schadenfreude. Aber das tat seinem klaren Wink keinen Abbruch: »Kümmre dich!«

Nach dieser Feier, erinnere ich mich, war ich eifersüchtig auf jeden, der eine Frau hatte, die nicht sie war. Jede andere war ihr vorzuziehen. Dreißigjährige, die wie sechzig aussahen, plump und ohne Anmut waren, wirkten begehrenswerter als sie. Jede andere Frau strahlte in einem Glanz, der allein daher rührte, dass sie nicht sie war, und die Partner, die Männer, strahlten allein deswegen, weil sie nicht ich waren; weil ihnen mein Schicksal, meine Not erspart blieb.

Bin ich deswegen über die Fortsetzung unserer Beziehung ins Grübeln geraten? Gedanken huschten mir unaufhörlich im Kopf herum, aber sie lockerten nicht meine Bindung an sie. Im Gegenteil, je mehr ich meine Unterlegenheit gegenüber anderen Männern überdachte, jenen Glückspilzen, die andere Frauen ergattert hatten, desto stärker zog es mich zu ihr hin.

Schon in jenem Frühstadium unserer Beziehungen, als ich erkannte, worauf ich mich einließ, kam ich mir völlig hilflos vor. Ich brachte es nicht fertig, auf sie zu verzichten. Sie war zu tief in mich eingedrungen, in eine Schicht, die man nicht unter Kontrolle hat; eine Schicht im Dämmerbereich zwischen Körper und Geist, den die Wissenschaft nicht erreicht. Ich konnte nicht »zumachen und gehen«, andererseits aber auch nicht operieren. Die Trennung, der Schnitt überstiegen bei weitem meine Kräfte.

Schwer zu sagen, was vorausging, die Eifersucht der Verliebtheit oder die Verliebtheit der Eifersucht. Gut möglich, dass ich zunächst eifersüchtig war und dann erst verliebt. Ich konnte den Gedanken nicht ertragen, dass ein anderer sie ergatterte, Zugang zu ihr erlangte. Vielleicht ist unsere Beziehung nur aus diesem Besitzdenken das geworden, was sie ist – eine fesselnde Verbindung, die zumindest für mich unauflösbar ist. Du kannst verzweifelt etwas suchen und schließlich etwas völlig anderes finden, etwas, das du eigentlich nicht gesucht hattest; und das, was du angeblich überhaupt nicht suchtest oder von dem du nicht ahntest, dass du es suchst, ist das, was dich fesselt. Erst nach dem Fund entdeckst du, was du wirklich gesucht hast.

Eigentlich hätte ich meine ganze Geschichte in diesem Kontext erzählen müssen. Hätte Boas in Ruhe lassen und von der Sackgasse berichten sollen, in die ich geraten bin. Nicht die Gründe für Boas' Krankheit, sondern die für meine eigene hätten mein Denken leiten sollen. Gelegentlich treibt die Trennung meiner Eltern, als ich drei Jahre alt war, an die Oberfläche. Dieses reale oder mythologische Erlebnis der Trennung, dem ich immer noch stur nachhänge, begann mit der fragwürdigen Herzkrankheit meiner Mutter. Die wechselnden Perspektiven auf Boas' Verhältnis zu seinem Vater verändern nach wie vor auch meine Geschichte. Mein Vater war, wie gesagt, ein Mann, der nicht leicht zusammenbrach. Offenbar besaß er die Kraft, seinen Schmerz allein zu tragen, ohne seinen Sohn einzubeziehen. Offenbar bemühte er sich nach Kräften, den kleinen Jungen über das Fehlen der Mutter hinwegzutrösten. Ich war wohl nicht umsonst überglücklich, wenn ich eines meiner Kinder in den Meereswellen umarmte, hierzulande oder im fernen Ozean in Kalifornien. Vermutlich hat das Paradies der ruhigen und ungestörten Partnerschaft mit meinem Vater am Strand, jenes Stückchen Himmelreich, das sich meinem Körper einst einprägte, das Strandglück mit meinen Kindern verstärkt.

Meine Mutter störte nur, als sie zu uns zurückkehrte, offensichtlich besiegt und erniedrigt, nachdem die Liebesaffäre, wegen der sie uns verlassen hatte, unglücklich ausgegangen war, und damit endete unsere Partnerschaft zwischen Vater und Sohn, um der elterlichen Partnerschaft Platz zu machen. Von da an bis zu seinem letzten Tag achtete mein Vater fast nur auf sie, ständig bemüht, den Dampftopf vorm Explodieren zu bewahren. Er war meiner Mutter blindlings und fanatisch ergeben. Wenn er sich ihr widmete, sah er nur sie vor Augen und sonst keinen. Insofern war mein Vater meine erste unglückliche Liebe. Mit der Liebe zu Boas wollte ich vielleicht jene unglückliche Liebe wettmachen. Aber auch Boas enttäuschte mich.

Praktisch endet jede Liebe, sogar Jesu Liebe zu seinem Vater im Himmel, in Enttäuschung. Letztlich verläuft jede Liebe unglücklich. Unglückliche Lieben führen zu Großtaten oder zu Schandtaten. Vielleicht hat der Same des Unheils, der damals gesät wurde, mehr mit meiner Verbindung zu meinem Vater zu tun als mit der zu meiner Mutter: Einerseits war ich glücklich über die spontan entstandene Intimität zu ihm, froh über die Ruhe, die schlagartig eintrat, als die Anspannung und Aufregung, die meine Mutter um sich verbreitete, abklang. Andererseits konnte ich nicht umhin, mit meinem verlassenen und betrogenen Vater mitzuleiden. Das Mitgefühl mit seinen Leiden, die ich nur ahnen konnte, sprach der Frau die dämonische Kraft zu, des Mannes Schicksal zu beherrschen.

Seit jener Zeit der Verlassenheit, als meine Mutter die – vielleicht eingebildete – Romanze mit dem Klavierprofessor hatte, beflügelt eine untreue Frau unweigerlich meine Fantasie. Vielleicht ist das auch der Grund dafür, dass ich ohne Zögern Rakefets Abenteuer ausposaune, meine eigenen aber schamlos übergehe. Vermutlich bezichtige ich meine Frau aus demselben Grund der Untreue. Ich kann nicht übersehen, dass ich erst dann, wenn sie entrückt, ich ohne sie wegfahre oder sie ohne mich, ich also nicht direkt an der Wunde reiben kann, zumindest im Hinblick auf sie innerlich Ruhe finde.

Boas hätte diese psychologische Analyse nach Strich und Faden ausgeschlachtet. Ich höre ihn schon mit halb ernster, halb spöttischer Miene sagen: »Du hast dich bei deinen Therapeuten aber gut fortgebildet«, und dann lockt es mich beinahe, mir diese Geschichte in der dritten Person zu erzählen, das »ich« in ein »er« zu verwandeln und von vorn anzufangen, so zum Beispiel:

»An jedem Sommermorgen verbarg er mit der Gardine die Sonne, die so früh schon ins Fenster brannte, und weckte seinen kleinen Sohn, um an den Strand zu gehen. Erst im Meer, mit dem Sohn in den Wellen, fand er Ruhe für seine Seele.« Und so weiter, wobei das »er« die Handlung und die Gedanken statt meiner vorantreibt.

Würde der Übergang zur dritten Person das Bild klarer machen? Würden die Schlussfolgerungen sich dabei ändern wie beim Denken an Boas? Wie angenehm, mich derart von mir abzukoppeln, so angenehm, wie mit deiner Frau Honig zu schlecken.

Wir hatten keine längere Ruheperiode, meine »neue« Frau und ich. Selbst beim Honigschlecken blieb stets die Sorge, wann die Süße bitter werden würde. Anscheinend brauchen wir beide das Drama so sehr wie die Luft zum Atmen, selbstgewählt oder notgedrungen, sonst wäre kaum zu erklären, warum wir uns beide, sie wie ich, diesem Krieg so hingaben und warum wir ihn fortführten. Das beiderseitige Anfachen des Kriegsfeuers beweist vielleicht mehr als alles andere, wie wunderbar, wie unersetzlich wir zusammenpassen.

Am Anfang unseres Zusammenlebens sagte ich mir, all diese Kriege seien nur ein Übergangsstadium auf dem Weg zur Festigung der Verbindung, wir würden uns jetzt eben zusammenraufen, aber im Lauf der Zeit erkannte ich, unsere Verbindung ist einzigartig, und der Krieg, der zwischen uns tobt, ist keine raue Übergangsphase, bis wir zur Ruhe kommen, sondern im Gegenteil der schlagende Beweis dafür, dass der Krieg im Mittelpunkt unserer Beziehungen steht; dass unsere Beziehung die reinste Ausprägung des Kriegs der Arten ist. Unser gemeinsames Leben soll offen und extrem illustrieren, dass Partnerschaft Krieg ist und wahre Liebe nichts als eine Vermengung von Attraktion und Abscheu; meine Frau und ich sind, wie fast jedes andere Paar, dazu verurteilt, uns miteinander zu verwirren wie zwei Fäden, genau nach dem Gesetz der Fäden, das Boas in seiner unvergesslichen, scherzhaften Studie entdeckt hatte. Was immer du tust, wo immer du die beiden hinlegst, sie werden Verwirrung, unendliches Wirrwarr stiften, außer Rand und Band geraten. Was bleibt uns derart verschiedenen Menschen mit derart widersprüchlichen Zielen denn anderes übrig, als den Abgrund mit den Knoten zu überbrücken, die sich ständig bilden und nicht lösen lassen?

Nach so vielen Jahren bin ich immer noch voll des Staunens über unsere Beziehungen; bass erstaunt und völlig ratlos. Es fragt sich, ob es einen Weg gibt, die Dinge klar und deutlich zu sehen. Zum Beispiel indem ich mich davon zu lösen versuche, sie als eine Frau zu betrachten, mit der ich, einem alten Mythos zufolge, ein Fleisch werden sollte – statt als eigenständiges menschliches Wesen. Aber es besteht keine wirkliche Hoffnung auf einen Moment der Wahrheit. Du wartest auf den erlösenden Augenblick, aber er wird nicht eintreffen. Der Knoten wird sich nie lösen. Das Sichverheddern in der Zweisamkeit wird nie enden.

Vor einiger Zeit erzählte mir die Frau eines Patienten, wie glücklich sie und ihr Mann vor seiner Erkrankung gewesen seien. Ihren Worten zufolge fanden sie neuen Geschmack am Leben, wenn sie sich an Wochenenden in die Natur begaben, ein Zeltlager errichteten und ein spiritueller Lehrer, wie sie sich ausdrückte – ein Indianer aus Mexiko oder Peru, da erinnere ich mich nicht mehr –, ihnen einen Trank aus einem Pilz oder einem Kaktus verabreichte und ihnen die Augen für das Wesen des Daseins öffnete. Mit einem Mal, sagte sie, hätten sie die Natur der Dinge, »die Persönlichkeit des Kosmos« in ihrer Formulierung, erkannt, hätten die Welt mit frischem Blick gesehen und sich gefühlt »wie neu geboren«. Das sei genau der richtige Rahmen, um die drängendsten Fragen zu stellen, sagte sie. Der Trank, den der Mann aus einer bestimmten Kaktusfrucht herstellte, war, wie sie erklärte, auf die genaue Antwort ausgerichtet, die praktisch nicht von außen, sondern von innen käme. Ich versuchte mir eine Frage auszudenken, die ich mittels der Weisheitsdroge hätte stellen wollen, aber vergeblich. Die einzige Frage, die mir einfiel, war, wieso ich keine Frage hatte.

Wie ich mich erinnere, hatten meine erste Frau und ich einmal vor, in eine spirituelle Gemeinde in Galiläa zu ziehen. Ich kann mich nicht mehr an den Grund für diese Umzugsabsicht erinnern, vermutlich entsprang sie irgendeiner Krise, als meine Frau meiner mangelnden Präsenz überdrüssig war, wie sie meine familiären Versäumnisse nannte. Nachdem wir dort einen spirituellen Schabbat nach allen Regeln der Kunst verbracht hatten, setzten wir uns zu einem Interview mit dem Leiter der Gemeinde, ihrem geistigen Hirten, zusammen, und der sagte ohne Einleitung zu mir: »Was möchtest du mich fragen?«

Ich war überrascht, um nicht zu sagen verdattert. Es war klar, dass er keine Frage in praktischen und administrativen Dingen meinte, sondern eine ernste Frage, die die Ernsthaftigkeit meiner Absichten beweisen sollte. Er erwartete eine existenzielle, schicksalhafte Frage, die Frage der Fragen. Ich hätte bis ans Ende aller Zeiten so vor ihm sitzen können, ohne dass mir solch eine Frage eingefallen wäre; aber die Antwort hatte ich sofort parat: Ich möchte nicht an einem Ort leben, wo ich aufgrund der Frage der Fragen aufgenommen werde.

Jedenfalls ist mir weder damals, vor dreißig Jahren, noch heutzutage diese Frage gekommen, und das ist wohl ein Anzeichen dafür, dass ich diese Jahrzehnte relativ gut überstanden habe. Ein Zeichen, dass ich ein gutes Leben hatte. Ich muss keinen Honig schlecken, um mein Leben als gut zu empfinden; es genügt schon, dass mich keine furchtbaren Katastrophen heimgesucht haben. Wer keine Frage hat, kann beruhigt sein, finde ich; vorerst, wohlgemerkt. Natürlich kann sich jeden Augenblick alles verkehren, und dann brauchst du dir keine Frage auszudenken – sie kommt von allein. Aber vielleicht irre ich mich, vielleicht ist nicht die Frage der Fragen gemeint, sondern eine einfache Frage, auf die der Mensch eine klare Antwort braucht. Zum Beispiel, welche Frau die Stelle meiner Frau einnehmen könnte, wenn überhaupt. Doch die Antwort auf diese Frage kann ich selber geben: Selbstverständlich wird mir jede neue Frau nach einer Stunde Bekanntschaft über sein. Nach einer Stunde? Nach einer Minute der Bekanntschaft. Vor welcher Frau würde ich nicht schnellstens Reißaus nehmen? Jede andere Frau würde mir doch sofort langweilig werden, während ich meine

Frau, trotz allen Leidens, unaufhörlich begehre. Bloß bringt sie ständig die Ausrede, unabkömmlich zu sein. Immer ist sie beschäftigt, dauernd auf Trab, als wäre sie im Operationssaal festgenagelt und nicht ich.

In der letzten Zeit bin ich ziemlich unterbeschäftigt, das lässt sich nicht bestreiten, aber bei allem Respekt vor dem Goldschmiedehandwerk – es ist immer noch keine Chirurgie. Dort wird nicht sechzehn Stunden am Stück operiert. Man muss sich mit Ladengeschäften, Verkaufsagenten, Privatkunden beschäftigen, das ist richtig, und immer lauern im Hintergrund die Ansprüche der Kinder, die auch, wenn sie ausgezogen sind, noch dauernd Forderungen stellen, aber es geht nicht um Bereitschaftsdienste im Krankenhaus.

Sie tut, als würden wir ewig leben, als hätten wir jede Menge Zeit, um die Lust auszukosten; die Lust, die illusorisch erscheint, wenn man bedenkt, dass unser gemeinsames Leben eine einzige Strapaze ist. Statt die Lust zu ersticken, fache ich sie an, und je mehr ich sie anfache, desto unerträglicher wird das Leben an ihrer Seite, immer sinn- und auswegloser. Ihre Stimmungswandel, ihre widersprüchlichen Wünsche, das ständige Hin und Her zwischen Liebe und Feindseligkeit, Anziehung und Abstoßung, und das größte Hindernis: das nagende Gefühl, dass ich verliebt bin und sie nicht – all das ist eine endlose und grenzenlose Pein.

Ich empfinde das Leben mit meiner zweiten Frau nicht als wirkliches, sondern als theoretisches Leben. Das wirkliche Leben habe ich mit meiner ersten Frau gelebt. Mit meiner ersten Frau lebte ich ein erwachsenes Leben, und mit meiner jetzigen Frau lebe ich ein kindliches Leben. War das Leben mit meiner ersten Frau wohl oder übel real, ist mein Leben mit meiner zweiten Frau wohl oder übel eine Fantasie. Das heißt noch lange nicht, dass ich es bereue, die erste verlassen und die zweite erkoren zu haben; es heißt nicht, dass ich diesen Schritt gern rückgängig machen würde, aber vielleicht hatte meine jetzige Frau recht, als sie auf einem gemeinsamen Kind beharrte. Sie spürte, dass nur ein Kind ein Paar wie uns zu erden vermag. Ohne Kind kommt uns die Wirklichkeit abhanden. Aber jetzt meine ich, mich nicht aus mangelndem Vertrauen in unsere Bindung so vehement gegen ein Kind gewehrt zu haben, wie meine Frau behauptete, sondern weil ich nicht glaubte, dass aus diesen irrealen Beziehungen ein reales Kind hervorgehen könnte.

Boas wollte in seinem zweiten Lebensabschnitt kein Kind, weil er sich in seine eigene Kindheit zurückwünschte, und ich verwahrte mich aus genau demselben Grund dagegen; nur suchte ich, anders als er, nicht die verlorene Idylle, sondern das altbekannte Drama: das Drama des Vollwerdens und Abnehmens, der An- und Abwesenheit, der An- und Entspannung. Jeder von uns hat das Gesuchte gefunden – das ist der Schluss, den man aus meiner Geschichte ziehen kann.

Die einzige Erkenntnis, hinter der ich voll und ganz stehe, besagt, dass jeder zu der Vergangenheit zurückkehrt, an die er wohl oder übel gebunden ist. Dein Erwachsenenleben ist völlig an das Leben des Kindes, das du einmal warst, gebunden. Die größten Absurditäten entspringen diesem Grundsatz; das unmöglichste Geschehen, das unglaublichste Szenario beruht auf diesem Axiom. Wir handeln entgegen unserem eigenen Interesse, dem, was gut und nützlich für uns ist – Hauptsache, wir gelangen zurück an den Tatort. Denn sonst, möchte ich erneut betonen, hätte ich mit meiner wechselvollen Vergangenheit, mit meiner krankhaften Sensibilität für Wahrheit und Transparenz, nie und nimmer eine Vertrauen erregende und Sicherheit verleihende Partnerin gegen eine Frau eingetauscht, deren Verhalten alles andere als Vertrauen erregt, deren Anwesenheit mir nie Sicherheit verliehen hat und nach deren Auffassung die Wahrheit nur Verwirrung stiftet. Man muss gewärtigen, dass die Ergebnisse genau dem widersprechen, was man sich wünscht.

Eines Morgens, als ich gerade die Diagnose eines Patienten studierte, die ich per E-Mail erhalten hatte, hörte ich unter meinem Tisch Flügelschlagen, Kampfgetümmel: Die Katze, die mein Sohn mir vor seiner Auslandsreise anvertraut hatte (das ist beinahe die einzig greifbare Nähe, die zwischen uns verblieben ist, die Pflege seiner Katze, wenn er außer Landes ist), hatte zwischen den Zähnen eine Beute aus dem Hof mitgebracht. Das Bülbülweibchen versuchte flatternd loszukommen, aber die Katze ließ nicht locker. Als es mir gelungen war, die beiden zu trennen, setzte ich den Vogel auf ein Stück Pappe am Balkongeländer und erwartete, aufgrund früherer ähnlicher Fälle, dass er sich schnell erholen und die Flügel spannen würde. Aber das geschah nicht. Er zappelte nur. Versuchte zitternd Kräfte zu sammeln und fortzufliegen, schaffte es jedoch nicht. Da half kein Streicheln und gutes Zureden, der Vogel wurde nur schwach und schwächer. Plötzlich flatterte er auf. Es schien, als hätte er sich erholt und würde gleich den nächsten Baum ansteuern, aber es war keine Startvorbereitung, sondern das letzte Verenden: Das Vögelchen stürzte ab, und sein Blick erstarrte. Der Tod eines Vogels, hatte ich schon lange festgestellt, ist der edelste Tod.

Die Geschichte des bedauernswerten Vogels – reich und geheimnisvoll wie unsere menschlichen Geschichten – ist zu Ende, er ist tot. Ich sehe den verwitweten Vogelpartner aus jedem denkbaren Winkel auf den Ort des Unglücks spähen: vom Stromdraht, vom Kiefernwipfel, vom Dach gegenüber, verzweifelt nach seiner verlorenen Geliebten fahnden. Ich versuche den Bülbül zu verstehen, anhand seiner Haltung, seiner Kopfbewegungen, seines Flugs, aber wer kennt eine Vogelseele? Von seinem Blickpunkt aus ist er Zeuge des regen Flugverkehrs: Krähen, Spatzen, Kohlmeisen, Schwalben, Tauben starten, segeln und landen, leben ringsum weiter, und nur er ist in seiner Trauer versunken. Keine Paartänze, kein Zusammenkuscheln, keine Duette mehr. Nur Schweigen und Einsamkeit.

Während ich ihn beobachte, denke ich an Avitals Schmerz. Wie sie als Witwe Herz und Haus einem neuen Mann öffnete, den sie nun wieder verloren hatte, eine Liebe, wie sie sie nie mehr haben würde. Das Leben mit meiner Frau kann unerträglich sein, aber wenn ich an die Möglichkeit ihres Todes denke, befällt mich blankes Entsetzen. Zu leben ohne das Gegenbild, ohne die unruhestiftende Anwesenheit; ohne ihren unablässigen Widerstand, der eigentlich nur darauf abzielt, mich aus der Reserve zu locken, aus dem Schlaf zu wecken. Plötzlich scheint mir, ohne sie würde ich sterben. Und falls ich vor ihr sterbe, wie lange wird sie dann um mich trauern, bevor sie anfängt, einen Ersatzpartner für mich zu suchen?

Nach dem Bülbül zu urteilen ist es nicht gut, dass der Vogel allein ist. Nach seinem Verstummen, seinem verklungenen Lied, dem verzweifelten Suchen hatten die beiden eine mustergültige Partnerschaft. Aber wie soll man das von außen wissen? Vielleicht würde man Ähnliches auch von meiner Frau und mir sagen. Wir alle strengen uns unglaublich an, unsere wahre Geschichte, unser wahres Elend zu kaschieren. Menschen erzählen eine Geschichte, um eine andere zu verdecken, erzählen eine Geschichte und meinen eine andere. Ich erzähle von Boas und von mir, vielleicht um die Geschichte von meiner Frau und mir zu verbergen. Wir sind bereit, alles zu tun, um die Hauptgeschichte am Durchbruch zu hindern. Wir erzählen eine marginale Geschichte, bloß damit die Hauptgeschichte uns in Ruhe lässt. Ich erzähle die Geschichte von dem Vogel anstelle einer anderen Geschichte. Aber das hilft alles nichts; es wird herauskommen, dass ich mich mit einer Frau zusammengetan und eine empfindliche Enttäuschung erlebt habe. Aber auch das sind Ausführungen, die nur um den Tod herumreden. Reden und Überlegungen, die wir ausnahmslos alle unaufhörlich führen, um nicht bei dem Schweigen zu landen, das uns zu intensivem Nachdenken über den Tod zwingt.

Solange wir dem Tod noch nicht gegenüberstehen, ist es keine Großtat, Rätsel aufzugeben und Mutmaßungen anzustellen. Das war Boas' Größe: Er hat ein ganzes Jahr mit dem Tod gelebt, in erschreckender Nachbarschaft zu seinem Tod, und ist nicht wirklich erschrocken. Nenne man es Flucht, Verdrängung, Ignoranz, wie auch immer, aber das ändert nichts daran, dass er nicht erschrocken ist. Oder vielleicht hat er gebangt, sicher hat er gebangt, sich aber von seiner Bangigkeit nicht beeinflussen lassen. Er ist seinen Weg unbeirrt weitergegangen. Er hat seine Beständigkeit in eine Kunst verwandelt. Deshalb brauchte er keine Theorien. Er brauchte auch keinen Glauben, von mystischen Stärkungen ganz zu schweigen. Es gibt nicht viele solche Beispiele. Jahre können vergehen, ohne dass man so einem Fall begegnet. Ich meine, das macht ihn zu einem Begriff. Jenseits des lebenden und des toten Boas gibt es fortan den Begriff »Boas«. Das Modell Boas. Boas als Faktor in meinem Leben und im Leben derer, die ihn gekannt und seine Größe erfasst haben.

Auf dem Weg nach Galiläa kann ich zum Beispiel den Friedhof am Ufer des Sees Genezareth besuchen, auf dem die Dichterin Rachel liegt, und sinnieren, dass ich dort gern begraben werden würde, dort ewige Ruhe fände, aber das ist ein banaler Gedanke, einer, der den Tod umgeht. Ein Gedanke, der mir kommt, solange ich lebe und gesund bin, während meine Beine mich zwischen Basaltstein, Schilf und Papyrus noch tragen, um im See zu baden, während ich mich meines Körpers und meiner Gesundheit noch erfreue. Warten wir ab, wie ich über mein Begräbnis spreche, wenn der Tod, mein Tod, tatsächlich an die Türe klopft. Warten wir ab, wie ich über meinen Tod und mein Grab denke, wenn mein Tod und mein Begräbnis auf der Tagesordnung stehen, wie Boas' Tod und Begräbnis es taten. Warten wir ab, ob ich dann detailliert und mit leisem Humor mein Testament abfassen werde; oder nach altüberlieferter Tradition meine Freunde zu einer Feier einlade, an einem Chanukka-Abend die Kerzen anzünde, als wäre alles normal, wie Boas es tat.

Wer ist dann hier derjenige, der flüchtet, ignoriert, verdrängt – er oder ich? Ich verachte diejenigen, die mit den Krankheiten, Katastrophen und Todesfällen anderer Menschen nichts zu tun haben möchten, ignoriere aber, dass mein eigener Umgang mit fremdem Unglück und Tod nichts als ein ausgeklügeltes Ausweichmanöver ist. Wenn ich mich dem Tod meiner Mitmenschen nähere, was tue ich dann anderes, als von meinem eigenen Tod abzurücken? Immer wieder führt mich Boas' Geschichte an dieselben Orte zurück. Aber woraus besteht denn das Leben, wenn nicht aus Wiederholungen, aus Variationen über dieselben Motive?

Gebete reflektieren in dieser Hinsicht unser Verlangen nach Wiederholung. Daraus erklärt sich, dass Menschen gern beten, gern immer dieselben Worte wiederholen, in heiliger Ehrfurcht, die für den Mangel an Neuem entschädigt. Boas verabscheute Neues und liebte Wiederholungen.

Er konnte ein Lieblingsbuch x-mal lesen; immer wieder dieselbe geliebte Stadt aufsuchen, dasselbe Lieblingshotel in derselben Straße. Er war verliebt in Rom und bemühte sich, wenigstens zweimal im Jahr dorthin zu pilgern, und als ich nach seinem Tod hinfuhr, bestand das einzig verbliebene Abenteuer darin, durch die Straßen des historischen Viertels zu schlendern und an Boas zu denken: vom Pantheon zur Jesuskirche, dem Vorbild aller Barockkirchen, einen schnellen Rundgang darin zu machen und meine Augen an ihren Schätzen zu weiden, danach durch einen entlegenen Gang, eine Art Tunnel, in dem mir nur ein einzelner Mönch begegnete, im Corso Vittorio Emanuele aufzutauchen, dann zum Forum Romanum abzubiegen und nach der verwirrenden Reise in dieser Zeitmaschine schließlich kehrtzumachen und das Museum Scuderie del Quirinale aufzusuchen, wo ich mich in die lange Schlange einreihte, die mich zu Caravaggios Geburts- und Kreuzigungsgemälden führte. Und danach erst hinter einer verlassenen Kirche das winzige Lokal zu finden, das vorwiegend von Einheimischen frequentiert wird, dort einen Linsensalat zu bestellen und Weißwein in einer dicken Milchglasflasche ohne Etikett, und die frischen, knusperigen Weißbrotbrocken in den Salat zu tunken. Und mir schließlich, schon leicht benebelt, zu sagen, dass Rom ohne Boas doch nicht Rom ist, und dass Boas' Tod mich für immer von Rom befreit hat.

Der Gedanke an diese Befreiung erfüllt mich, zugegeben, mit Genugtuung, denn mit einem Mal von Rom befreit zu sein ist keine Kleinigkeit. Man kann zwar nicht behaupten, dass viele gute Menschen diesen Erfolg anstreben, aber ich habe ihn seit jeher angestrebt (was mir erst beim Eintreffen der überraschenden Befreiung klar wurde), wie auch die Befreiung von Europa allgemein. Von der Banalität Europas, von der Trivialität Europas, von der geistigen Leere Europas, von der Nichtigkeit Europas – des Europas, das mit Boas' Verschwinden aus der Welt wohl auch von der Tagesordnung gestrichen ist. Für mich ist Europa nicht mit dem Verschwinden von Fellini und Antonioni, Lino Ventura und Belmondo, unseren verehrten Helden, von der Tagesordnung gestrichen, sondern mit Boas' Verschwinden.

Rom lag Boas mehr am Herzen als mir, aber es war eben doch Rom, eine der Städte, die uns geformt haben. Neben London und Paris ist sie die Stadt, die die meisten Erinnerungen und Zitate transportiert; aber nicht nur Zitate und Erinnerungen aus Büchern und Filmen, aus der Geschichte und den Liedern, sondern, überlegte ich plötzlich beim Spazieren durch den Corso Vittorio Emanuele II., auch aus dem Leben, unserem Leben. Denn schon dachte ich an die Geschichte von Rakefet, die bei der einzigen oder einer der wenigen Reisen, bei denen sie Boas begleitete, am Anfang dieses Corsos vorschlug, sich für ein Weilchen zu trennen, da sie »ein paar Einkäufe plane«, wie sie sagte, und »bekanntlich ist meine Arbeitsmoral höher, wenn es um Einkäufe geht«, wobei es doch schade wäre, Boas in einer von ihm so geliebten Gegend zu nerven. Boas sagte zwar, er habe nichts weiter vor und käme gern mit zur Shoppingtour, aber sie beharrte auf getrennten Wegen. Sie gab ihm einen Kuss und sagte: »Gib mir zwei Stunden allein mit den Kleidern«, nötigte ihn regelrecht, ohne sie weiterzugehen, genau die Strecke, die ich zurücklegte – vom Corso Vittorio Emanuele zum römischen Forum.

Wie ich Boas kenne, hat er genau diese Strecke gewählt, genau diesen Weg eingeschlagen, während Rakefet, wie er Jahre später erfuhr, rasch ein leichtes Sommerkleidchen und einen dünnen, modischen Pulli zusammenraffte und zu einem ehemaligen Liebhaber hastete, einem ortsansässigen israelischen Künstler, der sie, als er ihr blitzartig einfiel, mit unkontrollierbarer Leidenschaft erfüllt hatte. Wie gesagt, hörte Boas erst Jahre später von diesem Täuschungsmanöver, als Rakefet wusste, sie würde deshalb definitiv keinen Schaden mehr erleiden, ihm nur demonstrieren wollte, was für ein bitterer Fehler ihr gemeinsames Leben gewesen war.

Die Geschichte von dem römischen Liebhaber setzte Rakefets Eskapaden die Krone auf. Ich fand sie so extrem, dass ich sie gleich, nachdem Boas sie mir erzählt hatte, wieder vergaß. Aber wer weiß, vielleicht hat sie wesentlich zu meinem eigenen Argwohn, zum Misstrauen gegen meine jetzige Frau beigetragen. Vielleicht ist diese Geschichte regelrecht in die unterirdischen Gänge eingesickert, aus denen alle Dämonen und Dämoninnen aufsteigen, denn sogar jetzt, viele Jahre später, erschüttert sie mich; sogar noch nachdem Boas tot und Rakefet alt ist (zumindest nach den Maßstäben des vorigen Jahrhunderts), macht sie mich schaudern.

Die Erschütterung wirkte noch nach, als sie mir auf dem Corso Emanuele einfiel, begleitete mich hartnäckig in das nette Lokal, wo ich jeden Bissen von dem knusperigen Brot genoss und den Linsensalat und jeden Schluck von dem einfachen Weißwein aus der Flasche ohne Etikett, die bewies, dass er genauso ein heimisches Erzeugnis war wie das weiße Brot, das keine Bäckerei außerhalb Italiens so backen könnte. Aber so real Brot und Wein auch waren, konnten sie doch das Gefühl nicht verjagen, dass jedes römische Abenteuer seit Boas' Tod unwirklich war, ja Rom ohne Boas gar nicht mehr Rom war – und ich praktisch für immer befreit davon.

Ich freue mich über diese Befreiung, denn in meinen Augen ist ein nicht verwirklichtes Abenteuer die höchste

Freiheit. Verwirklicht oder nicht verwirklicht – das war die Frage, und die Verwirklichung ist manchmal eine Falle. Ist häufig ein Kerker. Wenn du verwirklichst, schnürst du dir die Luft ab, und wenn du nicht verwirklichst, kannst du frei atmen. Die Sehnsucht, nicht zu verwirklichen, geht einher mit der Sehnsucht, nicht zu existieren, sie ist der Gipfel des Sehnens.

Unser Leben lang wetteifern zwei Bestrebungen in unserer Brust: die Sehnsucht, nicht zu sein, und der Wunsch, nicht zu sterben. Zwischen ihnen wütet der größte Kampf. Zu keiner Zeit wird dieses Ringen der Sehnsucht nach dem Nichtsein und dem Unwillen zu vergehen sichtbarer als beim Antritt einer Reise, das heißt an der Schwelle zum Abenteuer. Dann sagst du dir, welcher Teufel hat mich bloß geritten, aus meinem sicheren Heim ins Unbekannte und Unsichere aufzubrechen, zu einem Ziel, das plötzlich völlig überflüssig wird, zu einem eingebildeten Zweck. Doch im selben Atemzug möchtest du auch die jähe Freude bei der Landung in der Fremde erleben, dieses jähe Aufatmen, das Boas durch einen tiefen Zug an seiner Gauloises noch verstärkte.

Nicht, dass Boas ein Abenteurer gewesen wäre; er war das Gegenteil eines Abenteurers. Das Wort »Abenteuer« machte ihm Angst. Er liebte die Routine und hasste die Abenteuerlust, und das war zweifellos die ideale Ausgangslage zur Definition und Analyse dieses Phänomens, des seltsamen Fernwehs vieler seiner Zeitgenossen. Den Satz, »ich verstehe nicht, was er da zu suchen hat«, verwendete er häufig, wenn er von jemandes Reiseplänen hörte, fern über alle Berge, nach Tibet oder Nepal, auf den Apennin oder in die Anden.

Zu Boas' Lieblingsbüchern gehörte *Reise um mein Zimmer* von Xavier de Maistre, einem französischen Aristokraten, der Ende des 18. Jahrhunderts klug und witzig die 42

Tage schilderte, die er wegen seiner Teilnahme an einem illegalen Duell in Hausarrest verbrachte. »Wenn dieser Adlige das Buch nicht geschrieben hätte, hätte ich was Ähnliches verfasst«, erklärte Boas, der, ebenso wie der Autor des Buches, am liebsten seine Runden vom Schreibtisch zum Sessel drehte und von dort weiter zu den Bücherregalen, zur Küche und ins Bett.

Er hielt es gern mit Pascals Spruch: »Alle Sorgen des Menschen entspringen seiner Unfähigkeit, ruhig in seinem Zimmer zu sitzen.« Die Ziele, die Boas sich für seine Reisen aussuchte, waren gemütlich, bürgerlich. Grundsätzlich wollte er die Provinzen des Römischen Reichs nicht verlassen, und auch diese wagte er erst auszuschöpfen, nachdem ich ihn jahrelang bekniet hatte, »die Grenzen des Verheißenen Landes« zu überschreiten (wobei anzurechnen ist, dass er während seiner Wehrdienstzeit nun doch, wenn auch nicht aus eigenem Antrieb, von den Jordanquellen bis zum Nil unterwegs gewesen war).

Kühn war er nicht, milde ausgedrückt. Häufig habe ich mich gefragt, ob seine mangelnde Kühnheit nicht sein Denken und Forschen beeinträchtigte; konnte man jedes Vorwagen ins Gelände, in die Gefilde des Lebens selbst, vermeiden, ohne die Kühnheit des Denkens zu beeinträchtigen? Wenn ich mich nicht irre, haben wir uns bei einem Spaziergang in Rom erstmals über meine Theorie zum Thema Abenteuer unterhalten. Ich entsinne mich, dass ich Boas vor der Statue des Gekreuzigten in unserer geliebten Jesuskirche sagte, dass wir immer wieder in ein atemberaubendes Abenteuer gerieten, nur um uns zu vergewissern, dass unser Unwillen zu sterben noch bestehe.

Ich erinnerte Boas während seiner Krankheit an dieses Gespräch, und das waren wohl meine einzigen Worte, die ihn damals wirklich aufrüttelten. Als ich meine alte Theorie über die Sehnsucht nach dem Nichtsein, die mit dem Unwillen zum Sterben wetteifere, anführte, konnte ich ihn einmal tatsächlich ermutigen. Boas hatte meine Theorie über die Falle der Verwirklichung mit »Das atemberaubende Abenteuer« überschrieben, und als ich ihm das in Erinnerung rief, lachte er von ganzem Herzen und erzählte wieder über ein selbst verwirklichtes, atemberaubendes Abenteuer, von dem ich längst wusste, seine missglückte Reise nach Rom.

Einmal, in seiner langen Singlezeit nach der Scheidung, fuhr er dorthin mit einer verheirateten Frau, mit der er heimlich eine Affäre hatte. Schon im Flugzeug merkte er, dass es ein Fehler gewesen war, die verborgene Geliebte ans Licht zu holen, und bei der Ankunft in dem wunderbaren Hotel mit der Atmosphäre jener Vorwelt, in der Boas geliebt hatte, bat er sofort um zwei Zimmer. Widerwillig schleppte er sich am ersten Tag durch die ganze Stadt mit ihr, doch die übrigen Tage gingen sie getrennte Wege, schliefen kein einziges Mal miteinander, und nach der Heimkehr sahen sie sich nie wieder.

Als Boas mir bald darauf von dieser Reise erzählte, strahlte er Kälte aus. Ich dachte, er hat der Frau ja keinerlei Chance gegeben, und wie schrecklich, in solch eine Lage zu geraten, zumal wenn man das Gegenteil erwartet hat. Manchmal spüren wir gar nicht, dass wir die Umgebung unterkühlen; ich weiß noch, dass Boas, als ich deutliches Mitgefühl für die verstoßene Frau äußerte, die Achseln zuckte und blaffte: »Was für daheim taugt, taugt nicht unbedingt für draußen.« Er weigerte sich nachdrücklich, sein Handeln zu erörtern oder daraus zu lernen. In solchen Fällen igelte er sich ein, verschanzte sich in seiner Haltung. Er fand es unerträglich, des Geizens mit Gefühlen beschuldigt zu werden.

Dieser Charakterzug war mir nicht fremd bei ihm; auch damals in Kreta hatte ich ja fest angenommen, dass er kalt und ich heiß wäre; dass ich, im Gegensatz zu ihm, die nötige Wärme für jene bedauernswerte Schwedin aufbrächte, wobei man einwenden könnte, welche Wärme ich ihr wohl hätte geben können – doch nur die Hitze des Aufgegeilten, die verflog, sobald seine Geilheit erkaltete. All die Aufmerksamkeit, Zuneigung und Empathie waren wie Schaumkronen auf dem Meer um uns her; das heißt, nicht viel wert. Wie ich mich selbst kenne (und auch das ist nur eine Vermutung), habe ich damals den Faktor der Leidenschaft übersehen und so getan, als könne man sich auf meine Liebe verlassen, könne langfristig darauf bauen, als hätte ich nicht Frau und Kinder zu Hause. Ich mimte den Mann mit ernsthaften Absichten, war der Schwedin aber bloß als Schürzenjäger auf den Fersen. Ich spielte einen, der ich nicht war, Boas jedoch nur sich selbst. Anders als ich beschönigte und betrog er nicht. Die Wärme, die er – wenn meist auch in bescheidenem Umfang – spendete, war echt und ehrlich.

Jemanden kennen bedeutet in erster Linie, seine irrationale Seite kennen, eben die Eigenschaften, die er nicht unter Kontrolle hat oder schwer zügeln kann, die er, wenn möglich, gern aus seinem Wesen löschen würde. Aber bei näherer Überlegung bin ich nicht sicher, ob diese Annahme stimmt. Es kann gut sein, dass die Eigenschaften, die der Mensch angeblich gern aus seinem Wesen löschen würde, in Wahrheit die letzten sind, die er aufgeben möchte. Zur Begründung fällt mir gerade ein, dass die Eigenschaften, die man scheinbar gern loswerden würde, gerade die sind, die einen stärker als alles andere charakterisieren, die dich spüren lassen, dass du lebst, und dich anspornen weiterzuleben. Es sind diese Eigenschaften, die dich vor Nichtigkeit und Untergang retten. Die Aufgabe dieser Eigenschaften käme daher einem Selbstmord gleich, denn sie und keine anderen machen dich zu einer einzigartigen Persönlichkeit und geben dir einen Grund zu leben. In diesem Fall könnte man fragen: Wie erkennt man denn einen Menschen oder erreicht ihn? Offenbar erreichst du jemanden nicht durch Kennenlernen, sondern auf andere Weise. Vielleicht ist Treue die wichtigste Voraussetzung; vielleicht gelingt es mit Zuneigung oder Liebe.

Ich erinnere mich, dass Boas einen abgewetzten Teddybären hatte, dem er seit Kindestagen die Treue hielt. Dieser Teddy war das einzige Tier, an dem Boas hing (er liebte Tiere nur auf sicheren Abstand, vor allem in Fernsehdokus), und immer lugte er aus seinem Koffer, wenn wir ins Ausland reisten. Boas erklärte entschuldigend, er sei eine Art Maskottchen. »Er ist das treuste Wesen, das es gibt, ich habe das Gefühl, dass er mich beschützt«, sagte er verlegen lächelnd. Jetzt frage ich mich, ob er diesen Teddy in seiner Todesstunde im Arm gehalten hat; ob er an seinem Körper lag, als seine Kindheit das letzte Mal in ihm aufflackerte, ehe er seine Seele aushauchte. Ich möchte hoffen, dass ja, denn dieser Teddy war eine Art Ikone; eine Ikone der Kindheitsreligion, in deren Licht er lebte und aus der er die meiste Zeit seines Lebens Wärme schöpfte.

15 Mit der Zeit wird Boas zur Illusion. Der lebende Boas, Boas' Leben, verwandeln sich in Antimaterie, wie Erinnerungen. Nur sein Tod bleibt als Realität bestehen. Nur sein Tod, der auch nicht bis ins Letzte erforscht ist. Immer sagten wir uns am Ende einer gemeinsamen Reise, dass wir nicht erreicht hatten, was zu beweisen gewesen wäre, was wir hatten erreichen wollen, und da half auch nicht die Ausrede, der Weg sei das Ziel. Wir hatten die Sache einfach nicht ausgeschöpft.

»Ich habe es ausgeschöpft«, war ein häufiger Spruch von Boas. An seinem letzten Tag hätte er sagen können, oder hat vielleicht wirklich gesagt: »Ich habe es nicht ausgeschöpft.« Schlicht und einfach. Wäre ich an seiner Stelle gewesen, mit seiner Krankheit, behüte, hätte ich das nicht behaupten können. Fast mit Sicherheit hätte ich das Gegenteil gesagt: »Ich habe es ausgeschöpft.« Trotz der Trauer über den Abschied von meinen Lieben beharre ich, dass ich es ausgeschöpft habe. Mir reicht es.

Im Endstadium seiner Krankheit, einem Zustand, bei dem man jeden Unsinn aufbietet, um die Aufmerksamkeit vom nahenden Ende abzulenken, erwähnte ich (nur um beklemmendes Schweigen zu vermeiden) meine Theorie von der Falle des Abenteuers, die da besagt: Du hoffst, das Abenteuer werde die Routine deines Lebens durchbrechen, fürchtest aber zugleich, sie könnte dich mit zerbrechen. Darauf erklärte er, man könnte die Krankheit auch als Abenteuer betrachten, distanzierte sich jedoch sofort mit ironischem Lächeln, das sei eigentlich der Gedankengang eines Gesunden;

ein Kranker könne seine Krankheit nicht als Abenteuer begreifen. Ein Abenteuer, sagte er, habe mit Gefahr und Risiko zu tun, aber nicht mit zwangsläufig tödlichem Ausgang.

Inzwischen ist Boas gestorben, auch mein Leben geht dem Ende entgegen, und ich wandere immer noch genau zu jener Angststelle, die einem den Vorwand dafür liefert, auf den Fersen kehrtzumachen. Doch mein Alltagsleben folgt Regeln, die den Gesetzen des Abenteuers diametral widerstreben: Ich erreiche sicher das vorbestimmte Ziel, zeige meinen Ausweis an der Einfahrt zum Krankenhausparkplatz, zwänge mich zwischen zwei parkende Autos und mache mich wie gewohnt auf den Weg zu meinen Patienten oder in den Operationssaal, einen Ort, wo, so seltsam es klingen mag, nicht Angst regiert, sondern Sicherheit. Aber das wahre Heldentum besteht darin, nicht an der Sicherheit festzukleben, sondern weiterzugehen, noch einen Schritt zu tun, wohl wissend, dass man mit der Angst nur verlieren kann. Weiterschreiten, um die Freiheit zu erlangen, oder eigentlich das Leben.

Ich habe mir nur vorgemacht, die Rückkehr aus Amerika nach Israel sei einem tiefen Zugehörigkeitsgefühl entsprungen. Nein, sie gründete auf Angst. Angst, die Sicherheit zu verlieren. Ich wusste damals nicht, was ich heute weiß, dass der Verlust der Sicherheit eingebildet ist; dass man dank des Verlusts der Sicherheit das Leben gewinnt. Ist das jetzt möglich? Bin ich an den Punkt gelangt, an dem ich tun kann, was ich will, wozu ich berufen bin, ohne dass das Schwert der Angst über mir schwebt? Kann ich das von dem toten Boas lernen, einfach keine Angst zu haben? Wieder Licht in das Leben zu bringen, das im Dunkeln vergangen ist. Aufzuwachen. An einen Ursprung zurückzukehren, den ich nicht kenne.

Die Patientin, deren Sohn im Meer ertrunken ist, jenes überraschende sinnliche Wesen – nennen wir sie der ärztlichen Schweigepflicht halber Idit –, redete in der Sprache des Gefühls. Damit hat sie zweifellos mein Herz gewonnen, und ich sehne mich danach, ihr wieder zuhören zu können. Im Sehnen nach ihrer Sprache sehne ich mich nach ihr. Ich stelle mir den Klang ihrer Sprache vor wie einen Strahlenkranz um ihren Kopf. Wer, außer Kindern, redet heute schon in der Sprache des Gefühls? Es scheint, nur sie gibt getreu die Wirklichkeit wieder. Ohne Kinder würde der Kontakt zur Wirklichkeit verschwinden, und damit wären auch Wahrheit und Liebe dahin. Aber diese Patientin kam mir vor wie ein Kind, mit einer kindlich präzisen Sprache, die nicht lügen kann. Wenn sie meinen Bereich verlässt, nachdem sie »mit Gottes Hilfe« genesen ist, wie die meisten meiner Patienten sagen, wird mir keine Spur von dieser Sprache bleiben, und ich werde sie nie wieder hören. Ich bin sicher, Idit hat keinerlei Verstellung, keine Hintergedanken oder Listen auf Lager. Alles ist offen bei ihr, wirklich wie bei einem Kind. Das »irgendwie«, das sie so häufig einflicht, meint bei ihr das Gegenteil der üblichen Bedeutung. Ihr »irgendwie« betont gerade ihre völlige Aufrichtigkeit, Geradheit und Ehrlichkeit, weshalb sie es wohl braucht und weshalb sie es sich nicht abgewöhnen kann. Bei meiner Frau ist es gerade umgekehrt, sie würde das Wort »irgendwie« nie unnötig verwenden.

Meine Frau ist nicht geradeheraus, sondern verschlungen, sie begeht viele Täuschungen, hegt Hintergedanken und gebraucht Listen. Vor lauter Verstellung hat sie keine Ahnung mehr, wann sie sich verstellt und wann nicht. Ich rätsle, ob ihre Verstellung nicht verkleidete Angst ist; ob die Angst davor, entblößt in die Welt hinauszugehen, sie nicht drängt, wechselnde Verkleidungen anzulegen. Aber gerade das Wort »irgendwie« ist bei ihr nicht in Gebrauch. Ihr »irgendwie« ist die Sache selbst. Das Motto meiner Frau ist und bleibt: Besser nicht reden als reden; reden macht alles nur komplizierter.

Auch Boas fand, Rätselhaftigkeit sei bei einer Frau das Wichtigste, aber in Bezug auf Avital erwähnte er niemals Versteckspiel und Geheimnis, sondern betonte in erster Linie ihre stille Klugheit und ihre Zärtlichkeit. Und tatsächlich hielt ich Avital nicht für trügerisch, sondern im Gegenteil für offen und geradlinig.

Soweit ich mich erinnere, sagte Idit, seit ihr Sohn ertrunken sei, könne sie das Leben nicht mehr genießen (Geschlechtsverkehr stand für sie außerhalb des Lebens, war »halber Selbstmord«, wie sie sich ausdrückte), denn immer müsse sie gleich denken: Ich wärme mich, und ihm ist kalt, ich esse und er hungert, ich genieße und er leidet. Worauf ich aufgebracht konterte: Ihr Sohn ist nicht mehr das Problem. Sie sind es, weil sie weiter so um ihn trauern. Nach solch einem Unglück, sagte ich, ist nichts mehr wichtig, ist alles egal. Alles, was Ihnen immer zugesetzt hat, wird null und nichtig, die alten Probleme werden klein dagegen. Warum denken Sie nicht einfach, in unserer schrecklichen Welt sei eine solche Katastrophe die einzige Erlösung, das einzige Mittel, auf null zu schalten und alles auszulöschen, was einen immer bedrängt hat, sich von allen Fesseln und Sorgen zu lösen; eigentlich die einzige Möglichkeit, fortzuleben.

Was ich da von mir gab, überraschte mich selbst, nicht nur sie. Plötzlich erschrak ich vor meinen eigenen Worten, als wollte ich ein großes Unglück über mich heraufbeschwören, um der Verstrickung mit meiner Frau zu entkommen, oder meinen Charakterschwächen, die mich an sie fesseln, und sofort versuchte ich abzuwiegeln und änderte die Richtung. Hören Sie, sagte ich, Ihr Sohn befindet sich schon im idealen Zustand des Nichtseins, fern dieses Jammertals, wie nie geboren – und für mich ist gerade das Nichtgeborensein das größte Geschenk und nicht umgekehrt. Das Problem liegt darin, dass Sie noch da sind und um ihn trauern, Sehnsucht nach ihm empfinden. Deshalb müssen Sie, wenn Sie in einen Zustand des Glücks und der Freude geraten, diesen umso mehr auskosten, ohne jegliche Gewissensbisse. Wer soll denn Freude und Vergnügen verdient haben, wenn nicht Sie, die in dieser unerträglichen Welt verblieben sind.

Als ich das sagte, leuchteten ihre Augen auf, und sie erwiderte, so habe sie es noch nie betrachtet. Ich glaubte immer, sagte sie, das Leben sei das größte Geschenk und nicht das Nichtsein. Darin unterscheiden sich die Menschen am meisten, erklärte ich: Die einen meinen zu ihrem Glück, die anderen zu ihrem Unglück geboren zu sein. Ich bin mir bewusst, beeilte ich mich hinzuzufügen, dass es mir vom Podest meines – zumindest vorläufig – sicheren Daseins leicht fällt, so über den Tod zu räsonieren. Als Arzt jedenfalls kann ich ohne Zögern sagen, dass das bei Ihnen diagnostizierte Geschwür zwar bösartig ist, sich aber zum Glück bescheiden am Pankreaskopf angesiedelt hat und nicht einen Fingerbreit weiter. Wie sagen die Wohnungsmakler, »die Lage, die Lage, die Lage«. Und an der Stelle, die es sich ausgesucht hat, verstopfen schnell die Gallenwege, und schon hat es seine Bescheidenheit sausen lassen und sich durch Hissen der gelben Fahne zu erkennen gegeben (hat nicht schamhaft gewartet wie Boas' Tumor, dachte ich im Stillen), und wenn man es herausnimmt und die Umgebung gründlich ausräuchert, bestehen gute Heilungschancen.

Manchmal, nach einer Operation, bei der es mir gelungen ist, eine schier unüberwindbare Komplikation zu meistern, überkommt mich jäher Größenwahn: Nichts ist mir versagt, ich kann das Unglaubliche tun. Nicht selten habe ich scheinbar unmögliche Dinge vollbracht, aber sie widersprachen nicht der ärztlichen Erfahrung, sondern hielten sich in deren Grenzen. Das heißt, es waren keine Wunder. Doch seit Boas' Tod gesellt sich zu jedem etwa aufkeimenden Größenwahn sofort Schuldgefühl: Vielleicht habe ich nicht genug für ihn getan. Vielleicht hätte man aufschneiden und nachsehen müssen. Das ist natürlich ein müßiger, ein verzweifelter Gedanke, aus Überschätzung geboren, so wie ein kleiner Junge davon fantasiert, das Siegestor im Trikot seiner Lieblingsmannschaft zu schießen. Denn Boas' Tumor hatte auf unverzichtbare Blutgefäße übergegriffen, und für dieses Problem ist noch keine Lösung gefunden.

Eines Tages, als ich sein Haus wieder einmal mit dem unsinnigen Gemurmel, »du kommst da durch, du wirst noch alle Statistiken besiegen«, verlassen hatte, überkam mich irrsinniger Ehrgeiz, ein unkontrollierbares Verlangen, es mit dem Schicksal aufzunehmen. Zurück in meinem Zimmer, drehte und wendete ich mit an Wahn grenzender Fieberhaftigkeit das Bild seines Pankreas, rief eine Simulation seines Tumors von allen Seiten auf und fantasierte über eine historische, wegweisende Tumorentfernung, die die Welt der Medizin in Staunen versetzen würde; ein großer Schritt für die Menschheit, wie die erste Lebertransplantation. Einen Moment war ich der Hannibal des Pankreaskrebses, aber als ich wieder zu Sinnen kam, erkannte ich, dass diese Festung uneinnehmbar war: Schnitt man den Tumor nicht in Gänze heraus, war es sinnlos zu operieren.

Im Verlauf der großen Operation, die ich bei Idit vornahm – »Whipple-OP« im Fachjargon –, sagte ich mir, nein, nein, der tote Krebs wird nicht auferstehen. Ich achtete sorgfältig darauf, alles ringsum zu säubern und auszuräuchern. Sechs Stunden arbeitete ich an ihr, und mir schien, ihr Körper höre und fühle all mein Hadern und Reden mit ihm, wie Rabbi Nachman von Bratslav zu sagen pflegte. Hätte Boas nur das Glück gehabt, den Tumor an der richtigen Seite zu bekommen, dachte ich wiederholt bei der Arbeit. Und weiter ging mir der Gedanke durch den Kopf, wie es nur angehen konnte, dass Boas' ganzes Leben und Streben, sein Talent und sein Geist tatsächlich von jener Versiegelung an der Seite abhingen, wo dieses Pfund Fleisch beschlossen hatte zu wuchern. Boas hätte meinen Überlegungen seine eigene Note beigelegt: Er sagte gern, den Geist brauche man nicht zu entschlüsseln, denn Geist und Fleisch seien eins, und das Mitgefühl und die Weisheit, die man in dieses blutige Stück Fleisch investiere, verliehen ihm, gerade nach meinem Denksystem, eine geistige Dimension. Wie der Glaube, der im christlichen Ritus ein trockenes Stück Brot in einen lebendigen Körper verwandle.

Ich hatte gebeten, Idit mit ausgebreiteten Armen aufs Bett zu legen, um bequemen Zugang zu den Venen zu haben – anders übrigens als die meisten Chirurgen, die die Arme lieber am Körper anliegen lassen. Als der Anästhesist ihr seine Spritzen verpasste, sah sie aus wie Jesus in Frauengestalt, und als wir uns alle über sie beugten, kam man kaum umhin, sie mit einem Gemälde von Caravaggio zu vergleichen. Die Oberschwester merkte wohl, dass es keine reguläre Operation für mich war. Es geschah in dem entscheidenden Moment des Schnitts, der – wenn falsch gesetzt – eine schwere Blutung auslösen kann. Ich sah meinen Assistenten einen Mucks machen, und meinem Mund entfuhr ein spitzer Schrei: »Nicht regen!« Ich schnappte ihm das Messer weg (das eigentlich längst kein Messer mehr ist, sondern ein bifunktionaler elektrischer Stift, mit dem man sowohl schneiden als auch Gefäße versiegeln kann), um alles selbst zu machen: Gleichzeitig völlig präsent zu sein und mich selbst völlig auszuschalten. Diesmal jedoch, wie der Arzt, den ich damals im Moment völliger Hingabe an Boas gesehen hatte, nicht nur den narkotisierten Körper zu behandeln, sondern auch den Menschen darin zu betreuen.

Die Schwester öffnete schon hastig die Kühlbox, um eine Blutkonserve herauszuholen. Sie war aufgeregt und vielleicht auch aufgebracht, falls sie argwöhnte, zwischen der Patientin und mir könnte heimlich eine Beziehung entstanden sein. Aber dann beruhigte sich alles, ich entnahm den befallenen Teil der Bauchspeicheldrüse, wie ein Pfarrer bei der heiligen Messe das geweihte Brot erhebt und in Nachahmung Jesu, der beim letzten Abendmahl das Brot brach, verkündet: »Nehmt und esst, das ist mein Leib, der für euch hingegeben wurde.«

Ich war bei ihr, als sie aus der langen Narkose erwachte. Sagte ihr: »Ich habe in Ihre Hölle geblickt. Habe da ein bisschen Durcheinander angerichtet, aber jetzt ist alles an Ort und Stelle, abzüglich der Milz und noch einiger Dinge. Als sei sie irgendwie ein Geschwür«, sagte ich lachend und betonte das »irgendwie«. Und sie murmelte schwach: »Als wäre ich irgendwie neugeboren? Was für eine doppelte Plage.«

Die Begegnung mit Idit ließ mich denken, dass ich sehr wenig lebte. Kaum lebte, kann man sagen. Früher, als die Arbeit mich ganz und gar in Anspruch nahm, hatte ich nicht daran gedacht, wie viel ich lebte, aber jetzt, da ich Herr über meine Zeit bin, ist unübersehbar, mit welch kleiner Portion

Leben ich mich begnüge. Nicht zeitlich, sondern inhaltlich betrachtet. Wirklich leben meine ich, nicht spazieren gucken, Begleitmusik hören oder ein Buch querlesen.

Aber was heißt leben? Was machen all die anderen Menschen? Ich habe immer noch keine Ahnung. Sie leben, so viel steht fest. Leben ihr armseliges Leben, aber leben immerhin. Tun etwas. Was fängt man mit der Freizeit an – nicht völlig klar. Man amüsiert sich, besucht Veranstaltungen, Familienfeiern, lädt zum Essen ein und wird eingeladen, was man in unserer Welt praktisch tun muss und ich zu tun vermeide; immer vermieden habe, als ich noch Sklave meiner Arbeit war und sie innig liebte. Als ich meiner Frau und meinen Kindern eigentlich fremd war. Nicht anwesend, wie ein Außerirdischer. Aber jetzt, da die Lage sich geändert hat, verlangt man von mir – verlange ich von mir –, Rechenschaft über mein Tun abzulegen, wo ich war und was ich gemacht habe. Und da habe ich ein Problem. Ich kann gelesene Bücher zusammenfassen, über Gehörtes oder Gesehenes berichten, eine anschauliche Geschichte liefern, aufgrund der Beobachtungen, die ich ständig über den Weltenlauf vor mir anstelle – aber analysieren, was ich tue, wie ich lebe? Davon habe ich doch, ehrlich gesagt, keine Ahnung. Ich bin sicher, Boas hatte eine Ahnung, wie er lebte. Er hatte eine Tagesordnung, und ich habe keine mehr. Das heißt, ich erscheine im Krankenhaus, untersuche meine Patienten, instruiere die Schwestern, interviewe neue Operationsanwärter, habe aber nicht das Gefühl, dass es hier einen logischen Rahmen gibt.

Irgendetwas in meiner Weltsicht ist gestört, und ich vermute, das ist durch Boas' Tod passiert. Ich hatte immer eine Vergleichsmöglichkeit – mit ihm –, und plötzlich ist er nicht mehr. Es hat keinen Sinn, mich mit einem anderen als Boas zu vergleichen. Sinnvoll vergleichen kann man sich nur mit einem Nahestehenden, mit dem man einen gemeinsamen Nenner hat. Und jetzt stellt sich heraus: Wenn ich mit irgendwem einen gemeinsamen Nenner hatte, dann mit ihm. Nur an seinem Maßstab konnte ich mich messen. Nur er war wohl oder übel der Prüfstein. Ich hatte viel an ihm zu kritisieren, viele Vorbehalte gegen ihn, aber all das entsprang nur unserem gemeinsamen Nenner. Welchen Sinn hat es denn, jemanden zu kritisieren, mit dem man nichts gemeinsam hat; und jetzt, wo er tot ist – mit wem soll ich mich da wohl vergleichen?

Wenn du allein bist, kannst du das Leben nicht in ganzer Fülle spüren. Ich habe nicht mal einen Beweggrund, mich von der Welt loszusagen, nachdem Boas sie verlassen hat. Es gibt keinen, mit dem ich mich verbinden könnte, und mich loszulösen besteht kein Grund. Und jene Idit, die plötzlich wie ein Licht im Dunkeln aufgeflammt war, ist in ihre Welt zurückgekehrt und verschwunden. Ich hatte nicht gewusst, wie sehr ich ihre Anwesenheit, ihren Maßstab brauchte. Zur Anbindung an die lebende, fühlende und leidende Welt. Anscheinend habe ich mein Leben lang das Leben so stark meiden wollen, dass ich gar nicht merkte, wie sehr ich es brauche. Erst jetzt, wo Boas tot ist, stellt sich heraus, wie sehr ich mich daran klammere.

Boas hatte im Gegensatz zu meinen Patienten, die vor ihrem Tod dringend noch um die Welt reisen wollen, nicht die Absicht, vorher noch etwas Neues zu machen. Nur von Rom meinte er sich verabschieden zu müssen. Sein normales Leben war sein Garten Eden, und nur dieses wollte er weiterführen, während für mich der einzige Garten Eden meines Lebens außerhalb des Lebens lag – als ich weder Tag noch Nacht hatte; als ich nicht wusste, wann Tag und wann

Nacht war. Damals kannte ich keine Ruhepause, jenen unerwünschten Zustand, in dem du, laut dem Zen, nicht weißt, ob du dich im Wachen oder in der Illusion befindest; eine Ruhepause, in der es Raum zum Schauen und Staunen gibt und in der du einen Stoß brauchst, um wieder auf die Gleise zu kommen. In jenem Garten Eden war ich auch am nützlichsten: Ich verpflanzte und rettete. War außerhalb des Lebens und rettete Leben. Diese rettenden Transplantationen am laufenden Band waren ein Garten Eden. Das war der Höhepunkt. Von da an ging es nur noch abwärts mit mir, blieben mir Schlaflosigkeit und durchwachte Nächte, die Fähigkeit, lange zu fasten. Ich bin nolens volens ein Asket geworden. Habe keine Lust, irgendwo hinzugehen, und wenn meine Frau mich bestürmt, zu einem gesellschaftlichen Ereignis mitzukommen, lehne ich meist ab. »Was habe ich davon?«, lautet meine Standardfrage. Mir fehlt die Energie für irgendwen außerhalb des engsten Familienkreises. Ich sehe keinen Sinn darin, andere Gesichter zu sehen, mich zum Reden zu zwingen, Fragen zu beantworten, zu lächeln. Menschen ermüden mich, ihre Gesellschaft unterstreicht nur Boas' Abwesenheit.

Vielleicht sehnt sich mein Herz deshalb nach Idit, die trotz ihrer Schicksalsschläge lebt. Sie umgeht das Leben nicht, wie ich es tue, sie manövriert nicht. Du spürst, sie verleugnet nicht ihre Triebe, das, was sie empfindet, während ich – daran gewöhnt, zu umgehen und zu vermeiden, aufzupassen, immer und ewig achtzugeben – stets in dem Gefühl lebe, die Hauptsache nicht erlebt zu haben. Vielleicht ist das das Los eines Menschen, der sich, wie ich, weigert zu leben; für den die Weigerung zu leben vielleicht die eklatanteste Eigenschaft ist, die Eigenschaft, die sein Handeln am meisten beeinflusst.

Bevor Idit nach Hause entlassen wurde, sagte sie zu mir: »Die Frage, die ich Ihnen jetzt am liebsten stellen würde, ohne dass Sie sie beantworten müssen, lautet, warum Sie sich Zeit genommen haben, mir zuzuhören, obwohl das nicht auf ihrer ärztlichen Tagesordnung stand. Sie kannten mich doch gar nicht. Vielleicht haben Sie mich bemitleidet? Wenn Sie antworten, dann bitte ehrlich.«

»Vor allem habe ich Sie bewundert«, antwortete ich. »Ich war gebannt von Ihren Worten, die direkt vom Herzen kamen. Mir fiel ein, was Hippokrates, der Vater der Medizin, sagte: ›Es ist mir wichtiger, den Kranken kennenzulernen als seine Krankheit.‹ Wenn schon Mitleid, dann mit mir selbst, weil ich im Gegensatz zu Ihnen nur am Rand lebe.«

Ich war erregt von unserem letzten Gespräch vor ihrem Verschwinden. Dieser Gedanke an Menschen, die spurlos verschwinden, erfüllte mich mit Trauer und Resignation.

Wie ich es bei Verwirrung zu tun pflege, fuhr ich hinunter in die Judäische Wüste, parkte an der Mauer von Nebi Mussa, setzte mich auf die Bank im Unterstand des beduinischen Wächters und gab mich der Stille hin. Die meisten Menschen, dachte ich, ertragen diese Stille nicht, die jähe Leere, wenn unvermittelt das Loch in ihrem Innern zutage tritt, das innere Grauen in seiner Blöße. Sie müssen diese Stille meist sofort mit Stimmen, mit Trubel füllen – mit Leben, egal wie dieses Leben aussieht, solange sich nur die Stille füllt; Hauptsache, das entstandene Loch stopfen.

Das Drama der Stille gebiert häufig Wahnsinn oder anstelle des Wahnsinns eine Krankheit. *Mechila* und *Machala* – Vergebung und Krankheit –, besteht eine Verbindung zwischen den beiden? Kann es sein, dass ein Urempfinden uns lehrt, die Götter mit einem Opfer, oder Sühne, zu besänftigen? Die Stille der Wüste wird meist als Totenstille beschrieben, und tatsächlich ist es eine gefährliche und verlockende Stille, die man kaum aushält. Die Wüste ist ein Zustand zwischen Leben und Tod, dachte ich, mal ist sie Leben und mal ist sie Tod. Vielleicht ein halber Selbstmord, könnte man sagen, denn die Wüste löscht das Ich aus. In der Wüste ist es, als würde ich (oder »das Ich«) nicht existieren, als sei ich tot, und dann spüre ich tatsächlich das Todesbegehren, das Verlangen, nicht zu existieren.

Ich wollte nicht heimkehren und überredete den Beduinen, Mussa heißt er, mich über die Wüstenpfade zum Kloster Mar Saba am Eingang des Kidrontals zu dirigieren, eine Tour, die ich schon lange vorhatte. Er betrachtete misstrauisch meinen Wagen und sagte: »Der kommt nicht durch, man braucht einen Jeep.« Ich sagte: »Keine Sorge, wir verwandeln ihn in einen Jeep. Ihr fahrt mit euren alten Subarus hier doch auch überall hin.« Er lachte und sagte: »*Jalla*, los.«

Wir kurvten über holperige Pisten durch die Trockentäler, ich schindete mein armes Auto, dehnte seine Muskeln bis an die Grenzen. Kraft meiner und meines Wagens gemeinsamer Leidenschaft überquerten wir karstige Rinnen, legten Dorngestrüpp platt, fuhren atemberaubende Steilstrecken auf und ab, um Haaresbreite an Ab- oder Umsturz vorbei. Ich verwandelte mein Auto – entgegen seiner Bestimmung, aber nicht unbedingt entgegen seinem Wunsch – in ein Wüstenschiff. Das war ein schlagender Beweis für die philosophische Theorie, der zufolge das Bewusstsein das Erleben bestimmt und nicht umgekehrt; dass das Denken die Wirklichkeit diktiert.

Und dann fiel mir plötzlich ein, wie ich Boas bestürmt hatte, sich Antonionis Film *Beruf: Reporter* anzusehen. Nicht umsonst erinnerte ich mich mitten in der Wüste daran, denn er beginnt ja in der Sahara, wo der Held, ein mutiger Reporter, gespielt von Jack Nicholson, mit seinem Jeep im Wüstensand steckenbleibt und zu Fuß, halb tot, sein Hotel in einer gottverlassenen afrikanischen Kleinstadt erreicht. Als ein anderer Hotelgast, ein Waffenhändler, der ihm überraschend ähnlich sieht, seine Seele auf mysteriöse Weise in seinem Zimmer aushaucht, stiehlt der Held die Identität des Toten und nutzt die Gelegenheit, aus seiner Haut zu schlüpfen, sich davonzumachen, nicht mehr er selbst zu sein.

Bei einer Kaffeepause am Rand eines Wadis lief der ganze Film wieder vor mir ab. Ich dachte an seinen unerklärlichen Zauber, den ich nie entschlüsseln konnte, obwohl ich damals Tag für Tag nach dem Krankenhausdienst in das betreffende Kino ging, irgendwie kam ich ihm nicht ganz auf den Grund; erfasste die Bedeutung der dem Toten gestohlenen Identität nicht völlig. Aber dass Boas sich weigerte, den Film zu sehen, verstand ich sehr gut. Bekanntlich schilderten die Filme seinerzeit sehr offen die sexuelle, verführerische Seite des Lebens, die Seite, der Boas sich damals nicht aussetzen wollte, um nicht direkt mit Rakefets geheimem Leben konfrontiert zu werden – und das freizügige Verhalten von Maria Schneider, dem mysteriösen, begehrenswerten Mädchen, von dessen Begegnung mit dem Helden ich ihm begeistert erzählte, jagte ihm schlichtweg Angst ein.

In jenem Augenblick in der Wüste identifizierte ich mich mit dem Helden dieses Filmklassikers, mit dem Lebenden, der sich für einen Toten ausgibt, und fragte mich, ob ich nicht irgendwie Boas' Identität stahl, wenn ich ihn aus meiner Sicht schilderte, nach seinem Tod mit ihm lebte. Wie der Aufenthalt in der Wüste ist auch das Leben mit dem toten Boas ein Zwischenzustand zwischen Leben und Tod, und wie die Wüste verleiht es eine gewisse Ruhe.

Der Körper kommt durch, aber die Seele hinkt hinterher, kann das Tempo nicht mithalten – das ist der traurige Schluss, zu dem ich gelangt bin. Der Mensch überwindet allerlei Krankheiten, erholt sich von schweren körperlichen Leiden, aber das Gefühl versteift sich, besteht auf seinem Recht, rebelliert, gehorcht nicht dem Willen, heftet sich an sein Ziel wie eine moderne Rakete und lässt nicht locker, und sei es um den Preis schweren Schadens für den dazugehörigen Körper. Als Chirurg kann ich die kompliziertesten Systeme trennen und verbinden, Dinge vollbringen, die man sich einst nicht träumen ließ, aber das Gefühl lässt sich keinen Fingerbreit bewegen. Das Gefühl kneten – davon kann man wirklich nicht träumen. Es kann doch nicht sein, denke ich, dass die Natur, der Kosmos, die lebenden Zellen ständig Veränderungen durchmachen, während ich, das heißt mein empfindsames Ich, in Starre verharrt. Man entnimmt und verpflanzt Organe, hat aber noch keine Methode erfunden, ein Gefühl auszureißen und ein anderes an seiner Stelle einzupflanzen. Die Psychopharmaka sollen das zwar angeblich leisten, aber in Wirklichkeit verändern sie das Gefühl nicht, sondern reißen es aus. Idits Verdauungssystem wird nach Entfernung des Karzinoms wieder akzeptabel funktionieren, obwohl ich ihr kaum etwas davon übriggelassen habe, aber ihr Gefühlssystem, das infolge des erlittenen Unglücks unters Messer kam, wird sie niemals sanieren können. Welche Leitungen und Kontakte gibt es im verletzten Gefühl, aber nicht in den komplexen Organen des geschädigten Verdauungsapparats?

Entspringen Gefühl und Trieb demselben Ort? Das ist eine Frage, die ich Boas gern stellen und die er gewiss auch gern ausführlich diskutieren würde. Oft halte ich die Triebbefriedigung für eine gefährliche Angelegenheit. Sehr wahrscheinlich ist sie krebserregend. Ich meine, der nach der Befriedigung seiner Triebe erschöpfte Körper schwebt in höchster Gefahr zu erkranken. Der beste Zustand für den Körper ist, nach meinem Dafürhalten, das feine Gleichgewicht zwischen Verlangen und Erfüllung. Man sollte nicht frustriert, aber auch nicht völlig befriedigt sein. Man muss zusehen, dass die Frustration nicht jahrelang in einem nistet, wie bei Boas, dessen Wunsch, Arzt zu werden, unerfüllt blieb, darf aber den Hunger auch nicht gänzlich stillen. Stimmt, das ist schwierig, wenn nicht unmöglich, doch sollte man es zumindest anstreben, seine Willenskraft möglichst weit darauf richten.

Manchmal beobachte ich meine Patienten unter diesem Blickwinkel, schätze im Stillen ihre Triebbefriedigung ein: Wo dieser oder jener Patient auf der Skala zwischen Frustration und Befriedigung steht. Fast immer finde ich den Schwachpunkt, den Ort, an dem der Erfolg zu Kopf gestiegen ist oder das Scheitern zum Zusammenbruch geführt hat; ich erkenne die Situation, in der der betreffende Patient zu dem Moment manövriert wurde, als die Krankheit zugeschlagen hat.

Seit Boas' Tod lenke ich meine Patienten mit meinen Fragen fast unwillkürlich auf diesen Dämmerbereich hin – zwischen Materie und Geist, zwischen der befriedigten Seele und dem frustrierten Körper und umgekehrt zwischen dem befriedigten Körper und der frustrierten Seele. Obwohl ich auf den Trieb abziele und am Ende der Diagnose darauf kommen möchte, bleibt nichts anderes übrig, als den Bereich der Befragung auszudehnen. Ich fahnde beispielsweise nach unglücklichen Liebesaffären des Kranken als Partner, als Elternteil, als Kind, suche nagende Zweifel, verpasste Gelegenheiten oder aber anhaltende Sorglosigkeit, Spielarten von Selbstbetrug, Verdrängung, Wirklichkeitsflucht. Ich mache mir keinen Augenblick vor, dem Patienten mit meiner versteckten Studie zu nutzen, aber ich brauche sie, um eine Perspektive zu gewinnen, nicht das Empfinden zu haben, meinen Patienten tatsächlich nur durchs Messer zu sehen. Wenn mich nächstes Mal ein Patient mit Krebsdiagnose fragt: »Woher kommt denn das?«, antworte ich vielleicht: »Vom unkontrollierten Trieb.«

Ich hoffe, die pathologische Antwort für Idit fällt gut aus und ich werde nie Gelegenheit bekommen, sie wiederzusehen. Sie hat es verdient, dass sie gesund wird und das Schicksal sie künftig in Ruhe lässt. Ich komme ohne die emotionalen Herausforderungen aus, die sie mir stellte. Ich meine überhaupt, jeder Mensch könne seinem Mitmenschen ein oder zwei Dinge geben und dann von der Bildfläche abtreten. Jedes weitere Verbleiben ist meist überflüssig. Man muss sich mit der Tatsache abfinden, dass der Beitrag des Mitmenschen begrenzt ist, muss für das von ihm Erhaltene danke sagen und weitergehen. Interessant, was Boas wohl von Idit gehalten hätte, ob ihn ihre Geradheit, ihr kühnes Gemüt ebenso beeindruckt hätten wie mich.

Boas war, wie soll ich sagen, extrem punktuell, was Frauen anbetraf. Eine Frau interessierte ihn wegen einer körperlichen Eigenschaft, die nur er wahrnahm, und schon wurde sie sein großer Schwarm; und genauso unvermittelt gab er ihr auch wieder den Laufpass. Dasselbe Körpermerkmal, das sonst keinem aufgefallen war, störte ihn früher oder später ungeheuer und tilgte jede Beziehung zu der Frau, die ihn eben noch bezaubert hatte. Das könnte sich spektakulär anfühlen, dieselbe Frau mit neuen Augen zu sehen, sagte er häufig. Aber die Sache verlief immer in dieselbe Richtung: von der völligen Attraktion zur völligen Ablehnung. Niemals umgekehrt, von Ablehnung zu Attraktion. Boas verfiel Avital nicht wegen irgendeines Ruhms, den sie sich erworben hatte, sondern einzig und allein wegen der Faszination, die sie auf ihn ausübte. Avital war für ihn »umwerfend«, wie man heute sagt. Mich hätte sie im Leben nicht umwerfen können, aber bei Boas schaffte sie es auf den ersten Blick. Dasselbe gilt für meine zweite Frau, die mich schon beim ersten Anblick umgehauen hatte, während sie Boas offenbar kaltließ.

Ich blicke mich um und staune über die vielfältigen Möglichkeiten der Frauen, manche Männer umzuwerfen und andere gleichgültig zu lassen. Das allein schon beweist, wie töricht und nutzlos es ist, krampfhaft Gemeinsamkeiten zu suchen oder alle über einen Kamm zu scheren. Insofern ist es vielleicht auch dumm von mir, meine heimliche Forschung (Pseudoforschung natürlich, ohne jede wissenschaftliche Grundlage, muss ich in Boas' Namen sagen) über die Krankheitsursache zu betreiben. Anscheinend gibt es keine gemeinsame Quelle oder Ursache, ja nicht einmal mehrere Ursachen, sondern deren unendlich viele. Jeder mit seiner Krankheitsursache, jeder mit seiner Schwäche, jeder mit seinem Zerstörungsfaktor: Was ihn umwirft, wird mich nicht umwerfen, und was mich umwirft, wird ihn nicht umwerfen. Doch um zur Frau zurückzukehren, fragt es sich doch, ob die weibliche Fähigkeit, einen umzuwerfen, nicht irgendwann endet, zeitlich begrenzt ist, ein Verfallsdatum hat. Ob die besondere weibliche Fähigkeit, umzuwerfen, ewig fortbesteht. Auch hier fällt die Antwort nicht eindeutig aus, mal ist die Fähigkeit eine Weile vorhanden und verfliegt, mal bleibt sie das ganze Leben erhalten. Bei mir, da bin ich fast sicher, gilt sie fürs Leben. Ich kann mir nicht vorstellen, von einer anderen Frau umgeworfen zu werden. Aber wer weiß, vielleicht lässt sich auch der Trieb, umgeworfen zu werden, irgendwie umwerfen.

Als eine Operation ausfiel, hatte ich Zeit, nach Galiläa zu fahren, zu dem Moschaw, in dem Amnon wohnt, der unreife (oder womöglich historische) Liebhaber von Rakefet, der aus der Versenkung aufgetaucht war, weil ich eine Ähnlichkeit zwischen Boas' Sohn und ihm festgestellt hatte. Begegnet war ich ihm bei einer Gedenkfeier für Boas, als wir uns in kleiner Runde ums Grab versammelten. Rakefet stand uns dort gegenüber, und mir fiel auf, dass die beiden kein Wort wechselten. Ich weiß noch, dass ich mir damals im Stillen überlegte, ob der Witwenstand durch Scheidung verlorengeht; ob es gerecht ist, dass allein die letzte Ehefrau sich Witwe nennen darf. Nach Boas' Fall zu beurteilen, steht nur Avitals Anrecht außer Zweifel. Sie ist die Einzige, deren Leben sein Tod zerstört hat. Nur sie trauert tagtäglich um ihn.

Wir hatten uns kurz über unsere wechselnden Lebensumstände unterhalten und höflichkeitshalber auch Telefonnummern ausgetauscht, und unwillkürlich wälzte ich fortan den Gedanken, ihn über seine Affäre mit Rakefet auszuhorchen. Falls diese Affäre inzwischen nicht Schimmel angesetzt hatte, war sie, neben dem offenbar jahrelang bestehenden sonderbaren Dreiecksverhältnis mit Boas, vielleicht langsam verjährt. Ich vertraute auf den Beichtdrang; Menschen müssen anscheinend beichten, jemandem ihr Herz ausschütten. Die meisten nehmen ihre Geheimnisse nicht mit ins Grab, der Lebende entledigt sich seiner Geheimnisse, ehe er zu Grabe getragen wird, und der gängige Spruch bleibt sinnentleert.

Mit Rakefet selbst zu sprechen ist mir nie in den Sinn gekommen. Ich sah sie gelegentlich bei Veranstaltungen, war in der Trauerwoche sogar ein paar Stunden mit ihr zusammen, doch sie schien dieselbe Rakefet geblieben zu sein, die ich seit jeher kannte, von Wortschleiern umgeben. Bei manchen Menschen weiß man von vornherein, dass man nicht in ihr Innerstes dringen kann. Der Körper ist bei allen derselbe, im Prinzip durchstößt du dieselbe Hülle, um das Gesuchte zu finden, aber das Gemüt, die Seele, der Geist – wie immer die passende Bezeichnung für das Element, das nicht Körper ist, lauten mag –, das ist schon eine andere Geschichte; zu jedem Menschen führt ein anderer Weg, und bei manchen wirst du ihn niemals finden. Rakefet gehört meines Erachtens zu diesen.

Ich rief Amnon an, und wir verabredeten uns bei ihm, als wäre es das Natürlichste der Welt. Ihm muss doch klar sein, worüber wir sprechen werden, was das Thema unseres Treffens sein wird, dachte ich; er hat sicher nicht vor, Erinnerungen aus der Oberschule hervorzukramen, ohne ausführlich auf Rakefet zu sprechen zu kommen. Er wird davon ausgehen, dachte ich, dass ich als Boas' bester Freund diese abgeleugnete Geschichte aus ihm herausholen möchte. Aber wer weiß, was der andere denkt und plant. Er konnte mich leicht zu einem Rundgang durch seine Felder einladen und, statt von Rakefet zu erzählen, an jedem Strauch in seinem berühmten Heilkräutergarten, der sein ganzer Stolz ist, stehenbleiben. Er kann sich dumm stellen und problemlos allem ausweichen, überlegte ich. Er kann mich unverrichteter Dinge fortschicken, und diese lange Fahrt – in deren Verlauf ich sinnierte, wie groß das Land doch eigentlich ist, keineswegs klein, wie man meistens denkt, wie groß und stark es geworden ist, seit wir, sagen wir mal, auf dem Gymnasium waren, und was man alles passieren muss, bis man von Jerusalem nach West-Galiläa gelangt, wie viele Regionen und Kreuzungen, wie viele Verkehrswege und Einkaufszentren, wie viele neue Ortschaften, die an den Straßen aus dem Boden gewachsen sind und die Landschaft völlig verändert haben –, ja diese Fahrt, die ich begierig und in jugendlichem Schwung angetreten habe, kann sich leicht als überflüssig erweisen.

Amnon begrüßte mich herzlich, als wäre unser Treffen eine Selbstverständlichkeit, aber ich war immer noch nicht sicher, ob er kooperieren, mir sein Herz öffnen würde.

Er ließ es sich tatsächlich nicht nehmen, mir seinen berühmten Garten zu zeigen, gab mir beruhigende Düfte zu riechen und brühte mir einen anregenden Tee aus den Blättern einer seltenen Pflanze. Danach rollte er uns eine Zigarette aus zerstoßenen Blüten, die das Bewusstsein benebeln, wie bei den indianischen Ausflügen in die Tiefen der Seele, von denen mir seinerzeit die Frau meines Patienten erzählt hatte.

Ich fühlte einen angenehmen Rausch, als wir sein Haus betraten. Wir waren allein in dem stillen Halbdunkel drinnen. Labten uns an den vorbereiteten Gemüsegerichten seiner Frau, die gelegentlich Meditationskurse leitete, und gleich nach dem Essen fragte ich ihn: »Sag mal, wie habt ihr, du und Rakefet, es eigentlich so lange hinter Boas' Rücken treiben können?«

Amnon schien nicht überrascht über die Frage und antwortete, als wäre er darauf vorbereitet gewesen: »Es war nicht hinter seinem Rücken; er hat es immer gewusst.«

»Hat es gewusst und zugelassen, gewusst und erlaubt?«, fragte ich verblüfft.

»Er wusste nicht von jedem Treffen, fand sich aber damit ab, dass Rakefet uns beide liebte, wie Jeanne Moreau in *Jules und Jim*, und dass sie genauso gut meine Frau hätte werden können. Sie war einfach von ihm und nicht von mir schwanger geworden, das hat den Ausschlag gegeben«, sagte er.

Ich wollte etwas von seiner Ähnlichkeit mit Boas' Sohn andeuten, ließ es aber bleiben. Stattdessen sagte ich: »Mir ist aufgefallen, dass ihr bei der Gedenkfeier nicht miteinander gesprochen habt.«

»Ja«, sagte er, »wir sind in den letzten Jahren voneinander abgerückt, und seit Boas' Tod ist unsere Verbindung ganz abgerissen.« Und dann fügte er lachend hinzu: »Als wäre er überhaupt das Bindeglied zwischen uns gewesen.«

»Das ist gar nicht so seltsam«, sagte ich, »der Tod eines nahestehenden Menschen weckt Schuldgefühle, besonders wenn ein übler Bodensatz zurückbleibt, und ihr, du und Rakefet, habt euch an ihm vergangen.« Ich versuchte, nicht wie ein Küchenpsychologe zu klingen, weiß aber nicht, ob mir das gelungen ist: »Man kann sich leicht schuldig fühlen, wenn man seinen Trieb nicht unter Kontrolle hatte; wenn man Vertrauen zerstört hat, die Privatsphäre, die Intimität, die jeder anstrebt.« Ich merkte, dass ich anfing, ihm Moral zu predigen, mich in Boas' Namen aufzuregen, als spräche Boas aus meinem Mund und rechne endgültig mit Amnon ab. »Da du in sein Leben involviert warst, und das nicht unbedingt positiv, kannst du dir denken, wie diese Affäre auf ihn wirkte, welchen Schaden sie angerichtet hat. Nicht umsonst bittet der Trauerredner bei einer jüdischen Beerdigung den Verstorbenen im Namen der Anwesenden um Vergebung.«

»Ich habe nicht das Gefühl, an ihm gesündigt zu haben«, erwiderte Amnon fast flüsternd. »Ich habe Rakefet niemals gedrängt. Habe nie mehr Aufmerksamkeit von ihr verlangt, als sie mir geben wollte. Ich habe mich mit all ihren Eskapaden abgefunden, mit all ihren anderen Affären. Selbst als ich geheiratet hatte, hat ihr Magnet mich weiter angezogen. Sie hat mit mir mehr gespielt als mit Boas. Ich bin eigens nach Galiläa gezogen, um von ihr wegzukommen. Meine Frau, die sich mit dem Irrsinn abfand, in der Hoffnung, er werde sich mit der Zeit legen, meinte: ›Wenn du anfängst, den Boden zu bestellen, wirst du vielleicht aufhören, Rakefet hörig zu sein.‹ Kaum zu glauben, aber es hat funktioniert. Als Rakefet sich endlich von Boas scheiden ließ, nicht mal meinetwegen, war es mir schon egal, wen sie warum heiratete. Kennst du das, dass etwas, was der Mittelpunkt deiner Welt gewesen ist, plötzlich unbemerkt nebensächlich wird? Das ist mir bei ihr passiert. Sie verschwand einfach von der Bildfläche und fertig. Das ist ein eigenartiges Phänomen. Wenn du merkst, dass die Dinge sich bewegen, dass Bewegung in dein Leben kommt, dass man sich ändern kann, tut sich die Welt plötzlich auf, und du glaubst, die Dinge zu kontrollieren. In Wahrheit kontrollierst du gar nichts, es ist bloß eine Illusion. Veränderungen passieren ohne unser Zutun, aber man hat so das Gefühl.«

Als er das sagte, dachte ich, er beteilige sich wohl tatsächlich an den mystischen Ritualen zur Bewusstseinserweiterung, von denen ich gehört hatte, und wie zur Bestätigung sagte er: »Rakefet hatte magischen Einfluss auf ihre Liebhaber, keiner ist ihr mit Vorwürfen gekommen. Sie akzeptierten ihr Verhalten, ihre Untreue, ihr Flattern von Blume zu Blume, als würden alle so handeln«, und er lachte wegen der Anspielung auf die einzige Oper, an der Rakefet je mitgewirkt hatte. »Sie war wirklich so eine Operngestalt. Immerzu spielte sie eine Rolle. Man konnte meinen, sie stände dauernd auf der Bühne und nicht in der Wirklichkeit. Das war offenbar ihre Methode, das Leben heil zu überstehen; normalerweise zürnst du ja nicht einer Schauspielerin, die eine Bühnenrolle spielt.«

»Und sag mal«, legte ich nach, »stimmt es, dass ihr euch auch an Freitagabenden getroffen habt, sogar wenn die beiden Gäste hatten?«

»Freitagabends? Glaube ich nicht«, sagte er. »Da hat sie sich sicher mit anderen getroffen, nicht mit mir.« Und sofort fügte er hinzu: »Das waren wilde Jahre, was? Soweit ich mich erinnere, hast du auch ordentlich einen draufgemacht. Bist aus dem OP geradewegs in diese Bar am Ende der Ben-Jehuda-Straße gelaufen, und was ihr dort gebechert habt, du und Boas, meine Güte. Wie hast du am nächsten Morgen bloß arbeiten können?«

»Ich war gewohnt, nicht zu schlafen«, sagte ich. »Das gilt für die meisten Chirurgen, die ich kenne. Aber ehrlich gesagt erinnere ich mich kaum an jene Zeiten, sie sind aus meinem Gedächtnis gelöscht, als wäre ich gemeinsam mit meinen Patienten unter Narkose gewesen.«

»Ich erinnere mich nun gerade bestens«, sagte er. »Umgekehrt, mir kommt alles Spätere unwirklich vor, wie das Leben eines anderen.«

»Das Gefühl kann ich gut nachvollziehen«, sagte ich, wobei mir auffiel, dass er zur Tür hinschaute, als fürchte er, seine Frau könnte hereinkommen, und tatsächlich fügte er sofort hinzu: »Nur wiederhole das nicht vor meiner Frau, Gott behüte.«

Doch ich stand auf und sagte: »Keine Sorge, dazu habe ich gar keine Gelegenheit, ich muss los.« Und beim Abschied fühlte ich mich bemüßigt hinzuzufügen: »Wir haben hier eine Art private Gedenkfeier für Boas abgehalten. Er lebt irgendwie weiter, wenn man ihn erwähnt und von ihm redet. Mir scheint«, fuhr ich mit halbem Lächeln fort, »Menschen brauchen selbst dann noch Aufmerksamkeit, wenn sie tot sind.«

»Ich wusste gar nicht, dass du auch eine mystische Seite hast«, sagte Amnon, »du kamst mir immer wie ein kalter und realer Typ vor, ganz der Chirurg eben.«

»Seit Boas tot ist, habe ich mich verändert«, sagte ich, »er beeinflusst mich offenbar von dort«, ich deutete zum Himmel.

Auf der Rückfahrt überlegte ich, wie ein Schriftsteller dieses ganze Treffen zwischen Amnon und mir frei erfinden, es ausführlich schildern und noch um diese oder jene Beschreibung ergänzen könnte, um es dem Leser noch glaubwürdiger zu machen, und all das, ohne seinen Schreibtisch zu verlassen – anders als ich mit meiner begrenzten Einbildungskraft, der durchs halbe Land kutschieren musste, um ein wirkliches Treffen zu veranstalten.

Tatsächlich würde ich mich gern mit weiteren Helden und Heldinnen dieser Geschichte treffen, müsste es eigentlich sogar. Vielleicht mit der heimlichen Nachbarin beispielsweise, sie fragen, was war und wie es war, ob man nie von einer Zukunft der Verbindung gesprochen hatte; denn es ist doch immer so: Egal mit wem die intime Beziehung besteht, zum Schluss kommt die Zukunft ins Spiel, stellt sich die Frage: »Was wird mit uns werden?« Nie begnügt man sich mit der Gegenwart. Man erwartet zumindest Versprechungen, und dann erwacht auch der Ärger, und meist geht die Beziehung zu Bruch. Ich hätte die Einzelheiten hören müssen, und sei es nur, um ein getreueres Bild zu zeichnen und nicht nur Wegmarkierungen oder Fragezeichen auszustreuen.

Wer weiß, vielleicht hätten mich solche Nachforschungen schließen lassen, diese mythologische Frau aus Boas' Kindheit sei seine wahre Liebe, die Verkörperung seines wahrhaftigsten Begehrens gewesen. Denn selbst als vertrauter Zeuge seines Lebens konnte ich nicht alles über ihn wissen. Er schämte sich auch vor mir und war auf meine Zustimmung ebenso wenig angewiesen wie ich auf seine. Boas wollte weder seine Schwächen noch seine geheimen Wünsche preisgeben, aber das besagt noch nicht, dass wir, hätte er sich in seinen Schwächen gezeigt, die Wahrheit über ihn erfahren hätten; wir hätten nur ein weiteres Stück des wahren Boas erlebt.

Ich habe ihm auch nicht alles erzählt. Habe beispielsweise nicht erzählt, wie ich, als ich nach einem heftigen Streit mit meiner jetzigen Frau wieder mal nicht weiterwusste, eine junge Praktikantin zu einem Wochenendausflug nach Galiläa überredete. Einfach so, aus Hilflosigkeit, blitzartig entschlossen, den Verstand beiseitezulassen und die Karten neu zu mischen, fixierte ich sie, als sei ich der Schicksalsbote oder ein ähnlich hohes Tier, und machte ihr dieses absurde Angebot, das in einen ganz anderen Abschnitt meines Lebens gepasst hätte. Ich wusste nicht, ob sie ledig war oder gebunden, ob sie überhaupt meine Leidenschaft erregte. Sie war zu mager für meinen Geschmack, hatte aber interessante Gesichtszüge, eine lässig wirkende Blässe und nebelgraue Augen, die ihr eine schwer greifbare, geheimnisvolle Aura verliehen. Wir waren uns nie besonders nahegekommen, und einmal hatte ich sie sogar verletzt, sie wegen einer blödsinnigen Idee angeranzt, die sie anlässlich einer Komplikation bei einer gemeinsam durchgeführten Operation vorgeschlagen hatte. Sie sagte mir damals, ich hätte ihr jegliche Sicherheit genommen, und zweifellos trug sie mir das nach. Mein spontaner Vorschlag kam also tatsächlich aus dem Nichts.

Sie brauchte eine halbe Minute, um diese unerwartete Wende zu verdauen und zuzustimmen: »Ein origineller Plan«, sagte sie und lachte, »klingt interessant, warum nicht?« Und ich bereute es auf der Stelle. Die Form ihrer Zustimmung gefiel mir nicht; mir schwante schon, dass zwischen uns nichts laufen würde, aber jetzt kneifen war mir unangenehm. Ich sagte mir mit den Worten der biblischen Esther bei ihrem Schicksalsgang zum König: »Wenn ich umkomme, komme ich eben um«, und wir verabredeten uns für den nächsten Tag.

Der Streit mit meiner Frau lieferte einen bequemen Grund, von zu Hause abzuhauen, aber wie oft in solchen Fällen, ist die Bequemlichkeit kurz bemessen; sehr bald sprießen Reue- und Angstgefühle aus dem Boden der Wirklichkeit, ein Hindernis nach dem anderen. Sofort tauchen die Ungeheuer auf, wie in einer Geisterbahn. Aber der Plan wird durchgeführt. Du und die Praktikantin, die von Minute zu Minute fremder wird, sind im selben Wagen eingesperrt, hasten in dasselbe Unbekannte, zu demselben zweifelhaften Abenteuer. Sie ist fröhlich, sorglos, jung und neugierig, und du versuchst mit aller Macht, dir deinen irrsinnigen Schwung zu bewahren, den Boas zweifellos einer Störung des chemischen Gleichgewichts zugeschrieben hätte. Bei Einbruch der Dunkelheit seid ihr schon vereint in trauter Ratlosigkeit in derselben Ferienhütte in den Bergen, umgeben von Wald und Grillenzirpen, und im Nu ergreift ihr auch schon die Flucht, wollt was essen und findet, nach ermüdender Suche, irgendein drusisches Restaurant – nicht gerade der romantische Ort, den du dir für ein intimes Gespräch ausgemalt hast. Trotzdem bittest du sie, dir von ihrem Leben zu erzählen, worauf sich wenig überraschend herausstellt, dass sie nichts Besonderes zu erzählen hat, nur eine begrenzte Ansammlung normaler Fakten, die sich nicht zu einer Handlung fügen, und ohnehin ist die Persönlichkeit, nicht das Leben die Geschichte; und warst du tatsächlich auf die Geschichte aus gewesen, hattest gehofft, sie würde deine Sinne beleben, dann musst du dir schnell was anderes überlegen, denn sonst wird nichts euch näherbringen.

Und so war es dann auch, ehrlich gesagt: Wir versuchten uns im Bett zu umarmen, zu streicheln, die Lippen aufeinander zu drücken, aber die Nähe war längst begraben. Ich erinnere mich nicht mehr an Einzelheiten, es ist lange her, aber vermutlich ging es wie immer in solchen Fällen: Der Geist (die Fantasie, der Irrsinn, was mich zu dem beklemmenden Abenteuer getrieben hat) wurde zu Fleisch, beschämenderweise. Und aus Scham habe ich Boas seinerzeit rein gar nichts davon erzählt. Er hätte mir keinesfalls vergeben, hätte ich meinen Fehler gebeichtet, und deshalb ersparte ich ihm auch die Beichte.

Auf der Mautautobahn Nummer sechs in zügiger Fahrt ließ ich das Gespräch mit Amnon Revue passieren und fragte mich, wen er schließlich geheiratet hatte – eine Frau, in die er nicht verliebt war, seine Anti-Femme-fatale? Was hat er sich damals gedacht, wie und warum das halten sollte?

Ich treffe geschiedene Freunde, die eine Partnerin suchen, höre von ihren sexuellen Erfahrungen und begreife ehrlich gesagt nicht, wie man mit einer Frau ins Bett gehen kann, in die man nicht verliebt ist. Ich weiß, das ist eine radikale Frage, und angesichts meiner Vergangenheit klingt sie abwegig, aber in der Lage, in der ich mich befinde, seit ich mit meiner jetzigen Frau zusammen bin, ist das eine Wahrheit, hinter der ich voll und ganz stehe.

In manchen Beziehungen, grübelte ich, ist die Ruhe attraktiv, die Ruhe nach dem großen Sturm. Ich habe es umgekehrt gemacht: Nach der Ruhe habe ich Sturm über mich gebracht. Immer schwimme ich gegen den Strom, immer handle ich gegen die Konvention, egal ob nötig oder nicht. Ich bin nicht zu retten, dachte ich. Müdigkeit überkam mich, wohl die geballte Müdigkeit all der Jahre, über die wir gesprochen hatten. Die Begeisterung des Tages wich im Nu, unser vergangenes Leben kam mir vergeudet vor, wir alle schließen vom Leben anderer auf unseres, reiben uns aneinander – und der lange Weg, den ich in freudiger und gespannter Erwartung auf das Treffen mit Amnon zurückgelegt hatte, zog sich nun bei der Rückfahrt im Dunkeln schier endlos hin, ermüdete und deprimierte wie die Mattigkeit nach einer üppigen Mahlzeit oder einem feurigen Liebesakt.

Jetzt, im Rückblick, rätsle ich, wie dem Körper der Wind aus den Segeln weicht, wie er plötzlich keine Lust mehr hat zu dem, was er sich früher am meisten wünschte. Es fällt mir immer schwerer zu leugnen, dass ich tief drinnen eine Sehnsucht hege, die stärker ist als jedes Begehren, oder als jede andere Realität in meinem Leben; eine Sehnsucht, die in die Sphäre des Geistes gehört und nicht in die des Fleisches. Das ist keine neue, überraschende Entdeckung, sondern ein Verlangen, das seit jeher in mir nistet und offenbar nur darauf wartet, dass ich es erfülle. Mein Leben lang befasse ich mich mit Haut und Knochen, mit dem Fleisch selbst. Für einen Menschen wie mich ist es ziemlich schwierig, eine Wende zu vollziehen und alle Hoffnungen künftig auf das Geistesleben zu richten. Werde ich noch einen Halt haben, wenn ich vom Körper und seinen Wünschen ablasse?

Die Sehnsucht nach einer geistigen Lösung, von der ich keine Ahnung habe, wie sie aussehen könnte, ruft mich eindeutig immer aufs Neue, ruft wieder und wieder über all die Jahre: »Folge mir, sehen wir mal, wie weit du kommst.« Und ich zaudere, warte worauf auch immer, auf eine Botschaft aus dieser Welt oder auf Zeichen und Wunder aus den himmlischen Welten, vielleicht im Geist des weisen Predigers Kohelet, eines Buches voll Leben und Weisheit, das mit den Worten endet, »denn das, was du tust, hat Gott längst so festgelegt, wie es ihm gefiel«. Dies sind die besten Trostworte, die ich kenne; mich wenigstens trösten sie, denn nichts tröstet mich mehr als das Empfinden, meinen Teil getan zu haben, von meinen Pflichten entbunden und fortan völlig frei zu sein.

Ich weiß, ich mache mir das Leben leicht, klammere mich an diesen halben Vers, während ich seinen ersten Teil – »Also: Iss freudig dein Brot und trink vergnügt deinen Wein« – ebenso ignoriere wie seine Fortsetzung: »Mit einer Frau, die du liebst, genieß das Leben alle Tage deines Lebens voll Windhauch, die er dir unter der Sonne geschenkt hat.« Stimmt, ich ignoriere das »leben, um zu leben«, das Boas sein Leben lang zu befolgen und zu optimieren wusste. Zweifellos basiert dies Ignorieren, wie zu erwarten, auf Schuldgefühlen. Drängt man mich in die Enge (und vielleicht ist das gar nicht nötig, weil ich genau das hier zu tun versuche) und fragt, was mich beim Rückblick auf mein Leben am meisten bedrückt, dann fällt mir als Erstes Nähe ein: Ich bin nicht nahe genug rangegangen. Habe nicht nahe genug an mich rangelassen. Praktisch bin ich jeder Nähe möglichst ausgewichen. Ich habe meine Pflicht erfüllt, augenscheinlich das meine getan, aber das geschah im Wesentlichen, um diese Hürde zu umgehen: Um mich von der Nähe zu befreien, die ich weder gab noch zuließ.

Vor kurzem fragte mich mein Sohn (schüttelte die Frage gewissermaßen aus dem Ärmel): »Erinnerst du dich, dass ich dein Gesicht berühren wollte und du zurückgezuckt bist?«

Ich erinnerte mich nicht wirklich, konnte mir aber vorstellen, wie er seine Fingerchen ausgestreckt hatte, um mich anzufassen, und ich automatisch zurückgezuckt war.

»Ja, ich hab hingefasst, um dir die Bartstoppeln zu streicheln, und du bist immer zurückgewichen«, sagte er.

Ich hatte nichts dazu zu sagen, denn was soll man da schon sagen. Man kann allerlei Gelehrtes daherreden über meine brachmanische Abscheu davor, angefasst und gestreichelt zu werden, über deren körperliche und seelische Ursprünge, kann endlos Ausflüchte auftischen. Aber das ist unnötig. Tatsache, ich bin zurückgezuckt, habe mich nicht hergegeben. Nicht hingegeben. Ich habe meine Pflicht erfüllt, habe das meine getan, und am Ende, wenn es Zeit wird zusammenzufassen, rede ich mich heraus mit einem halben Vers aus dem Prediger und reiße ihn aus dem Zusammenhang.

16 Die Geschichte von Boas Masors' Standfestigkeit gegenüber dem Tod hätte in einer anderen Epoche zum Mythos werden können. Je ferner das Jahr seiner Krankheit und seines Todes rückt, desto heller leuchtet sie im Dunkel unseres banalen und gewöhnlichen Daseins. Ist Boas' Überwindung des Todes – der Todesangst – auch nur einen Deut geringer als das Wunder der Auferstehung des Gottessohns von den Toten, Mythos, über dessen unglaubliche Dauerhaftigkeit ich bei jedem Streifzug durch die Altstadt von neuem staune, angesichts der Pilgerscharen, die zum Ort des Wunders strömen. Im Gegensatz zu dieser Geschichte, die sich nur auf ein stetig erstarktes Gerücht stützt, haben wir das Wunder von Boas' Standfestigkeit mit eigenen Augen geschaut. Wer hätte gedacht, dass Boas, der Zauderer, der Verhinderte, der Hasenfuß in seinen Augen, solchen Heldenmut an den Tag legen würde? Es gibt keinen besseren Beweis dafür, dass man im Hinblick auf Überraschungen, Umschwünge, Wunder nie verzweifeln soll. Sie treten ein, geschehen, bleiben als Vorbild bestehen, leben nach dem Tod weiter. Aber bis zur Stunde der Prüfung, der höchsten Prüfung, die nicht ihresgleichen hat, besagt die unerschütterliche Wirklichkeit, dass Boas mich im Ringen mit den Eitelkeiten des Lebens alleingelassen hat, mit jenem existenziellen Absurdum, in das ich mich seinerzeit, angeregt durch Sartre und Camus, unablässig vertieft hatte, während Boas sich nie wirklich dafür engagierte; Georges Brassens, Yves Montand und Juliette Gréco mit ihrer leichten Melancholie entsprachen seiner Lebensauffassung weit mehr. Doch er wartete

nicht seinen Tod ab, um mich mit dem existenziellen Unsinn alleinzulassen, sondern hatte mich schon Jahre vorher verlassen, mich abgeschüttelt aus einem Grund, den ich niemals wirklich kennen werde, über den ich höchstens rätseln kann (Vermutungen sollte ich wohl mittlerweile beiseitelassen; ich habe genug vermutet und kann mich mit dem Schluss begnügen, ich sei wohl einfach lästig geworden, aus all den Gründen, die man nicht erneut aufzählen muss), aber als er noch lebte, war es nicht dasselbe »allein«. Der Unterschied zwischen dem damaligen und dem jetzigen »allein« ist enorm: Damals sagte ich mir, es hat noch Zeit, eines Tages wird er seine neue Gesellschaft leid sein und mir wie ein verlorener Bruder um den Hals fallen; doch jetzt sieht die Lage ganz anders aus. Boas ist nicht mehr, für immer.

Seit seinem Tod hat die Absurdität zugenommen, ist die Kluft zwischen dem unvergleichlichen Drama im Operationssaal und den kleinen Dingen außerhalb des Krankenhauses gewachsen. Diese Woche habe ich einem Kollegen, einem Kinderchirurgen, einen Gefallen getan und bin, als »Schattenchirurg«, zum komplizierten Stadium der Entfernung eines Lebertumors dazugekommen. Die kleine Patientin schwebte zwischen Leben und Tod, während ihre Eltern, wie üblich in solchen Fällen, draußen warteten und die Wände hochgingen. Für sie war mein Kollege der, der den Eingriff durchführte, und so durchmaß ich, sobald ich meinen Beitrag beendet hatte, den Flur, ohne dass jemand mich störte, ging ins benachbarte Einkaufszentrum, schlenderte umher und verglich Qualität und Preise von Jacken, als hätte nicht eben noch das Schicksal eines kleinen Mädchens in meinen Händen gelegen.

Nichts wollte ich lieber, als Boas anrufen und dieses Absurde erschöpfend ausloten, mich darin vertiefen und es aus allen Richtungen klären – wegen der Erleichterung, die das Vertiefen und Ausdiskutieren mit einem nahestehenden Menschen verleiht, der dich versteht, das Gesagte mit demselben Kopfnicken, demselben resignierten Seufzer quittiert. Das war haargenau Boas' Rolle in meinem Leben. Auch als er auf Abstand ging, ich mich von ihm betrogen fühlte, war er das für mich: ein – wenn auch verborgener – Partner beim Tragen der Daseinslast.

Jetzt, nach seinem Weggang, muss ich mir hier und dort Ersatzleute suchen. Mir ist zum Beispiel aufgefallen, dass ich im Gespräch mit einfachen und naiven Menschen das Absurde des Daseins weniger spüre. Der Umstand, dass sie es nicht so leben wie ich, wirkt anscheinend auf mich ein, und so spüre ich es in dem Moment ebenfalls nicht. Gehe ich hinunter, um die Katzen im Park des Krankenhauses mit den Essensresten, die ich regelmäßig in der Cafeteria sammle, zu füttern, treffe ich Nissan, einen der Gärtner, und unterhalte mich kurz mit ihm. Er ist in meinem Alter, hat seine Kindheit in den ersten Jahren des Staates im Viertel Bet Israel verbracht, gegenüber dem Mandelbaumtor, am Rand des prähistorischen Niemandslands.

Dieser Mann ist mir wegen seiner ungewöhnlichen Schlichtheit und Unschuld ans Herz gewachsen. Als sei er alten Zeiten entstiegen, einer Geschichte des Neuen Testaments oder einem davon inspirierten klassischen Gemälde, obwohl er als frommer Jude dieses Buch nie angerührt hat. Nissan spricht unablässig die gebotenen Segenssprüche über alles: Über die Speisen und Getränke, die er zu sich nimmt, über seine gesunden Kinder, die ihm Enkel beschert haben, über die Gnade, jeden Schabbat in seinem Haus feiern zu dürfen. Er erzählt mir beispielsweise von der Mikwe, in der er vor Schabbatbeginn untertaucht, schildert die Vorzüge des Regenwassers, das mit dem Grundwasser zusammentrifft, und preist die heilige Verbindung der beiden. Mit glänzenden Augen beschreibt er, wie rein er sich nach dem Tauchbad fühlt und wie der Schabbat mit einem Schlag in seine Seele einzieht – wie die Erfrischung, die ich in meiner Quelle spüre, aber seine Erfrischung ist mit dem Glauben an den Schöpfer der Welt verbunden, und das ist ein großer Unterschied. Ein Schabbatabend in seiner Familie hat etwas von einem himmlischen Ereignis, und er sagt immer: »Sie sind eingeladen«, und meint es ernst damit; sein Blick leuchtet von innen her, wenn er die Gläser mit Blumen erwähnt, die seine Frau zum Schmuck auf den Esstisch stellt, und ihre Gerichte, die Leib und Seele zusammenhalten; das Singen bei der Heimkehr von der Synagoge bekommt in seiner Geschichte etwas Engelhaftes.

Barmherzigkeit ist für ihn natürlich eine Selbstverständlichkeit. Er erbarmt sich dürstender Pflanzen, die am Wegrand oder in verlassenen Gärten wachsen, und gießt sie, wie ich Straßenkatzen füttere. An einem besonders kalten Wintertag brachte er mir einmal eine Pflanze im Topf aufs Zimmer und bat mich, ihr bei mir Obdach zu geben, bis die Witterung sich bessere, denn bei diesem Frost würde sie nicht durchhalten. Ich sagte zu ihm: »Selig die Barmherzigen; denn sie werden Erbarmen finden.« Er staunte über den Vers und fragte, wo er herstamme, und als ich ihm noch ein paar Trostverse aus der Bergpredigt zitierte, wunderte er sich zu hören, dass Jesus nicht nur als Jude geboren, sondern es auch bis zu seinem Tod geblieben war.

Obwohl er ein erfahrener Gärtner ist, versetzt ihn immer noch jede Blume und jede Frucht, die ihm unterkommt, in Staunen: »Sehen Sie nur, schauen Sie sich an, was Gott geschaffen hat!« Er zweifelt keinen Augenblick daran, dass alles vom Himmel kommt, und rätselt schlicht und einfach über die Motive des Heiligen, gelobt sei er, wenn er zum Beispiel keinen Regen fallen lässt. Das heißt, das Absurde, die Tücke der Existenz, die unerklärlichen Wechselfälle des Lebens sind kein Problem für ihn, da sie aus seiner Sicht gar nicht bestehen – und das ist zu hoch für mich. Kurz gesagt, Nissan ist ein anderes Wesen, und ich versuche, aus seinem Anderssein zu schöpfen; wenn nicht sein Gottvertrauen, das ich nie gewinnen werde, dann eben die unerschütterliche heilige Seite seines Lebens, die bei mir auch nicht heimisch ist.

Seine Gesetzestreue beruht nicht auf Furcht, auf Erwägungen von Lohn und Strafe, sondern auf dem reinen Glauben an die gute Absicht der Thora. Von ganzem Herzen glaubt er, dass ihre Gebote dem Wohl und Nutzen des Menschen dienen und den einzigen Zweck verfolgen, das Leben mit ihrer Hilfe heil zu meistern. Wenn er ehrlich und gläubig lebt, wie die Thora es verlangt, dann hat er alles, was er braucht, es gibt nichts zu klagen, und das Einzige, worauf er noch hoffen muss, ist Gesundheit; alles andere wird sich von alleine regeln. Darin folgt er, wie er sagt, den Fußstapfen seines Vaters, der sich sein Leben lang mit den Ziegen, die er im Hof hielt, und dem Beten von Psalmen begnügte.

Die Worte, die Gärtner Nissan über die Lippen kommen, sind lauter und rein. Kein Anflug von Moralpredigt liegt in seinem Ratschlag, freitagnachmittags in der Mikwe zu baden; keine Spur von Streit oder Hochmut, Lehre oder Tadel. Er möchte einfach mein Bestes und erwartet nichts von mir. Nur die Logik des Gläubigen lenkt seine Worte, und deshalb gehen sie geradewegs zu Herzen. Kein gewiefter Prediger wird mich so überzeugen wie er; keine weltliche Rede, und sei sie noch so tiefgehend und fesselnd, wird meine Seele jemals erwecken wie diese einfache und naive. Kehre ich jedoch zurück zu meinen Patienten und ihren besorgten und angsterfüllten Angehörigen, sind Glaube und Wohltätigkeit mit einem Streich ausgelöscht, Naivität und Barmherzigkeit vergessen, all jene Schleier, die Krankheit, Tod, Verlust, Trauer abschirmen, oder in anderen Worten, jenes Absurdum verfluchter innerer Konflikte.

Dann spüre ich wieder, dass es kein Licht am Ende des Weges gibt und wir nur aufs Dunkle zugehen. Wenn schon Licht, dann leuchtet es am Anfang des Tunnels und nicht an seinem Ende. Daher besteht die einzig mögliche Rettung darin, die Gegenrichtung einzuschlagen, und das tue ich praktisch: Ich gehe zurück zu dem Licht, das gewesen ist, wohl wissend, dass es nicht am Ende des Tunnels wartet. Das ist, meines Erachtens, der einzige Weg, das Absurde zu überstehen.

Wenn ich an Boas denke und seinen – oder unseren gemeinsamen – Weg zurückverfolge, wende ich diesen Trick an: Statt dass der Weg immer dunkler wird, wie es beim Fortschreiten in der Natur der Sache liegt, wird es auf dem Rückweg zusehends heller. Boas hat sein Leben im Licht begonnen, zumindest nach der Geschichte, die er sich selbst erzählte, während ich mein Leben im Dunkeln begann, laut der Geschichte, die ich mir selbst erzähle. Gehe ich auf Boas zu, oder gemeinsam mit ihm, erhelle ich daher meinen Weg und mein Leben von Anfang an. Boas ist eine Art Laterne, die sich im Dunkel meines Daseins vortastet und verborgene Ecken ausleuchtet. Jener Boas, der mich an einem bestimmten Punkt unseres Lebens abgeschüttelt hat, begleicht seine Schuld jetzt hundertfach. Der erleuchtete Gang zurück, den ich nun mit seiner Hilfe unternehme, ist die einzige Rettung, die mir noch bleibt. Selbstverständlich ist auch das eine Illusion, aber solange sie in meinem Innern lebt, gebe ich ihr nach, ich mache mir vor, das Schreiben über Boas sei eine Art Ersatz für das Leben mit ihm. Das ist wohl die Kraft, die dem Schreiben innewohnt: Sie gaukelt dem Schreibenden vor, er habe ein weiteres Leben, ihm stehe ein Geheimkonto zur Verfügung, von dem er beliebig abheben könne. Daraus folgt, dass die Macht der Medizin weit schwächer ist als die des Schreibens.

Es kann sein, dass ich unfähig bin, mit einem Verlust umzugehen, und dass all meine verbalen Taktiken zu Krankheit und Tod darauf beruhen. Es kann sogar sein, wie absurd es auch klingen mag, wenn von einem erfahrenen Chirurgen wie mir die Rede ist, dass ich praktisch unfähig bin, mit Krankheit umzugehen, und dass das Verbalisieren das Operieren begleitet wie eine betäubende Droge. Meinetwegen kann man alles Mögliche von mir behaupten, solange es nur richtig und präzise ist und mir hilft, mich selbst und meine Umwelt zu verstehen. Worte ängstigen mich nicht, sie ärgern mich nur, wenn sie nicht der wahren Rede dienen.

In dieser Hinsicht stehe ich immer noch unter dem Eindruck der Gespräche mit Idit. Ihre direkte Redeweise ist mir irgendwie ins Blut gegangen – doch bin ich ihr weit unterlegen in Ehrlichkeit und Direktheit, in der Fähigkeit, voll und ganz zu fühlen. Zeugt das dauernde Bemühen, meine Gefühle in Worte zu fassen, davon, dass ich vor dem reinen und unmittelbaren Fühlen flüchte, vor dem Gefühl, das wirklich die Menschen verbindet? Es ist mir nicht wohl bei dem Gedanken, aber ich ziehe diese Möglichkeit in Erwägung.

In meinem letzten Gespräch mit Idit vor ihrer Entlassung, als ich ihr ihren Zustand nach der Operation erklärte und Hoffnung auf eine völlige Genesung zu machen suchte, erwiderte sie: »Mit dem konzentrierten männlichen Denken, das aus Ihren Formulierungen spricht, kann ich wenig anfangen, sie sind zu verstandesmäßig. Ich bin dazu veranlagt, das Gefühl so auszudrücken, wie es aus dem Bauch kommt – oder woher auch immer.« Und dann sagte sie mir etwas Erstaunliches: »Ich spüre, dass meine Operation der Ort ist, an den ich gelangen musste. Hinsichtlich der Krankheit und der Operation habe ich ein Gefühl der Gesundheit, nicht der Krankheit.«

Ich brauchte eine Weile, um diese Worte zu verdauen, die gewissermaßen vom *Zauberberg* herabzukommen schienen, als Nachhall des Gedankens, dass Krankheit etwas Gesundes sei, aber sofort spürte ich, dass sie eine große Wahrheit enthielten, etwas Wichtiges über den Weg des Menschen; etwas über die Grundlage des Seins, das unseren Augen entgeht und das wir überhaupt nicht berücksichtigen – vielleicht unser verborgener Daseinszweck oder in anderen Worten: Warum wir auf die Welt gekommen sind. In dem, was sie sagte, lag, so spürte ich, die treffende Antwort auf meine provokative Weltauffassung, wonach das Nichtgeborensein dem Geborensein vorzuziehen sei. Ihr Ausspruch enthielt, nach meinem Dafürhalten, eine tiefe religiöse Wahrheit, aber vor allem sprach er mein Herz an, denn es war keine fromme Predigt, sondern eine Entdeckung, die von innen kam, vom Rande des Abgrunds. Wenn dein Daseinszweck sich aus der Krankheit offenbart, aus den Qualen einer Krankheit, die zum Tode führt, dann ist das keine gewöhnliche religiöse Erfahrung mehr, sondern etwas ganz anderes. Dann weißt du wirklich, dass du am wahren Sehnsuchtsort angelangt bist.

Der einzige Sehnsuchtsort, an den ich in der letzten Zeit denken kann, ist ein ganz anderer, nämlich das an eine Höhle (oder ein Kellerloch) erinnernde Café am Treffpunkt der Straßen Bet Habad und Maalot Hamidrascha, in dem ich zwischen schweigsamen Wasserpfeifenrauchern Platz nehme und mich ihrer Kultur des Schweigens hingebe, die auf der jüdischen Seite der Stadt nicht heimisch ist. Bei uns ist es nicht üblich, schweigend mit Menschen zusammenzusitzen; Gemeinsamkeit ist immer von unablässigem Plaudern begleitet, als hänge die Existenz vom Reden ab und Schweigen komme dem Verlöschen gleich. Wenn du schweigst, bist du tot. Vielleicht sollte man zusätzlich zu Jom Kippur, oder sogar statt seiner, einen Schweigetag bei uns einführen. Zweifellos wäre das viel schwerer durchzuhalten als das übliche Fasten.

Lange kann ich andächtig dem Jungen zuschauen, der Kaffee und Tee traditionell zubereitet, heißes Wasser aus dem ewigen Samowar in die Kanne gießt, den Kaffee auf dem prasselnden Gasbrenner kocht, den Tee auf Salbei- und Minzeblätter abgießt. Der Kaffee wird in Porzellantässchen oder Gläschen serviert, oder auf Wunsch des Gastes im individuellen Kännchen, und der Tee in einem normalen Glas. Mal ist er rotbraun, mal gelblich aus Kamillenblüten; und der Vater des Jungen eilt zwischen den Wasserpfeifen umher, wechselt die Mundstücke und erneuert den Weihrauch, läuft auf und ab zwischen der Kohlennische in der modrigen Wand und den Gästen, die auf Plastikstühlen an den Wänden sitzen, stellt die Gläser auf Kupfertabletts und rückt den Sitzenden die als Tische dienenden Hocker hin.

Das Schauspiel, drinnen im Café wie draußen auf der Gasse, scheint einem Gemälde von Reuven Rubin vom Anfang des vorigen Jahrhunderts entnommen, etwa mit dem Titel »Straßenecke in der Altstadt«. Nicht viel hat sich seither verändert an dieser Ecke. Die Zeit ist nicht vorgerückt, wie die

Zeit der Kindheit. Und daher die Ruhe, die einen bald einhüllt, eine momentane Ruhe, die von der Einsamkeit unter Menschen herrührt, von der Änderung des Aggregatzustands. Das ist praktisch ein perfekter Zustand zum Nachdenken über die Welt, nicht über die Welt, die ich hier erlebe, die sich dem Schicksal und der Ewigkeit mit regloser Resignation ergibt, sondern über die Welt, aus der ich komme, der Welt außerhalb der Altstadtmauern.

Ich denke beispielsweise daran, dass der Abstand zwischen der Welt der Kranken und der Welt der Gesunden gar nicht so groß ist, wie die Gesunden meinen. Es ist unklar, ob das Leben der Kranken sich ähnelt und das Leben der Gesunden sich voneinander unterscheidet, oder umgekehrt; sicher ist jedenfalls, dass der Gesunde den Körper nicht spürt, der Kranke jedoch die ganze Zeit. Aber nichts währt ewig. Die Gesunden bemühen sich – in ihrer blinden Überheblichkeit, ihrem unablässigen Selbstbetrug – mit aller Macht, die Grenze zu den Kranken zu wahren, die Mauern, die angeblich zwischen ihnen trennen. Aber das ist völliger Unsinn. Statt sich vorzubereiten, wehren sie ab; statt sich dreinzufinden, sehen sie weg. Ringsum, vor ihren Augen, ereignet sich ein pausenloser Übergang von der Welt der Gesunden zur Welt der Kranken – und zahlenmäßig weit geringer in Gegenrichtung –, doch sie feiern immer noch in aller Öffentlichkeit stolz und fröhlich ihre vorläufige und labile Gesundheit, als bliebe der Körper auf immer und ewig stark und kräftig; als sei es gänzlich unwahrscheinlich, dass der Steuereintreiber des Schicksals aus dem Nichts auftaucht – jener schwer fassbaren Unendlichkeit, in deren sicherem Schoß Boas bereits ist, der Unendlichkeit, die uns ständig umschwebt, näher und ferner rückt, nach Beute sucht – und sein Pfund Fleisch verlangt. Doch bis das geschieht, vielleicht morgen, vielleicht heute noch, tun sie nichts als lachen, jubeln, schlemmen, saufen, rauchen, während die Krankheiten, nacheinander und ungesehen, aus ihren Löchern kommen und sich anschleichen, um jeweils zu ihrer Zeit ihr Opfer zu erreichen.

Aber vielleicht haben sie recht, diese Gesunden. Vielleicht sind sie die Klugen und ich bin der Dumme. Denn was hätten sie schon von dem Ernst, der Wachsamkeit, der Vorbereitung; was sollte die vorzeitige Absage an die Freude nützen. Die Krankheit würde dadurch ja nicht abgewendet. Die Krankheit kommt mit Sicherheit, ungerufen auf ihre Art. Sie schlägt auf jeden Fall zu, warum dann also das Ende beschleunigen, wie ich es empfehle? Tatsächlich besteht kein Grund. Besser blind ins Verderben laufen als mit aufgerissenen Augen. Ja, ich bin kaum besser als sie. Auch ich verschleiere die Angst; auch ich verberge, auf meine verschlungene und listige Weise, die Wahrheit vor mir selbst, ignoriere das Schicksal, das in mir nistet.

Ist diese Geschichte, die ich über mich und meine Mitmenschen erzähle, erfunden? Ist sie eine Täuschung, die sich als Wahrheit ausgibt? Sobald ich meine und Boas' Geschichte erzähle, betrete ich unwillkürlich die literarische Sphäre, verwandle mich und die übrigen Figuren der Geschichte in literarische Helden. Nicht ich enthülle mich, sondern ein erfundener – oder zumindest halberfundener – Protagonist tut es, und deshalb verschwinden mit einem Streich alle Scham und Peinlichkeit. Sobald der Erzähler seine Geschichte niedergeschrieben hat, ist er nicht mehr ich, und Boas ist nicht mehr Boas. Das auf diesen Seiten geschilderte Leben ist nicht mehr mein Leben, oder das meiner Mitmenschen, sondern erfundenes Leben, und was ich der Öffentlichkeit überliefere, ist eine erfundene Realität. Eine literarische Erfindung, die auch als Alibi dient: als Ausrede für Vernachlässigung und Untreue, für Verrat, für Rechtsbeugung, für das Ignorieren von Beweisen. Auf diesem Schauplatz ist keiner der Auftretenden mehr verantwortlich für sein Handeln, oder er dispensiert sich selbst von der Konfrontation mit einer bedrückenden Vergangenheit – wie ich, sobald ich die verschiedenen Versionen von Boas' Leben ganz oder teilweise erfinde oder die Schilderungen von meiner düsteren, leidvollen Kindheit; oder wenn ich meine Frau der Untreue bezichtige. Wer sein Leben in eine Geschichte verwandelt, der darf kicken und kratzen, spucken und würgen, Vertrauen brechen. Er ist ein Betrüger und Verräter, aber man kann ihm den Betrug und Verrat nicht vorwerfen. Wer sich in einen literarischen Helden verwandelt, der ist ein Täter (oder eigentlich zwei Täter), stellt sich einem Gerichtsprozess, bei dem er im Voraus weiß, dass er mit Freispruch enden wird. Wer sich in einen literarischen Helden verwandelt, der erwirbt automatisch die Immunität, die Erzähler und Protagonisten genießen.

Könnte man die Vergangenheit nur mit einem einzigen Saitenklang erzählen, klar und eindringlich, das Leben auf Messers Schneide, nicht als etwas Zweideutiges in einem Nebel, der sich mal lichtet und mal nicht. Aber wenn die Gegenwart unklar ist, wie soll man dann von der stetig ferner rückenden Vergangenheit erwarten, deutlich zu werden? Wenn die Gegenwart kaum Gegenwart ist, wie soll die Vergangenheit gegenwärtig werden? Und doch wird sie weiterhin gegenwärtig, kraft der widerstreitenden Geschichten. Die Vergangenheit ist ständig gegenwärtig; mal ist das Gedächtnis offen und hell, mal verschlossen und dunkel. Ich habe keine Ahnung, was öffnet und was verschließt, was erhellt und was verdunkelt. Ich fahnde nach Liebe oder Verliebtheit, um mich erzählend zu ermutigen, aber trifft sich eine Liebesgeschichte, ist sie meist nicht ermutigend, sondern bedrückend, und ich habe keine Lust, sie zu erzählen.

Boas hatte ein glänzendes Gedächtnis, er hätte schon die erfreuliche Geschichte für mich gefunden, die Geschichte, die bezeugte, dass ich gelebt, das Leben nicht vergeudet habe. Aber Boas' Gedächtnis ist zusammen mit ihm untergegangen, begraben und mit Erde bedeckt. Die Grube war übrigens tiefer als gewöhnlich, so kam es mir wenigstens vor. Ich traute meinen Augen nicht, als die Spaten immer wieder geschwungen wurden, bis sie endlich aufgefüllt und glattgestrichen war. Obwohl der Tod länger als ein Jahr über Boas geschwebt hatte, war es eindeutig ein Überraschungsschlag, denn bis zum letzten Augenblick steckte er voller Leben. Ich mit meiner Gesundheit war nie so lebenshungrig wie Boas bei seinem Verlöschen, ja eigentlich noch im Tod.

Manchmal meine ich, Boas' Tod nötige mich zu leben; durch ihn zu leben, an seiner Stelle. Sein Tod ist Teil meines Lebens. Wie in den Geschichten von Tausendundeine Nacht schwebt das Schwert über meinem Haupt, und die Fortsetzung des Lebens hängt von der Fortsetzung der Geschichte ab. Das heißt, wenn die Geschichten über Boas zu Ende sind, geht es auch mit mir zu Ende. Man darf diese Drohung natürlich nicht ernst nehmen, muss sie ignorieren, wie eine bestimmte Lehrmeinung, deren Name mir momentan nicht einfällt, es bei jeder Krankheit empfiehlt: Man solle ihre Symptome als Illusionen betrachten, dann ginge sie von alleine weg.

17 Würden wir den Traum für die Genesung einspannen – das heißt, die Mechanismen des Unterbewusstseins auf das Ziel der Genesung richten –, könnte man damit vielleicht jede Krankheit heilen. Darin liegt wohl die wahre Stärke der homöopathischen Methode: Man nimmt ein Heilmittel, das nur die Energie des Materials enthält, und sie beeinflusst das Unterbewusstsein dergestalt, dass eine tiefe Schicht im Körper ihr gehorcht.

Boas hätte diese Überlegung als kompletten Unsinn abgetan. Er glaubte nicht an die mystische Dimension des Traums, sondern dachte, der Traum sei an erster Stelle die Recycling-Tonne der Seele. Darüber waren wir uns lange uneinig.

Kürzlich plagte mich ein dumpfer Schmerz im Rücken, trat immer häufiger und stärker auf und störte wochenlang meine Ruhe. Solche Beschwerden müssen besonders hartnäckig sein, damit ich sie beachte, denn außerhalb der Arbeit verleugne ich meist den Körper, ignoriere seine Forderungen, verweigere Untersuchungen. Ich achte viel mehr auf die Seele und ihre Verrücktheiten oder sogar auf die Landschaft: Die Judäische Wüste, sagen wir, an einem klaren Wintertag, mit den Schafherden und den Eseln, die von Kamm zu Kamm, von Tal zu Tal ziehen, und die hungrigen Beduinenkinder, die dir die Pita aus der Hand klauen, all das interessiert mich weit mehr als jedes menschliche Gewebe; darin sehe ich die Verkörperung der archaischen Seele. Ich habe das Gefühl, dass mein Verhalten zu diesen Dingen sie belebt und meine Nichtachtung daher das Gegenteil bewirkt.

Ich glaube, meine Nichtachtung des jeweiligen Schmerzes oder Unwohlseins trägt zu ihrem Verschwinden bei. Ich behaupte nicht, es käme allein auf Nichtachtung an, oder Nichtachtung lasse sie gewiss verschwinden, aber man kann wenigstens statuieren, dass sie den Selbstheilungskräften des Körpers Vertrauen schenkt und ihm Spielraum lässt, die nötigen Eigenreparaturen vorzunehmen. Sogar die Leber besitzt die Fähigkeit, krebszerfressene Teile zu regenerieren, aber die geschädigte Seele kann nie mehr so werden wie früher. Deshalb übrigens halte ich Reden über geistige Läuterung für dürr und deprimierend. Läuterung bedeutet praktisch Entleerung. Wer solch eine Läuterung durchläuft, wird sich bald entleert fühlen, das ist die grausame Wahrheit. Erst der wiederholte Aufprall an ein und demselben Felsen verleiht dem Leben Sinn.

Ich war wohl nie zur Läuterung bereit, und vielleicht hat das mein Leben im Vergleich zu Boas verlängert. So oder so ist gut möglich, dass ich gerade wegen meiner Kenntnisse über den Körper und seine Funktionen seine inneren Abläufe ignoriere; ähnlich wie ein Filmregisseur bei der Filmvorführung alles ausschaltet, was am Drehort geschah, und sich der Illusion des Gezeigten hingibt. Dieses Phänomen ist übrigens nicht außergewöhnlich und erreicht manchmal gefährliche Dimensionen: Manche Ärzte aus meinem Bekanntenkreis blenden ernste Signale aus, die ihr Körper ihnen genau auf ihrem Fachgebiet sendet. Ich hatte einen Freund, eine Koryphäe für Darmkrebs, der eindeutige Symptome für das Vorhandensein eines Tumors in seinem Körper ignorierte und sich durch diese Nachlässigkeit zum Tode verurteilte. Es kommt häufig vor, dass ein Facharzt, der seinen besorgten Patienten so selbstsicher und hochmütig begegnet, völlig die Fassung verliert, kopflos alle erdenklichen Fehler macht, wenn es um ihn und seinen eigenen Leib geht.

All das soll das Empfinden illustrieren, das jetzt mein Los geworden ist, dass die Festung des Körpers geschleift ist und seine Feinde sich gegen ihn erheben, um ihn zu vernichten. So viele Jahre bekämpfe ich die Krankheit, und wie ein alter Soldat, dessen Kriegsangst im Schlachtengetümmel abgestumpft wurde, so hat mein ständiges Wühlen im Innern der Krankheit meine Angst vor ihr abgestumpft. Aber Boas' Tod hat auch diese Immunität ausgelöscht. Vielleicht habe ich Boas' Krankheit auf mich genommen? Kann ein Arzt die Krankheit des Patienten auf sich nehmen, ihn darin ablösen und dadurch heilen? Doch in diesem Fall habe ich niemanden geheilt, und der Patient ist schon tot.

Da ich regelmäßig Yogaübungen mache und der Rücken mich normalerweise nicht plagt, bekam ich es plötzlich mit der Angst zu tun, es könnten tatsächlich Symptome eines Tumors am Pankreaskopf sein. Schon glaubte ich einen gelblichen Schimmer im Gesicht zu sehen und meinte, die Hose rutsche mir neuerdings tatsächlich von den Hüften.

Wollte ich jedoch ärztlichen Rat einholen, würde man mich unversehens zu einer Reihe von Untersuchungen schicken, wie heutzutage üblich, da es nirgends mehr einen selbstsicheren Arzt gibt, der, wie einst, die Verantwortung aufgrund einer klinischen Diagnose übernimmt, und aus diesem finsteren Tunnel von Röntgenaufnahmen und Simulationen kommt man nicht wieder heraus, ohne vorher ein paar Hammerschläge in Form scharfer Medikamente und extremer Behandlungen auf den Kopf bekommen zu haben, die den Erwartungen der meisten Patienten übrigens durchaus entsprechen.

Wie viele der berühmten Ärzte durchschauen tatsächlich den Körper? Wie viele kennen ihn wirklich? Die meisten sind vom Körper wie von der Krankheit abgekoppelt und helfen daher wenig; bringen mehr Schaden als Nutzen. Und die Patienten, die die Krankheit überwinden, schaffen es dank ihrer Robustheit und ihrer Fähigkeit, die bei uns zugefügten Schäden zu überstehen, und nicht dank der medizinischen Maßnahmen. Mit dieser Situation wird man nur kraft des Absurden fertig, zu dem sowohl die Krankheit als auch die Genesung gehören.

Wie in einem Gespräch zwischen einem Schüler und seinem Lehrer in der Unsinnswelt des Zen, einer Welt des Rätsels und der Tilgung, kann der Patient fragen: »Doktor, was habe ich?«, und die Antwort erhalten: »Geh die Katze füttern.«

Und deshalb habe ich, ehe ich die Fassung verliere und sonst was anstelle, dem inneren Arzt in mir das Wort erteilt und beschlossen, diesmal den Weg der Magie und Zauberei zu beschreiten. Habe mir im Stillen gesagt, auch wenn der Zauber nicht wirken sollte, würde ich mich den Trugspielen der Ärzte nicht ausliefern, denn wer wüsste besser als ich, wo sie früher oder später enden.

In der Broschüre, die ich von einem Chassid des Rabbis von Bratslav an einer Kreuzung in Galiläa bekam, stand geschrieben: »Selbst dort, wo es hervorragende Doktoren und Ärzte gibt, soll man sich nicht auf sie verlassen und sein Leben nicht in ihre Hände geben, denn sie sind dem Tod näher als dem Leben.« Das unterschreibe ich voll und ganz. Ich schwor mir, jede Therapie zu verweigern, keinem Druck nachzugeben, sei es von meinen Kollegen oder meiner Familie, und das durchzuhalten bis zu meinem endgültigen Verfall. Mir war klar, dass ich in Panik handelte, freute mich gleichzeitig aber über die Gelegenheit, die tiefe Abscheu auf die Probe zu stellen, die ich gegen die automatische Tendenz, um jeden Preis am Leben festzuhalten, hege.

In der chassidischen Broschüre las ich über die Wunderwerke der Homöopathie und beschloss, die Methode auszuprobieren, und sei es nur, um verantwortungsbewusst mein eigenes Problem zu behandeln. Ich klinkte mich in das Befragungsprogramm der Homöopathen ein, beantwortete genauestens die Dutzenden von Fragen, die hauptsächlich meine Persönlichkeit betrafen, und zum Schluss nannte man mir das passende Medikament – Chinin, vom Chinarindenbaum. Nicht zu ausgefallen oder exotisch, ein in der Wissenschaft hinlänglich bekanntes Heilmittel. Doch die Zuckerkristalle, die die Apotheke mir verkaufte, enthielten kaum Materie, sondern hauptsächlich Geist – die Energie, die übrigblieb, nachdem das Chinin dutzend- oder hundertfach verdünnt worden war. Vor dem Schlafen legte ich mir einen Kristall auf die Zunge, löste ihn im Gaumen auf, als wäre er konsekriertes Brot, und hoffte auf ein neues Morgenrot, das das Verschwinden der Symptome künden würde.

Mitten in der Nacht erwachte ich aus einem Traum, in dem ich ein Treffen mit Idit vereinbart hatte, das eindeutig erotisch gedacht war. Sie erwartete mich schon nackt an ihrem Bett, und mir blieb nur noch, sie an mich zu drücken; doch im letzten Augenblick entschlüpfte ich ihr. Ich sagte, ich würde nur kurz pinkeln gehen, entfernte mich jedoch mehr und mehr von ihrem Haus. Stunden vergingen, bis es keinen Sinn mehr hatte, zurückzukehren. Danach schlief ich wieder ein, und als ich mich morgens an den Traum erinnerte, verbanden sich Traum und Deutung, Wirklichkeit und Erklärung. Es war mir klar, dass ich von Genesung geträumt hatte. Idit verkörperte die Krankheit, und ich weigerte mich nachdrücklich, ihren Verlockungen nachzugeben. Ich entfernte mich möglichst weit von ihr, bis ich aus der Gefahrenzone heraus war. Und siehe da, welch Wunder, auch die Beschwerden, die mich geplagt hatten, waren vorbei, zumindest vorläufig.

Während man in der Schulmedizin überhaupt nicht auf den Körper setzt und bis zur vollständigen, meist langwierigen Genesung nicht von ihm ablässt (kein Wunder, dass sie sich hinzieht, denn statt dem Körper den gebührenden Respekt zu zollen, ermüdet und schwächt man ihn nur), ist das homöopathische Urteil eindeutig: Jede Behandlung muss augenblicklich aufhören, wenn die Krankheit nachlässt und Erleichterung eintritt.

Dabei stellte sich heraus, dass auch ich, wie jeder normale Kranke, beim Abflauen des Schmerzes schon meine, endgültig in die Welt der Gesunden übergegangen zu sein. Sogar ich, der das Dasein nicht heiligt und das Geborensein geringschätzt, freute mich unendlich, als klar wurde, dass ich momentan noch kein Todeskandidat war. Ich war regelrecht trunken vor Gesundheit. Kurz verlor ich das Ortsgefühl. Mir war egal, wo ich mich befand, Hauptsache, ich war noch auf der Welt, und die Welt drehte sich nicht ohne mich weiter. Mich packte ein seltenes Gefühl der Vollkommenheit und Zufriedenheit, ein Zustand, in dem man sich nichts mehr wünscht als Gesundheit, man jede Aufgabe, die einem Gesunden obliegt, gern erfüllt, solange die Körperkraft nur durchhält. Du bist glücklich über die Fähigkeit, Schlange zu stehen und Dinge zu erledigen, weil alles in den Glanz wunderbarer und strahlender Gesundheit getaucht ist. Du wünschst dir nichts weiter im Leben, als sie zu schützen und zu bewahren.

Solange kein Schatten von Krankheit auf mir lag, konnte ich endlos mit Gedanken über meine geschwächte Lebenslust spielen, aber kaum schwebt Zweifel über meiner Gesundheit, freue ich mich am Leben und halte mit Zähnen und Klauen daran fest. Als hätte ich nie ein böses Wort darüber verloren, als wäre ich seiner nie überdrüssig geworden, hätte es nicht unablässig verleumdet. Dieses Leben kann zuweilen wunderschön sein. Es hat nur den Haken, dass man das Wunderschöne schwer verdauen kann. Manche sind wohl nicht dazu geschaffen, es zu verdauen, und zu denen gehöre ich; aber da wir uns mit dieser Tatsache nicht abfinden, produzieren wir Hindernisse: Wir errichten Barrieren, stellen Hürden auf, verkürzen möglichst die Lichtstunden und beeinträchtigen unser Sehvermögen – all das, um Gründe und Ausreden dafür zu haben, warum wir unseren eigenen Erwartungen nicht gerecht geworden sind; warum wir in den wunderschönen Momenten, die sich uns boten, nicht standgehalten haben.

Nur bei Krankheit bin ich bereit (was heißt hier, bereit? Ich schwöre es!), mit meinem Los zufrieden zu sein. Was ich hier sage, ist erprobt, in Fels gehauen. Der Beweis: Wenn der Schmerz von dir ablässt, spürst du nicht nur die große Erleichterung, sondern auch die Leere. In dem Moment begreifst du, wie sehr wir Schmerz und Krankheit brauchen; wie sehr wir uns weigern, sie loszuwerden; wie Schmerz und Krankheit dem Leben Sinn verleihen und uns zu unseren Ursprüngen zurückführen: als Wesen, die nur auf Selbsterhaltung aus sind. Es gibt kein klareres Ziel als die Genesung, und wenn sie erreicht ist, ist die Erleichterung ein großes, aber flüchtiges Glück; ein Glück, das blitzschnell vergeht, und was bleibt, drückt und reibt, ist die Leere.

Das lässt darauf schließen, dass Krankheiten Ausflüchte sind. Krankheit steht praktisch ganz oben auf der Liste der Ausreden, die wir liefern, um uns dem wunderschönen Leben und der wunderschönen Welt nicht stellen zu müssen. Krankheit ist die Trumpfkarte, die wir ausspielen, wenn alles andere ausgereizt ist. Mit Krankheit lässt sich nicht streiten; nach meiner Ansicht treten die meisten Krankheiten erst dann auf, wenn alle anderen Ausreden aufgebraucht sind. Medizinisch gesehen bedeutet das, es ist sinnlos, die Krankheit selbst zu behandeln, das heißt ihren Auslöser, ehe man nicht den Menschen, der sie produziert, behandelt hat; den Menschen, für den die wunderschöne Welt zu groß war, für den das wunderschöne Leben nicht passte. Daraus folgt, nach meiner Ansicht, dass das Gebet, das den Menschen mit seinem Ursprung verbinden soll, bei Krankheit vielleicht doch besser ist als jede andere Behandlung.

Und was ist die homöopathische Methode – wie ich sie verstehe – denn anderes als Beten, eigentlich Wunderwirken. In der Homöopathie sagt man, falls das passende Medikament nicht greifbar ist, genüge sogar der Gedanke daran und schon setze der Genesungsprozess ein. Nur ein auf Unwissen beruhender Irrglaube kann dazu verleiten, diese Methode nach wissenschaftlichem Maßstab und mit wissenschaftlichen Mitteln beurteilen zu wollen.

Ich für mein Teil bin zu dem Schluss gelangt, dass die Homöopathie keine Augenwischerei ist, wie meine Arztkollegen einhellig meinen und wie übrigens auch Boas dachte, der das Thema tiefschürfend erforschte und zu dem Ergebnis gelangte, die verschiedenen Methoden der alternativen Medizin taugten rein gar nichts. Boas verwarf besonders die häufigen Erfolgsberichte über unglaublich heilkräftige Pflanzen und Gewürze und behauptete, selbst wenn sie ein Quäntchen Wahrheit enthielten, müsste man Riesenmengen davon vertilgen, um die Wirkung eines regulären Medikaments zu erzielen.

Ich weiß noch, dass ich ihn provokativ fragte, welche pharmazeutische Firma seine Forschungen finanziere, und er mich wütend und beleidigt stehenließ, so überzeugt war er von seinen Ergebnissen. Schon damals ärgerte mich an seiner Auffassung, dass er die emotionale Seite beim Ringen des Körpers mit der Krankheit komplett ignorierte; dass er die Beteiligung der Seele am Genesungsprozess nicht anerkennen wollte. Seine Forschungen übergingen völlig den Einfluss, den das Vertrauen des Kranken auf diese oder jene Heilmethode für die Gesundung haben kann.

Meine zunehmende Beschäftigung mit der Homöopathie zeugt nach Ansicht meiner Kollegen mehr von meinem problematischen Zustand als von dem Vermögen dieser Methode, mich von meinen Beschwerden zu befreien. Ich mache ihnen keine Vorwürfe. Sie halten die Homöopathie für einen Fehlglauben, und wie alle Religionen will auch die Medizin ihre Grundfesten nicht erschüttert wissen. Empfehle ich ihnen, ein bestimmtes homöopathisches Medikament an einem Patienten mit hartnäckiger Krankheit auszuprobieren, erschaudern sie. »Warum erschreckt ihr denn so?«, frage ich. »Ihr sagt doch, da sei gar nichts drin, warum dann die Angst, schaden kann es ja nicht.« Aber sie wollen nicht hören. Eine irrationale Methode weckt wohl irrationalen Widerstand. Jedenfalls halte ich die Signale, die ich durch die – echten oder imaginären – Rückenschmerzen erhalten habe, für eine strenge Warnung: Wenn ich nicht aufhöre, den Wurzeln von Boas' Krankheit nachzuforschen, könnte sie noch auf mich überspringen.

Eines Nachts wachte ich auf und schrieb zum ersten Mal in meinem Leben ein Gedicht. Es wurde ein Haiku, denn vor dem Einschlafen hatte ich einen Band mit japanischen Gedichten gelesen: »Draußen Dunkelheit / und Boas ist da allein im Traum. / Das Wort ist die Lüge in Person.« Nach einer Stunde Wachen schrieb ich noch drei Zeilen: »Ich denke (trügerischer Gedanke): / Dank Boas bin ich vom Tod errettet. / Das ist die Ewigkeit des Augenblicks.«

Wenn der Schlaf ausbleibt, sinne ich über den Zen-Gedanken des Nicht-Ichs nach. Kann ich wirklich sagen, auch im Fall eines Unglücks, einer großen Not: Das passiert nicht mir, denn mich gibt es nicht wirklich; denn alles, ich selbst eingeschlossen, ist nicht fest, ist in Bewegung, veränderlich, entsteht einen Moment und mehr nicht; einen Moment, nach dem das Ich, das ich war, nicht mehr dasselbe Ich ist? Das kann ich kaum glauben. Die meiste Zeit sehe ich ringsum die Unveränderlichkeit und nicht die Veränderlichkeit. Die Notwendigkeit, zwischen zwei gegensätzlichen Begehren zu wählen. Da entscheide mal einer zwischen Verstand und Gefühl, zwischen Körper und Seele.

Das Nicht-Ich kann man vielleicht in einem einsamen Kloster umsetzen, nicht mitten im Leben. In der Stunde wahren Unheils beherrscht dich das vertraute Ich völlig, und da helfen auch keine buddhistischen Übungen. Genau dann sind die Geschichte des Unheils, seine Entwicklungsgeschichte, die Schilderung des Vorgangs, das Einzige, was die Menschen gern hören wollen – nicht die Gedankengänge, die mich überfluten, sondern die Geschichten, die sich in meinem Fundus verbergen. Genau das, was ich loswerden möchte, loswerden muss, um dem Ziel, Nicht-Ich zu sein, näherzukommen. Oder überhaupt nicht zu sein. Eigentlich Boas in seinem jetzigen Zustand zu sein.

Der Buddhismus ist, außerhalb des einsamen Klosters, eine Art von Selbstmord. Ich sehe nicht, wie seine Ideen außerhalb des einsamen Klosters wirklich retten können. Man kann endlos damit spielen, bis das geballte Unheil, die Katastrophe hereinbricht. Dann retten dich keine abgehobenen Ideen, sondern Menschen; Menschen, die dir die Hand reichen, damit du nicht untergehst. Ich gebe den ganzen Buddhismus und das Zen für einen einzigen menschlichen Helfer! All die Ideen für eine Geschichte. Recht haben jene Menschen, die natürlich die Mehrheit, die überwältigende Mehrheit, darstellen, die lieber Geschichten als Ideen hören möchten, die wissen wollen, was wie gewesen ist. In der Stunde der Not taugen Ideen rein gar nichts, nur die Geschichte rettet. Die Geschichte des Handlungsablaufs, schlicht und einfach. Denn was macht die Geschichte aus, wenn nicht die Handlung. Das ultimative Handeln. In der Not gibt es keine andere Lösung als die Handlung, die die Geschichte, das heißt das Leben, angestoßen, vorwärtsgetrieben hat.

Vielleicht spricht mich der hypnotische Gedanke des Nicht-Ichs so an, weil ich erkenne, dass ich mein eigener bitterster Feind bin. Wann immer mir ein schmählicher Fehler unterläuft, versichere ich mir, daraus gelernt zu haben, dies sei das letzte Mal gewesen, und bei erster Gelegenheit gehe ich wieder in dieselbe Falle. Es ginge ja noch an, wenn ich nicht wach oder bewusst wäre, aber ich bin sowohl wach als auch bewusst.

Mich tröstet nur, dass die Wirklichkeit so fließend ist, sich im Nu alles verkehren kann. Häufig führt ein Irrtum geradewegs zu etwas Richtigem und verwandelt sich in einen vermeintlichen Irrtum. Wie es heißt, Licht entspringt nur der Finsternis und Gutes nur dem Bösen. Werde ich, wenn ich Boas' Krankheit erforsche, in sie hineingezogen? Was hat mich veranlasst, in seine Haut zu schlüpfen – der Überlebens- oder der Zerstörungstrieb? Die Fieberhaftigkeit, mit der ich es tue, deutet auf die zweite Möglichkeit, wegen der magischen Anziehungskraft, die Krankheit und Tod auf mich ausüben. Das Aufgehen im Mitmenschen könnte auf eine Neigung zur Selbstaufgabe verweisen, und davor muss man sich hüten. Ich spüre, dass Boas' Krankheit auf mich überstrahlt und mich zerstört. Es drängt mich, in seinem Tod in ihm aufzugehen, vielleicht zur Entschädigung dafür, dass ich mich in seinem Leben nicht mit ihm vereinigen konnte. Die Beschäftigung mit ihm hat die Grenzen zwischen uns verwischt. Schon jetzt begreife ich beispielsweise meine Kindheit fast genauso, wie er seine begriff, als eine Zeit, die durch gewundene Tunnel schlich, auf Wegen, denen nichts ähnelte oder glich. Das heißt nicht, dass ich die Mühen erdichtet hätte, aber auch die Mühen waren, rückblickend betrachtet, wunderbar; wie eine anstrengende Expedition, die als unvergleichliches Erlebnis im Gedächtnis bleibt. Zweifellos wird mir, sobald ich mich in unmittelbarer Nachbarschaft des Todes befinde, mein ganzes Leben wie ein fesselndes Erlebnis vorkommen: An erster Stelle die Kindheit und danach die übrigen Abschnitte, sogar das, was man mir auf der Station zumutet. In anderen Worten, das Leben wird nicht mehr wie eine unheilbare Krankheit aussehen, sondern wie ein glänzendes Abenteuer.

Vielleicht beruhen auch all die Geschichten, die ich mir und anderen über die Mühen mit meiner Frau erzähle, bestenfalls auf einem Irrtum oder Irreführung, wenn ich hart mit mir sein will. Die tiefe Kluft zwischen uns, der abgrundtiefe, unüberbrückbare Unterschied entspringt offenbar dem scheinbar einfachen Umstand, dass sie sich für das Leben interessiert und ich mich für den Tod. Während sie mutig in den Gefilden des Lebens wandelt, krieche ich auf dem Bauch durch die unterirdischen Gänge des Todes. Die Täuschungsmanöver, deren ich sie bezichtigt habe, die Tricks, die geheimen Gedanken, die Verführung waren nichts als eine Fehldeutung ihrer Nöte, die ich gern abschüttle. Vielleicht bin ich darum so erpicht darauf, schlecht von ihr zu reden.

Es scheint, dass mich allein das Reden über sie interessiert und mich belebt. Vielleicht weiß ich nicht, wie es ist, geliebt zu werden, und habe ihre Liebe als Feindseligkeit ausgelegt. Vielleicht war ich unfähig, ihre Liebe anzunehmen. Ich verwechsle sie mit meiner Mutter, obwohl sie sich eigentlich gar nicht ähnlich sind. Wenn schon, ist meine Frau das Gegenteil meiner Mutter. Sie ist niemals auf die Idee gekommen, das Leben – oder mich – zu verlassen. Seit ich mich zunehmend von meiner Arbeit, der Schwerstarbeit des Operierens, zurückgezogen habe, und erst recht nach Boas' Tod, ist sie mehr und mehr die Wirklichkeit, wie meine erste Frau in dieser Hinsicht, wählt sie das Leben in der Hoffnung, das Leben möge sie erwählen, während ich mehr und mehr in meinen Gedanken und Vorstellungen lebe.

Kein Tag vergeht, an dem ich mir nicht vornehme, die Affäre Boas abzuschließen, kein Tag, an dem ich mich nicht warne vor ihrer üblen Wirkung auf mich. Ich denke daran, Avital aufzusuchen und von ihr über die letzten Wochen mit dem Todgeweihten zu hören, aber ich schiebe dieses Gespräch immer wieder auf. Ich fahre lange Strecken mit meinem Wagen, um die Depression zu verjagen, die an meiner Schwelle lauert; ich fahre, ohne anzuhalten, vorbei an Stätten, zu denen ich früher unweigerlich abgebogen wäre, und denke, mir genügt die Fantasie, das Sehen im Geist. Wie in Kafkas Erzählung sage ich mir: »›Weg-von-hier‹, das ist mein Ziel.«

18 Rote Felder trennen Jerusalem von Tel Aviv. Fahre ich nach Tel Aviv in der Abenddämmerung, die sie in dieses Purpur färbt, scheint mir, diese Felder sind nicht nur ein Niemandsland zwischen den beiden Städten, die sich unterscheiden wie zwei Galaxien, sondern sie sind auch die Ewigkeit, die mich von Boas trennt. Ich nähere mich Boas' Tod, um meinem eigenen Tod nicht nahezukommen. Ich nehme die Geschichte seines Todes auf mich, um mich von der Geschichte meines Todes zu befreien. Meine Verbindung zu ihm, die Art, wie ich den toten Boas, unter dem Deckmantel seines Gedenkens, benutze, die Verehrung für seine Haltung gegenüber seinem Tod – all das dient einem klaren Ziel: meine Haltung gegenüber meinem eigenen Tod zu verdrängen.

Mehr als das Festhalten am Leben führt mich das Festhalten an meinem Selbst diesem Ziel entgegen. Sich vom Leben trennen mag ja noch angehen, aber mich von mir selbst trennen? Man stelle sich vor: Der Mensch hat sich über Jahrzehnte an seine eigene Gesellschaft gewöhnt, und plötzlich soll er sich verlieren. Ein Leben lang bist du mit dir zusammen, und auf einmal naht das Ende dieses Paares, das du und dein Selbst zusammen wart. Mit wem soll ich denn wohl verbleiben, wenn mein Selbst am Ende ist? Auch das verbleibende Ich verbleibt ja nicht. Das Ende schließt mich und mein Selbst mit ein. Und wenn Boas' Gesellschaft ein unerträglicher Verlust war, wie soll ich dann den Verlust meiner eigenen Gegenwart nennen?

Ich erinnere mich an das Glück, das uns an unserem ersten Morgen in Rom überflutete, als wir direkt vom Hotel ins Markttreiben tauchten, in diese mächtige, mitreißende und schwindelerregende Fremdheit, an die Freude über die Begegnung mit der großen Welt, die damals noch herrlich war: Eine Stadt war eine Stadt, ein Dorf war ein Dorf, und manchmal verschmolzen sie vor lauter Begeisterung. Ich und die Welt, nach der meine Seele sich sehnte, wurden einen kurzen und raren Moment lang eins, und einen Moment war ich verblüfft, aus mir herauszukommen, als wärst du das Ich losgeworden, als hättest du praktisch aufgehört zu leben. Durch die Vereinigung mit einem anderen Körper, wie beim Liebesakt, erlebtest du eine Art Tod, einen ungeheuer glücklichen Tod.

Wie sich dieses Gefühl mit dem Unwillen zu sterben, mit dem unerträglichen Gedanken an den Verlust des Selbst verträgt, ist mir schleierhaft. Mir scheint, die Einheit der Persönlichkeit ist eine Legende. Sie ist nichts als ein Apparat, zusammengefügt aus Teilen, die nicht unbedingt zusammenpassen. Immer habe ich angestrebt, jenen Moment in Rom zu erreichen, dieses Sichverlieren, den süßen Selbstmord. Irrig hielt ich das für Lebenslust, aber nein, es war Todesstreben; und dann plötzlich erwachtest du aus dem Traum und begriffst, dass du noch lebst, dass du noch du bist, das separate Du. Und dann kannst du das Glück nicht fassen, willst ihm nur entfliehen, zurück an den Ort, von dem du kamst, der Menschenmaß, dein Maß hat. Du begreifst, dass du nicht gebaut bist für diesen Garten Eden und ihn mit einem Schlag über hast. Aus den eben erlebten luftigen Höhen der Freude landest du unsanft auf dem harten menschlichen Boden. Der glückliche Tod liegt hinter und das Leben noch vor dir. Noch viel Zeit, bist du stirbst, ein ganzes Leben.

Boas ist nicht plötzlich mitten im Schweben aufgewacht und der Schwerkraft gefolgt. Wie zwischen Himmel und Erde beim Fallschirmspringen machte er weiter mit seinem glücklichen Tod, besonders in der Fremde. Er besaß die Begabung, diesen imaginären Tod zu sterben, ohne wie ich in Schwermut zu verfallen. Tatsächlich war Boas ein Selbstmordfreak mit echter Todeslust, während ich mich auf das Leben versteifte. Und so dient mir Boas wieder als Alibi. Boas ist ein Vorwand, um von mir selbst abzurücken. Sobald ich von ihm ablasse, kehre ich zu mir zurück, so viel steht fest. Er oder ich. Boas' Tod hat meinen Tod nicht nur näher, sondern auch ferner gerückt. Man kann sagen, seine Krankheit und sein Tod verwandelten den Tod in eine realere Möglichkeit, aber durch seine Geschichte werden die Krankheit und der Tod eine literarische Angelegenheit. Mir ist es gelungen, sie von der Realität zu trennen und sie dadurch von mir wegzuschieben, einen Sicherheitsabstand zu ihnen einzunehmen.

Avital begrüßt mich mit tristem Lächeln, als ich durchs Gartentor trete. Sie hat sich seit der Gedenkfeier nicht verändert, aber ihre Traurigkeit strahlt Schicksalsergebenheit aus. Rund zehn Tage vor Boas' Tod hatte ich mit einem Psychiater-Kollegen am Eingang zum Krankenhaus gestanden, als Avital an uns vorbeikam; sie wollte Boas wohl von der Chemotherapie abholen. Ich hielt sie an und fragte sie, wie die Lage aussehe, und als ich ihr meinen Kollegen vorstellte, erkundigte sie sich, ob er schon mal Patienten im Zustand ihres Mannes behandelt habe. Gewiss, sagte er, mit Antidepressiva und auch mit Gesprächen. Erst kürzlich habe er drei solche Patienten betreut. Avital fragte: »Und wie geht es ihnen?«, worauf er harmlos antwortete: »Eine ist mittlerweile schon gestorben, leider«, und da sah ich, dass ein Zittern sie durchlief, ein regelrechter Schauer. Kann es angehen, dass Boas' erschreckende Magerkeit, seine Schwäche und alle Symptome seines beschleunigten Abbaus nicht deutlich machen, dass er auf geborgte Zeit lebt?, dachte ich damals. Halten wir den Tod tatsächlich bis zum letzten Augenblick für ausgeschlossen?

Ich erzählte ihr, dass ich viel an Boas dächte, an seine Krankheit und an seinen Tod. Sagte ihr, ich wüsste gern, ob er in seinen vier Wänden so couragiert war, wie er mir bei unseren Begegnungen vorkam, ob er an den Tod gedacht und ihn als unvermeidliche Möglichkeit angesprochen habe.

Avital hat nie viele Worte gemacht, milde ausgedrückt. Boas wertete ihre Schweigsamkeit als ungewöhnliche Tugend, als ein sicheres Anzeichen rarer Vernunft. Auch diesmal blieb sie dabei, ohne meine Neugier zu stillen. Sie sagte nur, bis ans Ende habe er sich nicht mit dem Tod beschäftigt. Er lebte, solange er lebte, und fertig. Ich sagte, das sei auch mein Eindruck gewesen, aber ich könne kaum glauben, dass er im Stillen, allein mit sich und mit ihr, das Bevorstehende ignoriert, seine Ängste nicht zugelassen habe. Wie lange kann man verdrängen, fragte ich, bis zu welchem Moment?

Avital sagte, auch in den letzten Tagen, als er sehr schwach gewesen und nicht mehr aus dem Bett gekommen sei, habe es ausgesehen, als glaube er nicht wirklich an seinen Tod. Wie du weißt, sagte sie, wollte er keine Beruhigungstabletten nehmen und war fast bis zum Schluss voll bei Sinnen. Erst in den letzten zwei Tagen schwankte er zwischen Bewusstsein und Bewusstlosigkeit, und der letzte Satz, der ihm über die Lippen kam, bevor er endgültig in der Unendlichkeit versank, zeigte seinen feinen Humor: »Sag mal, bin ich lebendig oder tot?« Dabei barg sie das Gesicht in den Händen und schluchzte leise, und auch ich musste schlucken.

Ich erwartete wohl wie wir alle, die vorerst am Leben bleiben, vom Sterbenden eine Botschaft zu hören, oder die einfachsten Worte im Stil von: »Genug, ich bin satt, habe die Essstäbchen niedergelegt«, die ein japanischer Dichter an der Schwelle zum Unbekannten schrieb – aber ich für meinen Teil begnügte mich mit: »Sag mal, bin ich lebendig oder tot?«, mit der einfachen und eindringlichen Frage, frei von Furcht und Bangigkeit, dieser ironischen Frage, die so typisch für Boas ist. Kein Abschiedsvers, der einem öden, gequälten, zerbröselnden Gefäß entfährt, dem tiefsten Innern eines Menschen, der am Ende seines Körpers angelangt ist, könnte kraftvoller sein.

Wir saßen uns gegenüber, Avital und ich, und Boas' letzter Satz – die »Unterschrift« gewissermaßen, aber hier sollte man sie »Überschrift« nennen – schwebte über uns. In diesem Augenblick erschien mir die trauernde Avital wie die personifizierte Weiblichkeit auf Erden. Die personifizierte Schönheit in Trauer, wie eine der trauernden Frauen am Fuß des Kreuzes auf Renaissance-Gemälden.

Als ich noch nach einem Leitfaden zu einer weiteren Erinnerung aus Boas' letzten Tagen suchte, fiel mein Blick auf ein erstaunlich vertrautes Bild an der Wand; ein mir erschreckend vertrautes Bild, das wie ein Original wirkte, nicht wie ein Druck, den man im Museum kauft. Ich konnte kaum glauben, dass es hier vor mir hing. Mein erster Gedanke war, das sei noch ein Trugbild, das zur Reibung mit der Welt der Toten gehörte, aber nein, es war tatsächlich Caravaggios Kreuzabnahme. Das heißt, nicht genau das besagte Gemälde, sondern die Vergrößerung eines Ausschnitts, und der Mann, der sich über den Toten beugt, hatte andere Gesichtszüge.

Bass erstaunt lenkte ich Avitals Aufmerksamkeit auf das Bild. Sie strahlte plötzlich unter Tränen und sagte: »Bei unserer letzten Romreise haben wir im Museum dieses Bild gesehen, und Boas war so beeindruckt, dass wir eine Kopie davon kauften. Wir haben es nicht mehr geschafft, sie rahmen zu lassen und aufzuhängen. Aber mein Sohn, der Kunst studiert, wollte eine eigene Variation versuchen, und das ist das Ergebnis. Ähnlich und doch anders, nicht wahr? Er sagt, Boas' Tod hätte ihn veranlasst, das Bild abzuwandeln.«

Ich konnte mich nicht von dem Gemälde losreißen. Es war eine erschreckende, fast unerträgliche Verkettung von Zufällen. Sie schien von der Existenz einer verborgenen Hand, die die Dinge lenkt, zu zeugen; von einer verborgenen unterirdischen Strömung; einer Symbolwelt, die neben der realen Welt besteht.

Ich erzählte Avital aufgeregt von dieser Verkettung, wie sehr dieses Gemälde mich in Rom erregt hatte, als ich Boas durch die Straßen folgte und es daher zu sehen bekam. Ich sagte ihr, der Ausschnitt, den ihr Sohn herausgegriffen habe, zeige mir auf einmal, dass es sich um Vater und Sohn handele: Der Vater sei es, der den Leichnam seines Sohnes vom Kreuz abnehme, und das sei eigentlich die Opferung Isaaks im Gewand der Kreuzabnahme. Das, was mich damals an Caravaggios beiden Gemälden der Geburt und der Kreuzabnahme so begeistert hatte, war anscheinend nicht der dunkle und schmerzvolle christliche Tod, sondern der Glanz der jüdischen Opferung Isaaks, den sie ausstrahlten.

Avital unterbrach meinen Seelensturm, indem sie vorschlug, gemeinsam die leichte Mahlzeit einzunehmen, die sie vorbereitet hatte. Sie sagte, sie habe daran gedacht, dass ich Vegetarier bin, und nahm eine große Keramikschüssel mit dampfendem Gemüse aus dem Backofen, öffnete eine Flasche Wein, und wir setzten uns zu Tisch, dem Gemälde gegenüber. Mir wurde immer klarer, dass das Gesicht des Toten, unter dem Bart, an den jungen Boas erinnerte; aber an wen erinnerte das Gesicht des Mannes, der seinen Leichnam vom Kreuz abnahm, rätselte ich – vielleicht an Boas' Vater? Einen Augenblick erinnerte es mich an meine eigenen Gesichtszüge, aber sofort erschrak ich.

Plötzlich dachte ich, man müsse zwischen der Abnahme vom Kreuz und der Opferung Isaaks wählen. Die Abnahme vom Kreuz sei die Bereitschaft zu sterben, oder das Ende des Lebens, und die Opferung Isaaks sei die Bereitschaft, trotz des Todes zu leben. Immer würden die Kreuzabnahme und die Opferung Isaaks, Tod und Leben miteinander ringen, dachte ich weiter; oder, um den Blickwinkel etwas zu erweitern (beziehungsweise ihn völlig einzuengen), könnte man auch vermuten, meine Frau sei unter diesem Aspekt auf der Seite der Opferung Isaaks und ich auf der Seite der Kreuzigung: Sie steht im Bereich des Lebens, und ich stehe im Bereich des Todes. »Der Tod ist schrecklich begrenzt gegenüber dem, was das Leben enthält«, sagte mir meine Frau, als ich ihr erzählte, wie sehr ich mit Boas' Tod beschäftigt bin. »Dein Interesse für den Tod ist ein Vorwand, um weniger am Leben teilzunehmen, denn wohin kann das schon führen?«

»Ich möchte zu sterben wissen«, antwortete ich, »ich möchte von Boas lernen, wie man sterben soll, das ist ein hinreichender Grund.« Und da sagte sie zu mir: »Aber du hast noch nicht zu leben gelernt.«

Ich überlegte, ob ich Avital nach Boas' Einstellung zu mir fragen sollte. Wusste nicht, ob ich das Thema anschneiden wollte, vielleicht aus Angst, harte Worte zu hören. Schließlich fragte ich sie, ob er ihr den Grund unserer Trennung erklärt hatte, warum wir uns nicht ausgesöhnt hatten.

Avital sagte, soweit sie verstanden habe, seien zu viele Reibungen zwischen uns entstanden, was sie den im Lauf der Jahre aufgetretenen Wesensunterschieden zugeschrieben habe. »Trotzdem«, fuhr sie gleich fort, »hat Boas immer warm und liebevoll von dir gesprochen. Er sagte, mit keinem seiner Freunde habe er so eine gemeinsame Sprache gehabt wie mit dir. Ihr wolltet beide ewige Kinder sein, erklärte er. Als du ihn einmal während seiner Krankheit besucht hast, sagte er hinterher: ›Verstehst du jetzt, was ich gemeint habe?‹ Es war unübersehbar, wie natürlich ihr miteinander umgeht. Wie unangestrengt ihr euch unterhaltet. Als kämen die Gedanken aus ein und demselben Kopf.«

Als sie das sagte, dachte ich an Gott als Vorwand dazu, aus mir herauszukommen. Ich stellte mir vor, wie ich Endlicher mich mit dem unendlichen Boas verbinde und so Boas in eine Art Gott verwandelte. Avital hat keine Ahnung, dachte ich, wie sehr ich mich mit ihrem toten Ehemann beschäftige. Wie sehr er seit seinem Tod mein Leben erfüllt hat. Immer wieder merkst du, wie weit wir alle wandelnde Rätsel sind, erschreckende Rätsel, bei denen es nicht mal Sinn hat, sie enthüllen zu wollen. Hat Boas ebenso viel an mich gedacht wie ich an ihn? War ich ihm genauso wichtig wie er mir? Da bin ich skeptisch. Aber wie soll man das wissen?

Bald, dachte ich, werde ich Avitals Haus verlassen, Boas letztes Heim, und wohl nicht so bald dorthin zurückkehren. Werde ihre Trauer hinter mir lassen und meine Trauer mitnehmen. Aber wie kann man ihre und meine Trauer überhaupt vergleichen. Schließlich steht ihr Haus trostlos da und nicht meines. Die Leere ist ihr Los, nicht meines. Mein Leben ist voller geworden seit seinem Tod. Dank seiner voller geworden. Es hat mehr Sinn bekommen, seit ich mich unablässig mit ihm beschäftige.

»Ich erinnere mich, dass Boas mir einmal sagte, obwohl du dauernd Leben rettest, würdest du dein eigenes Leben nicht retten«, sagte Avital nach längerem Schweigen.

»Wirklich? Das hat er gesagt?«, fragte ich überrascht zurück.

»Ja. Und wenn ich mich nicht irre, sagte er das, als er mir von deinen Konflikten im Krankenhaus erzählte und von euren Streitigkeiten. Er sagte, du könntest dich schwer mit menschlichen Gefühlen identifizieren. Hättest mehr Erbarmen mit Tieren als mit Menschen, und wenn bei dir doch endlich ein Gefühl erwachte, würde es gleich wieder verdorren.«

»Ich will das nicht abstreiten«, sagte ich lächelnd, »anscheinend ist da was dran. Meine Frau sagt mir das auch dauernd.«

Irgendwie freute es mich, diese Dinge zu hören. Vielleicht weil sie zeigten, dass Boas manchmal an mich dachte, dass ich ihm wichtig war. Und auch, überlegte ich, weil sie aus dem Jenseits, der Welt der Wahrheit kamen.

»Aber sag du mal, kann ich mich ändern? Wer ändert sich überhaupt?«, fuhr ich fort und erwartete in diesem Augenblick tatsächlich, gerade sie, Boas' Frau, würde mir den Schlüssel zur Veränderung geben.

Avital ließ meine Frage minutenlang im Raum stehen.

»Ich glaube, man kann sich nur in Paarbeziehungen verändern«, sagte sie schließlich.

Ihr Schmerz wurde sichtlich schlimmer bei diesen Worten, und es tat mir leid, dass das Gespräch meinetwegen diese Richtung nahm.

»Boas hat durch seine Liebe nur das Gute, das in mir steckt, aus mir herausgeholt«, fuhr sie fort. »Ich meinte, ich müsste all das, was er an mir liebte, stärken, all meine guten Eigenschaften, und die schlechten zurückdrängen.«

»Bei uns ist es genau umgekehrt«, sagte ich. »Manchmal meine ich, gerade von den aufwühlenden Eigenschaften meiner Frau angezogen zu werden. Es ist eben doch nicht alles Chemie und Biologie, wie Boas glaubte, sondern es kommt auch auf das Modell an. Wenn Boas eine sanfte und hingebungsvolle Gestalt verinnerlicht hatte, so hat er sie in dir gefunden, und du hast sie ihm gegeben. Aber wenn dieser Ergänzungsdrang auch bei mir besteht, dann bleibt mir nichts anderes übrig, als die aufwühlenden Eigenschaften aus meiner Frau herauszuholen oder sie ihr anzuhängen.

»Na jetzt, wo du das verstanden hast«, Avital lächelte ihr trauriges Lächeln, »darfst du dich ja auch ändern.«

Dabei meinte ich, ein leichtes Regen, eine Art Flattern im Innern zu spüren. Vielleicht bewegte sich die Seele dank Boas ein wenig.

Nehme ich so endgültig Abschied von ihm? Ist das der wahre Abschied?

»Er war ein Mensch, nach dem wir uns immer sehnen werden«, sagte ich, ehe ich ging. Aber ich fand die Worte schöngefärbt, süßlich, überflüssig. Einen Abschied kann man nicht in Worte fassen, aber das gilt nicht nur für den Abschied. Ich hatte gedacht, anhand des Wortes könnte ich mich und Boas besser verstehen, aber das war eine Illusion. Das Wort führt nur in die Irre. Mit Worten scheitern wir völlig. Wegen der Worte verstehen wir die Welt noch weniger, als die Tiere es tun. Die haben offenbar bessere Instrumente als Worte.

Ich sage eines und fühle etwas anderes. Praktisch will ich nur dem Ort entfliehen, an dem er gestorben ist. Anscheinend gibt es keine Zuflucht vor diesem egoistischen Gefühl. Alle Erörterungen über das sinnlose Leben und den Vorzug des Nichtseins gegenüber dem Sein verblassen angesichts des kruden Selbsterhaltungstriebs. Vielleicht verblasst Boas' Glanz deshalb mit der Zeit, und je mehr ich mich an mein zeitliches Dasein klammere, umso weiter entfernt sich Boas von mir. Er hat die Zeit längst sausen lassen, und ich hänge daran, solange ich noch eine Seele im Leib habe.

Was ist das Gedenken an Boas, wenn nicht die Einbeziehung der Ewigkeit in unsere elende Gegenwart: Die Erinnerung an Boas ist die Ewigkeit, die auf den Saiten der Zeit musiziert, die Ewigkeit, die das Verrinnen der Zeit aufhält, die Zeit überzeitlich macht. Das Ende des Körpers ist das Ende des Sturms. Wer weiß, vielleicht ähnelt das Ende des Körpers der Landung in der Stille eines Wunderwalds, wie das Ende des Wirbelsturms in *Der Zauberer von Oz*, die sanfte Landung des fortgetragenen Hauses nach dem ungeheuren Sturm.

Horcht man gut hin, kann man den Geist des Toten sagen hören: Wenn du die Frage noch nicht gefunden hast, dann wisse, es gibt gar keine Frage, nur eine Antwort: Das Licht kommt nach der Finsternis. Wenn Boas erscheint, hebt sich der Nebel, die Sicht wird klar, das Denken scharf und rhythmisch. Das ist die Macht des Toten, beziehungsweise eines Toten wie Boas, dessen Tod Größe besaß. In seiner Macht steht es, uns, und sei es nur für einen kurzen Moment, die Ewigkeit zu bringen, in der er ist. Der goldene Pfad seiner Ewigkeit dringt in unseren normalen Augenblick, leuchtet im Licht des Sonnenuntergangs und befreit ihn, und uns, von seinen Fesseln.

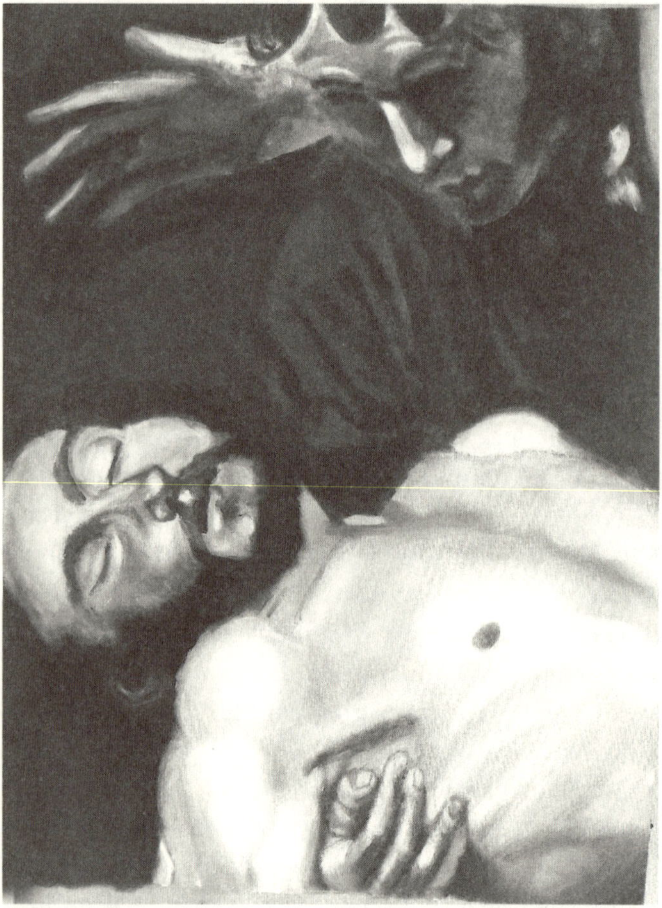

Nathan Megged, *Opferung und Abnahme,*
nach der Kreuzabnahme von Michelangelo Merisi da Caravaggio.